HEYNE <

PIERRE GRIMBERT
im Wilhelm Heyne Verlag:

Einst reisten Vertreter aller Nationen auf die geheimnisvolle Insel Ji. In den Tiefen der Insel, so erzählt man sich, gerieten sie in ein Felslabyrinth – und verschwanden spurlos. Jahr für Jahr treffen sich nun ihre Nachkommen am Eingang des Labyrinths, um dem Rätsel auf die Spur zu kommen. Denn was hat es mit der Insel Ji wirklich auf sich? Als schließlich ein Nachkomme nach dem anderen grausamen Mördern zum Opfer fällt, machen sich die letzten Erben auf, um das Geheimnis von Ji zu lüften.

DIE MAGIER
Erster Roman: Gefährten des Lichts
Zweiter Roman: Krieger der Dämmerung
Dritter Roman: Götter der Nacht
Vierter Roman: Kinder der Ewigkeit

DIE KRIEGER
Erster Roman: Das Erbe der Magier
Zweiter Roman: Der Verrat der Königin
Dritter Roman: Die Stimme der Ahnen
Vierter Roman: Das Geheimnis der Pforte
Fünfter Roman: Das Labyrinth der Götter

DIE GÖTTER
Erster Roman: Ruf der Krieger

Mehr über Autor und Werk unter:
www.heyne-magische-bestseller.de

PIERRE GRIMBERT

DIE KRIEGER

DAS LABYRINTH DER GÖTTER

ROMAN

Aus dem Französischen
von Sonja Finck
und Nadine Püschel

WILHELM HEYNE VERLAG
MÜNCHEN

Titel der französischen Originalausgabe
Les enfants de Ji: Le Sang du Jal

Deutsche Übersetzung von Sonja Finck und Nadine Püschel

FSC
Mix
Produktgruppe aus vorbildlich
bewirtschafteten Wäldern und
anderen kontrollierten Herkünften

Zert.-Nr. SGS-COC-001940
www.fsc.org
© 1996 Forest Stewardship Council

Verlagsgruppe Random House FSC-DEU-0100
Das für dieses Buch verwendete FSC-zertifizierte Papier
Holmen Book Cream
liefert Holmen Paper, Hallstavik, Schweden.

Deutsche Erstausgabe 08/2010
Redaktion: Catherine Beck

Printed in Germany 2010
Umschlaggestaltung: Nele Schütz Design, München
Umschlagillustration: Lee Gibbons / Paolo Barbieri
Karte: Andreas Hancock
Satz: Buch-Werkstatt GmbH, Bad Aibling
Druck und Bindung: GGP Media GmbH, Pößneck

ISBN: 978-3-453-52587-0

www.heyne-magische-bestseller.de

Meinen beiden kleinen Kriegern

Ich heiße Yan. Yan aus Eza, nach der im Matriarchat üblichen Namensgebung, bei der das Heimatdorf an die Stelle des Familiennamens tritt. Oder auch Yan der Neugierige, denn unter Magiern ist es üblich, sich einen mehr oder minder offiziellen Beinamen zuzulegen. Dabei habe ich seit über zwanzig Jahren nicht mehr von meinem magischen Willen Gebrauch gemacht – seit jenem Tag, an dem meine Freunde und ich dem Hexer Saat von Angesicht zu Angesicht gegenüberstanden.

Bei diesem Kampf ergriff ich die Flucht, um mich unserem Feind, der meinen Körper kontrollieren wollte, zu entziehen, und wagte mich in Sombres Mausoleum vor. Ein finsteres, verpestetes Labyrinth, das eigens für den Dämon errichtet worden war, damit er dort seine Mordlust ausleben konnte. Und Sombre bereitete mir den zu erwartenden Empfang: Er spielte ein grausames Spiel mit mir. Wie eine Katze, die sich über eine Maus hermacht, schlug er mit unsichtbaren Krallen nach mir, immer und immer wieder, ohne sich mir zu zeigen. Ich hätte meine Kühnheit beinahe mit dem Leben bezahlt, aber der Letztgeborene des Karu hörte mich schließlich doch an. Was ich ihm sagte, fand er in meinen Gedanken bestätigt, in denen er las wie in einem offenen Buch, und so erfuhr er endlich von den wahren Absichten jenes Mannes, den er irrtümlich für seinen Vater, seinen Bruder, seinen einzigen Freund gehalten hatte. Als er daraufhin dem Hexer seine Kraft verweigerte, war Saat zum Tode verdammt.

Sombre verkroch sich in den Tiefen seines Mausoleums, und seine Wutschreie hallten von den Mauern wider. Nach einigen Dezillen hatte ich mich so weit erholt, dass ich mich ins Freie schleppen konnte, getrieben von der Angst, plötzlich den heißen Atem des Dämons im Nacken zu spüren. Doch nichts dergleichen geschah, und so stand ich schließlich wieder unter dem sternenklaren Himmel im Reich der Wallatten, wo die arkischen Klans Saats Heer gerade vernichtend geschlagen hatten. So schnell ich konnte, eilte ich zu meinen Freunden zurück. Sie waren allesamt schwer verletzt, aber sie lebten, und die Erleichterung, mit der wir uns in die Arme fielen, ließ uns die erlittenen Qualen vergessen.

Saat war tot, erfuhr ich, gefallen von der Hand meiner geliebten Léti, derentwegen ich mich den Erben angeschlossen hatte. Unser Leben auf der Flucht schien endlich zu Ende.

Dennoch wanderte mein Blick unwillkürlich zu dem Mausoleum hinüber, in dem der furchterregendste aller Dämonen in seinem Zorn und grenzenlosen Schmerz zurückgeblieben war. Nein, es war noch nicht vorbei, dachte ich, sosehr ich mir das auch wünschte. Ich brachte es nicht übers Herz, meinen Freunden in den folgenden Dekaden, die wir in heiterer Glückseligkeit verbrachten, von meinen Ängsten zu berichten. Und ich schwieg weiter, während Mond für Mond verstrich, ohne dass Sombre ein Lebenszeichen von sich gab. Schließlich wagte ich zu hoffen, dass er uns für immer in Frieden lassen würde.

Doch nach der Geburt unseres Sohnes Cael erwachte meine Angst von neuem.

Am ersten Tag sah ich noch keinen Grund zur Sorge. Es ist ja nicht ungewöhnlich, dass ein Neugeborenes erst einmal weint und schreit. Aber als Cael einfach nicht aufhören wollte und sich von nichts und niemandem beruhigen ließ, begannen Léti und ich zu verzweifeln. Nachdem wir uns vergewissert hatten, dass er keinen Hunger hatte und es ihm auch sonst an nichts fehlte, suchten wir nach anderen Erklärungen. War dem kleinen Cael womöglich ein Fluch in die Wiege gelegt, der auf seine Ahnen mütterlicherseits zurückging – der Fluch der Erben von Ji?

Da wir sonst keinen Rat wussten, legten wir unserem herzzerreißend schreienden Kind Létis Gwelom auf die Brust.

Es beruhigte sich augenblicklich.

Unsere Erleichterung schlug jedoch bald in die Befürchtung um, von unserer Vergangenheit eingeholt zu werden, obwohl wir Saat besiegt hatten. Die Götter und Dämonen hatten uns offenbar nicht vergessen. Was auch immer Caels Peiniger im Schilde führte, es musste sich um einen Unsterblichen handeln, denn der Stein aus dem Dara schützte Caels Geist vor seinem Zugriff. Wie lange dieser Schutz währen würde, wussten wir allerdings nicht.

Viele Jahre gingen ins Land, in denen wir nichts als die Freuden und Nöte des Alltags kannten. Unser Sohn war unser ganzer Stolz; er wuchs zu einem liebevollen, klugen und energiegeladenen Jungen heran. Nur manchmal wurde er von rätselhaften Wutanfällen gepackt, an die er sich später nicht mehr erinnern konnte. Auch wenn Grigán, Tante Corenn und ich es selten laut aussprachen, vermuteten wir, dass diese Ausbrüche mit den Schreiattacken seiner ersten Tage zusammenhingen. Niemand anders als Sombre konnte dahinterstecken, so entgeistert Léti auch protestierte, sobald einer von uns diese Möglichkeit andeutete.

Irgendwann aber konnten wir uns den Tatsachen nicht länger verschließen. Wenn sich unsere kleine Schar versammelte, besprachen wir die Lage mit allem gebotenen Ernst. Meistens trafen wir uns in Lorelia, in der herzoglichen Villa, die Reyan nunmehr sein Eigen nannte. Dann diskutierten wir wieder über alles, was wir erlebt und erlitten hatten, über Dinge, die wir in der Gegenwart Außenstehender nicht erwähnen durften. Während wir die Namen Saat und Sombre flüsterten und unser Gespräch um den Erzfeind, das Zeitalter von Ys und die Pforten ins Jal kreiste, spielten unsere Kinder nichtsahnend im Garten oder im Nachbarzimmer.

Bei einer dieser Zusammenkünfte fassten wir einen wichtigen Beschluss: Wir vereinbarten einen geheimen Treffpunkt. Es scheint, als hätten wir damals schon geahnt, welchen Einfluss diese Entscheidung auf unser Schicksal haben würde – auch wenn wir uns weigerten zu glauben, dass wir je wieder zu einem Leben auf der Flucht gezwungen sein würden.

Und nicht einmal im Traum hätten wir gedacht, dass sich nur unsere Kinder auf dem Platz der Büßer einfinden würden, wo sie außer einem völlig verwirrten Bowbaq niemanden antrafen, der ihnen alles erklären konnte.

Doch wie hätten wir auch ahnen sollen, dass wir eines Tages von einer machtvollen Magie entführt und im Jal'dara gefangen gehalten würden?

Der zweite Ansturm war noch heftiger als der erste. Wieder hatten die goronischen Truppen ihre geordnete Aufstellung aufgegeben und rannten mit aller Macht gegen die Mauern der Stadt an. Paulus, der junge Kommandant, bekam es bei diesem Anblick mit der Angst zu tun. Diesmal würden sie die Angreifer vielleicht nicht mehr zurückdrängen können.

»Schießt!«, brüllte er über den Schlachtlärm hinweg, und seine Stimme klang dabei leicht hysterisch.

Er spannte seinen Bogen und schickte einen ersten Pfeil in die Woge von Soldaten, die unter dem grauen Himmel des Kaiserreichs gegen die Festungsmauern anbrandete. Er schoss noch zweimal, bevor der flinkste seiner Männer auch nur einen Pfeil aus dem Köcher gezogen hatte. *Sie sind zu unerfahren,* dachte er zum bestimmt hundertsten Mal seit Beginn des Feldzugs. Die meisten waren noch halbe Kinder, und die übrigen hatten sich aus zweifelhaften Gründen zu den Waffen gemeldet: aus Beutegier oder Zerstörungswut, aus unsinnigem Hass gegenüber allem Fremden, aus Überdruss an ihrem armseligen Leben und anderen selbstsüchtigen Motiven. Letzten Endes spielte es auch keine Rolle. Diese Lorelier waren einfach nicht für den Krieg geschaffen.

»Schneller!«, befahl ihr Kommandant, obwohl er die Niederlage schon vor Augen hatte.

Angesichts der Massen, die auf das Stadttor zuströmten, waren die Bogenschützen die Einzigen, die dem Angriff überhaupt noch etwas entgegenzusetzen hatten. Die wenigen Katapulte, die ihnen zur Verfügung standen, mussten erst umständlich nachgeladen werden, und der Schutt, mit dem die Lorelier die Gräben bei ihrem eigenen Angriff aufgefüllt hatten, war nicht rechtzeitig entfernt worden. Auch die herausgerissenen Gitter hatten sie noch nicht wieder eingesetzt. So konnten sie nur hoffen, ihre Feinde Pfeil um Pfeil zu schwächen und wenigstens eine Handvoll Goroner zu töten, bevor sie die Stadt zurückeroberten. Denn es war nur noch eine Frage der Zeit, daran gab es keinen Zweifel.

Paulus wünschte, er hätte nie auch nur einen Fuß in das Kaiserreich gesetzt. Während der Tod in Gestalt einer

Myriade von blitzenden Schwertern auf ihn zukam, bereute er bitterlich, die Gelegenheit zur Fahnenflucht nicht genutzt zu haben, als sein Feldherr den Befehl erhalten hatte, eine Ortschaft südlich von Partacle zu überfallen. Sie hatten das Städtchen zwar eingenommen, aber waren sie damit etwa zu Ruhm und Ehren gekommen? Wie überall entlang der Grenze hatten die Lorelier den Überraschungseffekt genutzt und ihre Gegner überrumpelt, doch es hatte nicht lange gedauert, bis die Goroner ihre riesige Streitmacht aufmarschieren ließen. Und von Tag zu Tag wurden die Nachrichten von der Front schlimmer.

Der Feind war jetzt nah genug für gezielte Schüsse. Bislang hatte der junge Kommandant seine Pfeile nur wahllos in die Menge geschickt, doch mittlerweile konnte er ihnen eine klare Richtung geben. Andererseits war es nahezu unmöglich, nicht ins Schwarze zu treffen, so dicht gedrängt standen die Reihen der Goroner. Pflichtbewusst befahl er seinen Schützen, auf die Träger von Leitern, Stangen und Enterhaken zu zielen – Gerätschaften, die sie selbst vor einigen Tagen beim Sturm auf die Stadt verwendet hatten. Unzählige Pfeile bohrten sich in Visiere oder durch zu dünne Rüstungen, doch für jeden Gegner, den sie töteten, rückten zwei neue nach. Unaufhaltsam marschierten die Goroner auf die kläglichen Stadtmauern zu.

Plötzlich erschallte aus den Straßen der Stadt wildes Geschrei. Es kam von dem Mishra-Tempel, in dem sie die überlebenden Einwohner nach der Eroberung eingeschlossen hatten. Paulus wagte nur einen kurzen Blick über die Schulter, doch das genügte, um ihn kreidebleich werden zu lassen.

Die goronischen Gefangenen hatten die Tore des Tempels aufgebrochen und warfen sich nun wie eine Meute hungriger Wölfe auf die Lorelier.

Dem Kommandanten graute vor dem fürchterlichen Gemetzel, das sich in diesem Moment auf den Plätzen und Straßen der Stadt abspielte, doch als er einige Einheimische auf das schwere Stadttor zurennen sah, fasste er sich ein Herz. Er musste sie um jeden Preis aufhalten, selbst wenn das ihre Niederlage nur um wenige Dekanten hinauszögerte! Vielleicht kam ja doch noch unerwartet Verstärkung. Sie durften die Hoffnung nicht aufgeben, durften sich nicht von dem Wunsch überwältigen lassen, einfach in die Tiefe zu springen, um wenigstens eines raschen Todes zu sterben. Mit einem bitteren Geschmack im Mund befahl er seinen Männern, ihre Pfeile auf die Zivilisten zu richten.

Während er selbst Pfeil um Pfeil abschoss, versuchte er, nicht daran zu denken, dass diese Menschen nur ihre Freiheit zurückwollten, dass sie Opfer und keine Täter waren. Er versuchte zu vergessen, wer in diesem Krieg zuerst gemeuchelt hatte. Doch einen Gedanken konnte er in diesem Moment nicht verdrängen: Königin Agénor hatte einen furchtbaren Fehler begangen. Ihre Entscheidung würde Tausende und Abertausende das Leben kosten. Nein, dieser Krieg gegen Goran war kein gerechter Feldzug. Selbst wenn das Kaiserreich tatsächlich hinter der Ermordung der lorelischen Thronfolger stand, war die Kriegserklärung reiner Selbstmord gewesen. Die Generäle hatten die Königin gewiss gewarnt, sie zur Besonnenheit ermahnt und ihr die allgemeine Mobilmachung auszureden versucht, aber offenbar war sie vor Trauer um ihren Bruder und dessen Kinder auf diesem Ohr taub gewesen. Und so mussten nun Hunderte Meilen von Lorelia entfernt zahllose Unschuldige sterben – auf beiden Seiten.

Als er die ersten feindlichen Soldaten über die Zinnen klettern sah, wurde Paulus klar, dass er schon sehr bald für seine eigenen Verbrechen büßen würde. Mit zitternden Händen spannte er einen letzten Pfeil in den Bogen.

An jenem Tag hatte ich gerade meine Schüler aus dem Unterricht entlassen. Nicht einmal zwei Dezimen, nachdem sich die Kinder zurück auf den Weg ins nahe Dorf gemacht hatten, geschah es.

Es war kurz vor Mit-Tag, der dritte Dekant war längst angebrochen. Léti hatte unsere beiden Stallburschen nach Hause geschickt, wie üblich bis zum nächsten Morgen. Ich half ihr, die letzten Boxen im Stall zu verriegeln, dann schlenderten wir Hand in Hand über den Hof, erzählten von den Fortschritten unserer Schützlinge – Léti von ihren Fohlen, ich von den Kindern, denen ich Lesen und Schreiben beibrachte – und überlegten, was wir zu Mit-Tag kochen sollten.

Da blieben wir plötzlich beide wie angewurzelt stehen, geblendet von einem gleißenden Licht, das nur wenige Schritte vor uns aus dem Nichts aufgetaucht war. Ich hatte den Eindruck, eine Art Sonne vor mir zu haben, obwohl die Erscheinung keinerlei Hitze verströmte. Das kugelförmige Gebilde dehnte sich so rasend schnell aus, dass uns keine Zeit mehr blieb, zurückzuspringen.

Ehe wir wussten, wie uns geschah, wurden wir von dem Licht erfasst und in sein Inneres gezogen, als hätten unsicht-

bare Arme uns gepackt. Wir konnten uns gegen diese rätselhafte Macht nicht wehren, und ich umklammerte Létis Hand, um nicht von ihr getrennt zu werden. Einen Wimpernschlag später war es vorbei: Die Sonne löste sich langsam auf und ließ uns wie betäubt zurück.

Obwohl ich immer noch geblendet war, stellte ich fest, dass wir nicht mehr auf unserem Hof standen. Im Innern der Lichtkugel hatte ich kurz das Gefühl gehabt zu schweben, und der Untergrund, auf dem wir nun gelandet waren, fühlte sich viel weicher an als die festgestampfte Erde des Gestüts. Auch die Gerüche, die Temperatur und die Geräusche ringsum hatten sich verändert, und all diese Eindrücke hatten etwas seltsam Berauschendes. Noch bevor ich die Umgebung klar sehen konnte, ahnte ich, wo wir uns befanden.

Die rätselhafte Lichterscheinung hatte uns ins Jal'dara versetzt.

Als sich unsere Augen wieder erholt hatten, bestätigte sich diese Vermutung. Léti und ich wechselten einen verständnislosen Blick, aber noch ehe wir den Mund öffnen konnten, blitzte die Kugel erneut auf. Diesmal blieb uns genug Zeit, ein Stück zurückzuweichen. Zum zweiten Mal in unserem Leben spürten wir das weiche Gras der Kinderstube der Götter unter unseren Füßen.

Kaum hatten wir die Hände vors Gesicht geschlagen, um uns vor dem grellen Licht zu schützen, da war es schon wieder vorbei. Als wir blinzelnd aufsahen, standen Grigán und Corenn vor uns!

Der Krieger hatte sein Krummschwert in die Höhe gerissen, wie um den Angriff eines unsichtbaren Gegners abzuwehren, doch ich konnte keine unmittelbare Gefahr erkennen. Wir riefen unsere Freunde beim Namen, um sie zu beruhi-

gen und ihnen die Lage zu erklären. Da tauchte die magische Sonne ein drittes Mal auf und setzte Reyan und Lana in unserer Nähe ab.

Während wir einander begrüßten, bestürmten mich Tausende Fragen. Was machten wir hier? Wer hatte uns hierher gebracht und warum? Hatte die Magie der Pforten etwas damit zu tun? Oder Nol der Seltsame? Irgendetwas musste diese Lichterscheinung ausgelöst haben, und ich wartete ungeduldig auf eine Erklärung. Aber würden wir je eine bekommen?

Stattdessen leuchtete die Sonne abermals vor uns auf. Ihr Umfang schien diesmal noch größer zu sein, und als sie sich auflöste, standen sieben völlig verwirrte Menschen vor uns. Alle waren halbnackt und klatschnass, und es dauerte einen Moment, bis ich Bowbaqs Frau Ispen inmitten ihrer Kinder und Enkel erkannte. Zwei kleine Jungen klammerten sich verängstigt an sie.

Das Ganze wurde immer rätselhafter. Warum waren Bowbaq und seine Enkelin nicht bei ihnen?

Und wo blieben die übrigen Erben? Warum waren unsere Kinder noch nicht hier?

An den ratlosen Blicken meiner Freunde sah ich, dass sie sich dieselbe Frage stellten. Was auch immer diese magische Erscheinung war, sie hatte begonnen, die Erben ins Jal zu bringen. Gewiss würde sie sich gleich ein weiteres Mal zeigen und die übrigen Mitglieder unserer Familien vor uns absetzen.

Doch Dezille um Dezille verstrich, ohne dass etwas geschah. Irgendwann mussten wir uns der bitteren Wahrheit stellen: In unserer Runde fehlten Amanón, Nolan, Eryne – und Cael.

Nachdem wir einander Bericht erstattet, die beiden Jungen beruhigt und den Arkariern einige Kleidungsstücke abgetreten hatten, machten wir uns auf die Suche nach Nol dem

Seltsamen, dem Einzigen, von dem wir uns eine Auskunft erhoffen konnten.

Wie wir vermutet hatten, fanden wir ihn vor der gewaltigen Pforte, die das Tal überragte.

Seine Miene war noch ernster, als ich es in Erinnerung hatte. Und der traurige Blick, mit dem er uns entgegensah, ließ mir das Blut in den Adern gefrieren.

Als ein Stein den Hang hinunterrollte, spitzte die Kreatur noch im Halbschlaf die Ohren. So eintönig ihr Dasein seit Jahrhunderten auch war, ihre Sinne hatten nichts von ihrer Schärfe eingebüßt. Ein kurzer Atemzug genügte, um frisches Blut durch die kräftigen Glieder des Raubkatzenkörpers zu pumpen, dessen Fell zu dieser Jahreszeit ausgebleicht war. Die Kreatur dehnte und streckte sich, dann verließ sie den Felsen, auf dem sie sich zu wärmen pflegte, seit sie vor unendlicher langer Zeit dem Sinn der Menschen entsprungen war.

Blitzschnell suchten ihre smaragdgrünen Augen die felsigen Hänge des riesigen Bergkessels ab, in dem sie seit Urzeiten gefangen war. Die Landschaft war so in ihr Gedächtnis eingebrannt, dass sie die Stelle, an der sich der Stein gelöst hatte, auf den ersten Blick fand. Dabei war es nicht einmal ein richtiger Steinschlag gewesen, nur ein einzelner kleiner Felsbrocken, dem Wind und Wetter zu lange zugesetzt hatten. Nachdem sie sich noch einmal in ihrem Reich umgesehen hatte, stellte die Kreatur ihre Schnurrhaare auf und konzentrierte sich auf jeden noch so schwachen Geruch, der in der Luft hing. Da sie nichts Ungewöhnliches ausmachen konnte, gähnte sie ausgiebig, bleckte kurz ihr Gebiss und begann dann mit geschmeidigen, wenn auch vor Überdruss schweren Schritten ihre tägliche Runde durch den Kessel.

Es war schon sehr lange her, seit sie zuletzt ein anderes Lebewesen gesehen oder auch nur gewittert hatte. Selbst Steinböcke und andere Hochgebirgstiere hatten sich in den vergangenen Jahrhunderten immer seltener hierher verirrt und waren seit geraumer Zeit ganz ausgeblieben. Die Raubkatze, die viel größer und massiger war als alle anderen Tiere, die in diesen luftigen Höhen lebten, sehnte sich nach jenen fetten Jahren, als gelegentlich eines von ihnen den Halt verloren hatte und zu ihr in die Tiefe gerutscht war. Es war nicht der Hunger, der dieses schmerzliche Gefühl hervorrief: Ein leerer Magen machte ihr nichts aus, denn wie alle unsterblichen Wesen war sie nicht auf die Erfüllung körperlicher Bedürfnisse angewiesen. Doch sie war dankbar für alles, was ihr Zerstreuung bot, so nichtig der Anlass auch sein mochte. Wie alle Ewigen Wächter kannte die Raubkatze tagaus, tagein nur Langeweile, und das Einzige, womit sie ihrer begrenzten Welt entfliehen konnte, war der Schlaf.

Irgendwo am Rande des Kessels machte sie Halt, setzte sich auf die Hinterbeine und betrachtete den Steinbogen, über den sie wachte. Dabei war seit über tausend Jahren kein Mensch mehr zu ihr hinaufgestiegen, und die Pforte hatte sich auch nicht mehr zur hellen oder dunklen Seite des Jal geöffnet. Auf diesem Weg traten keine neuen Götter mehr in die Welt der Sterblichen hinaus. Manchmal fragte sich die Kreatur, ob es überhaupt noch Menschen gab, die zu den Göttern und Dämonen beteten und sie damit am Leben erhielten. Früher hatten hier so viele gelebt, sogar in dem zerklüfteten Gebirge, das ihr Gefängnis umgab. Aber dann waren es immer weniger geworden, bis die Sterblichen schließlich aus dieser Region fortgezogen waren, die sie Jerusnien nannten. Oder war der Mensch vielleicht ganz vom Antlitz der Erde verschwunden?

Ein solch einsames Dasein hätte wohl jedes Lebewesen in tiefste Verzweiflung gestürzt, doch die Ewigen Wächter folgten vor allem ihren Instinkten und kannten keine Gefühle. Wie ihre Artgenossen begnügte sich die Raubkatze damit, die ihr zugedachte Aufgabe zu erfüllen; der Wunsch nach Abwechslung war nichts als eine dumpfe Unruhe tief in ihrem Innern.

Sie machte gerade mit hängendem Kopf kehrt, um sich wieder auf ihrem Lieblingsfelsen auszustrecken, als tatsächlich etwas geschah. Doch kaum hatte sie die Gegenwart eines anderen Wesens wahrgenommen, überstürzten sich die Ereignisse. Und so plötzlich, wie der Angriff über sie hereinbrach, so brutal war er auch.

Aus dem Augenwinkel sah der Ewige Wächter, wie ein Schatten aus schwindelnder Höhe herabschoss. Der Letztgeborene des Karu hatte ihm einen Avatar geschickt, aber dass er gekommen war, um ihn zu töten, begriff der Wächter schon nicht mehr. Noch bevor er überhaupt das Maul aufreißen oder eine Tatze heben konnte, bohrten sich unzählige Krallen und Fangzähne in seinen unsterblichen Leib.

Im nächsten Moment war es vorbei. Die Riesenraubkatze, der Ewige Wächter der vergessenen Pforte von Jerusnien, sank blutend auf den felsigen Grund, auf dem sie Tag für Tag ihre Kreise gezogen hatte. Dass sie ihr

Gefängnis ein für alle Mal verließ, war ihr nicht mehr bewusst. Das Letzte, was sie sah, bevor sich ihre Augen für immer schlossen, war der Staub, den ihr röchelnder Atem aufwirbelte.

Ihr feines Gehör hätte den dämonischen Schrei wohl nicht ertragen, mit dem ihr Mörder seinen Triumph in die Welt hinausschrie und der noch lange von den Berghängen dieser gottverlassenen Gegend widerhallte.

Mit einer einzigen Handbewegung hielt Nol der Seltsame uns davon ab, ihn mit Fragen zu bestürmen, und bedeutete uns, am Fuß der Pforte Platz zu nehmen. Ich weiß nicht, warum wir ihm ohne Widerrede gehorchten. Vermutlich standen wir noch unter dem Einfluss der sonderbaren Euphorie, die jeden erfasst, der die Gärten des Dara betritt. Oder wir erhofften uns eine schnellere Antwort auf unsere Fragen und akzeptierten dafür sogar, wie die Zinnsoldaten eines launischen Kindes herumkommandiert zu werden. Jedenfalls taten wir wie geheißen und wahrten ein dem Ernst der Lage angemessenes Schweigen.

Nol schien nach den richtigen Worten zu suchen, was ihm, den man den Lehrenden nannte, gar nicht ähnlich sah. Schließlich gestand er uns, dass er selbst von den Ereignissen überrascht worden war. Er hatte nur wenige Dezillen vor unserer Ankunft erfahren, dass wir kommen würden. Die Lichtkugel, die uns ins Jal gebracht habe, sei die sichtbare Gestalt einer Göttin namens Aliandra, sagte er. Aliandra die Sonnige. Als er ihren Namen aussprach, unterdrückte der Unsterbliche ein Schluchzen. Wir sahen uns betroffen an.

Der Ewige Hüter gewann rasch die Fassung zurück und

setzte wieder die undurchdringliche, gleichmütige Miene auf, die wir von ihm kannten. Aliandra, erklärte er uns weiter, war die einzige Unsterbliche, die vom Jal in die bekannte Welt überwechseln konnte, ohne die Pforten zu benutzen. Sie war die Göttin der Gedanken und Träume und entführte die Seelen der Menschen in Gefilde, von deren Existenz sie nichts ahnten – am häufigsten ins Dara oder Karu, wo sie die Schlafenden vor ihren verborgenen Wünschen und Sehnsüchten beschützte.

Doch Aliandra war nicht mehr, fügte Nol ernst hinzu: Unmittelbar nach unserer Ankunft im Jal hatte Sombre ihren göttlichen Lebensfunken ausgelöscht.

Seine Worte trafen uns wie ein Donnerschlag. Also war der Dämon tatsächlich zurückgekehrt. Und er war mächtig und grausam genug, um selbst seinesgleichen zu ermorden. Doch welche Rolle spielten wir in dieser Tragödie? Und was war aus unseren Kindern geworden?

Nol bemühte sich, uns Auskunft zu geben, aber seine Antworten verwirrten uns mehr, als dass sie uns weiterhalfen. Er berichtete uns, dass sich Sombre etwa ein Jahr zuvor zum alleinigen Herrscher über alle Götter und Dämonen aufgeschwungen hatte. Nachdem die meisten Unsterblichen ihn schlichtweg ignoriert hatten, war er zu Drohungen übergegangen. Das hatte ihnen zu denken gegeben, denn nicht umsonst trug er den Beinamen »der Bezwinger«. So hatten sich allmählich zwei Lager gebildet. Auf der einen Seite die Dämonen, die Sombre ewige Treue schworen, darunter Zuïa, Soltan, Yoss, K'lur und andere Sprösslinge des Karu. Auf der anderen Seite die Zögerlichen, die sich nicht offen gegen Sombre zu stellen wagten, sich aber auch nicht seinem Willen unterwerfen wollten, da sie im Dara herangewachsen waren.

Die Zeit verging, ohne dass der Dämon seine Drohungen wahr machte. Stattdessen begab er sich unter die Sterblichen, fand dort Verbündete und begann einen Plan zu schmieden, der die Welt für immer verändern sollte. Nol, Eurydis und eine Handvoll anderer Götter, darunter Aliandra, sahen den Anbruch des Zeitalters von Ys in Gefahr – jene gelobte Zeit, auch »Zeitalter der Harmonie«, »das Neue Äon« oder »Zeit der Vernunft« genannt, die allen Menschen und Unsterblichen verheißen war. Diese Sorge rüttelte sie wach, doch ihre Kräfte waren nichts im Vergleich zur Macht des Dämons. Daher beschlossen sie, sich auf die Erben zu konzentrieren und ihnen jede nur erdenkliche Hilfe zukommen zu lassen, sobald der Erzfeind sich zu erkennen gab. Und so warteten sie erst einmal ab.

Das war jedoch nur die Ruhe vor dem Sturm.

Sombre kannte seine Feinde, und er hatte es als Erstes auf Aliandra abgesehen. Sie war die Einzige, die die Erben seinem Zugriff entziehen konnte, und das wusste er genau. Die Göttin versuchte nicht einmal, sich zu wehren, so aussichtslos war ein Kampf gegen ihn. Während sich seine Krallen in sie bohrten, verwandte sie ihre letzte Kraft darauf, meine Freunde und mich an den einzigen Ort zu befördern, an dem wir vor dem Dämon sicher waren: in die Gärten des Dara.

Trotz der Bewunderung und Dankbarkeit, die ich für unsere Retterin empfand, konnte ich an nichts anderes denken als an meinen Sohn. Der Kampf war nun offen ausgebrochen, und Sombre würde sicher nicht ruhen, bis er unsere Kinder getötet hatte! Nol rief uns in Erinnerung, dass Cael und die anderen Gwelome trugen und damit für Unsterbliche unsichtbar waren, für Götter ebenso wie für Dämonen. Darum hatte Aliandra sie auch nicht finden und zu uns bringen können.

Als Nol geendet hatte, sprangen wir auf, steckten uns Steine in die Taschen und flehten ihn an, uns die Pforte zu dem Ort zu öffnen, an dem sich unsere Kinder aufhielten. Doch der Hüter des Dara weigerte sich, uns gehen zu lassen. Man könne nicht riskieren, den Erzfeind zu verlieren, sagte er. Aliandras Opfer dürfe nicht umsonst gewesen sein.

Verzweifelt versuchten wir, ihn umzustimmen oder wenigstens für einige von uns eine Erlaubnis zu erwirken, das Jal zu verlassen. Selbst als wir ihn darauf hinwiesen, wie wichtig das Wohl jedes einzelnen Erben für das Überleben der bekannten Welt war, stießen wir auf taube Ohren. Sie werden den Weg ins Dara finden, *versicherte er uns.* Und sollten sie Eurydis oder einem unserer Verbündeten begegnen, werden sie unverzüglich in Sicherheit gebracht. *Ich glaubte, nicht recht gehört zu haben. Wie um alles in der Welt sollten unsere Kinder zu uns finden – an einen Ort, von dessen Existenz sie nichts wussten? Und war es nicht ebenso gut möglich, dass sie nicht Eurydis, sondern Sombre höchstpersönlich über den Weg liefen?*

Unsere Angst und Hilflosigkeit machten uns schier wahnsinnig. Zuletzt verlegten wir uns auf Drohungen: Einige von uns erklärten, nicht vor dem Äußersten zurückzuschrecken, falls sich Nol weiter weigere, die Pforte zu öffnen. Obwohl wir wussten, dass wir dem Unsterblichen nichts anhaben konnten, bauten sich Grigán, Rey und Léti kämpferisch vor Nol auf und funkelten ihn wütend an. Ich fragte mich schon, wer von ihnen es zuerst wagen würde, den Gott anzugreifen!

Doch dazu kamen sie nicht mehr, ebenso wenig wie Corenn noch Zeit hatte, die erhitzten Gemüter zu beruhigen, oder Lana ihr Stoßgebet an Eurydis zu Ende sprechen konnte. Urplötzlich wurden wir von einer bleiernen Müdigkeit befal-

len, unsere Knie gaben nach, und wir sanken zu Boden. Wenige Augenblicke später schliefen wir so tief und fest, wie es nur im Jal möglich war.

Als wir wieder zu uns kamen, befanden wir uns auf einem Vorsprung in dem Gebirge, das die Gärten des Dara umschloss. Die Felswände ringsum waren so steil, dass wir ihn nicht verlassen konnten. Die Dekanten vergingen und wurden zu Tagen, bis wir schließlich einsehen mussten, dass Nol uns auf unabsehbare Zeit gefangen hielt.

Wir sprachen nur noch ein einziges Mal mit ihm, nachdem wir versucht hatten, mit der Außenwelt in Verbindung zu treten. Als der Hüter die Pforte öffnete, die wir zwar sehen, aber nicht erreichen konnten, machte ich von meinen magischen Kräften Gebrauch und sandte eine Botschaft zum Platz der Büßer in Lorelia. Ich hoffte, dass einige zufällige Passanten die Botschaft, die nur aus drei Wörtern bestand, in ihren Gedanken vernehmen und sie weitergeben würden: »Cael! Wir leben!«

Gleich darauf erschien Nol auf unserem Felsvorsprung, ohne dass wir erkennen konnten, wie er hinaufgekommen war. Schroff erklärte er uns, dass meine Botschaft unseren Kindern womöglich mehr geschadet als geholfen habe. Dann verschwand er wieder, und die Pforte blieb fortan geschlossen, zumindest zu den Zeiten, in denen wir wach waren.

Natürlich war mir klar, dass meine Botschaft auch Sombre erreicht haben konnte. Doch in Anbetracht der Umstände empfand ich das als das kleinere Übel. Wenn Bowbaq, Niss, Eryne, Nolan, Amanón und Cael noch lebten und einander gefunden hatten, mussten sie unbedingt wissen, dass sie sich um uns nicht zu sorgen brauchten. Sie durften den Mut nicht verlieren, so wie auch wir die Hoffnung nicht auf-

gaben, als wir auf diesem Felsvorsprung zwischen Himmel und Erde festsaßen, an einem Ort, der nur in der Vorstellung der Menschen existiert.

Für jeden Tag, den wir im Jal ausharrten, verstrich in der Welt der Sterblichen doppelt, vielleicht gar zehnmal so viel Zeit. Seit wie vielen Dekaden wurden unsere Kinder schon von dem Dämon verfolgt? Waren sie überhaupt noch am Leben? Aber hätte Nol uns nicht verständigt, wenn Sombre bereits den Sieg davongetragen hätte? Wir litten unter unserer Ohnmacht, und unsere Angst nährte die schlimmsten Befürchtungen.

Bis zu jenem Morgen, als ich eine Treppe in der Felswand entdeckte, die über Nacht wie von Zauberhand aufgetaucht war. Endlich konnten wir unser Gefängnis verlassen. In der Nähe der Pforte saß Nol im Schatten eines Kirschbaums. »Sie kommen«, sagte er nur.

Auf diesen Moment hatten wir so lange gehofft: Wir hörten vertraute Stimmen. Überglücklich fielen wir unseren Liebsten in die Arme. Das Jal verstärkte die Wiedersehensfreude zu einer unermesslichen Seligkeit, die alle meine Sinne überwältigte. Ich konnte Cael gerade noch an mich drücken und ihm übers Haar streichen, dann verfiel ich der berauschenden Euphorie des Dara.

Meine letzten Gedanken, bevor ich in einen tiefen Schlaf fiel, galten meinem Sohn – wie groß er geworden war, wie sehr er körperlich und geistig gereift wirkte. Doch trotz aller Freude lag auch eine Spur von Traurigkeit und Wut in seinem Blick.

Jene Wut, die selbst unsterbliches Leben auszulöschen vermag.

ERSTES BUCH

DIE LETZTE PFORTE

Unter der sanften Sonne, die das Tal beschien, war das Gras angenehm weich und kühl. Als Erstes kehrte der Tastsinn zurück, auch wenn das viel länger dauerte als sonst. Trotz ihrer Benommenheit wusste Niss genau, dass sie gleich wieder wegdämmern würde, wenn sie sich jetzt zu schnell bewegte. Also blieb sie ruhig liegen und wartete, bis sie vollends erwachte.

Dann drangen Geräusche an ihr Ohr, und fremdartige Gerüche stiegen ihr in die Nase. Auch schmecken konnte sie nun wieder, und obwohl sie längst die Lider hätte heben können, machte sie sich erst einmal langsam mit den unzähligen Sinneseindrücken vertraut.

Nach einigen Dezillen, vielleicht auch mehr, hatten sich ihre Sinne so weit an die Umgebung gewöhnt, dass sie es wagte, die Augen zu öffnen. Sie hatte richtig geraten: Es dämmerte bereits. Sie hatte den ganzen Tag geschlafen.

Sie blinzelte noch ein paarmal, dann stützte sie sich auf die Ellbogen auf und stellte zu ihrer Erleichterung fest, dass ihr nicht schwindelig wurde. Doch als ihr Blick auf die Gestalten fiel, die um sie herum im Gras lagen, hätte sie sich am liebsten in den Arm gezwickt. *Ich habe nicht geträumt!*

Die Erben waren wieder vollzählig und schliefen in kleinen Grüppchen eng aneinandergeschmiegt. Ein Stück entfernt lag Cael zwischen Yan und Léti, die ihren Sohn selbst im Schlaf noch umarmten. Weiter hinten entdeckte sie Corenn, Grigán und Amanón, und sie stellte staunend fest, wie sehr sich die beiden Männer in der schwarzen Lederkluft und mit dem Krummschwert an ihrer Seite glichen.

Unweit von ihnen schlief die Familie von Kercyan: Herzog Reyan, ein gutaussehender Mann mit einem gepflegten blonden Bart, Emaz Lana und die Geschwister Nolan und Eryne, die neben ihren Eltern plötzlich viel jünger wirkten. Aber das traf auch auf Cael und Amanón zu – ja selbst auf Zejabel, die Nolan offenbar gleich mit zu seiner Familie genommen hatte. Niss fragte sich, ob er noch dazu gekommen war, die Zü vorzustellen. Wahrscheinlich nicht. Sie alle waren der euphorisierenden Magie der Gärten verfallen und von einer seltsamen Benommenheit übermannt worden, kaum dass sie einander in die Arme geschlossen hatten. Niss hatte von dieser Wirkung des Jal gewusst, doch es war etwas völlig anderes, sie am eigenen Leib zu erfahren. Und außerdem war sie noch aus einem weiteren Grund in einen Freudentaumel geraten: Als sie an Caels Kuss zurückdachte, strich sie sich unwillkürlich mit dem Finger über die Lippen und sah zu dem schlafenden Jungen hinüber. Auch dieses Erlebnisses wegen war sie froh, es bis ins Jal geschafft zu haben.

Vorsichtig streckte sie ihre immer noch tauben Beine, setzte sich auf und betrachtete ihre ringsum verstreute Familie. Alle neun waren sie da, in ihrer Mitte der friedlich schlummernde Bowbaq, neben dem seine Enkel Jeran und Tolomin, denen er je einen Arm um die Schultern gelegt hatte, wie Zwerge wirkten. Großmutter Ispen lag an seiner Seite und lächelte selbst im Schlaf ihr stilles Lächeln. Niss' Eltern Robe und Prad ruhten gleich neben ihrer Tochter im Gras, und Tante Iulane und Onkel Harqi schlossen den Kreis auf der anderen Seite.

Niss wagte sich kaum zu rühren. Sie wollte sich diesen wunderbaren Moment am liebsten für immer einprägen. Für dieses Wiedersehen hatte sie viel auf sich genommen. Sie hatte in den Tiefen des Mittenmeers mit dem Tod gerungen und war Zuïas tödlichem Blick ausgesetzt gewesen; sie war in den Geist zahlreicher Feinde eingedrungen und hatte dabei nicht nur im Körper eines Lemuren gekämpft, sondern auch Caels inneren Dämon bezwungen. Die unzähligen Gefahren, die vielen Etappen ihrer Reise, die Entbehrungen, Ängste und Schrecken der letzten Zeit würde sie nie vergessen. Doch sie hatten es geschafft: Sie hatten ihre Familien wiedergefunden. Vorerst kamen ihr die Frage, wer der Erzfeind sein würde, und ihr Kampf gegen Sombre vollkommen unwichtig vor. Darum würden sie sich später kümmern. Alle zusammen.

Sie blieb noch eine Weile sitzen, um mitzuerleben, wie die anderen aufwachten, aber bald konnte sie es nicht mehr erwarten, sich in diesem Wunderland umzusehen. Da sie niemanden wecken wollte, schlich sie auf Zehenspitzen davon und suchte sich einen guten Aussichtspunkt. Der gewaltige Steinbogen, der sich in der Mitte des Tals erhob, zog ihren Blick unwiderstehlich an. Ansonsten sah das Jal'dara genauso aus, wie Bowbaq und Corenn es beschrieben hatten: weitläufige, von schroffen Felshängen umschlossene grüne Wiesen, die vollkommen unberührt und dennoch wie ein wunderschöner, sorgsam gepflegter Garten wirkten. Hunderte Vögel zwitscherten in den Bäumen, ohne dass darunter auch nur eine Spur Kot zu sehen gewesen wäre, und überall wuchsen bunte Blumen, aber kein einziges Unkraut. Das Dara war eine bis ins letzte Detail makellose Bilderbuchlandschaft, eine Welt, die es gar nicht geben konnte, die zu vollkommen war, um echt zu sein.

Niss war nicht zum ersten Mal in diesen Gärten, doch sie hatte sie erst als Mensch aus Fleisch und Blut betreten müssen, um sich daran zu erinnern. Zweimal hatte sie in einem fremden Körper den Tod durchlitten, woraufhin ihr Geist im Dara umhergeirrt war – einmal für sehr lange Zeit, einmal nur für eine kleine Weile. Und im Grunde kam ihr auch der mächtige Steinbogen bekannt vor. Hatte sie bei diesen Erlebnissen nicht den Eindruck gehabt, eine große Entfernung zurückzulegen? War sie nicht wie eine Art Lichtstrahl durch tiefe Dunkelheit gesaust, bevor ihr Geist zwischen diesen Bergen gefangen gewesen war und nach den Kindern suchte, von deren Existenz sie unerklärlicherweise wusste?

Dieser letzte Gedanke brachte sie auf eine Idee. Die Kinder, die *Götterkinder!* Wieso war sie nicht schon längst darauf gekommen? Ein dumpfes Gefühl sagte ihr, dass sie auf etwas Wichtiges gestoßen war, aber sie dachte nicht weiter darüber nach, sondern sah sich neugierig nach einem der sagenumwobenen Unsterblichen um. Mit vor Aufregung klopfendem Herzen ging sie durch eine kleine Baumgruppe hindurch, die ihr die Sicht versperrte.

Sie erblickte einen kleinen Jungen, nicht größer als Tolomin.

Und ihm gegenüber saß Kebree.

Im ersten Moment schämte sich Niss, weil ihr gar nicht

aufgefallen war, dass der Wallatte fehlte. Wie hatte sie ihn nur vergessen können! Der Freudentaumel, den das Jal auslöste, konnte ihre Nachlässigkeit nur halb entschuldigen.

Dann durchzuckte sie kurz die Angst: Was hatte Saats Sohn mit dem Götterkind vor? Im nächsten Augenblick machte sie sich bittere Vorwürfe, so etwas auch nur gedacht zu haben. Ohne Keb wären sie jetzt nicht hier! Er hatte seine Loyalität unzählige Male unter Beweis gestellt. Andererseits konnte Niss Usuls Prophezeiung einfach nicht vergessen: *Einer von euch wird die anderen verraten.* Und der Wallatte war schließlich der Einzige, der allein und ohne Familie war. Warum hatte er sich gleich davongemacht, nachdem er aufgewacht war?

Sie bewegte sich so leise wie möglich, um den kleinen Jungen, der aufgeregt hin- und hertrippelte, nicht zu erschrecken. Dabei hatte der kindliche Gott nur Augen für Kebree, dem er hin und wieder ein scheues Lächeln schenkte. Als Niss auf Höhe des Wallatten angekommen war und die alberne Grimasse sah, die er gerade schnitt, begriff sie, was sich hier abspielte. Im nächsten Augenblick setzte Kebree eine todernste Miene auf, nur um plötzlich die Zunge herauszustrecken und den Kleinen damit zum Kichern zu bringen. Niss konnte selbst nicht umhin, laut aufzulachen, woraufhin der Unsterbliche sie neugierig ansah.

»Er hat sich seit mindestens zwei Dezimen nicht vom Fleck gerührt«, raunte Keb ihr belustigt zu. »Aber ich kriege einfach kein Wort aus ihm heraus.«

»Großvater sagt, dass sie fast nie sprechen«, meinte Niss und lächelte dem Jungen zu. »Sie sind zu sehr damit beschäftigt, den Gedanken der Menschen zu lauschen.«

Nach einer Weile wandte sich der Junge von seinen Besuchern ab und beobachtete stattdessen einen Schmetterling mit goldenen Flügeln, der an ihm vorbeiflatterte. Er streckte die Hand aus, als wolle er ihn fangen, tapste ihm zwei Schritte hinterher, ließ sich dann ins Gras plumpsen und folgte dem Schmetterling mit dem Blick.

Aus dem Augenwinkel sah Niss, wie Kebs Miene sich verdüsterte. Es tat ihr leid, sein Spiel unterbrochen zu haben, aber er war ihr deswegen doch wohl nicht böse? Halb zärtlich, halb traurig betrachtete er das Kind, und es war nicht schwer zu erraten, woran er dachte: Vielleicht, aber nur vielleicht, war er der Vater von Erynes Kind. Oder grübelte er darüber nach, wie Saat, sein eigener Vater, einst den Geist eines dieser Götterkinder manipuliert hatte, um einen grausamen Dämon aus ihm zu machen? Kebree hatte wahrhaftig kein leichtes Schicksal zu tragen.

Erst jetzt, da Niss eins dieser unschuldigen Wesen leibhaftig vor sich hatte, wurde ihr das Ausmaß von Saats Verbrechen richtig klar. Im Grunde war Sombre nur ein weiteres Opfer des grausamen Hexers. Ein Opfer, das sich nun an einem anderen für die erlittenen Qualen rächte, indem es seinen Geist nach seinem Abbild zu formen versuchte. Und dafür hatte sich Sombre ausgerechnet Cael ausgesucht.

Die Vorstellung, dass dieser kleine Junge, der mit offenem Mund einen Schmetterling bestaunte, eines Tages ein furchterregender, blutrünstiger Dämon werden könnte, rief Niss in Erinnerung, warum es sie überhaupt ins Jal verschlagen hatte.

Zwar waren die Erben wieder vereint, aber der eigentliche Kampf stand ihnen noch bevor. Sie mussten Sombre das Handwerk legen.

Als Amanón die Augen aufschlug, sah er als Erstes, dass Grigán bereits auf den Beinen war. Das wunderte ihn nicht, denn auch mit seinen über fünfundsechzig Jahren war sein Vater so wachsam und kräftig wie eh und je. Er konnte sich nicht erinnern, ihn schon einmal krank oder auch nur erschöpft erlebt zu haben. Die Magie des Jal, die jedem menschlichen Besucher ein ungewöhnlich langes Leben schenkte – gleichzeitig aber auch seine Fruchtbarkeit verminderte –, hatte daran wohl keinen unwesentlichen Anteil. Davon abgesehen hatte der ramgrithische Krieger über zwanzig Jahre lang im Untergrund gelebt, stets auf der Flucht vor den Mördern, die ihm Aleb der Einäugige, der unrechtmäßige Herrscher von Griteh, auf den Hals gehetzt hatte. Wer unter solchen Umständen überlebte, entwickelte eine besondere Widerstandsfähigkeit.

Grigán saß reglos auf dem Reisebündel seines Sohns und kaute auf einem kleinen Zweig herum, den Blick in die Ferne gerichtet. Bei der ersten Bewegung wandte er sich Amanón zu, der ihn wortlos anlächelte. So verharrten sie einen Moment, bis Grigán ihm die Hand hinstreckte, um ihm aufzuhelfen.

Amanón stützte sich dankbar auf ihn, denn beim Aufstehen ergriff ihn ein Schwindel, der sich erst nach einer Weile legte. Als er wieder einen klaren Kopf hatte, sah er sich forschend um. Abgesehen von seinem Vater und ihm selbst schienen nur Lana und Prad, Bowbaqs ältester Sohn, bereits wach zu sein. Mit Schrecken stellte er fest, dass Keb und Niss fehlten, aber da traten die beiden auch schon aus einem kleinen Gehölz. Beruhigt beugte er sich zu seiner Mutter hinunter, die immer noch friedlich im Gras schlief, und strich ihr zärtlich übers Haar. Mit ehrfürchtigem Respekt dachte er daran, dass von den weisen Entscheidungen dieser Frau das Geschick des ganzen Matriarchats abhing. Ohne Corenns Umsicht, ohne die Tagebücher, die sie ihrem Sohn hinterlassen hatte, wäre die junge Generation der Erben verloren gewesen. Nur ihr war es zu verdanken, dass sie nicht längst von den Anhängern der Dunklen Bruderschaft, von Zuïa oder von Sombre selbst ermordet worden waren.

Dann wandte sich Amanón wieder seinem Vater zu und erwiderte sein liebevolles Lächeln. Es gab so viel zu sagen und zu erzählen, dass er gar nicht wusste, wo er anfangen sollte. Am liebsten hätte er Grigán auf der Stelle ausgefragt, was er und die Eltern seiner Freunde alles erlebt hatten. Wie waren sie im Jal gelandet? Wie hatten sie es geschafft, ihnen eine Botschaft zukommen zu lassen? Was wussten sie über Sombres Pläne? Hatten sie Mittel und Wege gefunden, ihn zu besiegen? Hunderte Fragen bestürmten ihn, doch als er den Blick über das Tal, seine schlafenden Gefährten und das von ersten Falten überzogene Gesicht seines Vaters schweifen ließ, brachte er vor Glück kein Wort über die Lippen.

»Ist das Narros Schwert?«, fragte Grigán mit einer knappen Kopfbewegung.

Amanón sah zu der Waffe hinunter, die er seit gut sechs Dekaden bei sich trug. Ja, es war das Krummschwert, das ihm der einstige König von Griteh geschenkt hatte. Vor dem Überfall der Valiponden im Haus seiner Eltern hatte er es nicht einmal in die Hand genommen, geschweige denn benutzt. Das hatte sich seither gründlich geändert …

»Ich habe mich daran gewöhnt, es zu tragen«, sagte er mit einem schiefen Grinsen. »Ich habe mich sogar an einige deiner Lektionen erinnert«, fügte er nicht ohne Stolz hinzu. »Das hat mir mehr als einmal den Hals gerettet.«

Sein Vater betrachtete ihn mit einer Mischung aus Bewunderung und Sorge. Es musste ihm schwerfallen, sich seinen Sohn, den Büchernarren, beim Schwertkampf vorzustellen.

»Bist du verwundet worden? Hast du viel einstecken müssen?«

Amanón wollte schon nicken, überlegte es sich aber im letzten Moment anders. Es stimmte, er hatte viele Wunden davongetragen, einige davon schwer, und den anderen war es nicht besser ergangen. Wären Erynes heilende Kräfte nicht gewesen, hätten sie die Folgen ihrer Kämpfe vielleicht nicht überlebt. Doch das war eine lange Geschichte, die sich nicht leichthin erzählen ließ, und so zog Amanón es vor, damit zu warten, bis alle wieder zu sich gekommen waren. Seine Freunde sollten wie er selbst erst einmal die Wiedersehensfreude auskosten.

Grigán schien zu verstehen, denn er fragte nicht weiter, sondern berichtete stattdessen ausführlich, was ihnen widerfahren war. Die Neuigkeiten brachten Amanón sofort ins Grübeln. Ihre Eltern waren also die ganze Zeit über im Jal'dara gefangen gewesen, dem einzigen Ort, an dem sie vor Sombre sicher waren. Um zu ihnen zu gelangen, hätten die Erben nur ihre Gwelome abzulegen brauchen, dann wären auch sie von Eurydis, Nol oder einem ihrer Verbündeten ins Jal gebracht worden. Was für eine Ironie des Schicksals! Amanón machte sich bittere Vorwürfe, dass sie es nicht wenigstens versucht hatten. Andererseits hätten sie sich damit auch der Gefahr ausgesetzt, von Sombre gefunden zu werden.

Während Grigán und er sich unterhielten, senkte sich langsam die Nacht über das Dara herab, und einer nach dem anderen erwachten die Gefährten aus ihrem tiefen Schlaf. Die beiden Ramgrith winkten ihnen jedes Mal zur Begrüßung zu, wollten die einzelnen Grüppchen in ihrem Wiedersehen aber nicht stören. Bei den Arkariern brach jedes Mal, wenn ein weiteres Mitglied der Familie die Augen aufschlug, lautstarker Jubel aus, und als Niss' Verwandte hörten, dass sie vollständig geheilt war, veranstalteten sie ein wahres Freudenfest. Sie hatten Niss noch als teilnahmslosen, stummen Schatten ihrer selbst in Erinnerung. Umso glücklicher waren sie nun, das Mädchen munter und fröhlich vor sich zu sehen.

Keb hatte sich mittlerweile zu Bowbaqs Familie gesellt. Unter dem dröhnenden Lachen des Großvaters, mit dem er während langer Dekanten beim Angeln Freundschaft geschlossen hatte, wirbelte er die beiden kleinen Jungen im Kreis herum. Weder Prad noch Harqi schienen etwas dagegen zu haben, dass ein junger Wallatte mit ihren Kindern spielte, obwohl sich Wallatten und Arkarier in der Schlacht am Blumenberg einen blutigen Kampf geliefert hatten.

Ein Stück weiter hinten war Zejabel in ein Gespräch mit Lana vertieft, dem sich Reyan gleich darauf anschloss, während Cael, Léti und Yan fast im selben Moment erwachten und einander erst einmal stumm in die Arme fielen.

Auch Amanón wurde mit Liebkosungen überschüttet: Als Corenn zu sich kam, drückte sie ihren Sohn so innig und lange an sich, dass sich in seine Rührung ein wenig Verlegenheit mischte. Er musste ihr hundertmal versichern, dass es ihm gut gehe und sie ihm auch sehr gefehlt habe, bevor sie ihn widerstrebend losließ. Nach außen hin zeigte sie daraufhin wieder den heiteren Gleichmut, der den Ratsfrauen des Matriarchats eigen war, doch in ihren Augen las er alle Erleichterung und alles Glück der Welt, und auch ihre Stimme zitterte leicht.

»Hast du das Testament gefunden?«, fragte sie.

Amanón nickte und klopfte mit einem vielsagenden Grinsen auf die Innentasche seiner Jacke, in der er die Tagebücher verwahrte.

»Also wisst ihr über alles Bescheid«, sagte Corenn. »Habt ihr die Undinen aufgesucht? Haben sie euch gesagt, wer der Erzfeind ist?

Als er mit einem Kopfschütteln verneinte, sah er ihr Lächeln schwinden. Es tat ihm weh, ihre Hoffnungen enttäuschen zu müssen. Sie hatten zwar viele aufschlussreiche Erkenntnisse über die Geschichte der Pforten und die Etheker gewonnen, aber was den Kampf gegen Sombre anging, waren sie nicht viel weitergekommen.

»Wir wissen nur, dass der Erzfeind einer von uns ist«, sagte er zu seinen Eltern, die ihn gespannt ansahen. »Aber wer es sein wird, steht noch nicht fest. Offenbar wird ein bestimmtes Ereignis zwischen uns allen entscheiden.«

Zejabel fuhr mit weit aufgerissenen Augen hoch. In dem seltsamen Schlaf, in den sie nach ihrer Ankunft im Jal gefallen war, hatte sie wieder einmal die Gedanken anderer Menschen gehört. Genau wie damals, als sie Zuïas Dienerin gewesen war und sich mit ihrer Hilfe in den Zustand der Entsinnung versetzt hatte. Und genau wie es Eryne nun Tag für Tag erging, seit ihre Entwicklung zur Göttin begonnen hatte. Wahrscheinlich hatte die Magie des Jal die Fähigkeiten, die sie als Kahati erlernt hatte, wieder wachgerufen. Zurück blieb ein unangenehmes Gefühl, das Zejabel erst nach einer Weile abschütteln konnte. Sie wollte nicht mehr, dass irgendjemand, ob Gott oder Mensch, in ihren Geist eindrang. Nie wieder wollte sie das zulassen.

Während sie sich im abendlichen Dämmerlicht umsah, fragte sie sich, ob die anderen im Schlaf Ähnliches erlebt hatten. Diejenigen, die bereits wach waren, zeigten keinerlei Verwirrung oder Unruhe, im Gegenteil, sie strahlten vor Freude und Glück. Zejabel war versucht, sich ein wenig die Beine zu vertreten und ihre Freunde begrüßen zu gehen, als sie eine Bewegung hinter sich spürte. Sie wandte sich um und begegnete dem Blick Lanas, der lorelischen Herzogin und Emaz, die sich zwischen ihrem Mann und ihren Kindern aufgesetzt hatte. *Nolans und Erynes Mutter,* dachte Zejabel mit einem mulmigen Gefühl im Bauch, das sie auch schon gehabt hatte, als Nolan sie an der Hand genommen und zu seinen Eltern gezogen hatte.

»Emaz … Herzogin …«, stammelte sie und überlegte dabei, ob sie respektvoll den Kopf neigen sollte.

»Lana, einfach nur Lana«, sagte die Priesterin. »Wir sind

doch unter Freunden, nicht wahr? Wir hatten keine Zeit, uns näher kennenzulernen, aber ich habe sehr wohl gesehen, welche Zuneigung mein Sohn und meine Tochter Euch entgegenbringen. Nolan vor allem«, fügte sie mit einem kleinen Lächeln hinzu.

Die einstige Kahati spürte, wie ihre Wangen zu glühen begannen. Nolan hatte ihr erzählt, wie sehr sich seine Mutter in andere einzufühlen vermochte, aber sie hatte nicht damit gerechnet, so schnell durchschaut zu werden. Ob Lana wohl auch erkannt hatte, wie leidenschaftlich die Gefühle waren, die Nolan und sie füreinander hegten?

»Verzeiht mir die Frage«, fuhr Lana fort, »aber stammt Ihr vielleicht von der Insel Zuïa?«

Zejabel überlief es eiskalt. Am liebsten hätte sie ihre Herkunft verleugnet, doch dann wurde ihr bewusst, dass diese neue Bekanntschaft damit auf die denkbar schlechteste Art beginnen würde. Also nickte sie fast unmerklich.

»Ich habe der Dämonin, die mir meine Kindheit stahl, längst abgeschworen«, beteuerte sie. »Ich wollte sie mit Hilfe Eurer Tochter sogar töten. Wir sind bis in Zuïas Palast vorgedrungen, aber leider hat sie überlebt.«

Beklommen hob sie den Kopf, doch in Lanas Blick lagen weder Misstrauen noch Verachtung. Die Priesterin schien einfach nur überrascht zu sein.

»Es ist mir nie in den Sinn gekommen, dass Zuïa eine menschliche Gestalt haben könnte«, gestand sie. »Und ich habe auch nicht daran gedacht, dass Ihr zu den … Verzeiht, ich wollte keine schmerzhaften Erinnerungen wecken. Ich war nur neugierig, woher Ihr stammt. Ich bin immer noch etwas schlaftrunken, es tut mir leid.«

»Wir sind unter Freunden«, beruhigte die Zü sie mit ihren eigenen Worten. »Ich heiße Zejabel.«

Die beiden lächelten einander zu. Kein Wunder, dachte Zejabel, dass Nolan unter der Fürsorge dieser verständnisvollen Frau zu einem so sanften, mitfühlenden Mann herangewachsen war. Hätte sie doch nur selbst das Glück gekannt, Vater und Mutter zu haben!

Ein lautes Gähnen unterbrach das Schweigen, das zwischen ihnen eingekehrt war. Herzog Reyan setzte sich auf und räkelte sich ungeniert. Dann packte er seine Frau mit schelmisch blitzenden Augen an den Schultern und tat so, als wolle er sie zu Boden werfen. Als er das erhoffte Lachen hörte, gab er sie wieder frei und wandte sich zu Nolan und Eryne um, aber da seine Kinder immer noch tief und fest schliefen, schob er sich im Sitzen zu Zejabel hinüber, ergriff ihre Hand und küsste sie förmlich.

»Ich muss gestehen, ich habe Euer Gespräch belauscht«, sagte er augenzwinkernd. »Nun brenne ich darauf, die ganze Geschichte zu hören. Aber würdet Ihr mir zuvor eine kleine Bitte erfüllen? Dürfte ich Grigán die Nachricht überbringen?«

»Natürlich, aber … Welche Nachricht meint Ihr?«

»Dass Ihr von der Insel Zuïa stammt. Ich sehe schon lebhaft vor mir, was für ein Gesicht er machen wird, wenn ich ihm von einer Zü in unseren Reihen erzähle! Und ich freue mich immer, wenn ich ihn aus der Fassung bringen kann. Eine alte Tradition.«

Zejabel wusste nicht so recht, was sie sagen sollte, und er fasste ihr Schweigen flugs als Zustimmung auf. Er erhob sich und marschierte auf seinen Freund zu, machte aber wieder kehrt, als er Keb auf die beiden Frauen zukommen sah.

Zejabel fand, dass der Wallatte ungewöhnlich ernst wirkte, und ihr entging auch nicht, dass er der schlafenden Eryne einen langen Blick zuwarf. Insgeheim hoffte sie, dass er das Abenteuer mit Eryne vorerst unerwähnt lassen würde – ebenso wie seine mögliche Vaterschaft. Wenn es nach ihr ging, konnte die ausgelassene Stimmung, die unter den nach und nach erwachenden Gefährten herrschte, ruhig noch etwas länger andauern. Alles andere hatte Zeit bis später. Doch als Keb mit stolz erhobenem Kopf vor das lorelische Herzogspaar trat, wähnte sie den Augenblick der Ernüchterung gekommen.

»Ich bin Prinz Ke'b'ree Lu Wallos, Sohn von Königin Che'b'ree«, verkündete er in dem formellen Ton, den er gelegentlich anschlug. »Vor vielen Monden machte ich mich auf den Weg, um Emaz Lana eine Botschaft zu überbringen.«

Noch bevor irgendjemand reagieren konnte, kniete er vor der verblüfften Priesterin nieder und sprach so schnell und eindringlich weiter, dass ihn niemand zu unterbrechen wagte.

»An einem schicksalhaften Tag vor dreiundzwanzig Jahren stand es in Eurer Macht, die Frau zu töten, die Euch als ihre größte Feindin betrachtete. Sie hasste Euch, weil sie Saat einen Sohn gebären wollte und der Hexer seine Absicht angedeutet hatte, auch mit Euch ein Kind zu zeugen. Also verfolgte sie Euch und versuchte, Euch zu töten. Ihr aber verschontet ihr Leben, als sie Euch hilflos ausgeliefert war. Selbst das schützende Gwelom habt Ihr

Chebree gelassen. Als sie mich auf die Suche nach Euch schickte, glaubte ich, es sei in dem Wunsch geschehen, Euch zu danken. Mittlerweile weiß ich, dass mein Auftrag nur dazu diente, Euch und die anderen Erben in eine Falle zu locken«, sagte er mit gerunzelter Stirn. »Aber ich weiß auch, dass Chebrees Dankbarkeit Euch gegenüber aufrichtig ist und sie nur aus Angst vor dem Dämon gehandelt hat. Jedenfalls verdanke auch ich Eurer selbstlosen Tat mein Leben. Seid versichert, Emaz Lana, dass der Prinz von Wallatt für immer Euer ergebenster Diener ist.«

Nach diesen Worten senkte er das Haupt. Lana, Reyan und Zejabel schwiegen betreten, bis die Priesterin Keb sachte die Hand auf den Kopf legte. Offenbar hatte er auf eine solche Geste gewartet, denn gleich darauf erhob er sich und atmete tief durch, als wäre ihm eine schwere Last von den Schultern genommen. Zejabel warf ihm einen freundschaftlichen Blick zu.

»Wenn ich recht verstanden habe, bist du Saats Sohn«, sagte Reyan gedankenverloren. »Der Sohn des Mannes, der uns diesen ganzen Ärger eingebrockt hat. Der einzige Erbe unseres Feindes. Der ...«

»Ich habe nichts als Verachtung für diesen Unmenschen übrig«, unterbrach ihn Keb kalt. »Aber wenn du mir deswegen nicht vertrauen willst, dann lass es. Ich bin nicht auf der Suche nach neuen Freunden.«

»Hier geht es nicht um Vertrauen«, erwiderte der Herzog vergnügt. »Bowbaq scheint dich gern zu haben, das reicht mir als Bürgschaft. Aber eine kleine Bitte hätte ich: Dürfte ich Grigán die Nachricht überbringen?«

Im Traum kam es Cael vor, als brande eine Woge von Menschen gegen ihn an, und jeder von ihnen versuchte, zu ihm durchzudringen, um Spuren in seinem Geist zu hinterlassen. Einer solchen Übermacht konnte er sich nicht erwehren. Außerdem zögerte er bisweilen, wie er sich verhalten sollte, und diese Unschlüssigkeit war eigentlich das Schlimmste. Sollte er vor der Menschenmenge fliehen oder sich fügen und ihren Rufen lauschen? Es wäre alles so viel einfacher gewesen, wenn die Stimme seines inneren Dämons nicht so laut geworden wäre. So schwankte er zwischen Widerstand und Kapitulation, Wut und Gleichmut, während Tausende und Abertausende menschlicher Gedanken in seinen Kopf einzudringen versuchten.

Als er endlich erwachte, fühlte er sich alles andere als erholt. Der Schlaf war für ihn ein fortwährender Kampf zwischen seiner inneren Stimme und dem wohltuenden Einfluss der Gärten gewesen. In dem Moment, in dem der Dämon den Sieg davongetragen hatte, war Cael brutal aus dem Schlaf gerissen worden. Hätte sich Cael nicht im Dara befunden, umfangen von dessen schützender Magie, hätte die Stimme wohl wieder die Kontrolle über seinen Körper übernommen.

Die Freudenbekundungen der anderen ließen ihn zunächst kalt, doch als er die Hand seiner Mutter auf seinem Haar spürte, stieg plötzlich ein Glücksgefühl in ihm auf. Er öffnete die Augen einen Spalt, drehte sich zu ihr um und schmiegte sich an sie, als könne er gar nicht genug Liebe und Zuneigung bekommen. Gleich darauf legte auch sein Vater den Arm um ihn.

In Caels Kopf drehte sich alles. Die zärtlichen Berührungen seiner Eltern taten ihm unbeschreiblich gut. Sie mussten keine Worte wechseln, sich nicht einmal ansehen. Seine Eltern waren ganz einfach da. Sie passten auf ihn auf. Wie in seiner Kindheit, als er zu ihnen ins Bett gekrochen war, wenn er schlecht geträumt hatte. Wie damals, als er gerade zur Welt gekommen war.

Wie damals, als Sombre meinen Geist folterte und meine Eltern versuchten, ihren brüllenden Säugling irgendwie zu beruhigen.

Bei diesem Gedanken verlor Cael die Fassung. Er spürte ein Schluchzen in sich aufsteigen, dann liefen ihm stumme Tränen übers Gesicht und benetzten das Hemd seiner Mutter, die ihn noch fester an sich drückte. Er wünschte, die Umarmung würde niemals enden. In den letzten Tagen war er viel häufiger Sombres grausames Geschöpf als ein gewöhnlicher Junge gewesen. Beinahe wäre er sogar für immer im Karu zurückgeblieben, wenn Niss ihn nicht mit einem Kuss befreit hätte. Diese Erinnerung trieb ihm noch mehr Tränen in die Augen, und mit wachsendem Entsetzen dachte er an all die Gräueltaten zurück, zu denen seine Stimme ihn getrieben hatte, bis er schließlich sogar auf seine eigenen Freunde losgegangen war. Er weinte und weinte, während er sich an die beiden Menschen klammerte, die er über alles in der Welt liebte und die nicht ahnen konnten, dass er in Wahrheit ein Ungeheuer war.

Als seine Tränen endlich versiegten, fühlte er sich besser. Die Schwäche, die er gerade gezeigt hatte, war ein Sieg über die Unmenschlichkeit seines inneren Dämons. Er hatte seine Lage erkannt und seinen Schmerz zugelassen, und so war er der Stimme ein Stück entkommen. Die

Magie des Dara hatte sicher das Ihre dazu getan. Cael war nun wieder wild entschlossen, gegen das Böse in seinem Innern anzukämpfen, und sei es nur aus Liebe zu seinen Eltern, die sein Leiden hilflos mit ansehen mussten.

Sanft löste er sich aus ihrer Umarmung, und alle drei setzten sich mit verlegenem Lächeln auf. Cael wusste, dass sie ihm keine Fragen stellen oder zumindest nicht weiter in ihn dringen würden. Also nahm er all seinen Mut zusammen und brachte das Thema selbst zur Sprache.

»Ich weiß, von wem meine innere Stimme stammt«, sagte er und hob eine Hand an die Stirn.

Yan und Léti wurden schlagartig ernst und hörten ihm sorgenvoll zu, während er von seinen Anfällen und den immer heftigeren Gewaltausbrüchen erzählte. Er ging nicht weiter auf die Umstände dieser Vorfälle ein, da er vermutete, dass sich die Erben bald zu einem ausführlichen Gespräch versammeln und einander von ihren Erlebnissen berichten würden. Vorerst verspürte er vor allem den Drang, seinen Eltern die Untaten seines zweiten Ichs zu beichten, den blinden Hass, der ihn dabei packte, seine Gier nach Unterwerfung und Macht.

»Sombre wollte meinen Geist nach seinem Abbild formen«, sagte er zuletzt mit zittriger Stimme. »Ihm blieb nur nicht genug Zeit, mein wahres Ich endgültig auszulöschen. Seither kämpfe ich gegen seinen Einfluss an … Aber das wird immer schwieriger.«

Er hatte noch viel mehr auf dem Herzen, doch die teilnahmsvollen Blicke seiner Eltern ließen ihn verstummen. Wie würden sie die Nachricht aufnehmen, dass sich ihr einziger Sohn irgendwann vollends in einen Dämon verwandeln würde? Nach einem Moment des Schweigens, der ihm unerträglich lang vorkam, sah er zu seiner Überraschung ein Lächeln auf dem Gesicht seiner Mutter aufblitzen.

»Bei Eurydis, wie erwachsen du geworden bist!«, rief sie beinahe entzückt. »Ich sehe immer noch meinen kleinen Liebling in dir, aber du denkst und sprichst wie ein Erwachsener.«

»Er klingt schon fast wie Tante Corenn«, stimmte Yan belustigt zu. »Da werden wohl viele Diskussionen auf uns zukommen.«

»Aber ... Habt ihr nicht verstanden, was das bedeutet? Es steht schlimm um mich! Ich habe Niss, Eryne und Amanón angegriffen und wollte sie töten! Beim nächsten Mal könnte ich sogar über euch herfallen!«

In die Gesichter seiner Eltern trat ein harter, entschlossener Ausdruck, und er bereute seine Worte sofort. Plötzlich fiel ihm ein, was sie im Laufe ihrer Reise alles über die ältere Generation der Erben erfahren hatten. Vor rund zwanzig Jahren hatten seine Eltern unzählige Gefahren überstanden. Yan war sogar vor Sombre getreten, allein und unbewaffnet. So tapfer würde er selbst niemals sein. Und Léti hatte Saat, dem mächtigsten und grausamsten aller Sterblichen, den Todesstoß versetzt. Damals waren die beiden kaum älter gewesen als er jetzt. Und sie hatten das Unmögliche geschafft.

»So weit wird es nicht kommen«, erklärte seine Mutter mit Nachdruck. »Ich werde nicht zulassen, dass irgendjemand dir etwas antut. Wir werden schon einen Weg finden, diese verfluchte Stimme zu vertreiben.«

»Das Problem erledigt sich von selbst, wenn Sombre erst einmal besiegt ist«, ergänzte sein Vater. »Und dieser

Tag ist sicher nicht mehr fern. Uns bleibt jetzt ohnehin nichts anderes übrig, als uns dem Kampf zu stellen. Bald ist das alles vorbei, mein Sohn.«

Cael hätte ihnen nur zu gern zugestimmt, aber er konnte einfach nicht daran glauben. Sosehr er die Fähigkeiten und den Mut der Erben bewunderte, sosehr er auf die Kraft ihrer Einheit vertraute – der letzte Kampf würde viel schwerer werden, als Yan und Léti es sich vorstellten, da war er ganz sicher. Denn er kannte das wahre Ausmaß von Sombres Macht und Stärke. Er spürte sie bei jedem seiner Anfälle in sich.

»Es steht schlimm um mich«, wiederholte er, auch wenn es ihm leidtat, die Zuversicht seiner Eltern zu erschüttern. »Wenn nicht schnell irgendwas passiert, dann … Ich habe Angst vor mir selbst. Ich habe bereits Usul getötet«, fügte er leise hinzu.

Diesmal schienen seine Worte ihre Wirkung nicht zu verfehlen. Vor allem Yan, der dem Gott der Guori damals selbst gegenübergetreten war, sah ihn betroffen an. *Es ist ihnen nie in den Sinn gekommen, dass ich imstande sein könnte, einen Unsterblichen zu töten,* dachte Cael. *Dass die Kraft meines Dämons so groß ist, hätten sie sich in ihren schlimmsten Alpträumen nicht vorgestellt.*

Doch bevor Yan oder Léti dazu kamen, etwas zu erwidern, zerriss ein gellender Schrei die abendliche Stille. Ein Schrei voller Verzweiflung, der aus Nolans Kehle kam.

Als Nolan erwachte, hörte er noch den Widerhall seines eigenen Schreis. Im Schlaf hatte er das Gefühl gehabt, in einen endlos tiefen Brunnen zu fallen. Panisch versuchte er sich an seinen Traum zu erinnern, doch die Einzelheiten der Vision, die er wieder vor sich gesehen hatte, entglitten ihm auch diesmal. Welcher der Erben noch am Leben war, wer verwundet am Boden lag, all das wich einer schwarzen Leere, die von unsäglicher Trauer durchdrungen war. Dieses Unheil würde ihnen sehr bald widerfahren, so hatten es die Undinen prophezeit, und nichts und niemand konnte verhindern, dass es tatsächlich eintrat. Für den Bruchteil einer Dezille hatte Nolan einen Blick in die Zukunft geworfen.

Schwer atmend blieb er sitzen und wartete, bis seine Angst und der Schwindel, den die Magie des Jal hervorrief, ein wenig nachließen. Zwar hörte er die vielen Stimmen, die beruhigend auf ihn einsprachen, und spürte die tröstliche Nähe Lanas und Zejabels, doch er vergrub noch eine ganze Weile den Kopf in den Armen, bevor er die Augen zu öffnen wagte und sich einer Welt gegenübersah, die in Wahrheit gar nicht existierte.

Um ihn herum standen so viele Menschen, dass er sie nicht alle überblicken konnte, aber vermutlich waren die Erben, die er mit seinem Schrei aufgeschreckt haben musste, vollzählig versammelt. Und abgesehen von Eryne schienen sie auch alle munter zu sein. Er betrachtete seine ältere Schwester, die mit geschlossenen Augen und entspannten Zügen neben ihm lag. War sie die Letzte, die noch schlief? *Mögen deine Träume süßer sein als meine,* dachte er traurig.

»Wie fühlst du dich?«, fragte Lana nach einer Weile.

»Es geht mir gut, Mutter«, versicherte er ihr und zwang sich zu einem Lächeln. »Ich habe nur schlecht geträumt. Sehr schlecht.«

Es beruhigte ihn zwar, seine Eltern bei sich zu wissen, aber angesichts der Schreckensvision, die ihn wieder heimgesucht hatte, sehnte er sich plötzlich nach dem Rückhalt seiner Freunde. Unter den rund fünfzehn Menschen, die ihn umringten, fand er schließlich Amanóns Blick. Sie verstanden sich ohne Worte, und auch Cael, Bowbaq, Niss, Zejabel und Keb schienen zu erraten, was ihn in seinen Träumen verfolgt hatte.

Plötzlich wurde Nolan bewusst, dass er im Mittelpunkt der Aufmerksamkeit stand. Hastig stand er auf und strich verlegen seine neue Priesterrobe glatt. Ihm entging nicht, dass Lana und Reyan ihn voller Stolz musterten. Seine Mutter hatte immer davon geträumt, dass er eines Tages in ihre Fußstapfen treten würde, während sein Vater, seit jeher ein Verfechter der Selbstentfaltung, die Entscheidungen seines Sohnes nicht nur respektiert, sondern auch nach Kräften unterstützt hatte. Natürlich freuten sie sich, dass er seine Studien erfolgreich beendet hatte. Zumindest, solange sie nichts von dem dunkelsten Kapitel seines Lebens wussten.

Offenbar hatte ihnen noch niemand erzählt, dass er eine Zeit lang den Zackendolch der K'lurier getragen hatte …

Nolan selbst konnte in diesem Moment weder Stolz noch Freude empfinden. Die grauenvolle Vision, die er im Schlaf nun schon zum zweiten Mal gesehen hatte, ließ ihn einfach nicht los. Es fehlte nicht viel, und er wäre in Tränen ausgebrochen.

»Habe ich was verpasst?«, fragte er, um den Kloß im Hals zu vertreiben.

»Ich war als Erster auf den Beinen«, sagte Keb, »und mir

ist nichts aufgefallen. Abgesehen davon, dass hier eigentlich alles sonderbar ist.«

Reyan trat neben den Wallatten und zwinkerte seinem Sohn dabei verschwörerisch zu. Nolan kannte dieses schelmische Funkeln in den Augen seines Vaters nur zu gut: Irgendetwas führte er im Schilde. Gespannt wartete er, welchen Scherz er sich diesmal erlauben würde.

»Da fällt mir ein, Grigán, dass ich Euch eigentlich gerade die neuen Freunde unserer Kinder vorstellen wollte.«

Plötzlich verstummte er und heftete den Blick auf einen Punkt in der Ferne. Nolan drehte sich erstaunt um und sah sofort, was ihn abgelenkt hatte.

Nol der Seltsame, der Hüter des Dara, kam auf sie zu.

Eigentlich hatte Nolan seit dem Moment, in dem er aus dem Karu ins Dara gelangt war, mit dieser Begegnung gerechnet. Nach all den übernatürlichen Erscheinungen, die sie auf ihrer Reise erlebt hatten, war er sicher gewesen, dass ihn nichts mehr beeindrucken konnte, zumal er bei ihrer Begegnung mit Zuïa schon einmal einer leibhaftigen Unsterblichen gegenübergestanden hatte. Doch er hatte sich getäuscht. Die Aura, die den Gott umgab, war so mächtig, dass Nolan vor Ehrfurcht und Faszination erstarrte. Das lag nicht an seiner äußeren Gestalt, die ohnehin, wie Nolan wusste, auf jeden anders wirkte: Würden die Erben Nol beschreiben, so wären ihre Eindrücke höchst unterschiedlich. Nein, es war vielmehr die geistige Kraft, die von ihm ausging. Nol war das erste Kind, das zur Zeit der Etheker im Jal gezeugt worden und hier geboren und aufgewachsen war. Er war älter als alle anderen Lebewesen auf Erden. Er hatte die ganze Geschichte der Menschheit erlebt, hatte Zivilisationen kommen und gehen sehen, hatte jeden Unsterblichen, der nach ihm im Dara geboren worden war, bis zu seiner Vollendung begleitet. Er war der Lehrende und würde es für alle Zeiten sein.

Niss war die Einzige, die zur Begrüßung scheu die Hand hob. Nolans Eltern und die anderen aus der älteren Generation sahen dem Gott misstrauisch, ja fast feindselig entgegen, doch alle erwiderten die würdevolle Verbeugung, mit der er vor sie trat. Selbst Keb, den Nolan aus den Augenwinkeln nervös beobachtete, senkte kurz das Haupt.

Wortlos ging der Unsterbliche zwischen den Erben hindurch. Sie machten ihm schweigend Platz, und Nolans Herz begann zu rasen, als er den Gott geradewegs auf sich zukommen sah. Doch Nol beugte sich über Eryne.

»Ihr dürft sie nicht länger schlafen lassen«, sagte er. »Sonst wacht sie womöglich nie mehr auf. Jedenfalls nicht in dieser Gestalt.«

Nolan hatte das Gefühl, als klaffte unter seinen Füßen ein Abgrund auf, durch den er wieder in die tiefste Finsternis des Karu stürzte.

Lana, Zejabel und Nolan knieten neben Eryne und schüttelten sie, sanft zuerst, dann immer heftiger. Die anderen riefen sie laut beim Namen, flehten sie an, zu ihnen zurückzukehren oder doch wenigstens ein Lebenszeichen von sich zu geben. Reyan machte von seinen Ellbogen Gebrauch, um sich einen Weg zu seiner Tochter zu bahnen, und verpasste ihr eine schallende Ohrfeige, die ihm wohl selbst am meisten wehtat. Doch auch das half nichts. Auf Erynes Wange bildete sich zwar ein roter Fleck, aber ihr Gesicht blieb reglos.

»Was soll das?«, herrschte Grigán Nol an. »Wir sind alle wach. Was habt Ihr mit dem Mädchen angestellt?«

»Ich habe damit nichts zu tun«, erwiderte Nol gleichmütig. »Sie steht unter dem Einfluss der Gärten. Das geschieht bisweilen, wenn die Entwicklung fast vollendet ist.«

In der Zwischenzeit hatte Zejabel in ihrem Bündel gewühlt und eines ihrer geheimnisvollen Fläschchen hervorgezogen. Kaum hatte sie es entkorkt, breitete sich der starke Geruch von Kräutern und Süßholz aus, nur um sich gleich wieder zu verflüchtigen. Die Zü hielt Eryne das Fläschchen unter die Nase und träufelte ihr sogar ein paar Tropfen zwischen die Lippen.

Keine Reaktion.

»Das Jal lässt die Aromen Eures Elixiers verdunsten, noch bevor sie ihre Wirkung entfalten können«, vermutete Corenn. »Irdische Heilmittel werden uns hier nicht helfen.«

Ihre letzten Worte gingen in Reyans Gebrüll unter: Er hatte Eryne bei den Schultern gepackt und schrie ihr ins Ohr. Niss, Lana und Nolan waren in Tränen ausgebrochen, die beiden kleinen Jungen weinten ebenfalls, und auch die anderen schienen kurz davor.

Amanón starrte mit leerem Blick vor sich hin. Seit Nol gesprochen hatte, war er wie gelähmt vor Entsetzen. Er, der seine kleine Schar durch alle Gefahren hindurch bis ans Ziel geführt hatte, war nun unfähig, auch nur einen Muskel zu rühren oder einen klaren Gedanken zu fassen, während die Frau, die er liebte, endgültig verloren war.

»Was meint Ihr mit, ›wenn die Entwicklung fast vollendet ist‹?«, fragte Yan. »Sie ist der Jugend doch längst entwachsen.«

»In den Augen der Sterblichen schon«, erwiderte Nol. »Doch nun, da sie sich im Jal befindet, ist der unsterbliche Anteil ihrer Seele stärker als der sterbliche. Wenn sie weiterhin den Gedanken der Menschen lauscht, wird es nicht mehr lange dauern, bis sie eine von uns ist.«

»Wovon sprecht Ihr da?«, rief Lana mit vor Tränen und Wut erstickter Stimme. »Was wird aus meiner Tochter?«

»Eine Unsterbliche. Eryne wird bald eine echte Göttin sein.«

Jene Erben, die noch nicht Bescheid wussten, starrten ihn fassungslos an. Manche schienen aus der Nachricht neue Hoffnung zu schöpfen, doch bei den meisten überwog die Ungläubigkeit. Erst als Erynes Freunde langsam nickten, schienen sie Nol Glauben zu schenken.

»Aber das ist doch widersinnig«, begehrte Léti auf. »Wenn sie sich zur Göttin entwickelt, kann sie nicht sterben, oder?«

»Doch, aber nur, wenn sie von einem anderen Unsterblichen getötet wird«, erklärte Nol.

»Heißt das, wir sollen einfach warten, bis sie endgültig zur Göttin geworden ist?«, fragte Nolan und sah ihn mit geröteten Augen an.

»Ich fürchte, dass Euch das ebenso wenig gefallen würde«, antwortete der Gott. »Nach ihrer Vollendung wird sie das Jal verlassen, durch eine der Pforten oder auf anderem Wege, je nachdem, was ihrer göttlichen Natur entspricht. Es liegt weder in meiner noch in ihrer Macht, das zu verhindern. Außerdem lässt sich noch nicht sagen, ob sie überhaupt ihre menschliche Gestalt behält. Eine Göttin, die den Namen ›die Heilende‹ trägt, ist vielleicht eher eine ätherische Erscheinung, eine Art schwebender Geist, der große Entfernungen überwinden und an mehreren Orten gleichzeitig sein kann. Bedenkt, dass der einzige Sinn und Zweck ihres Lebens die Aufgabe sein wird, die ihr die Menschen übertragen haben. Sie wird keinen Anteil mehr an Euren Wünschen und Hoffnungen nehmen. Vielleicht wird sie ihr irdisches Dasein sogar ganz vergessen und keine Erinnerung mehr an Euch haben.«

Mit vor Entsetzen geweiteten Augen starrten ihn die Erben an. Amanón hatte das Gefühl, ohnmächtig zu werden. Ohne nachzudenken, öffnete er den Mund und stammelte ein paar Worte, die eigentlich nur an ihn selbst gerichtet waren und die doch jeder in der Runde klar und deutlich hörte: »Sie erwartet ein Kind von mir …«

Erst als alle zu ihm herumfuhren, wurde ihm bewusst, dass er laut gesprochen hatte. Er vermied es, Reyan, Lana oder seinen Eltern in die Augen zu sehen, dazu fehlte ihm in diesem Moment die Kraft. Dann kam ihm Keb in den Sinn, und eine Woge der Scham stieg in ihm auf. Nein, das durfte er nicht ungesagt lassen.

»Von mir oder von Ke'b'ree«, fügte er hinzu, nur um gleich darauf auszurufen: »Sie darf noch nicht zur Göttin werden! In ihr wächst ein neues Leben heran!«

»Alles ist möglich«, sagte Nol ernst. »Vielleicht wird dieses Kind im Jal zur Welt kommen und mit den anderen aufwachsen. Oder es wird für immer mit seiner Mutter verbunden bleiben. Oder es wird ganz einfach verschwinden.«

Mit dieser letzten Vermutung sprach er Amanóns schlimmste Befürchtung aus. Womöglich löschte die Magie des Dara das Lebenslicht des kleinen Wesens aus, noch bevor es überhaupt zur Welt kam! Bei diesem Gedanken wurde ihm so übel, dass er sich gerade noch ein paar Schritte von den anderen entfernen konnte, bevor er sich übergab. Als er sich wieder aufrichtete, war das Erbrochene bereits verschwunden, und das Gras des Dara leuchtete so saftig grün wie zuvor.

Dieser Ort ist genauso unheimlich wie das Karu, dachte Amanón, während er sich immer noch den Bauch hielt. *Wir Sterbliche gehören nicht hierher. Wir haben eine verbotene Schwelle übertreten.*

»Wir müssen das Jal so schnell wie möglich verlassen«, sagte Corenn. »Nur so können wir Eryne seinem Einfluss entziehen.«

»Das würde nichts ändern«, erwiderte Nol. »Sie wird erst erwachen, wenn ihre Entwicklung abgeschlossen ist oder wenn sie aus eigenem Willen ihre Vollendung hinauszögert, um noch etwas länger unter den Menschen zu verweilen. Eigentlich kann nur sie selbst diese Entscheidung treffen, aber Ihr könnt versuchen, zu ihr durchzudringen.«

»Wie denn?«, schrie Reyan außer sich vor Wut. »Egal, was wir tun, sie reagiert nicht! Gebt uns wenigstens einen Hinweis!«

Schweigend warteten die Erben auf die Antwort. Auch Amanón trat wieder zu ihnen und betete insgeheim um ein Wunder, doch seine Hoffnung wurde enttäuscht.

»Es tut mir leid«, sagte Nol. »Ich kann Euch nicht helfen. Offen gestanden bin ich nicht einmal sicher, ob man sie überhaupt noch wecken kann. Ihre Entwicklung ist schon weit fortgeschritten.«

Niss schmiegte sich eng an ihre Mutter, aber selbst Robes warme, tröstliche Arme konnten die Kälte, die ihr in die Glieder kroch, nicht vertreiben. Die Nacht im Dara war empfindlich kühl und schien einfach kein Ende nehmen zu wollen. Nachdem sie noch eine Weile vergeblich versucht hatten, Eryne aufzuwecken, hatten die Erben ihr weiteres Vorgehen besprochen und beschlossen, erst einmal im Jal zu bleiben. Da sich Erynes Zustand offenbar auch in der Welt der Menschen nicht bessern würde, zogen sie es vor, im Schutz des Dara abzuwarten. Sie hatten vereinbart, abwechselnd an Erynes Seite zu wachen und unaufhörlich auf sie einzureden, in der Hoffnung, damit irgendetwas in ihr anzurühren. Um die Zweisamkeit dieser Momente nicht zu stören, hatten die anderen ihr Nachtlager in rücksichtsvoller Entfernung aufgeschlagen. Seit rund zwei Dekanten hielten sie nun schon reihum Wache, und Niss hatte das Gefühl, es würde bis in alle Ewigkeiten so weitergehen.

Doch nicht nur die quälende Sorge um Eryne beschäftigte sie, sondern auch die ersten Anzeichen der sonderbaren Wirkung des Jal: Sie verspürte weder Hunger noch Durst, obwohl sie seit ihrer Ankunft – und die lag, wie die Erben von Nol erfahren hatten, schon mehrere Tage zurück – nichts zu sich genommen hatte. Dabei hatten die Erben geglaubt, nur wenige Dekanten verschlafen zu haben! Einige machten dem Hüter daraufhin bittere Vorwürfe, weil er sie nicht geweckt hatte: Vielleicht wäre

Eryne dann noch zu retten gewesen. Doch Nol behauptete, nicht in den Lauf der Dinge eingreifen zu können, und verschwand, um einer seiner rätselhaften Tätigkeiten nachzugehen. Die Erben liefen ihm nach, um ihn aufzuhalten, doch nachdem er eine Senke durchschritten hatte, war er wie vom Erdboden verschluckt.

Seither waren die Erben mit ihrem Kummer und ihrer Angst allein. Untereinander sprachen sie kaum ein Wort, denn alle waren in Gedanken bei Eryne. Die ältere Generation wusste noch so gut wie nichts über die Abenteuer der jüngeren, aber sie waren stillschweigend übereingekommen, alle Fragen auf später zu verschieben. Keiner hätte es übers Herz gebracht, in der Vergangenheitsform von Eryne zu sprechen, selbst wenn es nur darum ging, von ihrer Reise zu berichten und ihre Tapferkeit zu rühmen.

Lana, Reyan, Nolan, Corenn, Amanón und einige andere waren bereits bei Eryne gewesen und hatten versucht, sie aus ihrem todähnlichen Schlaf zu reißen. Sie alle kehrten mit verhärmten, kreidebleichen Gesichtern und geröteten Augen zurück. Manche waren länger, andere nur kurz geblieben, je nachdem, wie sehr sie auf ein Wunder hofften oder wie schnell sie an Erynes Besinnungslosigkeit verzweifelten. Jedes Mal stand der Nächste sofort auf, um den Platz an Erynes Seite einzunehmen, und die besonders Ungeduldigen traten schon vorher zu ihr, wenn sie das Warten nicht mehr ertrugen. Niss wollte ebenfalls helfen, doch als sie an die Reihe kam, verließ sie der Mut, und sie schmiegte sich noch fester an ihre Mutter.

Am schlimmsten war, dass das Ganze nach und nach

einer Totenwache zu ähneln begann, und Niss brachte es nicht über sich, Abschied von ihrer Freundin zu nehmen. Es durfte nicht sein, dass sie Eryne so schnell aufgaben.

Außerdem brauchte Niss noch etwas Zeit, um aus einer ersten verrückten Idee einen Plan zu entwickeln. Ihr Entschluss stand fest: Wenn bis Tagesanbruch nichts geschah, würde sie mithilfe ihrer Erjak-Kraft versuchen, in Erynes Geist einzudringen und sie wachzurütteln.

Im Grunde genommen war das Irrsinn, das wusste Niss genau. Schließlich war sie schon an ihre Grenzen gestoßen, als sie versucht hatte, den Dämon in Cael zurückzudrängen, und da hatten sie und Cael ihre Willenskräfte vereint. Diesmal musste sie es allein mit der Macht einer Göttin aufnehmen. Wahrscheinlich würde sich Eryne unwillkürlich gegen den Zugriff auf ihren Geist wehren und so ihre eigene Rettung verhindern. Und selbst wenn es Niss tatsächlich wie durch ein Wunder gelingen sollte, in Erynes Gedanken einzudringen, hieß das noch lange nicht, dass sie ihre Entwicklung zur Göttin damit aufhalten konnte. Eryne würde weiterhin den Stimmen unzähliger Menschen lauschen, bis sich alle Bande, die sie noch an die Welt der Sterblichen fesselten, für immer lösten.

Niss war die Einzige, die sich einigermaßen vorstellen konnte, was das für ein Gefühl sein musste. Zumindest vermutete sie das, denn als ihr eigener Geist damals in den Gärten umhergeirrt war, hatte er nach den Götterkindern gesucht – um sich in einem Unsterblichen aufzulösen. Auch das gehörte zu den Eigenheiten des Jal: Hier sammelten sich nicht nur die Gedanken, Gefühle und Sehnsüchte der Menschen, sondern auch ihre Seelen, nachdem sie ihre sterbliche Hülle verlassen hatten, so wie es die Etheker geglaubt hatten. Folglich nährten sich die Götter und Dämonen nicht nur von den Gedanken der Lebenden, sondern auch von den Erinnerungen der Toten.

Zu dieser Erkenntnis war Niss gekommen, als sie begriffen hatte, dass die Landschaft des Tiefen Traums nichts anderes war als die Gärten des Dara. In der allgemeinen Wiedersehensfreude hatte sie erst einmal nichts davon erzählt, und seit die Erben um Erynes Leben kämpften, traute sie sich nicht mehr, das Thema anzusprechen. Die Vorstellung, dass Eryne von den Geistern der Toten verfolgt wurde, hätte ihre Freunde sicher in noch tiefere Verzweiflung gestürzt. Niss wurde selbst ganz beklommen zumute, wenn sie daran dachte. Könnten sie Eryne doch nur dem Einfluss des Jal entziehen! Aber Nol der Seltsame hatte die Wahrheit gesagt. Er konnte nicht lügen, das widersprach seinem Wesen. Das Schicksal, das Eryne und ihrem Kind bevorstand, schien unwiderruflich.

Zejabels Rückkehr riss Niss aus ihren Gedanken. Die Zü wirkte besonders mitgenommen, was angesichts der Freundschaft, die sie für Eryne empfand, nicht weiter verwunderlich war. Sie beantwortete die zaghaften Fragen der anderen mit einem gereizten Kopfschütteln und stapfte davon. Wie etliche vor ihr hatte sie offenbar das Bedürfnis, allein zu sein.

Unter den übrigen Erben entstand eine gewisse Unruhe: Sie wollten Eryne nicht sich selbst überlassen und diskutierten hitzig, wer als Nächstes über sie wachen würde. Schließlich erhob sich Keb, der an einen Baum gelehnt dagesessen hatte, und marschierte auf die grasbewachsene Mulde zu, in die sie Eryne gebettet hatten.

Niss hatte die Gelegenheit auch diesmal ungenutzt verstreichen lassen. *Ich muss meine Kräfte schonen, um meinen Plan in die Tat umsetzen zu können,* redete sie sich ein. Insgeheim ärgerte sie sich jedoch über ihre Feigheit. Ihr Vorhaben war ohnehin zum Scheitern verurteilt. Ihre Erjak-Kraft war zwar außergewöhnlich stark, aber gegen den Willen einer Unsterblichen würde sie nicht ankommen.

Sie kam gerade wieder ins Grübeln, als sich ein lauter Klageschrei erhob. Sofort sprangen alle auf und rannten zu Keb und Eryne. Sie hatten eindeutig eine Frauenstimme gehört!

Außer sich vor Freude sprintete Niss los, um als eine der Ersten bei ihrer Freundin zu sein. Im sanften Mondschein erkannte sie Kebree, der Eryne in den Armen hielt. Eryne hatte das Gesicht an der Schulter ihres einstigen Liebhabers vergraben und schien noch immer besinnungslos zu sein, und einen Augenblick später sah Niss auch, warum: In der Herzgegend färbten sich ihre Kleider rot!

Keb legte den blutverschmierten Dolch aus der Hand und drückte Eryne zitternd an sich. Erst dann hob er den Kopf und sah die Erben, die ihn umringten, mit einem unergründlichen Ausdruck in den Augen an.

»Das war der einzige Weg«, sagte er nur.

Da erscholl ein bestialisches Gebrüll, und noch ehe Niss herumfahren konnte, stürzte sich Reyan wie ein wild gewordenes Raubtier auf Keb. Mit einem gewaltigen Satz sprang er hinter ihn und riss ihn so heftig an den Haaren, dass Keb Eryne loslassen musste. Dann schlug er ihm mit der Handkante gegen den Hals und trat mit den Füßen auf den am Boden Liegenden ein. Bowbaq hatte Niss erzählt, dass der Herzog früher einmal ein Straßengauner gewesen war. Die Schnelligkeit und Brutalität, mit der er auf sein Opfer losging, ließen keinen Zweifel an seiner Vergangenheit: Binnen weniger Augenblicke hatte er Keb, der keine Anstalten machte, sich zu wehren, außer Gefecht gesetzt.

Erst als Reyan mit dem Ausdruck puren Hasses im Gesicht den blutigen Dolch an sich riss, erwachten die anderen aus ihrer Starre und schritten ein. Auch Niss stürzte vor, obwohl sie kaum mehr wusste, was sie tun und denken sollte. Zejabel und Amanón sprangen über Erynes reglosen Körper hinweg, gefolgt von den anderen. Zuletzt stellte sich Bowbaq schützend vor Keb.

»Er hat meine Tochter erstochen!«, rief Rey halb schluchzend. »Nolan! Er hat deine Schwester getötet!«

»Vielleicht hat er gerade das Gegenteil getan, Vater«, sagte Nolan mit zitternder Stimme. »Du kennst unsere Geschichte noch nicht.«

»Wenn er sich geirrt hat, wird er die nächste Dezille nicht überleben, das schwöre ich«, presste Amanón zwischen zusammengebissenen Zähnen hervor.

Nicht alle hatten seine Worte gehört, aber Niss blickte erschrocken in das versteinerte Gesicht des Kaulaners. Aus Kebs Miene hingegen sprach so tiefer Gram, dass Niss schon fast Mitleid mit ihm hatte – ein Gefühl, das in grenzenlose Dankbarkeit und Bewunderung umschlug, als Eryne ein ersticktes Husten von sich gab.

Ein Raunen ging durch die Reihen der Erben, dann gerieten alle in helle Aufregung. Einige stützten Eryne, die sich blinzelnd aufrichtete, öffneten ihr die Bluse, um die

Wunde zu versorgen und das Blut abzuwischen … Doch von einer Verletzung war nichts mehr zu sehen.

Ehrfürchtiges Schweigen trat ein, nur hier und da waren noch unterdrückte Schluchzer und Seufzer der Erleichterung zu hören. Als Eryne die Augen öffnete, sah sie nacheinander in die Gesichter, die sich über sie beugten, und der Schatten eines Lächelns huschte über ihre bleichen Züge. Damit war der Bann gebrochen: Die Erben jubelten vor Freude, während Lana ihre Tochter in die Arme nahm und sanft hin- und herwiegte. Eryne war zu ihnen zurückgekehrt.

Reyan war von diesem Wechselbad der Gefühle so überwältigt, dass er kein Wort herausbrachte. Stumm half er Keb auf und legte ihm mit Tränen der Dankbarkeit in den Augen die Hände auf die Schultern, bevor er zu seiner Tochter eilte. Niss wollte sich nicht zwischen Eryne und ihre Eltern drängen und blieb stattdessen zusammen mit Zejabel und Harqi neben dem Held des Tages stehen. Einen Augenblick später trat Amanón auf Keb zu. Die Luft zwischen den beiden war so dick, dass man sie mit dem Messer hätte schneiden können. Schließlich brach Keb das Schweigen.

»Es war der einzige Weg«, wiederholte er und griff sich an den schmerzenden Hals. »Ich musste etwas finden, was ihr durch Mark und Bein geht. Buchstäblich.«

Amanón hielt seinem Blick stand und nickte langsam, doch seine Miene blieb angespannt.

»Wenn es schiefgegangen wäre …«

Er brach ab, zog eine Grimasse und marschierte davon. Niss sah Kebree an. Er schien sich nicht richtig freuen zu können. *Wenn es schiefgegangen wäre,* wiederholte Niss in

Gedanken, *hätte Keb zweifellos für seine Schuld Buße getan.* Vermutlich hätte er nicht einmal gewartet, bis ein anderer Erynes Tod rächte.

Eryne bemühte sich, jedem Gesicht, das sich ihr zuwandte, ein Lächeln zu schenken, aber ihre Benommenheit legte sich nur langsam. Sie hatte das Gefühl, in einer Nebelwolke zu schweben, und in ihrem Kopf drehte sich alles, als wäre sie betrunken. Hin und wieder erkannte sie in einer der verschwommenen Gestalten ringsum einen geliebten Menschen, und aus dem undeutlichen Stimmengewirr drangen einzelne Wörter oder Sätze an ihr Ohr. Auch ihr Zeitempfinden war gestört: Sie hätte nicht sagen können, ob sie vor wenigen Dezillen oder vor mehreren Dekanten aus dem Zustand der Entsinnung erwacht war.

Die ersten Strahlen der aufgehenden Sonne sprachen dafür, dass sie schon seit geraumer Zeit wach war und gegen den Schwindel ankämpfte. Allmählich konnte Eryne wieder klar genug denken, um zu begreifen, dass ihre Eltern und Freunde die ganze Nacht lang geduldig an ihrer Seite gewacht hatten, während sie gelegentlich wie im Fieber sprach. Als ihr plötzlich einfiel, ihren Eltern gestanden zu haben, dass sie ein Kind erwartete und nicht wusste, wer der Vater war, stieg ihr die Schamesröte ins Gesicht. Lana und Reyan hatten sich zwar über die Nachricht gefreut, aber Eryne hatte dennoch ein schlechtes Gewissen, zumal sie nicht sicher war, welche Geständnisse sie in ihrem Zustand zwischen Schlaf und Wachen sonst noch abgelegt hatte.

Doch obwohl die Erben Eryne nicht von der Seite gewichen waren, hatten sie die durchwachte Nacht auch zu einem langen Gespräch genutzt. Nachdem Lana und Zejabel Eryne zum zweiten Mal innerhalb weniger Tage aus einem blutverschmierten Kleid geholfen und ihr ein sauberes Gewand übergestreift hatten, waren die Erben zu einer längst überfälligen Besprechung zusammengekommen. Da niemand Müdigkeit verspürte, erzählten sie einander in aller Ausführlichkeit von ihren Abenteuern. Als der Morgen dämmerte, wussten die Älteren über alles Bescheid, was ihre Kinder und Bowbaq in den letzten Dekaden erlebt hatten.

Trotz ihrer Benommenheit bekam Eryne mit, dass jemand in klarem, unaufgeregtem Ton über längere Zeit hinweg sprach, ohne unterbrochen zu werden: Da sie Amanón als gewandten Redner kannten, hatten seine Gefährten ihm das Wort überlassen. Amanón war rücksichtsvoll genug, die Fehler oder Schwächen seiner Freunde zu verschweigen. So erwähnte er zum Beispiel nicht, dass Nolan einst zu den Anhängern K'lurs gehört hatte. Wenn er es seinen Eltern nicht selbst beichten wollte, würden seine Freunde das Geheimnis mit ins Grab nehmen. Ebenso wenig brachte Amanón zur Sprache, wie Keb ihn in Chebrees Palast verletzt hatte, als er die Königin nach ihrem hinterhältigen Verrat angreifen wollte. Stattdessen rühmte er die edle Entscheidung des Wallatten, sich seiner eigenen Mutter zu widersetzen und die Erben zu befreien, womit er ein für alle Mal bewiesen habe, dass er nichts mit seinem Vater, dem Hexer, gemein hatte.

In dieser Art ging es weiter. Amanón verschwieg, wie

feindselig ihnen Zejabel auf der Insel Ji zunächst begegnet war, und hob dafür ihre außergewöhnliche Tapferkeit hervor. Wenn er von Caels Anfällen berichtete, stellte er seine Brutalität eher als hilfreich im Kampf gegen ihre Feinde dar.

So erschienen alle in seinem Bericht heldenhafter und kühner, als sie es in Wirklichkeit gewesen waren. Nur einen nahm er von seinem Lob aus: sich selbst. Doch diese Bescheidenheit konnte seine Zuhörer nicht täuschen. Allein die Tatsache, dass er die kleine Schar durch alle Gefahren hindurch ans Ziel geführt und es währenddessen auch noch geschafft hatte, die ethekischen Manuskripte zu entschlüsseln, zeugte von seinen Verdiensten.

Als die Sonne über dem Dara aufging, waren die meisten Fragen beantwortet. Nun wussten die Eltern der Gefährten von ihren zahlreichen Feinden: Sombre, Zuïa, die Grauen Legionäre, die Anhänger der Dunklen Bruderschaft und – soweit sie es beurteilen konnten – Königin Chebree. Sie hatten erfahren, dass der Erzfeind laut Usuls Weissagung einer der Erben aus der jüngeren Generation sein werde, das Schicksal aber erst noch zwischen ihnen allen entscheiden müsse. Sie hatten die Frage besprochen, ob Saats Schwert ihnen einen entscheidenden Vorteil im Kampf gegen Sombre verschaffen könnte, und mit Schrecken die Ankündigung eines Verrats in ihren eigenen Reihen vernommen.

An dieser Stelle hatte Yan ihnen zwar ins Gedächtnis gerufen, dass sich Usuls Prophezeiungen nicht zwangsläufig erfüllen mussten, aber dennoch sorgte die Nachricht für einige Aufregung. Als Nolan zuletzt von der Vision erzählte, die ihm die Undinen offenbart hatten, schlug die allgemeine Sorge in Bestürzung um, denn alle wussten, dass es in diesem Fall keinen Zweifel gab: In naher Zukunft würden die Erben unermessliches Leid erleben, wenn nicht gar die endgültige Niederlage.

Während Eryne allmählich zu sich kam und die letzten Überlegungen angestellt wurden, überfiel die meisten nun doch bleierne Müdigkeit. Alle mussten erst einmal in Ruhe über das Gehörte nachdenken, und der eine oder andere gähnte bereits.

Reyan und Léti streckten sich im Gras aus, um im Liegen weiterzugrübeln, und schlummerten alsbald ein, während sich unter den anderen kleine Grüppchen bildeten: Grigán beispielsweise wollte von Kebree wissen, wo Saats Schwert versteckt sein könnte und in welchem Zustand es sich befand, und da beide Männer ein aufbrausendes Temperament hatten, mischte sich Amanón beschwichtigend in ihr Gespräch ein. Corenn winkte Cael und Niss zu sich, um mehr über den inneren Kampf zu erfahren, bei dem die beiden mit vereinten Kräften die Stimme des Dämons zurückgedrängt hatten. Und Lana unterhielt sich mit ihrem Sohn darüber, wie sie Eurydis und die anderen gegen Sombre verbündeten Götter zum Handeln bewegen könnten.

Eryne sah von einer Gruppe zur anderen und musste unwillkürlich lächeln. Die Erben waren nun keine Getriebenen mehr. Sie schätzten ihre Kräfte und Fähigkeiten ab, organisierten ihre Verteidigung und bereiteten sich sogar auf den Gegenangriff vor. Auf einmal kam Eryne ein ganz neuer, ungewohnter Gedanke. *Sombres Tage sind gezählt.*

Doch mit diesem Anflug von Zuversicht kehrte auch

ihre Angst zurück. *Vielleicht denke ich so, weil ich jeden Sinn für die Wirklichkeit verloren habe!* Vielleicht ließ ihre göttliche Natur sie vergessen, in welcher Gefahr ihre Freunde schwebten – und dass mit ihnen auch die gesamte bekannte Welt untergehen konnte.

Als die Morgensonne das Tal beschien, kehrte der Hüter des Dara mit unverändert stoischer Miene zu seinen Besuchern zurück.

Diejenigen Erben, die noch wach waren, erhoben sich bei seinem Anblick und stupsten die Schlafenden sachte an. Cael hatte die ganze Zeit kein Auge zugetan. Erst hatte er mit seinen Eltern über seine Reise, dann mit Niss und Corenn über ihren geistigen Kampf gegen seinen inneren Dämon gesprochen. Seine Großtante hatte einige kluge Schlüsse gezogen, und so hatten sie schließlich eine Art Schlachtplan entwickelt. Einen Plan, der so gewagt war, dass sich dem Jungen beim bloßen Gedanken daran die Nackenhaare aufstellten.

Als sie Nol auf sich zukommen sahen, vertagten sie das Gespräch auf später. Der Gott begrüßte sie mit einer knappen Verbeugung, als hätte es nie auch nur die geringste Verstimmung zwischen ihnen gegeben. Dann verneigte er sich vor Eryne, ohne Reyan und Amanón zu beachten, die sich schützend vor sie gestellt hatten. Cael fragte sich bang, welche schlechte Nachricht der Unsterbliche wohl diesmal für sie hatte. Seit er erfahren hatte, dass seine Eltern hier gefangen gehalten worden waren, sah er den Hüter des Dara mit anderen Augen. Die Erben konnten wirklich niemandem mehr vertrauen!

»Da Ihr nun alle versammelt seid«, sagte Nol, »würde ich gern erfahren, was Ihr vorhabt. Falls Ihr schon einen Entschluss gefasst habt.«

Betretenes Schweigen trat ein. Sie hatten sich noch nicht über ihr weiteres Vorgehen abgestimmt: Zwar hatte niemand Lust, länger als nötig an diesem sonderbaren Ort zu bleiben, doch wenn sie jetzt den Wunsch äußerten, das Jal zu verlassen, würde Nol sie womöglich wieder ins Gebirge verbannen!

»So weit sind wir noch nicht gekommen«, antwortete Corenn schließlich sachlich. »Dazu müssten wir zunächst wissen, welche Möglichkeiten wir überhaupt haben.«

»Es steht Euch frei zu bleiben oder zu gehen«, sagte Nol. »Solange Ihr den Kindern nichts antut, werde ich Euch nicht vertreiben.«

Seine Worte riefen ungehaltenes Raunen hervor.

»Soll das ein Witz sein?«, knurrte Grigán. »Da sitzen wir eine halbe Ewigkeit in diesem goldenen Käfig fest, und jetzt lasst Ihr uns einfach so gehen?«

»Wir mussten dafür sorgen, dass möglichst viele von Euch vor Sombre geschützt werden«, erklärte der Gott ungerührt. »Solange wir nicht wussten, ob der Erzfeind schon geboren ist oder erst in drei, zwanzig oder hundert Generationen zur Welt kommt, war das notwendig. Aber nun haben wir erfahren, dass eines Eurer hier anwesenden Kinder der Erzfeind sein wird. Also gibt es keinen Grund mehr, Euch hier festzuhalten.«

»Ihr habt uns belauscht!«, rief Léti vorwurfsvoll.

»Nichts, was im Dara geschieht, entzieht sich meinem Wissen«, gab Nol zurück. »Was Ihr in Erfahrung gebracht habt, ist von großem Wert. Es wird also tatsächlich bald zu dem entscheidenden Kampf gegen Sombre kommen. Wir haben immer noch eine Chance, den Dämon zu bezwingen.«

»Wir?«, fragte Keb spöttisch.

»Der Prinz hat Recht«, meinte Reyan. »Man kann nicht gerade behaupten, dass Ihr Euch bislang sonderlich ins Zeug gelegt habt!«

»Glaubt mir, wir Götter würden Euch gern helfen«, sagte Nol. »Aber das können wir nicht. Im Gegensatz zu den Sprösslingen des Karu sind wir nicht zum Kampf geschaffen. Wir sind nicht einmal imstande, Sombre gegenüber Hass oder Groll zu empfinden. Uns bewegt nur der Wunsch, die Welt so zu bewahren, wie sie ist. Wir können Euch nur mit den Fähigkeiten unterstützen, die uns die Menschen mitgegeben haben.«

»Im *Buch der Weisen* ist von mehreren Kämpfen zwischen Eurydis und verschiedenen Dämonen die Rede«, wandte Nolan ein. »Zum Beispiel von ihrem Sieg über die acht Drachen von Xétame, um nur den bekanntesten zu nennen. Sind diese Geschichten etwa frei erfunden?«

Ein Schatten glitt über das Gesicht des Unsterblichen, und einen Augenblick lang glaubte Cael, so etwas wie Verlegenheit darin zu lesen. Doch dieser Eindruck verflog gleich wieder.

»Wie einige andere Götterkinder hat auch Eurydis nicht nur das Dara kennengelernt«, erklärte er.

»Wollt Ihr damit sagen, dass die Führende dem verderblichen Einfluss des Karu ausgesetzt war?«, fuhr Lana auf. »Das ist Gotteslästerung! Das ist …«

Auf einmal schien der Emaz aufzugehen, wen sie vor sich hatte, und sie schwieg beschämt.

»Am hellsten strahlen die Lichter, die in der Dunkelheit geboren werden«, sagte Nol und sah dabei Nolan und Zejabel an. »Der winzige Anteil, den das Karu noch in Eurydis' Wesen einnimmt, gibt ihr die nötige Kraft, sich solchen Kämpfen zu stellen. Und nur weil sie die Undinen aufgesucht hat, konnte sie den Anbruch des Zeitalters von Ys vorhersagen.«

»Und der hängt von dem Sieg des Erzfeinds über Sombre ab«, murmelte Yan. »Wenn wir nur mehr darüber wüssten …«

Die Bemerkung richtete sich eindeutig an den Hüter des Dara, der, wie Cael wusste, nie irgendetwas aus eigenem Antrieb preisgab. Wie merkwürdig, dass er sich der Lehrende nannte, wo er doch immer nur wartete, bis man ihm eine Frage stellte! An den angespannten Mienen der anderen erkannte Cael, dass sie alle fürchteten, nicht die richtigen Worte zu finden. Was, wenn ihnen dadurch wichtige Antworten entgingen?

»Ich weiß nicht, wie Ihr den Dämon besiegen könnt«, sagte Nol zur allgemeinen Enttäuschung. »Außerdem bezweifle ich, dass Saats Schwert Euch etwas nützen wird, selbst wenn es aus Gwel gefertigt wurde. Ihr könntet Euch ein ganzes Arsenal solcher Waffen schmieden, ohne dadurch einen nennenswerten Vorteil zu gewinnen.«

»Saat hat dieses Schwert mit einem Zauber belegt«, wandte Keb ein. »Und eine bessere Idee haben wir momentan nicht.«

Cael musterte den Wallatten, der eigentlich nur noch mürrisch dreinblickte, seit sie das Karu verlassen hatten. Hin und wieder seufzte er leise vor sich hin, und als Eryne ihm für die mutige Tat danken wollte, mit der er sie gerettet hatte, hörte er kaum hin. Cael hatte den Eindruck, dass er an Heimweh litt. Vermutlich erinnerten ihn die glücklich vereinten Familien an seine eigene Mutter, sein Königreich und sein Volk. Gewiss fehlte ihm das alles sehr.

»Aber wie könntet Ihr uns dann helfen?«, hakte Amanón nach. »Können wir auf die Unterstützung Eurer Priester und Gläubigen zählen?«

»Leider nicht«, räumte der Hüter des Dara ein. »Ich für meinen Teil habe keine Anhängerschaft, zu der ich Euch schicken könnte. Und viele meiner Verbündeten würden sich weigern, auf so direktem Wege in das Geschehen einzugreifen und damit die Rache des Dämons auf sich zu ziehen. Was Eurydis angeht, so sind die meisten ihrer Emaz bereits den Dolchen der Dunklen Bruderschaft zum Opfer gefallen. In der Heiligen Stadt wurden nahezu alle Tempel niedergebrannt.«

Lana schlug die Hand vor den Mund, um einen Aufschrei zu unterdrücken. Mehr als alle anderen Erben fühlte sie sich Ith, ihrer Heimatstadt, verbunden. Amanón und Nolan hatten ihren Eltern zwar von dem Angriff der Lorelier auf die Heilige Stadt erzählt, aber sie waren selbst überrascht, dass die Schlacht ein solches Ende genommen hatte. Die Welt, die sie gekannt hatten, gab es nicht mehr. Die Heilige Stadt war geschändet worden.

»Macht Königin Agénor mit Sombre gemeinsame Sache?«

Cael war mit der Frage herausgeplatzt, ohne nachzudenken. Sie zerbrachen sich schon so lange den Kopf darüber. Jetzt konnten sie sich hoffentlich Gewissheit verschaffen.

»Ja«, antwortete Nol. »Sombre hält sich die meiste Zeit in ihrem Palast auf. Er zeigt sich im Übrigen nur noch in Gestalt von Avataren.«

»Diese Hexe!«, empörte sich Reyan. »Nicht, dass ich Bondrian sonderlich sympathisch gefunden hätte, aber seine ganze Familie ermorden und einen Dämon auf den Thron setzen, das geht zu weit! Wie sollen wir unter solchen Umständen jemals nach Lorelia zurückkehren?«

»Und wer steht noch auf seiner Seite?«, fragte Corenn. »Vor wem müssen wir uns in Acht nehmen?«

»Es sind so viele, dass ich gar nicht alle nennen kann. Die meisten von Agénors Ministern haben dem Dämon ebenfalls Treue geschworen. Die wichtigsten seiner sterblichen Verbündeten sind sicher Prinz Alcide von Benelia und Emaz Varcus, der die Dunkle Bruderschaft anführt. Aber hüten solltet Ihr Euch vor allem vor den Dämonen, die zu ihm übergelaufen sind. Noch wagen sie sich nicht aus der Deckung, da sie den Erzfeind fürchten, doch irgendwann wird der Moment kommen, in dem ihre Angst vor Sombre überwiegt. Und dann …«

Cael versuchte, sich von diesen düsteren Aussichten nicht schrecken zu lassen, und wiederholte stattdessen innerlich die Namen ihrer Feinde, um sie sich einzuprägen.

»Und Chebree?«, warf Grigán ein.

Keb versteifte sich, doch der Ramgrith hob abwehrend die Hand, bevor er protestieren konnte.

»Ich frage das in der Hoffnung, dass sie zur Besinnung gekommen ist und uns das Schwert aushändigen wird, wie du behauptest. Darüber würde ich gern Gewissheit haben.«

»Nun, die kann ich Euch nicht geben«, erwiderte Nol. »Die wallattische Königin trägt ein Gwelom, ihre Gedanken sind mir verschlossen. Ich weiß nicht einmal, wo sie sich aufhält.«

Keb schnaubte verächtlich, kehrte den Erben den Rücken zu und entfernte sich einige Schritte, blieb jedoch in Hörweite.

»Kurzum, abgesehen von ein paar wenig hilfreichen Antworten zu Dingen, die wir schon wussten, habt Ihr uns nichts zu bieten«, sagte Reyan scharf.

»Ich biete Euch an, so lange im Schutz der Gärten zu bleiben, bis Ihr Euch dem Kampf gegen den Dämon gewachsen fühlt. Und wenn es so weit ist, werde ich Euch die Pforte zu einem Ort Eurer Wahl öffnen … Falls das dann noch möglich ist«, verbesserte er sich.

Die Erben wechselten fragende Blicke.

»Wie meint Ihr das?«, fragte Yan. »Was ist mit den Pforten?«

Nol betrachtete gedankenverloren die steinerne Pforte, deren Hüter er war. Dann sagte er mit sorgenvoller Stimme:

»Sombre hat begonnen, die Ewigen Wächter zu töten, einen nach dem anderen. Bald wird es nicht mehr möglich sein, die Pforten als Übergang zwischen dem Jal und der Welt der Menschen zu nutzen.«

Eine Zahl war Nol dem Seltsamen nicht zu entlocken. So hartnäckig sie auch nachbohrten, er konnte oder wollte ihnen nicht sagen, wie viele Kinder gegenwärtig in den Gärten lebten, wie viele ins Karu hinabgestiegen waren oder wie viele seit Anbeginn der Zeit das Jal verlassen hatten. Das Gleiche galt für die Wächter der Pforten: Nol verlor kein Wort darüber, wie viele der uralten Fabelwesen dem Dämon bereits zum Opfer gefallen waren, sondern deutete nur vage an, dass in etwa die Hälfte von ihnen nicht mehr lebte. Doch das reichte schon, um seine Besucher in Panik zu versetzen.

Nachdem sie den ersten Schreck verdaut hatten, begannen sie, über die Beweggründe des Dämons zu diskutieren. Amanón war wie seine Mutter der Meinung, dass ihr Feind ihnen damit jede Möglichkeit zur Rückkehr in ihre Welt nehmen wollte. Und das bedeutete – da waren sich alle einig –, dass sie ihren Aufbruch nicht länger hinauszögern durften. Dennoch kamen sie überein, nicht überstürzt zu handeln, sondern sich ihre nächsten Schritte in Ruhe zu überlegen, denn wenn sie das Jal erst einmal verlassen hatten, würden sie nicht wieder kehrtmachen können. Sie gestanden sich eine kleine Bedenkzeit zu, bevor sie abstimmen würden, in welches Land ihre Reise gehen sollte. Daraufhin brachen sie in kleinen Grüppchen zu einem letzten Spaziergang durch die Gärten auf.

Da die Familien dabei zumeist unter sich blieben, war Zejabel zunächst überrascht, als Nolan sie bat, mit ihm zu kommen. Sie ließ sich bereitwillig an der Hand fortziehen, obwohl sie etwas verlegen wurde, als sie seinen Eltern und seiner Schwester den Rücken kehrten. Offenbar hatte Nolan nicht vor, seine Gefühle für sie vor den anderen zu verbergen. Sie wusste nicht so recht, ob sie sich darüber freuen sollte, aber die ermunternden, ja wohlwollenden Blicke, die ihr Eryne, Lana und Reyan zuwarfen, nahmen ihr das Unbehagen.

Sie entfernten sich ein gutes Stück von den anderen, spazierten durch grüne Haine und blühende Wiesen und hatten dabei vage das Gefühl, einem bestimmten Weg zu folgen. Vielleicht bildeten sie sich das nur ein, vielleicht wuchs die Natur hier aber auch gar nicht so willkürlich, wie es auf den ersten Blick schien, sondern lenkte die Schritte der Besucher durch eine besondere Anordnung der Bäume, Büsche und Lichtungen gezielt in eine bestimmte Richtung. Zejabel dachte nicht weiter darüber nach und genoss es einfach, Nolans Hand in ihrer zu spüren und wenigstens für eine Weile alle Sorgen zu vergessen. Allmählich wurde der Wunsch immer stärker, sich diesem sinnlichen Glücksgefühl ganz hinzugeben, doch sie wusste, dass sie dann wieder der Euphorie des Jal verfallen würde – und sie hatte keine Lust, noch einmal einzuschlafen und von fremden Stimmen verfolgt zu werden. Nein, sie wollte lieber hellwach bleiben und sich diese kostbaren Augenblicke für immer ins Gedächtnis prägen.

Nolan wandte sich ihr zu und lächelte sie an. Sie hatten noch kein Wort gewechselt, seit sie losspaziert waren, doch die Zärtlichkeit, mit der Nolan ihre Hand hielt, und die verliebten Blicke, die er ihr zuwarf, sagten mehr als genug.

Seit sie sich auf der Insel Ji zum ersten Mal begegnet waren, hatten sie unzählige vertrauliche Gespräche geführt, sich immer besser kennengelernt und tiefe Gefühle füreinander entwickelt. Das Einzige, was ihnen bislang gefehlt hatte, war ein Rückzugsort, und das Dara bot ihnen nun endlich Gelegenheit zu ungestörter Zweisamkeit.

Nach einer weiteren Dezime, als sie gerade an einer Reihe Weiden entlangschlenderten, verdüsterte sich Nolans Miene auf einmal. Zejabels Magen krampfte sich zusammen. Hatte er ihr etwas Unangenehmes zu sagen? Plötzlich kam ihr sein Schweigen fast unheimlich vor. Einst war sie die Kahati gewesen und in ihrer Heimat wie eine lebende Göttin verehrt worden, aber nun hatte sie Angst, wie eine Bettlerin verstoßen zu werden. Schließlich war Nolan der Sohn eines Herzogs und damit ein reicher Mann, während sie heimatlos und bettelarm geworden war. Hatte er das Gefühl, dass sie ihm zur Last fallen würde? War er deswegen mit ihr in den Wald gegangen – um ihr die grausame Wahrheit zu sagen?

Während Zejabel die schlimmsten Befürchtungen plagten, schien die Landschaft um sie herum allen Liebreiz zu verlieren. Mit einem Mal wurde ihr klar, dass selbst ihr Wunsch, sich an Zuïa zu rächen und den Erben nach Kräften zu helfen, weniger stark war als die Liebe, die sie für Nolan empfand. Noch nie war ihr ein so verständnisvoller, zuvorkommender und liebenswürdiger Mensch begegnet. Wäre er nicht gewesen, wäre sie vielleicht nicht so lange bei den Erben geblieben. Doch das wurde ihr erst jetzt bewusst – in dem Moment, wo er sie vielleicht zurückweisen würde.

»Was das nächste Ziel unserer Reise angeht«, begann er schließlich, »habe ich im Grunde keine Wahl. Ich muss es zu Ende bringen und an der Seite der anderen in den Kampf gegen Sombre ziehen.«

»Ich weiß«, antwortete sie leise.

»Aber meine Vision macht mir Angst«, fuhr er bedrückt fort. »Uns erwarten Tod und Verzweiflung. Vielleicht werden wir später noch weitere Schlachten schlagen, aus denen wir siegreich hervorgehen, aber zumindest bei einem Kampf werden wir entsetzlich leiden, das steht fest. Niemand zwingt dich, das auf dich zu nehmen.«

Zejabel blieb wie angewurzelt stehen und zögerte kurz, ob sie seine Hand loslassen sollte. Ihr kam der furchtbare Gedanke, es könnte das letzte Mal sein, dass sie ihn berührte.

»Du willst, dass ich euch verlasse?«, fragte sie mit zitternder Stimme.

»Aber nein!«, wehrte Nolan erschrocken ab. »Ich meine nur … Du bist nicht dazu verpflichtet, dich für uns zu opfern. Da du nicht mehr Zuïas Dienerin bist, kannst du gegen die Dämonen nichts ausrichten. Und dass du zum Erzfeind bestimmt wirst, ist ebenfalls ausgeschlossen. Wir können uns hier mit so vielen Gwelomen versorgen, wie wir brauchen. Also steht es dir frei, den Anhänger zu behalten, den Bowbaq dir gegeben hat, und deiner Wege zu gehen.«

»Und du?«, fragte Zejabel. »Was wünschst du dir?«

Einen Moment lang sah ihr Nolan so tief in die Augen, dass sie in seinem Blick zu versinken glaubte. Dann senkte er verlegen den Kopf. »Ich bin ein furchtbarer Egoist«, sagte er und konnte sich ein Lächeln nicht verkneifen. »Mir wäre es am liebsten, dich immer an meiner Seite zu haben.«

Diese Liebeserklärung gab Zejabel den Mut, einen Schritt auf ihn zuzumachen, ihm die Arme um den Hals zu legen und sich an ihn zu schmiegen, so fest und eng sie konnte. Nolan erwiderte die Umarmung, und als sich schließlich ihre Lippen fanden, verstärkte die Magie des

Jal das Feuer, das ihr Kuss in ihnen entzündete, und ließ ihre Berührungen immer lustvoller und drängender werden. Während sie einander die Kleider vom Leib streiften, sanken sie langsam zu Boden. Als sie plötzlich zwei Götterkinder entdeckten, die ihnen aus nächster Nähe zusahen, packte sie ein wildes Gelächter, das ihr Begehren nur noch weiter anfachte.

Wie im Rausch halfen sie einander auf, schlüpften hinter einen Baum, um sich dem Blick der Kinder zu entziehen, küssten und streichelten sich lachend, bevor sie auf der Suche nach einem Liebesnest weiterliefen und auf einen ruhig dahinfließenden Bach stießen, dessen Anblick sie andächtig verstummen ließ.

»In … In einem solchen Fluss haben meine Eltern Eryne gezeugt«, sagte Nolan plötzlich. »Vielleicht ist es sogar …«

Zejabel wartete nicht, bis er zu Ende gesprochen hatte. Sie hatte sich ebenfalls an diese Geschichte erinnert, und die Hitze in ihrem Körper wurde so stark, dass sie an nichts anderes mehr denken konnte. Im Fieber der Lust nahm sie ihren Geliebten bei der Hand und zog ihn ins Wasser. Der Strom umfing sie sanft und zärtlich wie ein warmer Wind, in dem ihre Körper schwerelos trieben.

Als sie erschöpft und glücklich wieder aus dem Flussbett stiegen, kam Zejabel der Gedanke, dass sie soeben die letzte Bedingung, die eine Kahati erfüllen musste, aufgegeben hatte: ihre Jungfräulichkeit. Sie betrachtete ihren nackten Bauch und wusste plötzlich, welches Glück darin lag, eine ganz gewöhnliche Frau zu sein. Irgendwann würde sie vielleicht auch erfahren, was Mutterglück bedeutete.

Die Seiten des Hefts füllten sich allmählich, aber obwohl Amanón so schnell schrieb, wie er konnte, würde es ihm wohl nicht gelingen, alle in die Pforte gemeißelten Schriftzeichen in sein Notizbuch zu übertragen. Dafür hätte er ein Gerüst oder eine Leiter gebraucht und weitere vier bis fünf Tage. Außerdem hatte er nur schwarze Tinte, und es ärgerte ihn sehr, die Farben der Inschrift nicht festhalten zu können. Stattdessen versuchte er, schon beim Abschreiben eine erste Übersetzung vorzunehmen, so dass sich altitharische Wörter und ethekische Zeichen zu einem nahezu unleserlichen Gekritzel vermischten, das außer ihm niemand verstehen würde.

Obwohl die Aufgabe ermüdend und undankbar war, erschien sie ihm äußerst bedeutungsvoll. Die Pforte des Dara war die erste, die er in Ruhe untersuchen konnte, ohne Gefahren ausgesetzt zu sein, und obendrein war sie in ausgezeichnetem Zustand – ganz so, als wäre sie eben erst errichtet worden. Amanón hatte bislang kaum auf den Sinn der Inschrift geachtet, aber er hatte schon jetzt den Eindruck, dass sie sich wesentlich von den Inschriften der anderen Pforten unterschied. Für die Erben war dies vielleicht nur eine unwichtige Episode am Rande – oder aber eine entscheidende Entdeckung. Und Amanón hatte nicht vor, sich bis ans Ende seines Lebens über die verpasste Gelegenheit zu ärgern.

Als er kurz den Kopf hin- und herbewegte, um seinen schmerzenden Nacken zu entspannen, winkte ihm Corenn zu, und er winkte fröhlich zurück. Seine Mutter saß unter einem nahe gelegenen Baum und studierte seine Übersetzungen der ethekischen Manuskripte. *Wenn wir ein wichtiges Detail übersehen haben, findet sie es bestimmt,* dachte er und machte sich wieder an die Arbeit.

»Na, werde ich nun Großvater oder nicht?«

Amanón wandte sich erstaunt zu Grigán um, der an die zweite Säule der Pforte gelehnt dastand. Er hatte ihn nicht kommen hören.

»Rey nennt mich nur noch ›Opa‹«, grummelte der alte Krieger. »Er scheint das lustig zu finden. Und gleichzeitig klopft er dem Wallatten bei jeder Gelegenheit augenzwinkernd auf die Schulter. Ihr drei wisst also wirklich nicht, woran ihr seid?«

Seine Direktheit überrumpelte Amanón. Er überlegte, wie er der Frage ausweichen konnte, gab sich aber schnell geschlagen, als er den wohlwollenden Blick seines Vaters sah.

»Es ging alles viel zu schnell, und wir waren zu verwirrt und zu verzweifelt, um immer vernünftig zu handeln«, entschuldigte er sich. »Es gibt keinen Schuldigen.«

»Das weiß ich. Aber wie soll es jetzt weitergehen?«

»Keine Ahnung«, seufzte Amanón. »Wir hatten noch keine Zeit, uns darüber Gedanken zu machen, und haben jede Diskussion auf … auf später verschoben. Wenn Sombre besiegt ist.«

Grigán sagte nichts, auch wenn er sich seinen Teil zu denken schien. Doch an seiner bekümmerten Miene erkannte Amanón, dass er nachempfinden konnte, wie sich sein Sohn fühlte.

»Und wenn sie sich nun für Saats Sohn entscheidet?«, fragte er weiter. »Du musst davon ausgehen, dass das passieren kann. Kein Kampf ist schwerer zu gewinnen als der, den man gegen sich selbst führt.«

Amanón nickte wortlos, obwohl ihm die Vorstellung das Herz zerriss. Wenn Erynes Wahl auf Keb fiel statt auf ihn, wenn sie aus seinem Leben verschwand, mitsamt einem Kind, das vielleicht sein Sohn war … Plötzlich fiel ihm auf, dass seine Hand zitterte, doch der Versuch, seine Schwäche zu verstecken, kam zu spät: Grigáns Adleraugen entging nichts.

»Was auch geschieht, du kannst dich auf deine Mutter und mich verlassen. Ganz gleich, wer von euch der Erzfeind ist, wir werden euch nicht von der Seite weichen, bis Sombre endgültig aus unserem Leben verschwunden ist. Und ich bin überzeugt, dass wir auch einen Weg finden werden, Erynes Entwicklung zur Göttin aufzuhalten. Doch was du wirklich willst, kannst nur du allein herausfinden.«

»Ich möchte den Bund mit ihr schließen«, flüsterte Amanón in einem Anflug von Aufrichtigkeit.

»Gut«, sagte Grigán mit einem kleinen Lächeln. »Mehr wollte ich gar nicht hören. Du weißt selbst, was du zu tun hast.«

Mit diesen Worten wandte er sich ab und ging zu Corenn, die ihm lächelnd entgegensah. Seine Mutter war zu weit weg, um ihr Gespräch mit angehört zu haben, aber ganz sicher würden die beiden wie üblich die Köpfe zusammenstecken und die Sache beraten.

Amanón blickte auf das Heft hinunter, das er immer noch in Händen hielt.

Er kam sich auf einmal sehr dumm vor. Kurz entschlossen lief er mit großen Schritten den Hügel hinab, auf dem die Pforte erbaut war. Warum sollte nicht auch er die Schönheit der Gärten ein wenig genießen!

Es dauerte nicht lang, bis er die Familie von Kercyan entdeckte, die zwischen blühenden Sträuchern und seerosenbewachsenen Teichen dahinspazierte. Er wollte schon auf sie zugehen, als er erkannte, dass der junge Mann in ihrer Mitte nicht Nolan war, sondern Kebree.

Bei diesem Anblick wallte ein solcher Hass in ihm auf, dass er tief durchatmen musste, um sich zu beruhigen. Schließlich hatte sich der wallattische Prinz nur eines einzigen Fehlers schuldig gemacht: Er liebte dieselbe Frau wie Amanón.

Wenige Dezillen später stand Amanón wieder unter dem Steinbogen und studierte Zeichen, die ihnen womöglich nichts nützen würden. Weder ihnen noch ihren Kindern – ganz gleich, von wem sie waren.

Grigán schlenderte noch zweimal in der Nähe der Pforte vorbei, sprach seinen Sohn aber nicht mehr an. Amanóns harter Gesichtsausdruck machte deutlich, dass ihm nicht nach Reden zumute war.

Reyan hatte Keb an der Schulter gepackt und ihn ohne viel Federlesens in Richtung seiner Familie geschoben. Offenbar litt er wegen seines Angriffs auf den Wallatten immer noch unter Gewissensbissen, obwohl ihm dieser nichts nachzutragen schien und Erynes Vater nicht mürrischer begegnete als allen anderen Erben. Nur Bowbaqs kleinen Enkeln gelang es hin und wieder, ihm ein Lächeln zu entlocken. Ansonsten gab er sich gleichgültig und hing düsteren Gedanken nach.

Eryne selbst erkannte ihren einstigen Verehrer kaum wieder. Ihm kam kaum noch ein Scherz über die Lippen, und auch sein beißender Spott war verschwunden. Beschämt stellte sie fest, wie sehr sie es vermisste, von ihm umworben und umschmeichelt zu werden. Sie wusste, dass sie an seinem Gemütszustand nicht unschuldig war, und hätte viel darum gegeben, seine Qualen lindern zu können. Doch was geschehen war, war geschehen. Sie konnte nichts anderes tun, als ihn bei jeder Gelegenheit spüren zu lassen, wie gern sie ihn hatte und dass sie für ihn da war – auch wenn sie achtgeben musste, keine falschen Hoffnungen zu wecken. Sie hatte sich noch keine Gedanken über die Zukunft gemacht; schließlich wusste sie nicht einmal, wie lange sie noch unter den Sterblichen weilen würde! Unter diesen Umständen konnte sie keine Versprechungen machen.

So schlenderten sie einige Dezillen in verlegenem Schweigen dahin. Die komplizierte Gefühlslage, in der sich Eryne und Keb befanden, die brutale Tat, mit der er ihr das Leben gerettet hatte, und das Unbehagen, das Lana und Reyan in Gegenwart des Sohns ihres einstigen Todfeinds empfanden, drückten auf die Stimmung. Reyan bemühte sich nach Kräften, die kleine Gesellschaft aufzumuntern, doch die Scherze und geistreichen Sprüche, mit denen er seine Bühnenstücke zu spicken pflegte, stießen bei diesem Publikum auf taube Ohren. Nach einer Weile hakte sich Lana bei ihrem Ehemann unter und zog ihn ein Stück weiter. Eryne war ihr dankbar dafür. Sie hatte so viel Zeit mit ihren Freunden verbracht, dass sie Keb mittlerweile recht gut kannte. Er vertraute sich so gut wie nie einem anderen Menschen an, und wenn er es doch einmal wagte, so schien er es später als Zeichen von Schwäche zu empfinden und bitter zu bereuen. Nie und nimmer hätte er ihr im Beisein ihrer Eltern sein Herz geöffnet, und selbst jetzt, da sie allein waren, würde er womöglich eisern schweigen. Also beschloss Eryne, ihn aus der Reserve zu locken.

»Ich frage mich, wie es nun weitergehen wird«, begann sie. »Mein Vater, Grigán und die anderen scheinen überzeugt zu sein, dass uns Chebrees Schwert nützen wird. Deine Idee hat Anklang gefunden. Es sieht ganz so aus, als würdest du bald nach Hause zurückkehren!«

Keb seufzte und setzte dann wieder eine mürrische Miene auf.

»Ich hoffe nur, dass Wallatt noch nicht dem Erdboden gleichgemacht ist«, sagte er bitter. »Es kann gut sein, dass die Solenen und Thalitten in meiner Abwesenheit in unser Land eingefallen sind. Und mit diesem Dämon im Nacken konnte meine Mutter die Angriffe vielleicht nicht abwehren. Dabei brauchen wir in diesem Krieg all unsere Kraft.«

»Ich bin sicher, dass es ihr gutgeht«, tröstete Eryne ihn. »Ihr werdet euch schon bald wiedersehen.«

»Hm«, machte Keb nur.

Er schwieg eine Weile, bevor er hinzusetzte:

»Wir sind nicht gerade freundschaftlich auseinandergegangen. Wenn sie sich weigert, mich zu empfangen, werde ich ihr das Schwert wohl stehlen müssen, um sie zu retten. Und damit würde ich sie ein zweites Mal verraten.«

Eryne nickte mitfühlend. Sie ahnte, dass ihn noch andere Fragen quälten: Wie weit reichte die Treue, die Chebree dem Dämon, wenn auch nicht freiwillig, geschworen hatte? Würde sie Sombre verraten, dass die Erben sie in ihrem Palast aufgesucht hatten? Würde Keb seiner eigenen Mutter gegenüber tätlich werden müssen? All das – und vielleicht noch so einiges mehr, von dem sie nichts wusste – lastete dem sonst so unerschütterlichen Prinzen auf der Seele.

»Vielleicht kann uns einer deiner Freunde im Palast helfen«, schlug Eryne vor. »Wenn du über einen Vertrauten herausfinden könntest, wie es um die Königin steht, vermeiden wir böse Überraschungen.«

»Als Prinz von Wallatt habe ich immer noch weniger Einfluss als die Königin selbst«, wehrte Keb ab. »Solange sie auf dem Thron sitzt, wird niemand sie verraten. Seit sie die nach Saats Feldzug verstreuten Klans vereint und zu neuer Stärke geführt hat, sind ihr die Wallatten treu ergeben. Nein, ich werde ihr gegenübertreten müssen, um herauszufinden, woran ich bin.«

»Ganz sicher werden einige von uns darauf bestehen, dich zu begleiten. Es würde mich wundern, wenn es nicht so wäre.«

»Ich weiß. Euren Eltern fällt es schwer, mir zu vertrauen. Sie sehen in mir nur den Sohn ihrer einstigen Feinde.«

»Das stimmt nicht, ich …«

»Ich verstehe sie ja«, fiel er ihr achselzuckend ins Wort. »Wir lassen es einfach auf uns zukommen.«

In seinen Antworten lag eine Mutlosigkeit, die Eryne fast das Herz brach. Bislang kannte sie Keb nur als unerschrockenen Kämpfer, der sich jeder Gefahr stellte, als könnte ihm der Tod nichts anhaben. Nun aber schien er alle Hoffnung verloren zu haben.

»Und was wirst du tun, wenn wir das Schwert an uns genommen haben?«

Keb holte tief Luft und ließ den Blick über die friedliche Landschaft wandern. Lana und Reyan wandten sich um und winkten den beiden jungen Leuten zu. Eryne hoffte inständig, dass sie sie noch eine Weile allein ließen. Sonst würde sie womöglich nie erfahren, was der Mann, der vielleicht der Vater ihres Kindes war, nach ihrem Abstecher nach Wallos vorhatte.

»Keine Ahnung, was ich tun werde«, gestand Keb schließlich. »Das hängt ganz davon ab, was derzeit in Wallatt vorgeht. Meine Mutter und mein Volk brauchen mich vielleicht. Und ihr seid ja jetzt zahlreich genug, da ist meine Hilfe nicht mehr nötig. Abgesehen von dem Schwert kann ich nichts mehr für euch tun.«

Er beschleunigte seine Schritte und bog dann ab, um sich Bowbaqs Familie anzuschließen, die am Ufer eines Teichs zusammensaß. Eryne suchte krampfhaft nach Worten, mit denen sie ihn zurückhalten könnte, doch ihr fiel nichts ein. Der Prinz schien ohnehin kein Interesse daran zu haben, das Gespräch fortzusetzen.

Er hatte ihr nicht einmal einen letzten Blick zugeworfen.

Eryne bemühte sich, den Kloß in ihrem Hals herunterzuschlucken, und schloss zu ihren Eltern auf. Sie musste all ihre Verstellungskunst aus den Zeiten als Hofdame aufbringen, um sich zu einem Lächeln zu zwingen. Keb hatte ihr gerade zu verstehen gegeben, dass sich ihre Wege trennen würden. Wahrscheinlich hatte er angesichts von Erynes Zaghaftigkeit beschlossen, ihr Verhältnis ein für alle Mal zu klären.

So nahm ihr Leben wieder einmal eine Wendung, die sie nicht gewollt hatte und gegen die sie nichts tun konnte. Sie verspürte weder Erleichterung noch Verzweiflung, dass Keb sich gegen sie entschieden hatte. Doch sie hatte den Eindruck, in einen bodenlosen Abgrund zu stürzen.

Bowbaq begrüßte Kebree mit einem breiten Lächeln, doch als er dessen finstere Miene sah, wurde er schlagartig ernst. Der Arkarier hätte es unhöflich gefunden, seinen jungen Freund nach dem Grund seiner Betrübnis zu fragen, solange er nicht von sich aus darauf zu sprechen kam, und so klopfte er einfach auf den Platz neben sich. Nachdem Keb eine ganze Weile stumm neben ihm gesessen hatte, wurde Bowbaq klar, dass er weder vorhatte, sich ihm anzuvertrauen, noch an einer unverfänglichen Plauderei interessiert war. Er hatte also umsonst gehofft, im Gespräch mit ihm den ersehnten Vorwand zu finden, um die anstehende Entscheidung auf später zu verschieben. Oder besser: die Bekanntgabe seiner Entscheidung. Denn eigentlich wusste er längst, was er zu tun hatte – er hatte nur noch nicht den Mut aufgebracht, es seiner Familie zu sagen. Ihm graute davor, was er ihnen zumuten musste.

Während die meisten seiner Freunde mit ihren Kindern durch die Gärten spazierten, um das nächste Ziel ihrer Reise zu besprechen, hatte sich der arkische Klan am Ufer eines flachen Weihers niedergelassen. Jeran und Tolomin hatten Spaß daran, sich gegenseitig mit Wasser zu bespritzen, das ihre Kleidung wundersamerweise nicht nass machte. Auch die Erwachsenen mischten sich ab und zu in die Wasserschlacht ein, und Niss hüpfte zwischen dem Teich und ihren Eltern hin und her und verteilte munter Küsse. Noch hatte niemand das Thema zur Sprache gebracht, um das sich ihre vertrauliche Zusammenkunft eigentlich drehen sollte. Stattdessen genossen alle die Unbeschwertheit der Kinder und sprachen über die Schönheit der Landschaft oder die unheimlichen Eigenschaften der Gärten. So bestätigte sich zumindest Bowbaqs Hoffnung, dass niemandem aus seiner Familie der Sinn danach stand, ihre Gefangenschaft im Dara freiwillig zu verlängern, obwohl bei einer Rückkehr in die Welt der Menschen große Gefahren auf sie lauerten.

Dezime um Dezime verstrich, ohne dass sich Bowbaq dazu durchringen konnte, ihnen seinen Entschluss zu beichten. Seltsamerweise wäre es ihm lieber gewesen, zuerst mit Amanón, Nolan oder irgendeinem anderen seiner jungen Weggefährten darüber zu sprechen. Doch die waren irgendwo mit ihren Eltern unterwegs, und Keb saß zwar neben ihm, schien aber eine Mauer des Schweigens um sich errichtet zu haben.

Blieb also nur Niss. Niss, die nicht mehr das unscheinbare kleine Mädchen war, das er nach Lorelia mitgenommen hatte, sondern eine hübsche junge Frau voller Elan und Lebenslust – eine Lebenslust, die umso stärker schien, seit sie zweimal dem Tod entronnen war. *Ja, vielleicht sollte ich zuallererst mit Niss reden.* Er sprach sich innerlich Mut zu, wartete auf den geeigneten Moment, um aufzustehen und seine Enkelin beiseite zu nehmen, und blieb dennoch weiter unschlüssig sitzen. Schließlich verriet er sich durch seine tiefen Seufzer und den gequälten Gesichtsausdruck. Seine Frau Ispen, die schon seit fast vierzig Jahren an seiner Seite lebte, lehnte sachte den Kopf an seine Schulter und flüsterte ihm ins Ohr: »Du willst ohne uns losziehen, nicht wahr?«

Es verblüffte ihn immer wieder, wie leicht sie ihn durchschaute. Aber eigentlich war das auch kein Wunder, denn in seinen Augen war sie ebenso klug wie Corenn und kannte die Menschen ebenso gut wie Lana.

»Es ist besser so«, rechtfertigte er sich. »Unsere Kinder können gegen den Dämon nichts ausrichten. Nur Niss hat vielleicht eine Chance.«

»Robe und Prad werden sie sicher begleiten wollen«, wandte Ispen ein. »Immerhin ist sie ihre einzige Tochter.«

»Ich weiß«, seufzte Bowbaq. »Aber ich und ihre Freunde werden sie beschützen. Robe und Prad haben noch keinen einzigen Kampf erlebt. Selbst ihre Tochter hat mehr Erfahrung als sie. Mir ist es lieber, wenn ich euch in unserer Heimat in Sicherheit weiß, mit den Taschen voller Gwelome.«

Ispen nickte. Nachdem sie ihm einen zärtlichen Kuss gegeben hatte, strich sie ihm über das Haar, die faltigen Schläfen und den Bart, der so dicht wuchs wie eh und je. Wenn er ihr in die Augen sah, hatte Bowbaq das Gefühl, Berge versetzen zu können.

»Du wirst zurückkehren«, sagte Ispen mit leicht zitternder Stimme. »Du bist *immer* zurückgekehrt. Während all der Zeit, die wir hier ausharren mussten, habe ich kein einziges Mal daran gezweifelt, dass wir uns wiedersehen werden. Ich habe auf dich gewartet, und ich werde auch diesmal auf dich warten, Liebster. Du wirst zurückkehren und mir meine kleine Niss wiederbringen.«

Darauf hätte Bowbaq am liebsten einen feierlichen Eid abgelegt, doch als ihm keine passenden Worte einfielen, drückte er seine Frau nur fest an sich. Gleich darauf erhob er sich und bat seinen kleinen Klan um Aufmerksamkeit. Ispen hatte ihm die nötige Zuversicht gegeben, um mit ihnen sprechen zu können. Obwohl er wusste, dass ihm ein wahrer Proteststurm entgegenschlagen würde, war er überzeugt, seine Kinder zur Vernunft bringen zu können.

Seine Frau hatte ihm wieder einmal den Rücken gestärkt. Nun war Bowbaq bereit, es mit jeder Gefahr aufzunehmen, so groß sie auch sein mochte.

»Das gefällt mir nicht«, sagte Léti und kniff die Lippen zusammen.

Cael und Yan wechselten einen vielsagenden Blick. Noch während Yan sprach, war Cael klar gewesen, was seine Mutter von der Idee halten würde. Natürlich war es verständlich, dass sie sich erbittert gegen jedes neue Wagnis wehrte, nachdem sie so lange um das Leben ihres Sohns gebangt hatte. Und wenn er ehrlich war, wusste Cael selbst nicht so recht, wie er darüber denken sollte.

»Das ist unsere letzte Gelegenheit«, erinnerte Yan sie. »Sobald wir das Jal verlassen, dürfen wir unsere Gwelome nicht mehr ablegen. Wir müssen es ausnutzen, dass wir ihren Schutz hier nicht brauchen.«

»Trotzdem … Du weißt, wie sehr ich dir vertraue, aber es ist doch Irrsinn, in den Geist deines eigenen Sohns einzudringen, ohne zu wissen, welche Folgen das haben kann!«

»Niss hat es schon ein paarmal getan«, wandte Cael ein.

»Ich werde vorsichtig sein«, meinte Yan. »Aber ich muss herausfinden, ob ich Cael im Fall des Falles helfen kann, so wie Niss, als sie Sombres Geist zurückgedrängt hat.«

»Und wenn du alles nur noch schlimmer machst?«, schoss Léti zurück. »Vielleicht bringst du seine innere Stimme dazu, wieder von ihm Besitz zu ergreifen!«

»Sie ist verstummt, seit ich im Dara bin«, erklärte Cael. »Ich glaube, dass ihre Macht in den Gärten nicht wirkt.«

Als Léti keine weiteren Argumente mehr einfielen, begnügte sie sich damit, ihrem Sohn einen flehenden Blick zuzuwerfen. Cael wollte schon fast nachgeben, aber die Aussicht, dass sein Vater ihm bei seinem nächsten Anfall zur Seite stehen würde, war verlockend. Außerdem brannte er darauf, Yans Fähigkeiten endlich selbst zu erleben. Man hatte ihm so oft erzählt, was für ein außergewöhnlicher Magier sein Vater sei, dass er unbedingt wissen wollte, ob sich die Vereinigung ihrer Willenskräfte anders anfühlen würde als mit Niss.

»Also los.« Er wich dem Blick seiner Mutter aus. »Wer weiß, vielleicht können wir durch diesen Versuch eines Tages ein Leben retten.«

Seine Hände zitterten leicht, als er das Lederband mit dem magischen Amulett abstreifte und vorsichtig ins Gras legte. Seit er denken konnte, hatte er es noch nie abgenommen. Selbst wenn er das Band auswechselte oder den Anhänger polierte, behielt er das Gwelom in der Hand. Nun fühlte er sich schutzlos, geradezu nackt.

Doch er hatte keine Wahl. Wenn Cael den Anhänger trug und nicht von seiner Stimme beherrscht wurde, blieb sein Geist selbst Göttern verschlossen. Niss hatte versucht, in seine Gedanken einzudringen, und dabei nur völlige Leere vorgefunden. Erst wenn sein innerer Dämon zum Vorschein kam, wurde Caels Geist sichtbar, denn die Magie des Anhängers schützte nur Sterbliche. So war Yan auf den Gedanken verfallen, das fremde Wesen in Cael zu untersuchen, wenn es nicht die Oberhand hatte. Er hoffte, dass es ihm vielleicht sogar gelingen könnte, den Dämon endgültig zu verbannen, auch wenn Cael kaum daran glaubte. *Aber es kann ja nicht schaden, es wenigstens zu versuchen,* sprach er sich selbst Mut zu.

Seine Eltern und er setzten sich auf die Wiese. Cael rückte näher an Yan heran, bis sie sich genau gegenübersaßen, und nickte zum Zeichen, dass er bereit war. Sein Vater ließ ihn nicht lange warten. Kaum hatte Cael die Augen geschlossen, spürte er den Druck auf seinen Geist, ein Gefühl, das zugleich vertraut und ungewohnt schien. Unwille und Zorn wallten in ihm auf, aber da Cael mit so etwas gerechnet hatte, versuchte er, seine Abwehrreaktion zu unterdrücken. Zum Glück währte die innere Qual nur kurz: Binnen einer Dezille war alles vorbei. Der Eindringling zog sich so sanft, wie es nur ein ungeheuer mächtiger Wille vermochte, aus seinem Geist zurück.

»Alles in Ordnung?«, fragte Léti besorgt und beugte sich zu ihrem Sohn, der sich den Kopf hielt. »Hast du Schmerzen?«

»Nein«, knurrte Cael unwirsch.

Es dauerte noch einen Augenblick, bis der Hass, der bei der Begegnung mit Yans Geist in ihm aufgestiegen war, verflogen war. Wie er von Bowbaq und Niss wusste, reagierten viele Tiere, mit denen die Erjaks in Verbindung traten, beim ersten Mal ganz ähnlich. Es war tatsächlich ein beängstigendes Gefühl. Doch da Cael darauf eingestellt gewesen war, wartete er einfach ab, bis sich sein innerer Aufruhr gelegt hatte. Erst dann öffnete er die Augen und sah seinen Vater an. Bei Niss hatte er sich nie gegen den Eingriff aufgelehnt, aber sie hatte ja auch seinen inneren Dämon im Visier gehabt, also gewissermaßen nur sein zweites Ich.

»Und?«, fragte er gespannt.

»Nichts«, sagte Yan bedauernd. »Ich habe deinen inneren Dämon nicht gefunden. Er ist sicher irgendwo, aber momentan ist er so schwach, dass ich ihn nicht aufspüren kann. Vielleicht liegt es an der Macht des Dara – oder Niss' Wille ist viel stärker als meiner, was mich nach dem, was ihr uns erzählt habt, nicht wundern würde.«

»Du hast also rein gar nichts gesehen?«, hakte Léti nach.

»Nur Caels Geist«, erklärte Yan. »Jeder Magier nimmt das Wesen eines Menschen anders wahr. Ich sehe eine Art Nebel, der in ständiger Bewegung ist, eine Wolke aus vielen einzelnen Rauchfäden, die sich umspielen, teilen oder vereinen … In etwa wie der Tanz der Undinen in ihrem Feuerkessel. Und all die Gedankenfäden, die ich entdecken konnte, gehörten zu Cael. Die Stimme versteckt sich ganz sicher irgendwo zwischen ihnen, aber in ihrer gegenwärtigen Gestalt ist sie leider nicht zu erkennen.«

Cael nickte langsam, ohne seine Enttäuschung zu verhehlen. Also konnte nicht einmal Yan, der den Mut aufgebracht hatte, Sombre gegenüberzutreten, etwas gegen seinen inneren Dämon ausrichten. Unweigerlich kam ihm Usuls Prophezeiung in den Sinn: Der Gott hatte ihm vorhergesagt, dass er sich eines Tages endgültig seiner Stimme unterwerfen werde. Der dämonische Funke, den Sombre in seinem Geist entzündet hatte, würde die weißen Rauchschwaden, die sein Vater beschrieb, irgendwann auslöschen.

»Wir werden einen anderen Weg finden«, versprach Yan. »Deine Anfälle werden spätestens dann aufhören, wenn Sombre besiegt ist. Dann hast du für immer Ruhe vor ihm.«

Mit einem traurigen Lächeln hob Cael sein Gwelom auf und streifte es sich über den Kopf. Vorhin hatte es ihn fast in Panik versetzt, es abzulegen, doch jetzt kam ihm das Amulett lächerlich vor. Was nützte es, sich vor den Dämonen zu verstecken, wo er selbst einen in sich trug? Léti schien zu erraten, was in ihm vorging, und nahm ihn in den Arm, um ihn wie ein kleines Kind tröstend hin- und herzuwiegen. Cael ließ sie gewähren, aber er konnte die düsteren Gedanken nicht mehr vertreiben. Er wünschte sich, dass endlich alles vorbei sein möge, ganz gleich, ob es nun glücklich oder tragisch endete. Er wollte die Angst und Ungewissheit ein für alle Mal los sein.

Er war so in seine Gedanken versunken, dass er es kaum bemerkte, als ihn plötzlich eine Gänsehaut überlief. Erst beim zweiten Kälteschauer richtete er sich überrascht auf: Ein eisiger Wind fegte durch die Gärten und störte die Idylle.

Seine Eltern sahen sich ebenfalls erstaunt, ja beunruhigt um. Am immerblauen Himmel des Dara zogen graue Wolken auf, die sich vom Gebirge kommend mit unnatürlicher Geschwindigkeit über das Tal senkten. Während die drei Kaulaner aufsprangen und in Richtung Pforte liefen, kühlte sich die Luft merklich ab. Plötzlich ertönte ein ohrenbetäubender Donnerschlag, der noch lange von den Felswänden widerhallte.

Cael und seine Eltern liefen noch schneller; in der Ferne entdeckten sie die anderen Erben, die ebenfalls auf die Pforte zuhasteten. Noch bevor sie ihr Ziel erreichten, prasselten die ersten Tropfen vom Himmel, und Blitze zuckten von rollendem Donner begleitet ins Tal hinab. Es wäre ihnen nie in den Sinn gekommen, dass es im Dara Unwetter geben könnte.

Binnen kurzer Zeit waren alle Erben mehr oder minder durchnässt unter dem schützenden Dach der Pforte versammelt und wechselten bestürzte Blicke. Es musste etwas Schlimmes geschehen sein.

»Hat jemand etwas getan, das er nicht hätte tun sollen?«, fragte Grigán, an dessen schwarzer Lederkluft der Regen abperlte.

Er musterte Keb argwöhnisch, doch Bowbaq legte dem Wallatten eine Hand auf die Schulter und schüttelte entschieden den Kopf. Aus dem Augenwinkel bemerkte Cael, dass sich Nolan und Zejabel einen verstohlenen Blick zuwarfen. Er rechnete schon damit, dass die beiden ein Geständnis ablegen würden, als Nol der Seltsame aus dem Regenvorhang trat, der sie umgab.

Erstaunt stellte Cael fest, dass der Unsterbliche als Einziger nicht nass geworden war. Andererseits würden wohl auch die Kleider der Erben gemäß den sonderbaren Gesetzen, die im Jal herrschten, bald wieder so trocken sein wie zuvor.

»Was ist geschehen?«, fragte Corenn und übernahm damit die Initiative. »Kommen solche Gewitter im Dara öfter vor?«

Der Hüter betrachtete mit gerunzelter Stirn die Inschriften auf der Pforte, bevor er antwortete. »Es gab einmal eine Zeit, da traten sie regelmäßig auf«, sagte er gedankenverloren. »Aber ich habe schon sehr lange keines mehr erlebt.«

»Aber was ist los?«, beharrte Grigán. »Ist das nur eine Laune des Wetters, oder bahnt sich neues Unheil an?«

Der Unsterbliche ließ den Blick über die Erben schweifen, dann sah er dem Krieger in die Augen. »Letzteres, fürchte ich. Ein Gewitter zieht im Dara nur dann auf, wenn in Eurer Welt eine neue Pforte ins Jal vollendet ist. Und das ist soeben geschehen.«

Nolan glaubte zunächst, sich verhört zu haben. Nach allem, was er in den letzten Dekanten erlebt hatte, war das nicht abwegig, denn er war noch immer mit den Gedanken woanders. Doch als er die fassungslosen Gesichter der anderen sah, wurde ihm klar, dass seine Ohren ihn nicht getäuscht hatten, so unglaublich Nols Worte auch klingen mochten.

»Aber … Wie … Wie …«, stammelte er, ohne einen vollständigen Satz über die Lippen zu bringen.

Ihm schossen die wildesten Vermutungen durch den Kopf. Ein ethekischer Stamm könnte fernab der Zivilisation überlebt haben und plötzlich auf die Idee gekommen sein, die Religion seiner Vorfahren wiederaufleben zu lassen und eine Pforte zu errichten. Oder eine Kette unglaublicher Zufälle hatte dazu geführt, dass sich ein Baumeister unwissentlich die Architektur der Etheker zum Vorbild genommen hatte. Oder noch schlimmer, die Dunkle Bruderschaft hatte ihre Finger im Spiel. Nolan hätte wohl noch mehr solcher Mutmaßungen aufgestellt, wenn Nol ihnen nicht gleich darauf eine Erklärung geliefert hätte.

»Das ist Sombres Werk«, verriet er seinen entsetzten Besuchern.

»Wie könnt Ihr Euch da plötzlich so sicher sein?«, fragte Reyan ungehalten. »Das Gewitter habt Ihr schließlich auch nicht kommen sehen. Hat Euch etwa der Blitz der Erkenntnis getroffen?«

»Der Dämon enthüllt uns nur das, was er enthüllen will«, erklärte Nol. »Wie alle Götter und Dämonen kann er seine Gedanken vor mir verschließen, wenn er ein Geheimnis hüten will.«

»Dann hat er die Vollendung der Pforte sozusagen … offiziell verkündet?«, fragte Amanón. »Um die Alten Götter herauszufordern?«

»Das war nicht nötig. Wir alle haben gespürt, wie sich sein Wesen verändert hat. Jetzt ist er nicht mehr nur der Letztgeborene aus dem Jal. Er ist auch der Ewige Wächter dieser neuen Pforte.«

Die Erben wechselten verständnislose Blicke. Was hatte das zu bedeuten?

»Welchen Vorteil verspricht er sich davon?«, fragte Corenn schließlich. »Hat er an Macht gewonnen?«

»Nein«, antwortete Nol. »Seine Fähigkeiten werden sich nicht mehr ändern. Er wird für immer so bleiben, wie er dem Sinn der Menschen entsprungen ist. Aber er kontrolliert nun gewissermaßen den Zugang zum Jal. Er kann Verbündete aus dem Karu zu sich holen, wann immer er will, und die Götterkinder daran hindern, das Dara auf diesem Weg zu verlassen – zumindest solange er sich in der Nähe der Pforte aufhält. Gezwungen ist er dazu nicht, er kann weiter nach Gutdünken durch die Welt ziehen.«

»Großartig«, sagte Keb bitter. »Das hat uns gerade noch gefehlt.«

»Wie furchtbar«, murmelte Lana.

Nolan wandte sich zu seiner Mutter um, der offenbar ein ähnlicher Gedanke gekommen war wie ihm.

»Deswegen also tötet er die anderen Wächter«, sagte sie. »Er will, dass das Jal nur durch seine Pforte und damit mit seiner Zustimmung betreten oder verlassen werden kann!«

»Das würde ihn zum Herrscher über beide Welten machen«, stimmte Nol zu. »Und das hat er seit jeher angestrebt, so liegt es in seiner Natur.«

»Und Ihr könnt ihn wirklich nicht daran hindern?«, mischte sich Eryne ein. »Immerhin seid Ihr selbst der älteste aller Wächter.«

»Das ändert nichts daran, dass der Dämon die Flamme meines unsterblichen Lebens auslöschen würde, sobald ich das Jal verlasse. Ich kann seinem Hass nicht entgehen. Ohne den Schutz des Dara hätte er mich schon lange getötet.«

»Aber Ihr habt Euch doch hin und wieder in unsere Welt hinausgewagt«, wandte Yan ein.

»Ja, um mit unseren Verbündeten unter den Göttern zu sprechen. Aber ich verweile immer nur einige wenige Augenblicke. Sobald Sombre meine Gegenwart bemerkt, stürzt er sich in den Kampf. Die Avatare, deren Gestalt er dafür annimmt, sind so schnell, dass ich ihm manchmal nur knapp entronnen bin.«

»Und jetzt steht er gewissermaßen vor Eurer Tür«, bemerkte Reyan. »Ich schätze, da werdet Ihr keinen Fuß mehr nach draußen setzen.«

Schweigen trat ein, während der Regen plötzlich nachließ und die Wolken sich so schnell, wie sie gekommen waren, wieder verzogen. Bald würde im Dara keine Spur des Unwetters mehr zu sehen sein. *So wie auch wir keine Spuren hinterlassen,* dachte Nolan und nahm Zejabels Hand.

»Die Pforte hat sich geschlossen«, sagte der Hüter des Dara gleichmütig.

»Was bedeutet das?«, hakte Corenn nach. »Hatte Sombre die Pforte etwa schon geöffnet?«

»Ja, denn sonst hätte es kein Gewitter gegeben«, erklärte Nol. »Sobald eine neue Pforte zum ersten Mal durchschritten wird, gerät das Jal kurz aus dem Gleichgewicht, bis es wieder mit der Welt der Sterblichen im Einklang ist. Im Karu müssen die Folgen viel stärker zu spüren gewesen sein. Das Unwetter, das wir hier erlebt haben, war nur ein fernes Echo dessen, was sich in der Unterwelt abgespielt hat.«

»Fragt sich nur, was er da unten getrieben hat«, brummte Grigán. »Er wird wohl kaum zum Vergnügen dort gewesen sein.«

»Er kann nicht ins Karu zurückkehren«, rief ihm Nol in Erinnerung. »Und selbst wenn er nun der Wächter einer Pforte ist, bleibt es ihm als Sprössling des Karu verwehrt, den Zugang zum Dara zu öffnen. Hier in den Gärten seid Ihr immer noch sicher.«

»Aber wenn wir nicht gleich aufbrechen, sitzen wir hier fest«, sagte Lana.

»Eine wichtige Auskunft fehlt uns noch«, warf Amanón ein. »Ihr habt uns nicht gesagt, wo die neue Pforte steht.«

»In Lorelia«, antwortete der Unsterbliche. »Im Palast von Königin Agénor.«

Nolan lief es eiskalt über den Rücken. Für den Bruchteil eines Augenblicks schien es ihm, als zerreiße der Schleier, der über manchen seiner Erinnerungen lag … Er versuchte, das festzuhalten, was vor seinem geistigen Auge aufblitzte, aber schon entglitt es ihm wieder, bis er nicht mehr wusste, was Wirklichkeit und was Einbildung gewesen war. Als er den Kopf hob, begegnete ihm der besorgte Blick Zejabels.

Nolan fand keine Worte, um sie zu beschwichtigen. Die Erfahrung war kurz, aber so erschütternd gewesen, dass er am ganzen Körper zitterte. Nur eins wusste er mit Sicherheit: Das Bild eines gewaltigen Steinbogens inmitten der jahrhundertealten Mauern eines Palasts kam ihm bekannt vor. Irgendwann hatte er es schon einmal vor Augen gehabt.

Plötzlich überstürzten sich die Ereignisse. Niss war gerade erst wieder mit ihrer Familie vereint, und nun sollten sich ihre Wege erneut trennen! Doch auch wenn sie es nicht wahrhaben wollte, hatte das Abschiednehmen um sie herum bereits begonnen. Großmutter Ispen, Onkel Harqi und Tante Iulane, ihre Cousins Jeran und Tolomin, sie alle sagten den Erben ebenso herzlich wie wehmütig Lebewohl. Sie wünschten einander viel Glück, sprachen von einem baldigen Wiedersehen, und der eine oder andere versuchte, seinen Kummer mit einem Scherz zu überspielen. Als Robe und Prad schließlich bei ihrer einzigen Tochter angelangt waren, konnte Niss die Tränen nicht länger zurückhalten. Hatte das Schicksal die Erben nicht schon genug gestraft? *Hätten die Undinen doch nie diese unheilvolle Prophezeiung ausgesprochen! Wäre Sombre doch nur ein böser Traum!* Doch kein rettendes Wunder geschah, und so schluckte Niss ihre Tränen hinunter und schmiegte sich fest an ihre Mutter. Sie hatte sich vorgenommen, stark zu sein – so stark es eben ging.

»Ich bleibe bei euch«, sagte ihr Vater plötzlich. »In dieser Verfassung kann ich dich nicht allein gehen lassen.«

Niss schlang ihm die Arme um den Hals und schüttelte energisch den Kopf. Sie würde auf keinen Fall zulassen, dass sich ihre Eltern in Gefahr begaben. Bowbaq hatte Recht: Es brachte nichts, wenn sie sich alle zusammen in die Höhle des Löwen wagten. Ispen, Robe, Prad, Harqi und Iulane – ganz zu schweigen von den beiden kleinen Jungen – wären dem Dämon hilflos ausgeliefert. Keiner von ihnen war der Erzfeind, und keiner von ihnen hatte je eine Waffe in der Hand gehabt. Die Arkarier waren von den unzähligen Gefahren, die die übrigen Erben überstanden und die sie auf den bevorstehenden Kampf vorbereitet hatten, verschont geblieben. Bei der ersten Begegnung mit den Anhängern der Dunklen Bruderschaft würden sie entweder ihr Leben lassen oder die anderen Erben, die sie zu beschützen versuchten, in Gefahr bringen.

Diese Überlegungen kamen wohl auch Prad wieder in den Sinn, denn er beharrte nicht auf seinem Vorschlag, worüber Niss sehr froh war. Ispen und Bowbaq hatten schon genug Mühe gehabt, Niss' Vater zu überzeugen, nach Arkarien zurückzukehren, und sie fühlte sich nicht imstande, noch einmal von vorn anzufangen.

Trotzdem beneidete sie ihre Freunde. Sie mussten keine schmerzhafte Trennung durchleiden. Cael, Amanón, Eryne und Nolan würden das Dara zusammen mit ihren Eltern verlassen. Niss hingegen würde nur ihren Großvater bei sich haben, was viel und zugleich wenig war. Einen Augenblick lang überlegte sie, ob sie Bowbaq bitten sollte, sie allein mit ihren Gefährten ziehen zu lassen, denn schließlich stand fest, dass er nicht der Erzfeind sein würde. Doch sie konnte sich nicht dazu durchringen, auf seine Begleitung zu verzichten, so selbstsüchtig das auch war. Niss tröstete sich mit dem Gedanken, dass Bowbaq ohnehin niemals eingewilligt hätte. Seit vielen Monden hielt er seine schützende Hand über sie. Ganz sicher würde er sie nicht ausgerechnet jetzt sich selbst überlassen.

Schweren Herzens löste sie sich aus den Armen ihrer Eltern, während Zejabel die Steine brachte, die sie für alle gesammelt hatte. Die unscheinbaren Kiesel aus dem Jal machten ihre Träger für Dämonen unsichtbar, und so nahm jeder zwei oder drei Stück aus Zejabels Beutel, selbst diejenigen, die schon ein Gwelom hatten. Der Hüter des Dara sah ihnen mit unergründlicher Miene zu. Vor zwanzig Jahren hatte er seinen Besuchern verboten, irgendetwas aus dem Jal mitzunehmen, doch da sie sich bereits damals nicht daran gehalten hatten, schien er diesmal auf mahnende Worte zu verzichten. Vielleicht hatte er aber auch beschlossen, ihnen wenigstens auf diese Weise zu helfen – schließlich ruhte auf ihnen die letzte Hoffnung der Kinder des Dara.

Nachdem alle mit ausreichend Gwel versorgt waren, gab es keinen Grund mehr, ihren Aufbruch noch länger hinauszuzögern. Die Erben wichen ein Stück zurück, damit Nol der Seltsame vor die Pforte treten konnte. Niss wartete mit hängenden Schultern, während er seine Kräfte heraufbeschwor, und trotz ihrer Niedergeschlagenheit fiel ihr auf, dass die Erde nach dem heftigen Regen wieder vollkommen trocken war. Mit einem Mal überkam sie heftige Abneigung gegen diesen Ort, der in seiner unantastbaren Schönheit etwas geradezu Lebensfeindliches an sich hatte. In den letzten Dekanten war sie im Kreise ihrer Familie so glücklich gewesen, dass sie ganz vergessen hatte, wie unheimlich das Reich des Tiefen Traums im Grunde war. Ein Ort, an dem sich die Seelen der Toten sammelten: So hatten es die Etheker geglaubt, und so war es schließlich auch gekommen. Die Seelen der Menschen gingen für immer im Geist der Kinder des Jal auf und ließen sie so zu mächtigen Göttern heranwachsen.

Wenn sie an ihre eigenen Erfahrungen mit dem Tod zurückdachte, sah sie die Landschaft um sich herum mit ganz anderen Augen. Obwohl sie die endgültige Trennung von ihren Eltern fürchtete, konnte sie es plötzlich kaum mehr erwarten, durch die Pforte in die normale Welt zurückzukehren. Wieder ganz gewöhnliche menschliche Regungen wie Durst oder Müdigkeit zu spüren. Wieder den Naturgesetzen unterworfen zu sein. Sich wieder *lebendig* zu fühlen, selbst wenn sie dafür Leid ertragen musste.

Es dauerte nicht lange, bis ihr Wunsch erfüllt wurde. Der Hüter der Pforte machte eine kleine Handbewegung, und gleich darauf blitzte ein gleißendes Licht auf und breitete sich unter dem Steinbogen aus. Wenige Augenblicke später wurde das Licht schwächer und gab den Blick auf eine schneebedeckte Landschaft frei. Niss spürte einen Stich im Herzen, als sie die weiten Ebenen des Weißen Landes erkannte. Fast hatte sie das Gefühl, den würzigen Duft der Blautannen zu riechen, obwohl sie wusste, dass sie sich das nur einbildete. Am liebsten wäre sie geradewegs auf die Pforte zu und durch sie hindurch marschiert, und sei es nur, um kurz mit den Füßen im Schnee zu versinken und die kalte Luft zu atmen … Doch das war unvernünftig. Damit würde sie ihnen allen den Abschied noch schwerer machen. Nur Cael würde sie in diesem Fall wohl noch dazu bewegen können, wieder ins Jal zurückzukehren.

»Die Pforte steht in der Nähe der Dörfer des Rentierklans«, sagte Bowbaq mit zittriger Stimme. »Ihr werdet bald zu Hause sein, und wir kommen so bald wie möglich nach … Dann werden wir einander unsere Abenteuer erzählen und die Feier zu Niss' Geburtstag nachholen, mit *milo* und *qinga* und …«

Bevor er endgültig zu schluchzen begann, unterbrach Ispen ihren Mann, indem sie ihm einen langen Abschiedskuss gab. Nachdem sie ihre Enkelin kurz an sich gedrückt hatte, ging sie auf die magische Pforte zu, wickelte sich die Kleider noch etwas fester um den Leib und trat entschlossen in die verschwommene Landschaft hinein. Es war zwar nicht das erste Mal, dass Niss diesen Moment erlebte, aber als sie ihre Großmutter plötzlich im Schnee stehen sah, so nah und gleichzeitig so unendlich weit weg, rieb sie sich unwillkürlich die Augen. Tante

Iulane und ihre Familie gingen als Nächste, und schließlich rangen sich auch Niss' Eltern dazu durch.

Sie winkten sich noch einmal durch die Pforte hindurch zu, bevor die Landschaft mitsamt den Arkariern im Nebel verschwand und sich auflöste. Niss war wieder allein. Sie wandte sich zu Bowbaq um, doch ihr Großvater war selbst so niedergeschlagen, dass er nichts um sich herum wahrzunehmen schien, nicht einmal Corenns und Grigáns tröstende Worte. Niss wollte schon auf sie zugehen, da stand plötzlich Cael vor ihr und nahm sie mitfühlend in die Arme. Dankbar schmiegte sie sich an ihn. Sie spürte, wie Cael zitterte. Sicher hatte er seinen ganzen Mut zusammennehmen müssen, um seine Schüchternheit zu überwinden. Oder seine ganze Liebe …

»Jetzt sind wir dran«, hörte sie Amanón sagen. »Ihr wisst, wohin wir wollen.«

Als Niss den Kopf hob, war unter dem Steinbogen bereits eine andere Landschaft zu sehen. Die Wiese jenseits der Pforte schien auf einem Hügel inmitten eines Waldes zu liegen. Das Laub der Bäume leuchtete rot und gelb, und Niss wunderte sich, dass die Jahreszeit des Windes schon so weit fortgeschritten war. Andererseits wusste sie, dass sich diese Gegend östlich des Rideau-Gebirges befand, wo sicher ein anderes Klima herrschte als in den Oberen Königreichen.

Begreiflicherweise war Keb der Erste, der durch die Pforte trat. Die anderen erschraken, als sie ihn die Lowa schultern sahen, doch dann fiel ihnen ein, dass in Wallatt wohl alle jungen Männer so kämpferisch auftraten. Mit einem Anflug von Neid dachte Niss, dass Robe, Prad und die anderen in diesem Moment die Luft ihrer Heimat einatmeten, so wie Keb es gerade tat. Bestimmt hatten sie sich schon zu einer Jagdhütte aufgemacht, wo sie abwarten würden, bis einer von ihnen Kleidung und andere Ausrüstung für die Heimreise besorgte – während Niss und ihre Gefährten wieder einmal ins Unbekannte aufbrachen.

Im Gegensatz zu Kebree hatten die anderen das Bedürfnis, Nol dem Seltsamen Lebewohl zu sagen, selbst diejenigen, die er zur Strafe auf den Felsvorsprung verbannt hatte. Herzog Reyan war so kühn, ihm wie einem alten Bekannten die Hand zu reichen, und da der Gott seinen Händedruck erwiderte, verabschiedeten sich die anderen auf die gleiche Weise. Niss fürchtete sich zunächst vor der Berührung: Sie stellte sich vor, dass sie in jenem Moment die Stimmen der Menschen hören würde, deren Seelen in dem ältesten Gott des Jal aufgegangen waren! Sie versteckte sich hinter ihren Freunden, so lange es ging, doch als sie dem Hüter des Dara schließlich gegenüberstand, fühlte sich seine Hand ebenso warm und weich an wie ihre eigene.

Amanón folgte als Letzter. Wie es seine Art war, hatte er sich noch einmal prüfend umgesehen, genau wie sein Vater wenige Dezillen zuvor. Nachdem er sich vergewissert hatte, dass sie nichts vergessen oder übersehen hatten, ging er auf den Unsterblichen zu und schüttelte ihm feierlich die Hand. Die anderen waren bereits voller Ungeduld vor die Pforte getreten, nur Niss war neugierig stehen geblieben, weil sie ahnte, dass Amanón noch etwas auf dem Herzen hatte.

»Ihr habt uns nie gesagt«, begann Amanón, »warum Ihr seit Jahrhunderten immer wieder eine Abordnung der Menschen in die Gärten führt. Sombre wäre nie zu einem so mächtigen Dämon geworden, wenn Saat das Dara nicht betreten hätte.«

»Mir blieb keine Wahl«, antwortete Nol ruhig. »Das gehört zu den Aufgaben, die mir die Sterblichen auferlegt haben: die Harmonie zwischen den Menschen und meinesgleichen herbeizuführen.«

Als Amanón ihn verständnislos ansah, fügte er hinzu:

»Ich war das erste Kind, das in den Gärten geboren wurde. Man nannte mich ›den Seltsamen‹ und fürchtete mich ebenso sehr, wie man mich bewunderte. Die Menschen glaubten, die Wahrheit aus meinem Munde zu erfahren, erhoben mich zum Vorbild und beteten darum, dass ich das Gleichgewicht der Welt nicht stören würde. So wurde ich Nol der Lehrende. Seither lautet meine wichtigste Aufgabe, den Sterblichen bei der Verwirklichung ihres einzig wahren Wunsches zu helfen.«

»Und der wäre? Die Harmonie, das Zeitalter von Ys? Aber was bedeutet das genau?«

Der Hüter dachte lange nach, bevor er antwortete. Niss argwöhnte sogar, er könnte sich eine Lüge ausdenken. Doch das widersprach der Natur des Lehrenden.

»Ich weiß es nicht«, sagte er schließlich. »Jene Zeit wird das Ergebnis Eures Willens, Eurer Bemühungen, Eures Strebens nach Freiheit sein – wahrscheinlich von alledem etwas. Als sie aus dem Karu zurückkehrte, wollte Eurydis den Sterblichen drei Tugenden mit auf den Weg geben: Wissen, Toleranz, Frieden. Vielleicht weiß sie mehr über diese Zukunft.«

»Habt Ihr sie denn niemals danach gefragt?«, wunderte sich Amanón.

Die anderen hatten das Gespräch aufmerksam verfolgt, und Amanóns letzte Frage veranlasste Nolan, Lana und Corenn sogar, auf die beiden zuzugehen, um ja nichts zu verpassen. Doch noch bevor sie den Hügel, auf dem die Pforte stand, verlassen konnten, hob der Hüter warnend die Hand.

»Wir dürfen den Durchgang nicht so lange offen lassen«, mahnte er. »Der Wächter der Pforte könnte sich dadurch genötigt fühlen, aus seinem Winterschlaf zu erwachen. Und ich kann Euch leider nicht begleiten, um ihn zu besänftigen. Sombre würde sich augenblicklich auf mich stürzen.«

Widerwillig versammelten sich die Erben wieder vor der Pforte. Sie hätten zu gern Nols Antwort gehört, auch wenn er in den wenigen Dezillen, die ihnen noch blieben, nicht viel Erhellendes hätte sagen können und das zukünftige Antlitz der Welt gegenwärtig ihre geringste Sorge war. Sollte das Zeitalter der Harmonie eines Tages eintreten, so würden die Menschen glücklich sein, so war es ihnen seit jeher verheißen.

Und das war nur möglich, wenn Sombre besiegt wurde.

Dieser Gedanke ging Niss durch den Kopf, als sie durch die magische Pforte schritt. Sie winkte dem Hüter noch ein letztes Mal zu, dann löste Nol den Zauber, der den Durchgang geöffnet hatte. Unvermittelt kehrte tiefe Stille in den Gärten ein.

Einen Augenblick lang genoss Nol das Gefühl, wieder allein zu sein, bis seine Sorgen ihn einholten. Wenn diese Sterblichen scheiterten, würden keine weiteren Menschen mehr in sein Reich kommen. Und selbst wenn sie

Erfolg hatten … In beiden Fällen war die Zukunft ungewiss. Eurydis hatte ihm nicht erzählt, wie das Zeitalter von Ys aussehen würde. Sie hatte nur gesagt, dass alles, was einmal begonnen habe, irgendwann enden müsse.

Nol der Seltsame war zwar ein mächtiger Gott, aber in die Zukunft sehen konnte er nicht, und so schob er seine Furcht beiseite und ließ sich im weichen Gras des Dara nieder. Dann wartete er, wie er es seit jeher zu tun pflegte.

Nach einer Weile – wie viel Zeit genau vergangen war, vermochte er nicht zu sagen – kamen die ersten Kinder. Natürlich die kleinsten. Sie tanzten fröhlich um ihn herum, hopsten lachend auf und ab oder wollten auf seinen Schoß klettern. Nol wartete weiter, bis sich einige der älteren Kinder zu ihnen gesellten. Er spürte ihr Misstrauen deutlich. Einige der Sterblichen waren lange in den Gärten gewesen, und die Götterkinder spähten ängstlich zu der Pforte hinüber, als könnten die Eindringlinge jeden Moment wieder auftauchen. Also geduldete sich der Hüter noch etwas. Erst als die Kinderschar weiter angewachsen war, begann er zu sprechen.

Die Großen, die fast vollendeten Götter, würden erst viel später kommen, das wusste er. Sehr viel später. Das war nicht schlimm. Das Wichtigste war, wieder Ruhe einkehren zu lassen.

So fuhr der Lehrende fort, den Kindern die seltsamen Gesetze zu erklären, die in ihrem Reich und im Reich der Menschen herrschten. Wie er es immer tat, seit er als ihr ältester Bruder geboren worden war. Und wie er es weiter tun würde, bis eine neue Ära anbrach.

Jeder, der in diesem Augenblick in den weitläufigen Saal getreten wäre, hätte bei dem grausigen Anblick den Verstand verloren, und ein empfindsamer Mensch mit schwachem Herzen hätte den Schreck womöglich nicht überlebt. Selbst Prinz Alcide von Benelia, der sich eigentlich für hartgesotten hielt, bekam Herzrasen und Schweißausbrüche und fühlte sich mehrmals der Ohnmacht nahe. Am liebsten wäre er zum Eingangstor gelaufen und hätte den schweren Riegel beiseite geschoben, um von diesem verfluchten Ort zu fliehen. Doch die Angst lähmte ihn, und so blieb er stocksteif sitzen und betete darum, dass niemand auf ihn aufmerksam würde.

Königin Agénor und Emaz Varcus, die neben ihm saßen, wirkten hingegen nicht im Geringsten erschüttert. Ihre Gesichter spiegelten eine Mischung aus teuflischer Freude, Triumphgefühl und Faszination wider, und ihre Augen funkelten gierig, während sie das grauenvolle Spektakel betrachteten, das sie veranlasst hatten. Hin und wieder bewegten sich ihre Lippen in stummer Bewunderung, und Agénor stöhnte bisweilen vor Wonne auf. An ihrer Seite wurde dem Prinzen immer unheimlicher zumute. Er war anders als seine Verbündeten. Manchmal ertappte er sich dabei, seine eigenen Beweggründe zu hinterfragen, mahnte sich aber sogleich zur Vernunft: Hätte er ihnen den Gehorsam verweigert, wäre er längst tot.

Die drei Verbündeten waren die einzigen Sterblichen im Saal, seit der letzte Gefangene tot war. Das Gemetzel war vor wenigen Dezillen zu Ende gegangen, und die Schreie waren den widerlichen Schmatz- und Kaugeräuschen der Sieger gewichen: Die Ungeheuer machten sich mit grausamer Gier über ihre Opfer her. Nur Sombre schien noch nicht zufrieden zu sein. *Wie immer,* dachte Alcide und vergrub diesen Gedanken hastig in den Tiefen seines Geists. Er wusste, dass Sombre in ihm lesen konnte wie in einem offenen Buch.

Die Zeremonie war erfolgreich gewesen. Alles war genau so abgelaufen, wie Agénor es geplant hatte. Nachdem alle Wachen aus diesem Flügel des Palasts fortgeschickt worden waren, hatten sich Sombre, die Königin, Varcus und Alcide zusammen mit den Arbeitern, die den gewaltigen Steinbogen errichtet hatten, in dem Saal eingeschlossen. Die Steinmetze, Maurer, Schreiber, Graveure, Lehrlinge und Gehilfen hatten fest damit gerechnet, zu ihrem Werk beglückwünscht und vielleicht gar mit ein paar zusätzlichen Goldstücken belohnt zu werden.

Ihre Geduld wurde jedoch auf eine harte Probe gestellt. Als sie sich in einer Ecke des Saals versammelt hatten und auf ein Zeichen der Königin warteten, erschien zu ihrer Verblüffung eine weitere, offenbar sehr einflussreiche Persönlichkeit: eine große, breitschultrige Frau, die von Kopf bis Fuß in Rot gewandet war und eine fremdartige Lanze trug. Die persönliche Emaz der Königin, tuschelte man sich unter den Handwerkern zu. Und Agénor hatte ihr sogar das Tor geöffnet! Warum verneigte sich die Herrscherin von Lorelia vor dieser Unbekannten? Woher kam die Frau in Rot?

Die Männer konnten nicht ahnen, dass sie Zuïa vor sich hatten. Erst als die anderen unsterblichen Verbündeten des Dämons vor ihnen aus dem Nichts auftauchten, brachen sie in Panik aus: Phrias, ein übermannsgroßer Satyr, halb Mensch, halb Ziegenbock, der statt Fingern scharfe Stahlklingen hatte. Valipond, eine Riesenspinne mit stachelbewehrten Beinen. Yoss, ein menschenähnliches Steinwesen. Soltan, ein spindeldürrer Vampir mit leichenblasser Haut und langen Eckzähnen. Und K'lur, der berüchtigte Kriegerdämon, dessen Körper in Flammen stand und dessen glühender Blick wie Feuer in den Augen seiner Feinde brannte. Alle fünf Dämonen hatten auf Sombres Geheiß einen Avatar geschickt, ein Abbild ihres Geists, beinahe ebenso mächtig und gefährlich wie sie selbst. Nur Zuïa die Strafende hatte sich persönlich nach Lorelia begeben, da sie nicht über diese Fähigkeit verfügte.

Bei jedem Ungeheuer, das vor ihnen Gestalt annahm, schrien die Arbeiter in höchster Angst auf, und manche waren bereits dem Wahnsinn verfallen. Etliche Männer griffen sich ans Herz und sackten tot zu Boden, das Gesicht zu einer Maske des Grauens erstarrt. Andere kauerten sich auf dem Boden zusammen oder drückten sich an die Mauern, als könnte sich plötzlich eine schützende Nische auftun. Einen Ausweg gab es nicht, denn die Dämonen standen zwischen ihnen und der einzigen Tür, und die Empore, die vom oberen Stockwerk in den Saal hinausführte, befand sich mehr als zehn Schritte über ihren Köpfen. Alcide fluchte innerlich darüber, dass Agénor das Geschehen aus nächster Nähe verfolgen wollte. Ihm wäre es lieber gewesen, dem Blutbad von dort oben aus zuzusehen.

Der Alptraum nahm einfach kein Ende: Als wollte er die Todesangst der Arbeiter noch steigern, verwandelte sich Sombre plötzlich in eines der Ungeheuer, in deren Gestalt er zu kämpfen pflegte. Dabei war bislang noch kein Tropfen Blut geflossen. Das geschah erst, als der Dämon die Pforte zum Karu öffnete.

Trotz seiner Abscheu konnte Alcide den Blick nicht abwenden, als das Gemetzel begann. Die Macht ihres Gebieters und der Siegestaumel, in den die Zerstörung der Tempel von Ith sie versetzt hatte, stachelten die Dämonen zu äußerster Grausamkeit an.

Sombre selbst machte sich einen Spaß daraus, einige seiner Opfer durch die magische Pforte in die Unterwelt zu schleudern, wo ihre zerfetzten und zerstückelten Leiber von den Feuerschlangen verzehrt wurden. Zuïa stach währenddessen mit ihrer Lanze um sich, Phrias ging mit seinen Scherenhänden auf die Männer los, Yoss brach ihnen mit seinen steinernen Pranken die Knochen, und Soltan und Valipond durchbohrten ihnen die Kehlen. Vor Agénors, Varcus' und Alcides Augen hatte eine Höllenvision Gestalt angenommen, und mittendrin wirbelte Sombre umher, als dirigierte er einen grausigen Totentanz.

Selbst als das Morden zu Ende war und sich Sombre wieder in einen schwarzhaarigen jungen Mann zurückverwandelte, fand Alcide keine Ruhe. Beim Anblick der fünf Dämonen, die ihre Opfer nun auch noch auffraßen, drehte sich ihm der Magen um. Auch Zuïa, die über und über vom Blut der Unschuldigen bedeckt war, betrachtete ihre Kampfgenossen verächtlich, und Sombre schien sich zu langweilen, seit die Magie der Pforte erloschen war. Mit abschätziger Miene streifte er zwischen den Leichen umher, als suchte er einen Sterblichen, der sein Leben noch nicht ausgehaucht hatte. Erst als Agénor zu applaudieren begann, hob er den Kopf.

»Wunderbar«, sagte die Königin entzückt. Vor Begeisterung sprang sie von ihrem Thron auf. »Wir haben es vollbracht, mein Sohn! Das ist der Beginn unserer Herrschaft. Wir sollten es unseren Untertanen unverzüglich verkünden!«

Auch Emaz Varcus erhob sich und klatschte Beifall, während sich die Dämonen vor ihrem Gebieter verneigten. Schaudernd stellte Alcide fest, dass er dem Ungeheuer, dem er diente, als Einziger noch nicht zu seinem Triumph gratuliert hatte. Er sprang hoch und applaudierte so laut und eifrig wie möglich.

Sombres Gesicht verzog sich langsam zu einem Grinsen.

Das Grinsen eines Mörders, der seinem Todfeind die Schwertspitze auf die Kehle setzt.

ZWEITES BUCH

DIE AUFSTÄNDISCHEN

Amanón war daran gewöhnt, seine kleine Schar anzuführen, und fand es im ersten Augenblick beängstigend, nun beinahe doppelt so viele Menschen um sich zu haben. Mit Yan, Léti, Corenn, Grigán, Rey und Lana machten sich nun sage und schreibe vierzehn Erben zum Aufbruch bereit. Sie verteilten Waffen und Ausrüstungsgegenstände, versuchten sich anhand des Sonnenstands an einer genauen Zeit- und Ortsbestimmung und mahnten einander zur Vorsicht. Das muntere Hin und Her, die eifrigen Gespräche, die vielen Fragen, die es zu klären galt … Amanón schwirrte der Kopf. Vielleicht lag es aber auch an dem Wechsel vom Jal in die Welt der Menschen und an der schlagartigen Rückkehr körperlicher Bedürfnisse. Verschwunden war die seltsame Euphorie, die alle Leiden linderte und alle Sorgen in den Hintergrund rückte. Die Erben waren wieder sich selbst überlassen, und sie hatten sich etwas vorgenommen, das ebenso kühn wie unmöglich schien: den unsterblichen Dämon, der die Herrschaft über die Welt an sich reißen wollte, zu besiegen.

Nach wenigen Dezillen legte sich seine Verwirrung, und Amanón fand zu seiner Tatkraft zurück. Als Erstes mussten sie entscheiden, welche Richtung sie einschlagen sollten. Sie hatten die Pforte gewählt, die Wallos am nächsten war; weiter hatten sie bei ihrem überstürzten Aufbruch erst einmal nicht gedacht. Jetzt war Keb gefragt.

Kaum war Amanón auf den wallattischen Prinzen zugegangen, der etwas abseits stand und sich prüfend umsah, traten auch die anderen neugierig herbei.

»Der Palast liegt einen Tagesritt in nordwestlicher Richtung«, sagte Keb und kam damit seiner Frage zuvor. »Saats ehemaliges Heerlager befindet sich westlich von hier, etwas mehr als zwei Tagesritte entfernt. Hinter uns liegt das Reich der Solenen, falls sich der Grenzverlauf seit meiner Abreise nicht verändert hat.«

»Ich sehe überall nur Wald«, bemerkte Bowbaq.

»Du kannst mir vertrauen«, entgegnete Keb. »Ich kenne jeden Stein in dieser Gegend, und wo die Pforte steht, weiß in Wallatt jeder – schließlich ist sie weithin zu sehen. Als ich zum ersten Mal hier war, muss ich etwa elf Jahre alt gewesen sein. Wenn ich gewusst hätte, wozu sie dient, hätte ich sie schon vor langer Zeit niederreißen lassen.«

»Der Wächter hätte dich sicher daran gehindert«, meinte Nolan. »Aber Nol zufolge hält er gerade Winterschlaf.«

Amanón war nicht der Einzige, der bei diesen Worten zu Boden sah. Er hatte das dumpfe Gefühl, dass der Wächter irgendwo unter ihren Füßen schlummerte, in einer Höhle dieses Hügels, auf dem die Etheker die Pforte erbaut hatten. Und er wollte lieber nicht herausfinden, mit welchem Fabelwesen sie es diesmal zu tun hatten.

»Irgendwann wird Sombre hier auftauchen, um auch diesen Wächter zu töten«, sagte Léti. »Vielleicht sollten wir einfach hier auf ihn warten, anstatt uns auf die Suche nach ihm zu machen?«

»Die Vorstellung, zwischen zwei Ungeheuer zu geraten, finde ich nicht gerade verlockend«, wandte Grigán ein.

»Und es reicht vermutlich nicht, Sombres Avatar zu besiegen«, gab Corenn zu bedenken. »Schließlich handelt es sich dabei nur um ein Abbild seines Geistes.«

»Ich schlage vor, das besprechen wir später, wenn wir das Schwert geholt haben«, mischte sich Rey ein. »Wir müssen also nach Nordwesten, sagst du? Können wir uns irgendwo Pferde beschaffen?«

Dieselbe Frage hatte Amanón auch stellen wollen. Verwundert sah er, wie Keb die Stirn runzelte.

»Vielleicht in einem der Dörfer in der Umgebung«, sagte er schließlich zögernd. »Wenn wir zügig gehen, könnten wir das erste in weniger als zwei Dekanten erreichen.«

»Na dann, worauf warten wir noch?«, rief Rey munter. »Grigáns alte Knochen machen keinen langen Marsch mehr mit, wir müssen ihm schleunigst ein Pferd auftreiben.«

Sein Scherz brachte manche in der Runde zum Schmunzeln, denn mit seiner Kraft und Energie hätte der ramgrithische Krieger sie alle mühelos übertrumpft. Da niemand etwas gegen den Plan einzuwenden hatte, machten sich die Erben sogleich auf den Weg. Kebree, Yan, Grigán und Amanón setzten sich an die Spitze.

»Stimmt was nicht mit diesem Dorf?«, fragte Amanón und beobachtete Kebree aus dem Augenwinkel.

»Ich bin mir nicht sicher, welchen Empfang man uns dort bereitet. Wer weiß, zu welchen Dummheiten der Dämon meine Mutter gezwungen hat. Vielleicht hat sie mich zum Verräter erklären lassen. Es wäre mir einfach lieber gewesen, direkt zum Palast zu gehen und sie unter vier Augen zu sprechen.«

»Pferde brauchen wir so oder so«, wandte Yan ein. »Nicht nur, um schneller nach Wallos zu kommen, sondern auch für den Fall, dass wir von dort fliehen müssen.«

»Ich weiß. Ich hoffe nur, dass man mich immer noch als Prinz von Wallatt empfängt und nicht als Ausgestoßenen, den man ungestraft töten darf. Was sie auch tun, ich würde meine Lowa niemals gegen meine eigenen Leute erheben.«

Yan und Grigán nickten verständnisvoll, doch Amanón kannte Kebree besser als die beiden Veteranen. Er hatte das Gefühl, dass er ihnen nicht die ganze Wahrheit sagte. Wie sehr fürchtete er die Begegnung mit seiner Mutter?

Einen Augenblick lang kam Amanón der Verdacht, der Prinz könnte sie Sombre ausliefern. Schließlich hätte er in Wallatt leichtes Spiel. Vielleicht hatten Mutter und Sohn das sogar von Anfang an so geplant! Aber Amanón hatte oft genug an Kebs Seite gekämpft, um zu wissen, dass dies nichts als Hirngespinste waren. Ganz davon abgesehen, dass Keb gute Gründe hatte, zumindest Eryne zu verschonen … Amanón schalt sich selbst für diese absurde Unterstellung. Wenn es tatsächlich einen Verräter unter ihnen gab, dann war es ganz sicher nicht Kebree.

Doch als er den Blick über die anderen wandern ließ, konnte er sich den Gedanken nicht verkneifen, dass es niemand von ihnen so leicht hätte wie Keb, die anderen ans Messer zu liefern.

Schon seit einer ganzen Weile hatte Eryne das Gefühl, sich im Zustand der Entsinnung zu verlieren. Sie setzte zwar weiter einen Fuß vor den anderen, hörte den Unterhaltungen zu und lächelte freundlich zurück, wenn ihre Eltern oder Freunde sie ansahen, aber sie kam sich vor wie eine Schlafwandlerin. Der Strom fremder Gedanken, der ihr unaufhörlich durch den Kopf brauste, machte sie völlig benommen, und das war ihr sonst nur widerfahren, wenn sie schlief oder sich gezielt in den Zustand der Entsinnung versetzte. Nun trat das ein, worauf Zejabel und Nol der Seltsame sie vorbereitet hatten: Bald hätte sie gar keine Ruhe mehr vor den Stimmen in ihrem Innern und vernähme nur noch die Gebete und Klagen der Sterblichen, während sie bereits einer anderen Welt angehörte.

Ihren Freunden sagte sie nichts davon, um sie nicht zu beunruhigen, aber ihr selbst wurde immer schwerer ums Herz. Seit sie zum ersten Mal mit Zejabel über ihre Entwicklung zur Göttin gesprochen hatte, hoffte sie insgeheim, dass der Spuk spätestens mit der Geburt ihres Sohnes vorbei wäre. Schließlich hatten sich ihre göttlichen Fähigkeiten erst mit Beginn ihrer Schwangerschaft gezeigt. Sie hatte sich an die Möglichkeit geklammert, dass alles wieder sein würde wie zuvor, wenn das Kind erst da war: Das war ihr Lichtstreifen am Horizont, ohne den sie längst verzweifelt wäre. Doch nun erschien ihr von Augenblick zu Augenblick unwahrscheinlicher, dass sie ihren Sohn überhaupt zur Welt bringen würde. Die Vollendung ihrer Entwicklung rückte näher. Wenn Sombre sie auf seine Weise nicht doch noch verhinderte.

So wurde Eryne wider ihren Willen von den Sehnsüchten und Ängsten zahlloser Unbekannter verfolgt. Solange sie nicht genau hinhörte, waren sie nur ein undeutliches, monotones Rauschen, aber wenn sie sich auf eine der Stimmen konzentrierte, konnte sie plötzlich die Gedanken eines einzelnen Menschen lesen! Früher, als sie noch am lorelischen Hof ein- und ausgegangen war und gar nicht genug von Klatsch und Tratsch bekommen konnte, hätte sie diese Möglichkeit wohl begeistert; jetzt machte sie ihr Angst. Am meisten verstörte sie, dass sie dabei so viel körperliches und seelisches Leid miterlebte. Doch war sie nicht dazu ausersehen, die Heilende zu sein? So versuchte Eryne, den Schmerz mancher Menschen durch ihr Mitgefühl zu lindern. Sie wurde den Eindruck nicht los, dass sie einen Kampf führte, den sie niemals gewinnen würde, und dennoch konnte sie einfach nicht anders.

Sie lief wie in Trance dahin, bis sie Keb plötzlich sagen hörte, dass es nicht mehr weit sei. Waren sie schon so lange unterwegs? Der Marsch war so eintönig gewesen, dass sie gar nicht gemerkt hatte, wie die Zeit verging. Nicht ein einziges Mal war Keb zögernd stehen geblieben, und sie waren keiner Menschenseele begegnet. Während sich der Tag seinem Ende zuneigte und ihre Beine immer schwerer wurden, sprachen die älteren Erben nur noch von den einheimischen Spezialitäten, die ihnen Kebrees Landsleute bald auftischen würden. Eryne musste ihre ganze Kraft zusammennehmen, um wieder einen klaren Kopf zu bekommen und zu den Männern an der Spitze der kleinen Kolonne aufzuschließen.

»Wir müssen das Dorf meiden«, sagte sie aufgeregt. »Dort treibt sich gefährliches Gesindel herum!«

»Woher weißt du das?«, fragte Grigán unbeeindruckt.

»Ich höre Gedanken. Schon seit geraumer Zeit«, gab sie widerstrebend zu. »Unter den Sterblichen in diesem Dorf herrscht Unfriede.«

Sie lief rot an, weil sie das Wort »Sterbliche« gebraucht hatte, aber die vier Männer hatten andere Sorgen.

»Weißt du Genaueres?«, fragte Amanón.

»Es sind nicht nur Wallatten im Dorf. Einige Tuzeener sind auch darunter.«

»Was?«, rief Kebree.

Seine Wangen röteten sich, als hätte ihm jemand eine schallende Ohrfeige verpasst. Sein ganzer Körper spannte sich an, und seine Augen blitzten angriffslustig. Eryne fürchtete schon, er könnte sofort losstürmen, um seine Feinde im Alleingang zu vertreiben.

»Sie kämpfen nicht«, fügte sie hastig hinzu. »Sie leben nebeneinander her, aber ihr gegenseitiger Hass ist deutlich zu spüren. Es tut mir leid«, sagte sie verlegen.

»Niemals hätte meine Mutter zugelassen, dass sich Tuzeener bei uns breitmachen«, empörte sich Keb. »Das wäre Verrat an ihrem eigenen Volk! Selbst die Thalitten sind vertrauenswürdiger als dieses Pack! Was haben diese Hunde bei uns zu suchen?«

Als die übrigen Erben ihn schimpfen hörten, umringten sie das kleine Grüppchen neugierig. Während Amanón ihnen erklärte, worum es ging, stieß Keb wüste Flüche aus und schlug sich mit der Faust in die offene Hand. Hätte Eryne nicht schon so oft bewiesen, dass sie tatsächlich die Gedanken fremder Menschen lesen konnte, hätte er sie wohl der Lüge bezichtigt.

»In Anbetracht der Lage sollten wir vielleicht zum nächsten Dorf weitergehen«, sagte Corenn. »Die Tuzeener würden sich die Gelegenheit, Kebree gefangen zu nehmen, sicher nicht entgehen lassen. Und ob man uns einen freundlichen Empfang bereitet, wenn wir ohne den Prinzen ins Dorf kommen, ist fraglich.«

»Auf keinen Fall«, knurrte Keb. »Ich will wissen, was hier los ist. Ich gehe nirgendwo anders hin.«

»Aber deine Landsleute scheinen nicht in Gefahr zu sein«, wandte Nolan ein. »Es wäre vielleicht klüger, uns nicht blicken zu lassen.«

»Mein Entschluss steht fest«, beharrte der Wallatte. »Ich muss dort nach dem Rechten sehen. Ihr könnt hier auf mich warten. Macht, was ihr wollt.«

»Das fängt ja gut an«, murrte Grigán.

Die Erben wechselten zweifelnde Blicke. Sie konnten Keb nicht zur Vernunft zwingen, ihn aber auch nicht einfach seinem Schicksal überlassen. Schließlich sollte er ihnen Saats Schwert beschaffen. Daher versuchten sie erst gar nicht, ihn von seinem Vorhaben abzubringen.

»Wir sollten so tun, als wüssten wir von nichts«, schlug Yan vor. »Wir gehen wie vorgesehen ins Dorf und besorgen uns unauffällig ein paar Pferde.«

»Wenn ich einem Tuzeener über den Weg laufe, ist ein Kampf nicht zu vermeiden«, schnaubte Keb. »Wallatten und Tuzeener waren sich schon immer spinnefeind.«

»Es wird also spannend«, spottete Rey.

»Kannst du uns sagen, wie viele es sind?«, fragte Nolan.

Eryne nickte und schloss kurz die Augen, um in sich hineinzuhorchen. Es war fast erschreckend, wie leicht es ihr inzwischen fiel, sich in den Zustand der Entsinnung zu versetzen. Binnen einer Dezille hatte sie den Geist jedes Sterblichen ergründet, der sich in der Nähe befand – abgesehen von jenen, die durch ein Gwelom geschützt waren.

»Es sind neunzehn«, sagte sie langsam. »Alles Männer. Krieger.«

»Wir sind zu vierzehnt«, überlegte Bowbaq. »Da überlegen sie es sich doch bestimmt zweimal, bevor sie uns angreifen, oder?«

»Wir wissen nicht, wie sie reagieren werden«, gab Amanón zu bedenken. »Wir wissen noch nicht einmal, welchen Empfang die Wallatten ihrem eigenen Prinzen bereiten werden. Bist du sicher, dass du das Wagnis eingehen willst, Keb?«

Keb nickte grimmig. Er hatte die Kiefer aufeinandergepresst und umklammerte den Griff seiner Lowa, als wollte er sie dem erstbesten Tuzeener auf den Schädel schmettern. Für ihn waren diese Erwägungen nur Zeitverschwendung: Wäre er allein gewesen, wäre er längst losgestürmt.

»Na dann«, sagte Amanón widerwillig. »Gebt euch nach außen hin gelassen, aber haltet euch zum Kampf bereit.«

Die Erben setzten sich in Bewegung und formierten sich unwillkürlich so, dass die Schwächeren in Deckung blieben. Eryne wurde von ihrem Vater, Zejabel, Grigán und Bowbaq in die Mitte genommen. Trotzdem konnte sie ein Zittern nicht unterdrücken, als ihr einfiel, dass sie die Einzige war, der die Schwerter der Tuzeener nichts anhaben konnten.

Als die ersten Holzhäuser in Sicht kamen, spürte Cael, wie seine Hände feucht wurden. Dabei fürchtete er sich gar nicht besonders vor den tuzeenischen Kriegern. Schlimm fand er nur die Aussicht, in einen Kampf zu geraten und wieder zu einer mörderischen Bestie zu werden. Seit er das Jal verlassen hatte, konnte er jederzeit einen Anfall bekommen, und da seine Eltern bei ihm waren, machte ihm die Angst vor einem Gewaltausbruch noch mehr zu schaffen. Nicht auszudenken, was geschehen würde, wenn sie ihn festzuhalten versuchten! Als Niss ihm in Ith helfen wollte, hätte er sie beinahe erwürgt …

Cael atmete tief durch und begann seine Schritte zu zählen, um sich abzulenken. Doch er konnte sich der grausamen Bilder, die vor seinem geistigen Auge aufblitzten, nicht erwehren: Er sah schon vor sich, wie er Kebs Feinde in Stücke riss. Seine Kampflust wuchs und wuchs und würde sich in einen wahren Blutrausch verwandeln, sobald seine innere Stimme endgültig erwachte.

Dass er sein Rapier nicht mehr trug, empfand er nicht nur als Erleichterung: Irgendwie wurmte es ihn auch, die Degenscheide nicht mehr an seinem Oberschenkel zu spüren, denn sie hatte ihm immer ein beruhigendes Gefühl gegeben. Aber da er wusste, wie gefährlich er seinen Gefährten werden konnte, wenn er bei einem seiner Anfälle eine Waffe trug, hatte er das Rapier Léti anvertraut, die schließlich auch seine rechtmäßige Besitzerin war. Obwohl seine Mutter ihn nicht gern wehrlos sah, hatten ihre Augen aufgeblitzt, als sie den Griff ihrer alten Waffe umschloss. *Sichere Hand, fester Stand, wacher Geist,* hatte sie vor sich hingeflüstert und Yan dabei zugezwinkert.

Doch nun waren die Mienen ernst geworden. Die Erben bemühten sich, so unbefangen wie möglich zu wirken, aber wenn eine so bunt zusammengewürfelte Truppe wie aus heiterem Himmel aus dem Wald spaziert kam, erregte sie zwangsläufig Aufmerksamkeit. Schon von weitem hörten sie die Rufe der Dorfbewohner. Als sie die ersten Häuser passierten, erhob sich ein alter Mann, der auf einer Bank vor seinem Hof gesessen hatte, und starrte Kebree ungläubig an. Eine Frau, die gerade einen Korb flocht, ließ alles stehen und liegen und rief ihre Familie herbei. Wenig später waren alle Gassen des Dorfs von aufgeregtem Geschnatter erfüllt, während die Erben unter Kebs Führung stur weitermarschierten.

Cael schielte zu den Einheimischen hinüber, die sich entlang der Hauptstraße drängten, aber da er kein Wallattisch sprach, konnte er nicht verstehen, was sie einander zuriefen. Zu seiner Erleichterung sah er, dass einige ihren Prinzen verstohlen und doch ehrerbietig grüßten. Offenbar fiel auch Keb ein Stein vom Herzen, denn er nickte ihnen jedes Mal freudig zu. Dennoch blieb er nicht stehen, um mit seinen Untertanen zu reden, sondern ging geradewegs auf das größte Haus des Dorfs zu, das sich genau in der Ortsmitte befand.

Allmählich verwandelten sich die scheuen Grüße in immer lauteren Jubel. Wäre die Menschenmenge noch größer gewesen, hätte man es fast einen Triumphzug nennen können … Allerdings wagten sich viele Dorfbewohner nicht aus ihren Häusern: Sie spähten vorsichtig aus den Fenstern oder blieben in ihren Gärten. Cael wunderte sich, weit und breit keine erwachsenen Männer zu sehen; zwischen den Frauen, Kindern und Jugendlichen drängten sich nur einige Greise.

Die Erben waren noch ein gutes Stück von dem Haus entfernt, als die Hochrufe plötzlich verstummten. Mütter brachten hastig ihre Kinder weg, Türen wurden zugeworfen und Vorhänge zugezogen. Keb blieb abrupt stehen, und als sich seine Freunde um ihn scharten, sahen sie, was die Leute so erschreckt hatte: Eine Bande Tuzeener marschierte auf sie zu.

Sie waren aus dem Gebäude getreten, auf das Kebree zugesteuert war, und kamen nun mit gemessenen Schritten, aber dennoch in unverhohlen drohender Formation die Straße herunter. Es waren große, breitschultrige Männer, deren Lederkluft mit Eisenteilen verstärkt war, und es sah ganz danach aus, als hätten sie diese Rüstung eigens angezogen, um den Fremden gegenüberzutreten. Zudem trug jeder von ihnen einen schweren Knüppel, der an einem Ende mit einer Lanzenspitze besetzt war und am anderen Ende in einer Kugel auslief, die an einen Morgenstern erinnerte. Cael überkam unbändige Lust, den widerlichen Kerlen mit ihren eigenen Waffen die Schädel einzuschlagen. Hastig suchte er den Blick seiner Freunde, um die Stimme, die sich in ihm zu regen begann, zum Schweigen zu bringen.

Kebree rührte sich nicht vom Fleck. Mit verschränkten Armen und hoch erhobenem Kopf ließ er die Männer, die er als die Erbfeinde der Wallatten betrachtete, auf sich zukommen. Grigán und Amanón hatten sich unwillkürlich neben ihn gestellt, als wären sie die persönlichen Leibwächter des Prinzen, doch die Tuzeener schien das nicht zu beeindrucken. Der Krieger, der die Truppe anführte, maß sie mit abschätzigem Blick und bellte dann in einer für Cael unverständlichen Sprache einen Befehl, der nicht minder feindselig wirkte. Die Erben beobachteten Keb nervös, aber er zuckte nicht einmal mit der Wimper. Falls er sich zum Angriff bereitmachte, kam er nicht mehr dazu, ihn auszuführen, denn der Tuzeener ergriff wieder das Wort.

»Gebt uns Eure Waffen!«, befahl er, diesmal auf Itharisch.

»Warum?«, erwiderte Amanón. »Wir kommen nicht in feindlicher Absicht. Wir sind nur auf der Durchreise.«

»Königin Che'b'ree hat dieses Dorf unserem Schutz unterstellt«, fuhr der Mann ihn an. »Gehorcht, oder Ihr seid des Todes!«

»Du lügst, elendes Schwein.«

Kebs Worte durchschnitten die Stille wie ein Fallbeil, das auf den Richtblock niedersaust. Der Tuzeener lief vor Wut dunkelrot an und wandte ihm seine ganze Aufmerksamkeit zu. Cael sah gerade noch, wie sich seine Augen zu Schlitzen verengten, bevor Kebs Lowa dem Rohling das Gesicht zerschmetterte. Keb hatte seine Wut so lange zurückgehalten, dass er nun wie eine Furie auf seine Gegner losging.

Der Anführer war noch nicht zu Boden gesunken, da stürzte sich Keb schon auf den nächsten Tuzeener. Den anderen blieb nichts anderes übrig, als es ihm nachzutun. Grigán und Amanón zogen gleichzeitig ihre Krummschwerter, Bowbaq riss seine schwere Kaute in die Höhe, Nolan griff nach seinem Stockdegen, und Reyan und Zejabel zückten ihre Messer. Bis sich Cael dazu durchgerungen hatte, ein Stück zurückzutreten, um den Erwachsenen das Feld zu überlassen, hatten Keb und die beiden Ramgrith drei weitere Tuzeener getötet.

Den ersten Opfern folgten schnell die nächsten, als die Erben mit vereinten Kräften auf ihre Gegner losgingen. Mit offenem Mund sah Cael zu, wie seine Mutter einen Tuzeener nach dem anderen niedermähte. Er kam sich vor wie ein Zuschauer in einer Kampfarena: Léti wehrte die Lanzen der Männer mit einer raschen Drehung oder einem Fußtritt ab und nutzte die Blöße, die sich ihre Feinde dadurch gaben, sofort zu einem tödlichen Degenstoß, als wäre das Ganze ein Kinderspiel. Die anderen bewiesen ebensolches Geschick; keiner der Erben hatte bislang mehr als kleinere Kratzer davongetragen. Hatte der Aufenthalt im Jal sie etwa stärker und gewandter gemacht? Cael hatte nicht das Gefühl, sich sonderlich verändert zu haben. Ihm wurde nur zum allerersten Mal bewusst, wie sehr die Gefahren, die sie gemeinsam durchlebt hatten, die Erben gestählt hatten. Als er sah, mit welcher Leichtigkeit Reyan, Amanón und die anderen sich ihrer Gegner entledigten, begann er zu ahnen, wie groß Sombres Angst vor dem Erzfeind sein musste. Zusammen waren sie tatsächlich furchterregend.

Weder Saat noch den Züu, weder den Grauen Legionären noch den Anhängern der Dunklen Bruderschaft, ja nicht einmal den Lemuren aus dem Karu war es gelungen, auch nur einen von ihnen zu töten. Alle Versuche des Dämons, jene Menschen zu vernichten, die ihn einst zu dem alles entscheidenden Kampf herausfordern würden, waren gescheitert. Sie würden Sombre gegenübertreten, daran gab es für Cael nun keinen Zweifel mehr.

Blieb nur zu hoffen, dass die Begegnung anders ausgehen würde, als es Nolan in seiner Vision gesehen hatte.

Der Kampf gegen die Tuzeener lenkte Cael immerhin so weit ab, dass er seiner inneren Stimme widerstehen konnte. Auf einmal kam er sich regelrecht überflüssig vor. Er tröstete sich damit, dass er nicht der Einzige war, der sich in Sicherheit gebracht hatte: Auch seine Großtante Corenn, Eryne, Niss, Lana und sein Vater blieben auf Abstand. In diesem Moment fiel ihm auf, wie angespannt ihre Mienen waren.

Alle starrten konzentriert auf den Schauplatz des Gefechts. Nach einer Weile gelang es Cael, den Hergang mancher Zweikämpfe mit den Regungen auf ihren Gesichtern in Verbindung zu bringen. Corenn runzelte die Stirn, und ein Tuzeener ließ seine Waffe fallen, als hätte ihn der Schlag getroffen. Yan hob eine Augenbraue, und einer der Männer sank besinnungslos zu Boden. Dann sackte auch Niss in sich zusammen, woraufhin einer der Tuzeener auf seine Landsleute einzudreschen begann. Unterdessen flehte Emaz Lana ihre mächtigen Verbündeten aus dem Dara um Beistand an, während Eryne ihre göttlichen Kräfte nutzte, um die Schmerzen ihrer verwundeten Freunde zu lindern. Sie alle trugen mit ihren Fähigkeiten, ihrem Glauben oder ihrem Willen etwas zum Sieg bei – nur Cael war zur Untätigkeit verdammt.

Mit einem Mal fühlte er sich in die Zeit zurückversetzt, in der er im Großen Haus von Kaul zur Schule gegangen war. Er war noch ein halbes Kind, vielleicht gar eine Belastung für seine Gefährten. Dieser Gedanke machte ihm derart zu schaffen, dass er auf die Lanze eines erschlagenen Tuzeeners zusteuerte. Doch dann blieb er wie angewurzelt stehen: Plötzlich wuchs sein innerer Dämon so schnell wie ein Schatten in der Abenddämmerung. Beim ersten Tropfen Blut, den er vergoss, oder dem ersten Hieb, den er einsteckte, würde er den Kopf verlieren. Außerdem hatten seine Freunde keine Verstärkung mehr nötig. Die Schlacht war so gut wie vorbei.

Mit einem bitteren Geschmack im Mund stellte sich Cael wieder neben seinen Vater. Obwohl dieser Wunsch kindisch und vielleicht auch überheblich war, hätte er gern bewiesen, dass auch er tapfer sein konnte. Aus freien Stücken. Ohne auf Geheiß eines Dämons zu handeln.

Seltsamerweise zögerte Zejabel, die Barbaren, die sich auf sie stürzten, tödlich zu verwunden. Sie empfand den Tod als unverhältnismäßige Strafe, zumal die Tuzeener nicht zuerst angegriffen hatten. Solche Skrupel empfand sie zum ersten Mal, und sie war selbst verwirrt darüber. Hatte das Jal ihre Weltsicht verändert? In so kurzer Zeit war das eigentlich unmöglich. Außerdem wusste sie insgeheim, was in Wahrheit dahintersteckte: Die Entdeckung der Liebe hatte ihr Leben auf den Kopf gestellt.

Seit sie und Nolan im Dara aus dem Bachbett geklettert waren, schwebte Zejabel im siebten Himmel. Vermutlich war sie die Einzige, die noch immer etwas von der Euphorie des Jal verspürte – vor allem dann, wenn Nolan ihr einen verliebten Blick zuwarf. Selbst der Kampf kam ihr zunächst fast unwirklich vor, fast, als würde sie ihn durch die Augen einer anderen erleben. Doch dieser Zustand hielt nicht lange an. Schon beim ersten Schlagabtausch erwachten in der einstigen Kahati die alten Reflexe, denn ihr Lebenswille war seit dem berauschenden Erlebnis vom Vortag nur noch stärker. Als sie sah, mit welch kaltblütiger Grausamkeit ihre Gegner vorgingen, vergaß sie alle Bedenken und zielte auf die verwundbarsten Stellen ihrer Körper.

Gleich darauf war klar, dass die Männer ohnehin dem Tod geweiht waren. Als nur noch sechs Tuzeener am Leben waren und bereit schienen, sich zu ergeben, strömten von überallher Dorfbewohner herbei und schrien dabei ihre ganze Wut hinaus: Frauen, Greise und ältere Kinder stürzten sich auf die letzten Überlebenden und lynchten sie gnadenlos. Während Kebree triumphierend zusah, verfolgten die übrigen Erben das Gemetzel mit Unbehagen. Dann setzten die Hochrufe wieder ein, deutlich lauter diesmal, und manche Wallatten stimmten Siegesgesänge an oder fielen einander in die Arme. Andere beugten sich über die Leichen ihrer Feinde und nahmen die eine oder andere zweifelhafte Trophäe an sich. Eine alte Frau küsste Zejabel die Hand und murmelte etwas Unverständliches, dann dankte sie den anderen Erben der Reihe nach auf die gleiche Weise. Auf einmal erscholl aus einem der größeren Häuser ein Jagdhorn, ein durchdringendes Signal aus vier Tönen, das von einem anderen, weiter entfernten Instrument erwidert wurde. Alle wechselten beunruhigte Blicke. Offenbar empfanden die Dorfbewohner den Tod der Tuzeener als Befreiung, die weit über den Sieg in einem kleinen Scharmützel hinausging.

Als sich der Jubel etwas gelegt hatte, scharten sich die Wallatten um ihren Prinzen, den sie offenbar nicht nur dem Namen nach, sondern auch vom Sehen kannten. Keb hörte sich ihre Freudenbekundungen an und ließ sogar zu, dass einige vor ihm niederknieten und ihm die Hand küssten. Schließlich bedeutete er ihnen, sich zu beruhigen, und sah sich sorgenvoll um, bis er etwas abseits einen alten Mann entdeckte. Er bahnte sich einen Weg durch die Menge, und die Erben folgten ihm neugierig.

»Dou'r, das musst du mir erklären. Was hatten diese Hunde hier zu suchen? Warum habt ihr sie nicht vertrieben?«

Der grauhaarige Alte musterte den Prinzen mit unergründlicher Miene. Beim Anblick seiner vielen Narben, darunter eine, die von der Schläfe bis zum Kinn reichte, musste Zejabel unwillkürlich an die Schlacht am Blumenberg denken. Womöglich hatte er damals für Saat gekämpft und war von dem Hexer gezwungen worden, Sombre zu verehren.

»Es tut mir leid, Herr, aber was der Tuzeener sagte, ist wahr. Deine Mutter hat sie geschickt.«

»Du lügst! Das ist unmöglich!«

Es war deutlich zu sehen, wie sehr Kebree sich beherrschen musste, um dem Greis nicht eine wütende Ohrfeige zu verpassen. Der Mann beeilte sich, ihm zu erklären, dass sich seit seiner Abreise im Königreich Wallatt vieles verändert hatte. Das lag vor allem daran, dass neuerdings wieder der Alten Religion gehuldigt wurde: Hunderte Menschen schworen plötzlich, den Dämon, der sie rund zwanzig Jahre zuvor zum Sieg hatte führen wollen, wiedergesehen zu haben. Der tuzeenische Kaiser und die Könige von Thalitt und der Solenischen Föderation behaupteten sogar, Sombre habe ihnen einen Besuch abgestattet, und es wurde gemunkelt, dass Chebree angesichts dieses neuen Bündnisses keine Wahl gehabt habe, als sich dem Dämon ebenfalls zu beugen. Daraufhin habe Sombre von den Herrschern des Ostens verlangt, ihre Heere in der Nähe des Tals der Krieger zusammenzuziehen, erklärte der Alte. Viele Wallatten hätten sich jedoch geweigert, dem Dämon noch einmal in eine Schlacht zu folgen, nachdem ihr Volk bei Saats Feldzug beinahe vollständig vernichtet worden war. Um dem Aufruf zu den Waffen zu entgehen, hatte ein Teil der Männer die Dörfer verlassen, versteckte sich in den Wäldern und führte von dort aus Überfälle auf die Krieger aus den umliegenden Reichen aus. Auch die Tuzeener waren solche unliebsamen Besetzer. Sie waren ins Dorf geschickt worden, um einen Aufstand gegen den Bund des Ostens zu verhindern, hatten sich aber wie eine plündernde Räuberbande verhalten.

»Wir haben keine Dezille lang an einen Verrat der Königin geglaubt«, schwor der Alte. »Es hieß, sie sei gezwungen gewesen, sich mit unseren Feinden zu verbünden, weil sie dich als Geisel genommen hätten. Ich freue mich sehr, dass du wohlbehalten zurückgekehrt bist, Herr.«

»Was ist mit Lyn'a?«, fragte Keb, dem die Anspannung immer noch anzumerken war. »Hat sie sich ebenfalls dem Widerstand angeschlossen?«

»Nein. Sie wohnt mit ihrer Familie im Palast, seit ein paar Dekaden schon. Deine Mutter hat sie zu sich geholt, noch bevor die Tuzeener kamen. Sie wollte sie sicher schützen.«

»Im Palast …«, murmelte Keb mit düsterer Miene.

»Warum schicken die Länder des Ostens ihre Heere ins Tal der Krieger?«, mischte sich Reyan ein. »Soll das etwa wieder ein Ablenkungsmanöver werden, während der eigentliche Vorstoß durch Saats Tunnel erfolgt?«

»Sombre will Goran an zwei Fronten angreifen«, sagte Corenn nachdenklich. »Von Süden die Lorelier, von Norden der Bund des Ostens. So nimmt er das Kaiserreich in die Zange.«

»Aber Goran hat die größte Streitmacht der bekannten Welt, ganz zu schweigen von den gewaltigen Festungsanlagen der goronischen Städte«, wandte Reyan ein. »So einfach wird er es auch auf diesem Wege nicht haben, es sei denn, er greift persönlich in den Krieg ein. Und warum hat er es eigentlich auf Goran abgesehen? Was hat er gegen das Kaiserreich?«

»Irgendwo muss er ja anfangen, wenn er die ganze Welt erobern will«, sagte Bowbaq achselzuckend.

»Über Loreliens Reichtümer kann er bereits frei verfügen«, meinte Yan. »Kommt dann noch Gorans militärische Stärke hinzu, beherrscht er im Grunde die gesamten Oberen Königreiche.«

»Außerdem hat Mishra in Goran besonders viele Anhänger, so wie die meisten Einwohner Iths Eurydis verehrten«, überlegte Nolan. »Vielleicht will Sombre seinen Feinden unter den Göttern schaden.«

»Oder er handelt aus Rache«, sagte Grigán. »Beim letzten Mal hat er eine bittere Niederlage erlitten. Jetzt will er die Sache zu Ende bringen.«

Zejabel verlor schnell das Interesse an dieser Diskussion, denn niemand, außer vielleicht Cael, konnte wissen, was den Dämon in Wahrheit antrieb. Stattdessen beobachtete sie Kebree. Seit er sich nach jener Lyn'a erkundigt hatte, schien er mit den Gedanken woanders zu sein. An Erynes neugieriger Miene erkannte die Zü, dass ihr das ebenfalls nicht entgangen war.

»Wie dem auch sei – für uns bedeutet das erst einmal, dass die wallattische Hauptstadt von feindlichen Kriegern überwacht wird«, bemerkte Amanón. »Das wird es noch schwieriger machen, unauffällig zum Palast zu gelangen.«

»Lasst das nur meine Sorge sein«, versprach Keb, der plötzlich wieder auf das Gespräch aufmerksam wurde.

»Wie ihr seht, steht mein Volk hinter mir. Ich bin sicher, dass ich ohne Schwierigkeiten zu meiner Mutter vordringen kann.«

»Hm«, machte Grigán und zog ein skeptisches Gesicht. »Aber bevor du uns das nächste Mal in einen Kampf führst, sag uns vorher Bescheid, damit wir uns darauf einstellen können.«

Der Wallatte setzte das schiefe Grinsen auf, das die jüngeren Erben so gut kannten, und bedeutete ihnen dann, ihm in das große Haus in der Ortsmitte zu folgen. Zejabel wartete, bis ihre Freunde an ihr vorbeigegangen waren, und hielt Eryne, die sie erstaunt ansah, am Arm zurück. Sobald die anderen außer Hörweite waren, wandte sie sich an den gleichmütigen Alten.

»Diese Lyn'a ...«, sagte sie leise. »Wer ist das?«

Die Augen des Mannes funkelten verschmitzt, als er die Neugier der beiden jungen Frauen bemerkte. Dann verdüsterte sich sein Gesicht wieder. »Sie war eine Jugendliebe des Prinzen. Eine Weile sah man die beiden häufig zusammen. Doch irgendwann hat er sie verstoßen und ist seither nie wieder in unser Dorf zurückgekehrt – bis heute.«

Zejabel nickte ihm zum Dank zu, nahm die nachdenklich schweigende Eryne bei der Hand und folgte den anderen. Zumindest wussten sie jetzt, warum Keb so widerstrebend reagiert hatte, als von diesem Dorf die Rede gewesen war.

Zejabel hoffte nur, dass der Prinz nicht ausgerechnet im Palast seiner Mutter von seiner Vergangenheit eingeholt werden würde.

Die Familie A'min, der das große Haus gehörte, war entfernt mit dem Klan von Gors dem Zimperlichen verwandt, dem einstigen König von Wallatt und Heerführer Saats. Das Dorf hatte unter ihrem Schutz gestanden, bis sie in Chebrees Palast gezogen war und die Tuzeener ihren Platz einnahmen. Die Krieger hatten die prunkvollen Räume, die Keb offenbar gut kannte, in einen regelrechten Schweinestall verwandelt, und so bat Keb die Dorfbewohner, dort wieder für Ordnung zu sorgen.

Nolan war beeindruckt, welche Hochachtung die Wallatten ihrem Prinzen entgegenbrachten: Sie schienen nur darauf zu warten, ihm jeden Wunsch zu erfüllen. Sicher wussten sie zu schätzen, dass er keinerlei überhebliches Gebaren an den Tag legte, sondern seine Untertanen als ebenbürtig behandelte und auch nicht zögerte, selbst mit anzupacken. Als Erstes nahm er sich das Bettzeug vor, das die Tuzeener auf dem Boden ausgebreitet hatten, schnürte die schmutzigen Laken zu einem großen Ballen zusammen und trug den Dorfbewohnern auf, sie fortzuschaffen und zu verbrennen. Die Erben beeilten sich, ihm ebenfalls zur Hand zu gehen, und so war der größte Raum des Hauses binnen weniger Dezimen wieder ein prächtiger Empfangssaal.

In gewisser Weise ähnelte er dem Saal, in dem Chebree sie in Goran empfangen hatte, was bei einigen Erben ungute Erinnerungen wachrief. Doch damals waren die Umstände ganz andere gewesen. Nun waren die Erben von Ji wieder vereint. Dass einer von ihnen die anderen verraten würde, wie Usul vorhergesagt hatte, glaubte keiner. Und Nolan hatte noch einen Grund mehr, glücklich zu sein – das spürte er jedes Mal, wenn Zejabel ihn anlächelte. Als sie sich im Kreis auf dem Teppich niederließen, legte er der Zü wie selbstverständlich einen Arm um die Schultern und grinste nur, als sein Vater ihm zuzwinkerte. Heute Abend würde er nicht an die trostlose Zukunft denken, die er in seiner Vision gesehen hatte. Er wollte einfach nur die müden Glieder ausstrecken, sich am Kaminfeuer wärmen und die Nähe seiner Geliebten spüren. Als die Dorfbewohner dann auch noch mit Schalen und Tellern voller dampfender, köstlicher Gerichte herbeikamen, war er rundum zufrieden.

Die Wallatten setzten sich zu ihnen, und sie aßen in geselliger Runde, während die Kinder hin- und herliefen und sich die Älteren mit ernsten Mienen und blitzenden Augen im Flüsterton berieten. Ein solch spontanes Festmahl im Haus des Dorfoberhaupts schien gang und gäbe zu sein: Die Einheimischen zeigten sich von der feierlichen Atmosphäre weit weniger eingeschüchtert als die Erben. Aus den wenigen Worten, die die Wallatten auf Itharisch an sie richteten, schloss Nolan, dass sie von den Dorfbewohnern als Helden bewundert wurden. Offenbar hatten sie den Eindruck, dass Keb eine Rebellion anführte und sich dazu ein paar außergewöhnliche Kampfgenossen gesucht hatte. Amanón und Corenn sahen immer wieder ungeduldig zu Keb hinüber, doch der machte keine Anstalten, das Ganze richtigzustellen. Aus irgendeinem Grund wollte er die Hoffnungen seiner Landsleute wohl noch nicht enttäuschen.

Während des Festessens ließ er sich ausführlich Bericht erstatten und gab die wichtigsten Auskünfte an seine Gefährten weiter. So erfuhren die Erben zu ihrer großen Verblüffung, wie weit das Jahr schon fortgeschritten war:

Seit sie nach Beginn der verheerenden Schlacht die Heilige Stadt verlassen hatten, waren mehr als drei Dekaden verstrichen! Dabei hatten sie geglaubt, es seien nur einige Tage gewesen … Nolan wusste zwar, dass die Zeit im Jal langsamer verging, aber er hatte dennoch nicht damit gerechnet, eine ganze Jahreszeit übersprungen zu haben.

Obwohl die Nachricht auch für Reyan, Lana und die anderen, die im Jal gefangen gehalten worden waren, überraschend kam, hatten sie nach den Gesprächen mit ihren Kindern bereits etwas Derartiges vermutet. So hielten sie sich zunächst zurück, als die Jüngeren zu diskutieren begannen, was in der Zwischenzeit in den Oberen Königreichen geschehen sein mochte. War Ith immer noch in den Händen der Lorelier und der Dunklen Bruderschaft? Hatte Goran seinerseits Lorelien angegriffen? Die Dorfbewohner konnten ihnen darauf keine Antwort geben. Der einzige Kriegsschauplatz, von dem sie wussten, war das Tal der Krieger im äußersten Norden des Rideau-Gebirges, wo sich die Heere der Länder des Ostens und das goronische Kaiserreich immer erbittertere Kämpfe lieferten. Offenbar waren auf beiden Seiten bereits viele Menschenleben zu beklagen.

Dann berichteten die Wallatten von den Verfolgungen, denen all jene ausgesetzt waren, die sich weigerten, Sombre zu dienen. Die Tuzeener hatten sogar das eine oder andere Dorf, dessen Bewohner Widerstand leisteten, in Schutt und Asche gelegt. Nachdem sich Nolan ihre Geschichten über Schändungen, Verstümmelungen und andere Gräueltaten eine Weile angehört hatte, war es mit seiner Hochstimmung vorbei. Auch Kebs Miene verfinsterte sich immer mehr. Nichts an ihm erinnerte mehr an den betrunkenen Barbaren, der in der Herberge in Lorelia, in der sie sich zu Beginn ihrer Reise versteckt hatten, jeder Dirne nachgestiegen war. Mit der Würde und Besonnenheit eines Mannes von Rang schenkte er den Menschen, die so viel Leid erfahren hatten, seine ganze Aufmerksamkeit.

Spät am Abend drangen auf einmal neue Jubelrufe von der Straße an ihre Ohren. Sie eilten in die Dunkelheit hinaus und erlebten das Wiedersehen zwischen den Aufständischen und ihren Familien aus nächster Nähe: Rund zwanzig Männer waren im Schein einiger Fackeln ins Dorf zurückgekehrt und schlossen ihre Frauen, Eltern und Kinder in die Arme. Gerührt betrachtete Nolan die Szenen, die sich vor seinen Augen abspielten, und als Zejabel seine Hand drückte, lächelten sie einander glücklich zu. Dennoch entging ihm nicht, dass die erschöpften Männer ihre Waffen nicht aus der Hand zu legen wagten. Zwar war ihr Heimatdorf von den Tuzeenern befreit, aber außer Gefahr waren sie deswegen noch lange nicht.

Nach der freudigen Begrüßung versammelten sich die Aufständischen und traten mit ernsten Mienen und stolz erhobenen Häuptern vor ihren Prinzen. Einige knieten nieder, doch Keb zog sie sogleich wieder hoch und umarmte sie wie Brüder. Dann hießen die Wallatten auch die Erben auf diese Weise willkommen, allerdings nur die Männer. Als Léti lautstark gegen die ungleiche Behandlung protestierte, sorgte das für einige Lacher. Entgegen ihrer Gebräuche wandten sich die Rebellen daraufhin auch Zejabel, Eryne, Niss, Corenn, Lana und Léti zu und umarmten sie zum Dank.

»Dann ist es also wahr«, sagte ein kräftiger Wallatte mit triumphierendem Blick. »Als der Bote zu uns kam, wollte ich es zunächst kaum glauben. All unsere Feinde in einem einzigen Kampf geschlagen – und das unter der Führung unseres Prinzen!«

»Ihr wart in der Überzahl«, erwiderte Keb streng. »Warum habt ihr die Kerle nicht verjagt?«

Die Miene des Mannes verdüsterte sich schlagartig, und er sah halb zerknirscht, halb zornig zu Boden. »Du warst nicht hier, Herr«, sagte er dann freimütig. »Was hättest du getan, wenn deine Frau und deine Kinder als Geiseln genommen worden wären? In einem gerechten Kampf hätten wir die neunzehn Tuzeener wohl mit Leichtigkeit besiegt, das weiß ich so gut wie du. Aber gegen die fünfzig, die sie uns am nächsten Tag geschickt hätten, wären wir machtlos gewesen.«

Nolan nickte unwillkürlich. Darüber hatte er in den vergangenen Dekanten auch schon nachgedacht. Was würden die Heerführer des Ostens tun, wenn sie von dem Aufstand erfuhren? Wie sollten sich die Dorfbewohner gegen schwer bewaffnete Krieger verteidigen? Hätten die Erben gewusst, wie die Dinge in Wallatt lagen, hätten sie das Dorf wohlweislich gemieden …

»So schnell werden diese fünfzig nicht auftauchen«, wiegelte Keb ab. »Außerdem braucht ihr nur die Boten abzufangen.«

»Ja, aber wie soll es jetzt weitergehen?«, fragte der Mann. »Bist du nicht hier, um uns zu befreien, Herr? Willst du uns wieder allein lassen, nachdem du den Zorn des Feindes auf uns gezogen hast?«

»Die B'ree haben ihr Volk noch nie im Stich gelassen«,

sagte Keb entschlossen. »Und da werde auch ich keine Ausnahme machen.«

Bei dieser Antwort sahen sich die Erben beunruhigt an, doch sie wollten Keb vor seinen Untertanen nicht widersprechen.

»Nun kehrt zu den Euren zurück«, sagte er mit einem Lächeln. »Trinkt auf unseren Sieg, schlagt euch die Bäuche voll und kümmert euch um eure Frauen. Heute Abend sind wir Wallatten unter uns!«

Seine Aufforderung wurde mit lautem Hurra begrüßt, und wenig später verschwanden die Dorfbewohner in die umliegenden Straßen und Häuser. Kaum hatte sich die Menge zerstreut, platzte Grigán mit seinem Ärger heraus.

»Was sollte denn das? Findest du nicht, dass wir Wichtigeres zu tun haben? Wenn du diese Leute von den Tuzeenern befreien willst, hilf uns lieber, Sombre so schnell wie möglich das Handwerk zu legen!«

Keb sah ihn eisig an. So musste er auch den Anführer der Tuzeener gemustert haben, bevor er ihm mit der Lowa den Schädel eingeschlagen hatte. »Nichts anderes habe ich vor«, sagte er scharf. »Jetzt habe ich zwei gute Gründe, nach Wallos zurückzukehren: Ich werde euch Saats Schwert besorgen und mit den Missständen in meinem künftigen Königreich aufräumen.«

Er wandte sich ab, stiefelte davon und ließ die Erben mit ihren Sorgen und Zweifeln allein. Nolan kam die Vision, die er im Karu gehabt hatte, wieder in den Sinn. War dies der Anfang vom Ende der Erben?

In dieser Nacht schlief Niss schlecht. Unruhig wälzte sie sich hin und her, ohne vergessen zu können, wie ihre Eltern ihr von der anderen Seite der magischen Pforte aus ein letztes Mal zugewinkt hatten. Fast hatte sie ein schlechtes Gewissen, dass sie sich schon nach wenigen Dekanten wieder von Robe und Prad verabschiedet hatte. Dabei waren sie im Weißen Land, fernab aller Kriege und Dämonen, viel besser aufgehoben als hier!

Auch die anderen Erben taten kaum ein Auge zu. Bis spät in die Nacht schallte das Johlen und Singen der Wallatten durchs Dorf, und sie grübelten noch lange über die Ereignisse des Tages nach. Da obendrein das Lager, das sie sich im Festsaal bereitet hatten, nicht gerade bequem war, wunderte sich Niss nicht, dass die meisten schon im Morgengrauen auf den Beinen waren. Léti legte gerade neue Scheite aufs Feuer, als sie gähnend zum Kamin tappte. Außer Reyan, ihrem Großvater Bowbaq und Nolan, die noch schliefen, saßen alle Erben in Gespräche vertieft beisammen, aßen die Reste des Festmahls oder packten ihre Bündel für die nächste Etappe ihrer Reise.

Bevor sie zu Bett gegangen waren, hatten sie beschlossen, gleich am Morgen wieder aufzubrechen. Alle waren erleichtert, dass Keb an ihrem ursprünglichen Plan festhielt. An der Geschäftigkeit, die im Saal herrschte, erkannte Niss, dass keiner länger als nötig in dem Dorf verweilen wollte, und tatsächlich dauerte es nicht einmal einen halben Dekant, bis alle draußen auf dem Hof versammelt waren und ungeduldig auf das Zeichen zum Aufbruch warteten.

Wenigstens hatten sie den Aufenthalt dazu nutzen können, ihre Ausrüstung zu vervollständigen und sich unter den zahlreichen Waffen, die die Tuzeener beschlagnahmt und im Haus verwahrt hatten, weitere Schwerter und Dolche auszusuchen. Außerdem versorgten die Wallatten sie mit Lebensmitteln, Wasser, Kerzen, Lampenöl und anderen wichtigen Dingen, deren Wert Niss im Laufe ihrer Reise schätzen gelernt hatte. Trotzdem war das Gepäck, das jeder von ihnen zu tragen hatte, nicht schwerer geworden, denn nun konnten sie die ethekischen Manuskripte auf vierzehn statt auf acht Bündel verteilen.

Die Dorfbewohner schienen den Moment des Abschieds hinauszögern zu wollen: Die Gegenwart ihres Prinzen verlieh ihnen offenbar ein Gefühl von Sicherheit, das sie nur ungern aufgaben. Keb begnügte sich jedoch mit einigen knappen Anweisungen und beriet sich dazu mit Grigán, der selbst lange Jahre im Untergrund gekämpft hatte. Zuallererst mussten die Dorfbewohner die Leichen der Tuzeener verschwinden lassen, mitsamt den Trophäen, die manche Wallatten nach dem Kampf an sich genommen hatten. Sollte tatsächlich eine größere Schar Tuzeener nachrücken, so brauchten sie nur zu behaupten, ihre »Beschützer« seien zu einem unbekannten Ziel aufgebrochen. Sodann mussten die Aufständischen alle Straßen und Wege überwachen und jederzeit bereit sein, sich wieder im Wald zu verstecken. Außerdem befahl Keb ihnen, die anderen Aufständischen der näheren Umgebung zu benachrichtigen, woraufhin B'ran, ihr Anführer, vortrat und erklärte, bereits am Abend zuvor Boten entsandt zu haben.

»Es war zu wichtig, Herr«, fügte er entschuldigend hinzu. »Deine Rückkehr läutet vielleicht die große Schlacht ein.«

»Wir können die Anhänger des Dämons nicht mit einigen Hundert Kriegern besiegen«, entgegnete Keb. »Schicke einige deiner Männer hinterher und lass allen ausrichten, dass sie in ihren Schlupflöchern bleiben sollen. Zuerst will ich herausfinden, was ich vom Palast aus tun kann.«

Der Wallatte verbeugte sich, während die Erben Keb beifällig zunickten. Es fiel ihm sichtlich schwer, den Weg der Vernunft zu gehen. Wäre er allein gewesen, hätte er wahrscheinlich versucht, ein Dorf nach dem anderen zurückzuerobern und sich so bis zur Hauptstadt durchzuschlagen.

Danach überreichte ihm Bra'n eine Liste aller wallattischen Würdenträger, denen sie vertrauen konnten, sowie sämtlicher Aufständischer und ihrer Unterstützer. Zuletzt vertraute er ihm einen Käfig mit zwei Brieftauben an.

»Wir warten auf dein Zeichen, Herr«, sagte der Krieger. »Unser Volk hat genug gelitten. Wir sind bereit, für den Frieden zu kämpfen, und wenn wir dabei unser Leben lassen.«

Keb umarmte ihn zum Dank, hob die Hand, um sich von den Dorfbewohnern zu verabschieden, und schwang sich ohne ein weiteres Wort in den Sattel. Niss und die anderen taten es ihm gleich. Sie hatten die Pferde der Tuzeener übernommen, da die Einheimischen die Tiere ohnehin verschwinden lassen mussten, um sich nicht verdächtig zu machen.

Einige Dezillen später ließen die Erben die letzten Häuser des Dorfes hinter sich. Sie wussten, welche Hoffnungen nun auf ihnen ruhten. Eine Eskorte hatte Keb abgelehnt: Wahrscheinlich widerstrebte es ihm, die Männer so kurz nach ihrer Rückkehr von ihren Familien zu trennen. Zumal er nicht sicher sein konnte, ob in Wallos nicht noch viel schlimmere Feinde als die Tuzeener auf sie lauerten.

Sie ritten eine ganze Weile dahin, ohne einer Menschenseele zu begegnen. Amanón war froh darüber, denn jedes Zusammentreffen mit den Einheimischen, ob Freund oder Feind, würde ihnen sicher nur Scherereien machen. Vielleicht hatte der eine oder andere Bauer sie von seinem Feld aus beobachtet, oder sie waren von Räubern oder Aufständischen, die sich am Wegesrand versteckt hielten, gesehen worden – aber wenn dem so war, hüteten sich die Wallatten offenbar, den neunzehn Reitern entgegenzutreten. Die einst kleine Schar der Erben war zu einer regelrechten Truppe angewachsen, und mit Kebree, Grigán und Bowbaq ritten drei besonders einschüchternd wirkende Krieger vorweg.

Schon zweimal hatten sie einen Umweg gemacht, um nicht noch ein Dorf durchqueren zu müssen. Keb hatte mit seiner Bemerkung, in dieser Gegend jeden Stein zu kennen, nicht übertrieben und führte sie zielsicher durch die Wälder. Amanón konnte nicht umhin, ihn zu bewundern. Seit dem Zwischenfall im ersten Dorf sah er ihn mit anderen Augen. Er hatte sich nie richtig vorstellen können, dass Keb tatsächlich ein Volk zu regieren vermochte, doch offenbar hatte er sich in ihm getäuscht. Vermutlich würde der Wallatte einen ebenso guten Vater abgeben wie Amanón selbst – und wenn er ehrlich war, passte ihm dieser Gedanke gar nicht.

Um seine Eifersucht zu vergessen, spähte er angestrengt in den Wald und spitzte bei jedem noch so harmlos wirkenden Geräusch die Ohren. Noch angespannter war er jedoch, wenn sie über freies Gelände ritten: Manchmal erstreckten sich Wiesen, Äcker und felsige Brachflächen über mehrere Meilen, bevor die Erben wieder in einen Wald eintauchen konnten, der sie vor fremden Blicken schützte. Je näher sie dem Rideau-Gebirge kamen, desto weniger Bäume wuchsen auf der kargen Erde.

Immer wieder hob Amanón den Blick zu der fernen Bergkette, die sich nach Norden und Süden über den gesamten Horizont erstreckte. Es hieß, die meisten dieser Gipfel seien noch nie erklommen worden. Jetzt, wo er sie mit eigenen Augen sah, verstand er, warum. Er fragte sich, hinter welchen dieser schroffen Felswände sich wohl das Jal verbergen mochte. Der Glaube der Etheker, davon war er mittlerweile überzeugt, musste stark genug gewesen sein, um jenes abgelegene Tal zu verändern. Irgendwo dort oben, wo alles von ewigem Schnee verhüllt war, hatte die schiere Gedankenkraft der Menschen einen blühenden Garten entstehen lassen – und darunter die finsteren Höhlen und Gänge des Karu, jene Unterwelt, die in den Tiefen des Gebirges irgendwo zwischen den Katakomben der Heiligen Stadt und Saats Tunnel lag. Wer den Mut aufbrachte, diesen unterirdischen Gang zu betreten, in dem Tausende Sklaven umgekommen waren, der konnte innerhalb weniger Dekanten zu Fuß nach Ith gelangen.

Die Erben hatten noch nicht besprochen, wohin ihre Reise nach dem Besuch in Chebrees Palast gehen würde, schließlich mussten sie sich erst einmal das Schwert beschaffen. Amanón sah jedenfalls keinen Grund, länger als nötig auf dieser Seite des Rideau zu bleiben, mitten im Feindesland und unter Menschen, deren Sprache nicht einmal er beherrschte. Also würden sie wohl in die Oberen Königreiche zurückkehren … Jedes Mal, wenn ihm dieser Gedanke kam, blickte er zu den Bergen hinauf und überlegte, ob der Tunnel nach über zwanzig Jahren wohl noch gangbar war.

Zum Glück war es bis zu ihrem gegenwärtigen Ziel nicht mehr weit. Nachdem sie ein drittes, diesmal recht großes Dorf umritten hatten, kündigte Keb an, dass sie Wallos gegen Abend erreichen würden. Obwohl alle das Ende des Ritts herbeisehnten, beschlossen sie, noch einmal haltzumachen, bevor sie das letzte Stück des Wegs zurücklegten.

»Wir haben noch nicht darüber gesprochen, wie wir in Wallos vorgehen wollen«, sagte Grigán, nachdem sie eine Kleinigkeit gegessen hatten. »Was hast du vor, wenn wir in der Stadt sind? Eine Heldentat wie gestern Abend kannst du dir dort nicht erlauben!«

»Einen genauen Plan habe ich nicht«, gab Keb zu. »Ich werde abwarten, wie die Lage in Wallos ist. Wenn sich an jeder Straßenecke Thalitten oder Tuzeener tummeln, ist klar, dass ich nicht einfach zum Palast marschieren kann.«

Seine ehrliche Antwort schien Grigán zu genügen, und auch Amanón war erleichtert, dass sich Keb so besonnen zeigte. *Wenigstens bildet er sich nicht ein, allen Feinden, die sich zwischen ihn und seine Mutter stellen, die Köpfe einschlagen zu können … Andererseits weiß man bei ihm nie!*

Wenig später brachen sie wieder auf und ritten zurück zu der Straße, von der sie sich vorsichtshalber ein Stück entfernt hatten. Nach kaum einer Meile tauchte hinter ihnen ein Reiter auf und preschte in rasendem Galopp heran. Als er sich näherte, erkannte Amanón zu seiner Erleichterung, dass es sich um einen Wallatten handelte. Hätte der Fremde einem der anderen Völker aus dem Bund des Ostens angehört, hätten die Erben ihn wohl auf etwas unsanfte Weise daran hindern müssen, von ihrer Begegnung zu berichten. Binnen einer Dezille war der Reiter in Rufweite und bedeutete ihnen mit weit ausholenden Handbewegungen, dass er zu ihnen aufschließen wollte. Da er eine Lowa am Sattel befestigt hatte, vermutete Amanón, dass er zu den Aufständischen gehörte. Allerdings hatte er nicht den Eindruck, den Mann am Vorabend im Dorf gesehen zu haben. Er war nicht besonders groß und noch recht jung, siebzehn oder achtzehn Jahre alt; Amanón hätte sich gewiss an ihn erinnert.

»Ich grüße dich, Herr«, rief der Reiter freudestrahlend. »Ich bin Drec, der jüngste Sohn der Familie N'an!«

»Freut mich, dich kennenzulernen, Drec«, erwiderte Keb. »Wie geht es deinem Vater?«

Die Miene des jungen Kriegers verdüsterte sich. »Ich weiß es nicht, Herr. Er hält der Königin die Treue, während meine Brüder und ich uns den Aufständischen angeschlossen haben. Vermutlich lebt er immer noch im Palast. Wir wagen es nicht, ihm eine Nachricht zukommen zu lassen.«

Die Erben schwiegen betreten. Als Übersetzer hatte Amanón bereits mehrmals Länder bereist, in denen Bürgerkrieg herrschte, aber dass sogar Familien in zwei Lager gespalten wurden, hatte er noch nie erlebt.

»Bra'n hat uns berichtet, dass du zurück bist«, fuhr

Drec fort. »Ich bin gekommen, um dir meine Hilfe anzubieten, Herr.«

»Wenn du helfen willst, dann kehr um und kümmere dich um deine Brüder«, wehrte Keb ab. »Macht den Tuzeenern das Leben schwer, damit tut ihr mir den größten Gefallen.«

»Bra'n sagte mir schon, dass du keine Eskorte willst«, sagte der junge Mann. »Ich dachte nur, dass jemand dir Auskunft geben sollte, was rund um die Hauptstadt im Gange ist. Ich gehöre zu den Aufständischen, die Wallos überwachen.«

Nachdem Keb ihm aufmunternd zugenickt hatte, berichtete Drec, dass die Länder des Ostens zusätzliche Truppen geschickt hatten, die nun nördlich der Stadt campierten und auf den Marschbefehl zum Tal der Krieger warteten. Es war das dritte Heer, das in den Kampf gegen das Große Kaiserreich zog, und diesmal waren weit mehr Männer rekrutiert worden als zuvor: Manche hatten sich noch freiwillig zu den Waffen gemeldet, aber die meisten waren dazu gezwungen worden. Man munkelte jedoch, dass fortan keine weiteren Soldaten mehr gebraucht würden. Drec interpretierte das als Zeichen dafür, dass die Tuzeener bald aus Wallatt abziehen würden, während Amanón hinter dieser Nachricht noch größeres Unheil vermutete – sobald Sombre Goran erobert hatte, würde er an denjenigen Rache nehmen, die ihm den Gehorsam verweigert hatten.

»Am Südtor ist die Gefahr, einer Patrouille zu begegnen, am geringsten«, erklärte Drec. »Und falls man euch ausfragt, behauptet einfach, ihr wärt Söldner … Das gilt natürlich nicht für dich, Herr«, fügte er hastig hinzu.

»Ich werde niemandem verraten, wer ich bin«, versprach Keb belustigt. »Danke für deine Hilfe. Du wirst Deinan gewiss bald wiedersehen.«

Nachdem sie sich voneinander verabschiedet hatten, verließen die Erben die Straße, um in einem weiten Bogen von Süden her auf Wallos zuzureiten. Mit jeder Meile, die sie zurücklegten, wuchs Amanóns Anspannung. Wenn alles glattging, würden sie in wenigen Dekanten im Besitz des berüchtigten Schwerts sein, das der Hexer mit einem unbekannten Zauber belegt hatte. Dann hatten sie keinen Grund mehr, den entscheidenden Kampf gegen Sombre noch länger aufzuschieben.

Eryne hatte sich die Hauptstadt des Königreichs Wallatt irgendwie anders vorgestellt. Die ersten Häuser, an denen sie vorbeikamen, bestanden aus grob behauenen Balken, genau wie in dem von den Tuzeenern besetzten Dorf. War die wallattische Hauptstadt vielleicht nur ein größerer Marktflecken, der sich über einige Meilen erstreckte?

Schon zwei Straßen weiter wechselten sich jedoch einfache Holzhütten mit zweistöckigen Steinhäusern ab, und so ergab sich bald ein buntes Stadtbild. Nach einer Weile wunderte sich Eryne, dass sie einfach so nach Wallos hineinreiten durften: In Lorelia wären sie schon längst angehalten und befragt worden! Doch dann kam eine mächtige Festungsmauer in Sicht, ein uraltes Bauwerk, das an einigen Stellen halb verfallen war, aber trotzdem einen unüberwindbaren Schutzring um den Stadtkern zog. So leicht konnte man sich also nicht in die Stadt schleichen.

Vor einem verwitterten Steintor standen vier Wachposten und kontrollierten jeden, der hinein- oder hinauswollte. Auch den Erben geboten sie Halt, und obwohl ihr Ton weder feindselig noch misstrauisch war, begann Erynes Herz zu rasen. Nachdem Amanón auf Itharisch erklärt hatte, dass keiner von ihnen die Landessprache beherrsche, trug er die Lüge vor, die sie sich zurechtgelegt hatten: Grigán und er seien die Anführer eines Söldnertrupps, der sich mitsamt seinen Frauen und Sklaven auf den Weg gemacht habe, um dem Bund des Ostens seine Dienste anzubieten. Der Hauptmann stellte der Form halber noch ein paar Fragen, doch Amanón fand so gute Ausflüchte, dass man sie gleich darauf passieren ließ. Wahrscheinlich reisten dieser Tage viele Krieger aus den Unteren Königreichen herbei, um sich in der wallattischen Armee ein paar Goldstücke zu verdienen. Außerdem wirkten die Erben so fremdländisch, dass die Wachen offenbar gar nicht auf die Idee kamen, sie könnten etwas mit den Aufständischen zu tun haben.

Als sie durch das Tor ritten, blickte Eryne verstohlen zu Kebree hinüber. Wenn sie daran dachte, wie ungestüm er oft gehandelt hatte, war es wirklich erstaunlich, dass er sich jetzt so gut zu beherrschen wusste und jeden von Corenns Ratschlägen befolgte: Er ließ sich von den anderen in die Mitte nehmen, verbarg seine Lowa, die ihn als wallattischen Krieger auswies, und schlug die Kapuze des schweren Mantels hoch, den Bowbaq ihm geliehen hatte. Groß und kräftig, wie er war, konnte man ihn neben Bowbaq leicht für einen Arkarier halten – und nichts anderes bezweckten sie.

Dass er von einem Passanten erkannt werden würde, war ohnehin unwahrscheinlich, denn wenn sie Einheimischen begegneten – zumeist waren es Kinder –, wandten diese beim Anblick der ungewöhnlichen Besucher hastig das Gesicht ab oder eilten in eine andere Richtung davon. Eryne vermutete, dass sie Ähnliches erlitten hatten wie die Dorfbewohner. Die Wallatten waren für ihr Bündnis mit Saat bitter bestraft worden, und selbst nach über zwanzig Jahren fiel es ihnen immer noch schwer, sich gegen ihre mächtigeren Nachbarn zu behaupten. Gewiss lehnten die meisten diesen neuerlichen Feldzug gegen Goran und das Wiederaufleben der Alten Religion ab, doch angesichts der Stärke ihrer Verbündeten blieb ihnen keine Wahl, als sich der Fremdherrschaft zu beugen. Nur die Aufständischen waren tapfer – oder leichtsinnig – genug, für den zerbrechlichen Frieden zu kämpfen, den Königin Chebree aufrechterhalten hatte.

Die Wachen hatten ihnen erklärt, wo sie sich zu den Waffen melden konnten, aber sobald sie außer Sichtweite waren, schlugen die Erben einen anderen Weg ein. Während sie auf Kebs leise Anweisungen hin Richtung Palast ritten, sah sich Eryne die Häuser der Stadt noch genauer an. Die Straßen lagen wie ausgestorben da. Viele kleine Werkstätten und Läden waren mit Gittern verschlossen, als hätten sich die Inhaber darin verbarrikadiert. Vielleicht waren sie aber auch zu den Waffen gezwungen worden und marschierten gerade zum Tal der Krieger. Oder hatten sich in Wallos ebenfalls alle erwachsenen Männer dem Widerstand angeschlossen?

Genauso denkbar war, dass sie den bei einer größeren Ansammlung von Soldaten unvermeidlichen Streitereien zwischen Kriegern zum Opfer gefallen waren. Für die Erben war es ein Glück, dass man vor kurzem damit begonnen hatte, die Truppen im Norden der Stadt zusammenzuziehen, denn so war es im Innern der Stadt geradezu beängstigend ruhig. Wären die Straßen voller grölender, kampflustiger Soldaten gewesen, hätten sie es bei weitem nicht so einfach gehabt, unbehelligt zum Palast zu kommen.

Einige Meilen vor Wallos hatte Grigán halbherzig vorgeschlagen, Keb nur mit einer kleinen Eskorte loszuschicken, während die anderen vor den Toren der Stadt warteten. Aber nachdem vor allem Léti, Reyan und Zejabel lauthals protestiert hatten, war er schnell davon abgerückt. Jeder hatte einen Verwandten oder Freund, von dem er sich nicht trennen wollte, und außerdem waren alle viel zu neugierig, um auf einen Besuch in der Stadt zu verzichten.

Eryne bereute es jedenfalls nicht, das Wagnis auf sich genommen zu haben. Andererseits wusste sie, dass sie ihre Freunde damit in Gefahr brachte, denn wenn sich Sombre in der Nähe befand, würde er sie, die künftige Göttin, mit Leichtigkeit aufspüren können. Doch wie sie von Nol gehört hatten, hielt sich der Dämon zurzeit in Lorelia auf, und sie hätte es einfach nicht ertragen, allein zurückzubleiben. Zumal sie darauf brannte, jene Lyn'a zu sehen, der einmal Kebs Herz gehört hatte, so kindisch und selbstsüchtig dieser Wunsch auch sein mochte.

Eigentlich gab es keinen Grund, auf die Frau eifersüchtig zu sein – schließlich hatte sich Keb schon vor einigen Jahren von ihr getrennt. Aber Eryne war nicht entgangen, wie besorgt er sich nach dem Kampf gegen die Tuzeener nach seiner Jugendliebe erkundigt hatte. Offenbar hing er immer noch sehr an ihr.

Ebenso wenig konnte sie die harten Worte vergessen, mit denen Keb ihr im Jal zu verstehen gegeben hatte, dass er keine gemeinsame Zukunft für sie beide sah. Seither hatte er ihr keine Komplimente mehr gemacht, ihr kein einziges Mal sein verführerisches Lächeln geschenkt und auf zweideutige Bemerkungen oder neckische Blicke verzichtet. Natürlich schmerzte es Eryne, dass er ihr die kalte Schulter zeigte, aber viel mehr noch quälte sie der Gedanke an die Zukunft – wenn den Erben eine solche überhaupt vergönnt war. Was wäre, wenn das Kind, das sie unter dem Herzen trug, eher einem Wallatten als einem Ramgrith gleichen würde? Hätte sie den Mut, Keb eine solche Nachricht zu überbringen? Und wie würde der Mann, der dann vielleicht an ihrer Seite lebte, damit umgehen?

Bei diesem Gedanken blickte sie unwillkürlich zu Amanón, der an der Spitze der Schar ritt. Nun, da sich Keb gewissermaßen von ihr losgesagt hatte, hätte ihr eigentlich eine Last von der Seele genommen sein müssen. Es stand ihr frei, auf Amanón zuzugehen und offen über ihre Gefühle für ihn zu sprechen, die sie so lange verborgen hatte … Aber sie konnte es nicht.

Die Bürde, die auf den Schultern der Erben ruhte, war schon schwer genug. Sie durfte jetzt nicht an ihr eigenes Glück denken – dazu war die Zukunft viel zu ungewiss. Eines Tages würde sie die Welt der Menschen ohnehin verlassen müssen, ob sie nun wollte oder nicht. Also ritt sie weiter schweigend durch die trübsinnige Stadt und dachte wehmütig an jene Nacht auf dem Heuboden einer Herberge zurück. Eine Nacht, wie sie sie wohl nie wieder erleben würde.

»Ist das nicht viel zu auffällig?«, flüsterte Nolan und sah sich nervös um.

Zusammen mit Yan und Rey ritt er soeben zum zweiten Mal an Chebrees Palast vorbei. Die drei sahen harmlos genug aus, um die Gegend auszukundschaften, ohne die Wachen misstrauisch zu machen. Doch diese Rechnung schien nicht aufzugehen, denn die beiden Männer, die am Haupttor der äußeren Mauer postiert waren, schauten für Nolans Geschmack ein wenig zu oft in ihre Richtung. Welcher Soldat hätte sich auch nicht gewundert, eine Gruppe Fremder in der Nähe des Königspalasts umherstreifen zu sehen, noch dazu in diesen unsicheren Zeiten? Nolan hatte sein Priestergewand zwar abgelegt, nachdem sie das Jal verlassen hatten, aber dass er kein Einheimischer war, merkte man ihm dennoch an.

Zum Glück beschloss Yan, ihren Erkundungsritt nicht noch weiter auszudehnen, und so machten sie kehrt, ohne ihre innere Anspannung zu verraten, und begaben sich wieder zu den anderen, die zwei Straßen entfernt auf sie warteten. Kebree hatte sie zu einem überdachten Marktplatz geführt, auf dem in regelmäßigen Abständen Viehmärkte stattfanden. An diesem Tag lag der Platz wie ausgestorben da, und so waren die Erben mitsamt ihrer neunzehn Pferde recht gut vor neugierigen Blicken geschützt.

»Also?«, fragte Keb ungeduldig.

»Wir konnten nichts Ungewöhnliches entdecken«, erklärte Rey. »Beide Tore sind bewacht, aber es hätte mich überrascht, wenn es anders gewesen wäre. Und die Soldaten scheinen alle Wallatten zu sein.«

Obwohl die Erben mit nichts anderem gerechnet hatten, trat unschlüssiges Schweigen ein. Vermutlich wusste die wallattische Königin als Einzige, wo sich Saats Schwert befand – doch ob sie es ihrem Sohn verraten würde, war keineswegs sicher.

»Ich gehe jetzt rein«, verkündete Keb mit grimmiger Miene. »Keiner der Wachen wird es wagen, sich mir in den Weg zu stellen, nicht mal, wenn sie dafür einen Befehl missachten müssten.«

»Kommt nicht in Frage«, fuhr Grigán ihn an. »Wenn du im Palast verschwindest und nicht mehr auftauchst, wissen wir nicht, woran wir sind.«

»Ihr könnt mich gern begleiten«, gab Keb spöttisch zurück. »Aber das macht die Sache unter Umständen nur komplizierter. Meine Mutter wird vermutlich nicht gerade begeistert sein, euch zu sehen. Alles deutet darauf hin, dass der Dämon sie immer noch in seiner Gewalt hat.«

»Und wenn sie dich in den Kerker werfen lässt?«, fragte Yan. »Dann haben wir keine Möglichkeit mehr, an das Schwert zu kommen, und du kannst die Hoffnung, dein Volk in die Freiheit zu führen, erst einmal begraben. Du darfst auf keinen Fall allein gehen.«

Keb schnaubte wütend, diesmal aber, weil er Yan wohl oder übel Recht geben musste. Sie waren ihrem Ziel so nah – und wussten dennoch keinen Rat.

»Vielleicht könnten wir ihr eine Nachricht zukommen lassen«, schlug Bowbaq vor.

»Das würde nicht viel ändern«, seufzte Amanón. »Schlimmstenfalls hätte Chebree dann sogar noch mehr Zeit, uns eine Falle zu stellen. Nein, wir müssen den Überraschungseffekt nutzen.«

»Ich kann gehen.«

Nolan drehte sich ungläubig zu seiner Mutter um. An den verblüfften oder nachdenklichen Mienen der anderen erkannte er, dass er sich nicht verhört hatte. »Das darfst du nicht tun, Mutter«, stammelte er. »Das ist viel zu gefährlich!«

»Das glaube ich nicht«, widersprach Lana. »Kebree hat uns bewiesen, welche Bedeutung die Wallatten einer Ehrenschuld beimessen. Ich bin sicher, dass Chebree mir nichts antun wird.«

Keb nickte zustimmend, und sein anerkennender Blick schien Lanas Schicksal endgültig zu besiegeln, ganz so, als wäre ihre Entscheidung von den Undinen vorhergesagt worden. Einen Augenblick lang befürchtete Nolan, dass seine Vision schon jetzt Wirklichkeit werden würde: durch den Opfertod seiner Mutter.

»Willst du das wirklich tun?«, fragte Reyan besorgt.

Bei diesen Worten begriff Nolan, dass die Würfel gefallen waren. Als Verfechter der Willensfreiheit hatte sein Vater beschlossen, gar nicht erst zu versuchen, seine Frau von ihrer Idee abzubringen. Vielleicht fand er sie sogar gut!

Nolan brach vor Angst der kalte Schweiß aus: Sah denn niemand, dass Lanas Herzensgüte ihr diesmal zum Verhängnis werden konnte? Hilfesuchend wandte er sich zu seiner Schwester um. Zu seiner Erleichterung erkannte er, dass sie ebenso schockiert war wie er, doch er hoffte vergebens auf ihren Einspruch. Eryne war so verstört, dass es ihr offenbar die Sprache verschlagen hatte.

»Wie stellst du dir das vor?«, fragte Nolan. »Es kann ja sein, dass Chebree dein Leben verschont, aber es würde mich sehr wundern, wenn sie dir das Schwert aushändigt.«

»Ich werde ihr mitteilen, dass ich Nachricht von ihrem Sohn habe«, erklärte Lana. »Je nachdem, wie sie reagiert, werden wir weitersehen.«

»Na schön«, sagte Nolan. »Ich komme mit.«

Das war ihm zwar einfach so herausgerutscht, aber jetzt würde er sich nicht mehr davon abbringen lassen.

»Chebree weiß, wie sehr ich Keb schätze«, fügte er hinzu. »Wenn ich dabei bin, wird sie uns vertrauen. Und dass wir als Mutter und Sohn vor sie treten, erinnert sie vielleicht daran, wie sehr sie Keb vermisst.«

Herausfordernd sah er seine Freunde an, doch niemand kam auf die Idee, ihm zu widersprechen. Nur Zejabel schien drauf und dran zu sein, gegen seine Entscheidung zu protestieren, schwieg aber, als er den Kopf schüttelte und sie flehend anblickte. Hätte sie ihn gebeten, es nicht zu tun, wäre er wohl weich geworden. Schließlich konnten sie die Zü auch nicht mitnehmen. Zejabel war jedoch klug genug, sich nicht aufzudrängen, und respektierte seine Entscheidung.

»Wenn sie nicht in einer Dezime wieder hier sind, stürme ich den Palast«, sagte Reyan. Die Warnung war eindeutig an Keb gerichtet.

Der nickte langsam. Es machte ihm sichtlich zu schaffen, sich womöglich zwischen der Liebe für sein Land und seiner Freundschaft zu den Erben entscheiden zu müssen.

Sie konnten nur hoffen, dass es nicht zu einer Zerreißprobe kommen würde.

»Also, worauf warten wir noch?«, sagte Lana munter.

»Deine Waffe lässt du besser hier, Nolan. Das macht keinen besonders guten Eindruck.«

Der Maz drückte Amanón seinen Stockdegen in die Hand und eilte Lana hinterher, die schon in Richtung Palast losmarschiert war, nachdem sie Rey einen Kuss auf die Lippen gedrückt und den anderen zum Abschied zugewinkt hatte. Es schien ihr überhaupt nichts auszumachen, ihrer einstigen Todfeindin gegenüberzutreten!

»Eurydis hält ihre schützende Hand über uns«, beruhigte sie ihn. »Es wird alles gutgehen.«

Nolan nickte, doch als sie um die nächste Ecke bogen und die anderen Erben ihrem Blick entschwanden, krampfte sich sein Magen zusammen. Vielleicht hätte er seine Mutter noch einmal daran erinnern sollen, wie heimtückisch die wallattische Königin sie bei ihrer Begegnung in Goran in die Falle gelockt hatte. Vielleicht hätte er darauf hinweisen sollen, dass sie ihre Gefangenen dem Lemuren der Dunklen Bruderschaft ausgeliefert hatte, ohne mit der Wimper zu zucken. Aber dafür war es jetzt wohl zu spät. Während er noch mit sich haderte, schritt Lana seelenruhig auf das Tor in der Festungsmauer zu. Warum konnte er nicht ebenso auf die Göttin der Weisheit vertrauen wie sie? *Ich bin einfach zu schwach,* hielt er sich vor und dachte an die Zeit zurück, in der er mit den K'luriern gemeinsame Sache gemacht hatte. Im Angesicht der Gefahr wäre er ihr keine große Hilfe …

Das Herz schlug ihm bis zum Hals, als er Lana mit den Wachen sprechen hörte. Sie konnten von Glück sagen, dass einer der Männer wenigstens ein paar Brocken Itharisch verstand. Dennoch bezweifelte Nolan, dass man sie einlassen würde. Als er schon fast hoffte, die Wachen würden sie abweisen, stiefelte einer der Soldaten auf Lanas Bitte davon, um seinen Hauptmann zu verständigen. Sie hatte ihm eins der Gwelome aus dem Jal in die Hand gedrückt und versichert, die Königin werde sich über den Besuch und das kostbare Geschenk freuen. Damit hatte sie offenbar seine Neugier geweckt.

Die folgenden Dezillen kamen Nolan entsetzlich lang vor. Jeden Augenblick rechnete er damit, plötzlich von einem Trupp Soldaten oder gar von einem Lemuren angegriffen zu werden. Immer wieder blickte er ängstlich die Straße hinunter, doch als er tatsächlich seinen Vater um die Ecke spähen sah, beruhigte ihn das nur wenig. *Noch ist Zeit, vielleicht sollten wir besser fliehen … Nichts wie zu den Pferden und weg aus dieser unseligen Stadt …*

Die Rückkehr des Wachmanns machte seinen Fluchtgedanken ein Ende. Der Mann war allein und hielt das Gwelom nicht mehr in Händen, aber das musste nichts heißen! Als er ihnen bedeutete, ihm ins Innere des Palasts zu folgen, gab es kein Zurück mehr. Nun nahm das Schicksal seinen Lauf …

Nolan bemühte sich, ebenso unerschütterlich zu wirken wie Lana, und betete darum, sie nicht in der nächsten Dezille sterben sehen zu müssen.

Doch sie schritten durch das Tor und überquerten den Innenhof, ohne dass sich eine Horde bewaffneter Krieger aus der angrenzenden Baracke auf sie stürzte, und auch nachdem sie den Palast betreten hatten, blieb alles still. Der Wachmann wies sie in einen Salon, der offenbar dem Empfang von Gästen diente, und machte dann wortlos kehrt.

Nolan und Lana kamen nicht mehr dazu, sich auf eines der großen Kissen zu setzen, die überall im Raum verteilt waren. An der Wand neben ihnen klickte es plötzlich, und zu ihrer Verblüffung öffnete sich gleich darauf eine Geheimtür, hinter der die wallattische Königin zum Vorschein kam – in der einen Hand das Gwelom, in der anderen eine drohend erhobene Lowa!

»*Wo ... ist ... mein ... Sohn?*«, herrschte sie ihre Besucher an.

»Er lebt«, versicherte Lana ungerührt. »Es geht ihm gut. Und seine Liebe zu Euch ist ungebrochen.«

Daraufhin nahm die Miene der Königin einen so erleichterten, ja glücklichen Ausdruck an, dass es keinen Zweifel an der Aufrichtigkeit ihrer Gefühle geben konnte. Sie ließ die Waffe sinken und schenkte ihrer einstigen Feindin ein zaghaftes Lächeln.

Nolan warf seiner Mutter einen bewundernden Blick zu. Chebree von Angesicht zu Angesicht gegenüberzutreten, war eine bessere Idee gewesen als der raffinierteste Schlachtplan der Welt. »Keb wartet ganz in der Nähe«, fügte er hinzu. »Wir sind alle hier.«

Chebrees Gesicht hellte sich noch mehr auf, doch dann schlug ihre Freude in Besorgnis um. »Niemand darf Euch sehen«, sagte sie mit gerunzelter Stirn. »Geht sie holen. Und beeilt Euch!«

Das ließ sich Nolan nicht zweimal sagen. Da er seine Mutter nicht mit der Königin allein lassen wollte, zog er sie an der Hand fort.

Chebrees Angst hatte ihn angesteckt: Er meinte schon, Sombres Blick im Rücken zu spüren.

Cael erging es nicht anders als seinen Gefährten: Nachdem er zunächst froh über die Rückkehr der beiden Lorelier gewesen war, wich seine Erleichterung rasch dem Misstrauen. Was hatte Chebree im Sinn? Würde sie die Erben nicht doch wieder in eine Falle locken? Obwohl Lana, Nolan und Keb ihnen versicherten, dass sie nichts zu befürchten hatten, blieben die anderen auf der Hut, als sie sich der jahrhundertealten Festungsmauer der königlichen Residenz näherten. Dass sie ihre Pferde auf dem Markt hatten zurücklassen müssen, trug nicht gerade zu ihrer Beruhigung bei. Doch da Chebree ihre Besucher unbemerkt in den Palast schleusen wollte, hielten sie es nicht für ratsam, den Stallmeister mit einer ganzen Herde von Pferden zu überrumpeln.

Sie befanden sich wieder einmal in einer heiklen Lage, und wie so oft in solchen Momenten prägte sich jede Einzelheit in Caels Gedächtnis ein. So würde er die grob behauenen Steine der ersten Festungsmauer, die Bowbaq nur um wenige Fingerbreit überragte, sicher nie vergessen, ebenso wenig wie den verwilderten Park, den kein Gärtner zu pflegen schien. Chebrees Burg kam seinem Bild von einer königlichen Residenz schon näher, auch wenn er bei weitem nicht so prachtvoll war wie die Herrscherpaläste in Lorelia, Goran und auf der Insel Zuïa. Mit seinen dicken Mauern und schmalen Fenstern wirkte sie wie eine alte Festung, die im Laufe der Jahrhunderte immer wieder ausgebessert, vergrößert und mit Wällen und Mauern umgeben worden war, bis sie schließlich als steinernes Symbol für das raue Barbarentum und den Stolz der wallattischen Könige in den Himmel ragte.

Cael musterte die Gesichter seiner Freunde. Keb runzelte ungeduldig die Stirn und konnte es offenkundig kaum erwarten, nach Hause zu kommen. Die Mienen der anderen hingegen verrieten ihre Anspannung: Die jüngeren Erben erinnerten sich noch gut an den Verrat der Königin in Goran, und die Älteren hatten sie als Saats Geliebte kennengelernt.

Der Wachmann, der sie in den Palast geleitete, öffnete ihnen die Tür zu einem mit Kissen ausgelegten Zimmer, in dem die Königin auf sie wartete. Trotz der Erschöpfung, die ihr ins Gesicht geschrieben stand, war ihre Haltung aufrecht und stolz. Keb musste sich gedulden, bis der Soldat die Tür geschlossen hatte. Erst dann schlug er die Kapuze zurück, die sein Gesicht bedeckte, und kniete vor der Königin nieder.

Chebree zog ihn gleich wieder auf die Füße und umarmte ihn stürmisch. Keb erwiderte ihre Begrüßung liebevoll, ohne sich zu schämen, vor den anderen Gefühle zu zeigen. Grigán presste zwar die Lippen aufeinander, als Mutter und Sohn einige leise Worte auf Wallattisch wechselten, aber Cael bezweifelte nicht, dass sie einander nur ihre Wiedersehensfreude versicherten. Selbst nachdem sich Keb aus Chebrees Armen gelöst hatte, blieben sie Seite an Seite stehen.

Die Erben warteten unterdessen am anderen Ende des Salons und versuchten, ihre Verlegenheit zu verbergen. Cael selbst war zwischen widerstreitenden Gefühlen hin- und hergerissen: Einerseits dachte er mit Grauen daran, dass diese Frau sie bei ihrer letzten Begegnung heimtückisch verraten hatte und nun mit Sombre verbündet war – andererseits erinnerte sie ihn beinahe an Léti, obgleich sie etwas älter war. Hinter der Fassade der unerbittlichen und unversöhnlichen Barbarenkönigin verbarg sich letztlich doch nur eine liebende Mutter, die sich um ihren Sohn sorgte. Dafür konnte man niemanden hassen.

»Ich habe nur wenig Zeit«, sagte sie, ohne ihre Gäste zu begrüßen. »Ich breche morgen zum Tal der Krieger auf.«

»Was, du auch?«, fragte Keb verblüfft und ohne einen Hehl aus seiner Missbilligung zu machen.

Die Königin warf ihm einen unergründlichen Blick zu. Der kurze Moment der Eintracht war vorbei.

»Wenn ich mich weigere, werden unsere Nachbarn über unser Volk herfallen und es vernichten«, verteidigte sie sich. »Würdest du das wollen?«

»Es gibt einen anderen Weg«, entgegnete er. »Einer meiner Gefährten ist dazu ausersehen, den Dämon zu töten, und dann ist der ganze Spuk vorbei.«

Saats Witwe sah die schweigenden Erben einen nach dem anderen mit durchdringendem Blick an, als wollte sie ihre Chancen im Kampf gegen Sombre abschätzen. Ihre todernste Miene verhieß nichts Gutes. »Noch vor einem Mond hätte ich es geglaubt«, sagte sie kopfschüttelnd. »Ich habe nicht vergessen, dass Ihr nicht nur Gors und Zamerine, sondern auch Saat getötet habt, was eigentlich unmöglich war. Und Ihr seid dem Dämon bis heute lebend entkommen. Aber wenn Ihr noch hofft, Sombre besiegen zu können, dann habt Ihr anscheinend nicht die geringste Ahnung, was er wirklich vorhat.«

»Vielleicht könnt Ihr es uns verraten«, sagte Lana vorsichtig.

»Alles, was Ihr uns sagt, wird uns helfen, die Wallatten zu befreien«, fügte Corenn hinzu. »Wir sind keinem Land und keinem Volk feindlich gesinnt. Uns geht es nur darum, den Krieg zu beenden.«

Alles Bitten nützte nichts: Chebree blieb stumm. Plötzlich kam Cael der schreckliche Gedanke, sie könnten die weite Reise für nichts und wieder nichts unternommen haben! Wenn die Königin ihnen Sombres Pläne nicht offenbaren wollte, würde sie wohl ebenso wenig Saats Schwert herausrücken. Die Erben wussten ja nicht einmal, ob Chebrees Dankbarkeit gegenüber Lana oder die Freude über das Wiedersehen mit ihrem Sohn sie davon abhalten würde, ihre Gäste dem Dämon auszuliefern.

Doch schließlich gab sie nach. Sie senkte die Stirn, schloss die Augen und vergrub eine Weile das Gesicht in den Händen, bevor sie sich umwandte und sich auf einem Sitzkissen niederließ. Mit einer Handbewegung lud sie die Erben ein, es ihr gleichzutun. Für diesen Gesinnungswechsel waren weder inständige Bitten noch Drohungen noch schöne Worte nötig gewesen: Keb hatte einfach scheu wie ein Kind, das seine Liebe nicht anders zum Ausdruck bringen kann, ihre Hand berührt.

Als sich alle gesetzt hatten, seufzte Chebree leise und berührte geistesabwesend ihren Anhänger, den Cael als Gwelom erkannt hatte. Während der ganzen folgenden Unterhaltung ließ sie ihn nicht mehr los.

»Sombre hat sich mit der Königin von Lorelien verbündet«, sagte sie und senkte unwillkürlich die Stimme. »Und Agénor hat einen Krieg gegen Goran angezettelt.«

»Das wissen wir bereits«, sagte Corenn. »Aber uns ist nicht klar, was sie damit bezweckt. So reich das lorelische Königreich auch sein mag – ein Sieg über Goran ist so gut wie unmöglich.«

»Darum geht es auch gar nicht«, erwiderte Chebree. »Die Lorelier haben bereits große Verluste einstecken müssen. Sie konnten Ith nur ein paar Tage halten, bevor die Goroner die Stadt zurückeroberten. Und mittlerweile haben sie sogar Lermian eingenommen.«

»Aber was hat Agénor davon?«, fragte Lana ungläubig. »Sie wird doch wohl nicht ihr eigenes Königreich ins Verderben stürzen wollen?«

»Nein, sie will Goran tatsächlich unterwerfen und so über das größte Reich regieren, das die Welt je gesehen hat. Es soll ihr Vermächtnis für den Dämon werden.«

Diese Worte riefen etwas Finsteres in Cael wach. *Zum Herrscher aller Dinge aufsteigen. Über Leben und Tod jedes Sterblichen bestimmen. Sich die anderen Unsterblichen unterwerfen.* So hatte es der Bezwinger seit jeher gewollt. Die Stimme in Caels Kopf hatte es ihm oft genug eingeflüstert.

»Sombre braucht keine Armee, um ein Reich zu erobern«, bemerkte Keb. »Er könnte den Kaiser von Goran einfach in Stücke reißen und sich auf den Thron setzen.«

»Ja, aber er ist ein Gott, und als Gott braucht er Menschen, die ihn verehren«, erklärte seine Mutter. »Wer wüsste das besser als ich, seine einstige Emaz?«

»Was genau hat er also im Sinn?«, hakte Amanón nach. »Und welche Rolle hat er den Wallatten dabei zugedacht?«

»Wir sollen die Lorelier zur Alten Religion bekehren«, antwortete Chebree. »Wir sollen ihnen unseren Glauben nahebringen, damit Sombre eines Tages leibhaftig erscheinen und sich als derjenige darstellen kann, der ihnen zum Sieg verholfen hat.«

Grabesstille trat ein, während die Erben versuchten, das ganze Ausmaß ihrer Worte zu begreifen. Die Oberen Königreiche würden von Dämonisten unterwandert. Es würde Messen zu Sombres Ehren geben, mit Zehntausenden Gläubigen, die nicht erkannten, dass sie in Wirklichkeit zu einem Dämon beteten. Und Sombre würde sich für alle Zeiten zum Herrscher über die Welt aufschwingen.

»So etwas ist leichter gesagt als getan«, sagte Nolan tonlos.

»Es ist bereits in vollem Gange«, widersprach die Königin. »Seit die Tempel der Heiligen Stadt geschleift worden sind, haben die großen Religionen an Einfluss verloren, und die Lorelier haben schon so hohe Verluste erlitten, dass sie sich von den Alten Göttern verlassen wähnen. Seit die Goroner zum Gegenangriff übergegangen sind, fühlen sie sich so bedroht, dass sie sich scharenweise in einen neuen Glauben flüchten, und die Dunkle Bruderschaft nutzt das schamlos aus. Die dämonistischen Sekten, die mit Sombre im Bund stehen, sind schon lange vor der goronischen Rückeroberung aus Ith ausgeschwärmt und breiten sich nun überall aus. Der Dämon und seine Mitstreiter haben mittlerweile Tausende Anhänger, die sie um Schutz anflehen!«

»Das wird nicht reichen«, meinte Léti. »Man kann das Weltbild eines ganzen Volkes doch nicht von einem Tag auf den anderen ändern. Nur ein Wunder könnte so etwas bewirken.«

»Und es wird ein Wunder geben«, sagte Chebree hart.

Wieder trat beklommenes Schweigen ein. Als Cael sah, wie fest die Königin ihren Anhänger umklammert hielt, hätte er beinahe nach seinem eigenen Amulett gegriffen. Dabei nützte ihm das gar nichts, das wusste er genau.

»Wie meinst du das?«, fragte Keb schließlich.

»Die letzte Phase des Plans ist angelaufen. Als die Goroner zum Gegenangriff übergegangen waren und den Loreliern das Wasser bis zum Hals stand, gab Agénor ihr Bündnis mit den Ländern des Ostens bekannt. Unser erstes Heer marschierte im Tal der Krieger auf, und das Kaiserreich musste einen Teil seiner Truppen von der Südfront abziehen, um sich zu verteidigen. So ist das Kräfteverhältnis in diesem Krieg wieder ausgeglichen. Außerdem hat unser Eingreifen dazu geführt, dass die Lorelier plötzlich große Sympathien für die Länder des Ostens und den dort verbreiteten Glauben hegen. Das hat es der Dunklen Bruderschaft sehr viel leichter gemacht, die Lorelier zur Alten Religion zu bekehren. Die Dämonisten verkünden allerorten, dass all jene, die zum Gott der Barbaren beten, zu den Siegern gehören werden. Und so wird es auch kommen.«

»Sombre wird höchstpersönlich erscheinen und den Krieg beenden«, sagte Amanón nachdenklich. »Die Dunkle Bruderschaft wird die Kunde natürlich eifrig verbreiten, und Agénor braucht nur noch ihren Thron für den Dämon zu räumen. Und die Lorelier werden ihn sogar bejubeln!«

»Es kommt noch viel schlimmer«, erklärte Chebree. »Agénor will die Menschen nachhaltig erschüttern. Die Nachricht von Sombres Herrschaft soll bis nach Jezeba, Wfal und den äußersten Norden Arkariens vordringen. Deswegen wird Sombre nicht allein in die Schlacht ziehen, sondern an der Spitze eines ganzen Heers aus Dämonen.«

Amanón hatte das Gefühl, als tue sich der Boden unter ihm auf. Deshalb glaubte Chebree also nicht, dass sie noch eine Chance hatten, Sombre zu besiegen. Selbst der Erzfeind war machtlos, wenn er zunächst gegen Hunderte, vielleicht sogar Tausende Ungeheuer kämpfen musste. Warum hatten sie die Gefahr nicht vorhergesehen? Der Dämon hatte oft genug bewiesen, dass er sich treue Diener zu erschaffen wusste. Schließlich hatte er auch versucht, Cael mit seinen Einflüsterungen gefügig zu machen.

»Aber wie … wie …«, stammelte Bowbaq.

»Er holt die Kreaturen aus dem Gebirge. Dort, wo Saat seinen Tunnel gegraben hat. Und sie sind ihm bedingungslos ergeben. Einem dieser Dämonen seid Ihr schon einmal begegnet. In Goran«, murmelte sie und schlug die Augen nieder.

»Wie viele sind es?«, fragte Grigán ungeduldig. »Wo rotten sie sich zusammen? Und wohin wollen sie?«

»Nach Ith. Sie werden aus den Katakomben in die Stadt einfallen, wie damals Saats Krieger. Dann werden sie den Alt entlang nach Goran stürmen. Nichts und niemand kann sie aufhalten.«

Bei dem Gedanken, dass ein Heer von Affendämonen das Große Kaiserreich überfallen würde, drehte sich Amanón der Magen um. Ein solches Blutbad hätte die Welt noch nicht gesehen: Mithilfe der Lemuren konnte Sombre die Goroner bis auf den letzten Mann vernichten, wenn ihm der Sinn danach stand. Aber gewiss würde er einige am Leben lassen, wenn sie ihm dafür bedingungslosen Gehorsam schworen. Dann hätte sich der Dämon die beiden einflussreichsten Länder der Oberen Königreiche untertan gemacht – und dazu die Hälfte der Länder des Ostens. Vermutlich würde der Rest der bekannten Welt bald folgen. Wer sich Sombre nicht freiwillig unterwarf, den würde er mit Gewalt dazu zwingen. Indem sie Goran opferte, besiegelte Agénor Sombres Herrschaft für die Ewigkeit. Niemals hätte Amanón vermutet, dass ihr Plan so tollkühn war. Und so weltumspannend.

»Die Legende von dem Totenheer«, sagte Lana tonlos. »Es heißt, eines Tages würden die Toten aus dem Fluss steigen, um sich für die Gräueltaten zu rächen, die man ihnen zu Lebzeiten angetan hat. Sombre wird diese Legende zum Leben erwecken. Die Goroner sind dem Untergang geweiht.«

»Als wir uns auf den Weg zur Pforte gemacht haben, waren die Lemuren noch nicht in Ith«, sagte Cael. »Ich … ich habe ihre Anwesenheit nicht gespürt.«

»Ich auch nicht«, setzte Eryne beinahe schüchtern hinzu.

Chebree starrte die beiden fassungslos an. Amanón beeilte sich, sie abzulenken. Auch wenn die Königin ihnen wertvolle Geheimnisse anvertraute, hielt er es für besser, ihr nichts von dem unsterblichen Funken zu erzählen, der immer wieder in Eryne aufleuchtete – und manchmal auch in Cael. Nicht, solange Saats Witwe zu Sombres Verbündeten gehörte.

»Aber wenn sie sich nicht in den Katakomben der Heiligen Stadt verstecken, wo sind sie dann?«, fragte Amanón. »Ihr sagt, Sombre habe die Lemuren aus dem Gebirge geholt. Ihr spracht von einem ganzen Heer. Dieses Heer muss sich doch irgendwo versammeln?«

»In Sombres Mausoleum«, antwortete die Königin. »Es

befindet sich in Saats ehemaligem Heerlager, zwei Tagesritte von hier.«

Sie spie die Worte aus, als würden sie ihr die Zunge verätzen. Dass sich die Dämonen ausgerechnet in ihrem Königreich zusammenrotteten, schien sie mehr zu verstören als Sombres Plan.

»Wie viele sind es?«, knurrte Kebree.

Seine Mutter zuckte mit den Schultern. Kebs Kiefermuskeln traten hervor, so fest presste er die Zähne aufeinander. Die Enthüllungen seiner Mutter und ihr Bund mit Sombre mussten für ihn unerträglich sein. Wie Amanón ihn kannte, fühlte er sich zutiefst in seiner Ehre verletzt, denn schließlich waren Freiheit und Unabhängigkeit für ihn das höchste Gut.

»Wir müssen dieses verfluchte Mausoleum in Schutt und Asche legen«, stieß er mit wildem Blick hervor. »Am besten, wir verbrennen die Dämonen bei lebendigem Leib!«

»Das geht nicht«, warf Yan ein. »Ich war dort. Das Mausoleum ist aus massivem Stein errichtet. Es würde nicht brennen.«

»Dann müssen wir eben vor dem Ausgang in Stellung gehen und die Lemuren einen nach dem anderen töten«, wütete Keb. »Wollt ihr nun Sombres Pläne vereiteln oder nicht?«

Niemand antwortete, denn allen war klar, dass Keb seinen Vorschlag nicht durchdacht hatte. Schließlich waren die Dämonen nicht in dem Mausoleum eingesperrt. Wahrscheinlich streiften einige von ihnen in der Nähe des Tunnels umher und machten Jagd auf alle, die sich in das Gebiet vorwagten. Und selbst wenn nicht – wie sollten sie mehrere Tausend – oder auch nur mehrere Hundert – dieser Affenwesen töten? Sie hatten schon die größte Mühe gehabt, auch nur eine Handvoll Lemuren zu bezwingen. Ihr dämonischer Lebensfunke war nur schwer auszulöschen, und gegen eine ganze Armee dieser Biester hätten sie keine Chance.

»Wir müssen die Goroner warnen«, sagte Lana entschlossen. »Wenn wir den Angriff schon nicht verhindern können, müssen wir wenigstens so viele Leben wie möglich retten. Sie müssen fliehen!«

»Das könnt Ihr nicht tun«, rief Chebree. »Sombre wird erkennen, dass ich sein Geheimnis verraten habe. Oder Agénor. Diese Frau ist gerissen!«

»Vielleicht bleibt uns ohnehin nicht genug Zeit«, meinte Corenn. »Wisst Ihr denn, wann …«

Sie ließ den Satz absichtlich unvollendet, um der Königin weitere Einzelheiten zu entlocken. Die Erben warteten gespannt. Würden sie nun erfahren, wann ihre Welt zusammenbrechen würde? Die Antwort ließ Amanón das Blut in den Adern gefrieren.

»In weniger als einer Dekade. Sombre ist mir in letzter Zeit häufig erschienen, um mir Anweisungen zu geben. Ich soll nach Lorelia reisen, um mit ihm seinen Triumph zu feiern, nachdem ich unser drittes Heer ins Tal der Krieger geführt habe.«

Betretenes Schweigen trat ein, wie jedes Mal, wenn Chebree ihnen in Erinnerung rief, dass sie zum Lager ihrer Feinde gehörte. Amanón empfand vor allem Mitleid mit Keb, der die Demütigung stumm ertrug.

»Geht nicht«, flehte Lana. »Ihr steht unter dem Schutz eines Gweloms. Ihr könnt Euch versteckt halten. Nutzt die Reise zur Flucht! Sobald Ihr Euren Palast verlassen habt, kann der Dämon Euch nicht mehr aufspüren.«

»Dann zahlen die Wallatten den Preis für meine Feigheit«, entgegnete die Königin kalt.

»Das tun sie schon jetzt«, sagte Keb bitter.

»Aber zumindest leben sie«, herrschte Chebree ihn an. »Hätte ich mich Sombre nicht unterworfen, hätte mein Volk die Folgen getragen.« Sie blickte die Erben reihum an. »Davon abgesehen muss ich mich nicht für meine Entscheidung rechtfertigen. Ich habe Euch nur empfangen, um mich von einer Ehrenschuld reinzuwaschen. Nun habt Ihr gehört, was ich Euch zu sagen hatte. Noch bevor der nächste Mond anbricht, wird Sombre die gesamte bekannte Welt beherrschen. Daran könnt weder Ihr noch ich das Geringste ändern.«

Nach kurzem Schweigen erhob sie sich von ihrem Kissen und gab ihnen damit zu verstehen, dass das Gespräch beendet war. Mit dem kurzzeitigen Frieden zwischen ihnen war es vorbei. Amanón und die anderen standen ebenfalls auf, die Anspannung im Raum wuchs.

»Ich wäre nicht Königin, und das seit langer Zeit, wenn ich meinen Verstand nicht zu gebrauchen wüsste. Ich weiß, warum Ihr hier seid. Aber ich werde es nur Kebree übergeben. Und erst, nachdem er mich angehört hat. Allein«, setzte sie hinzu und sah ihrem Sohn tief in die Augen.

»Schwöre, dass du sie unbehelligt ziehen lässt. Dann tue ich alles, was du willst.«

»So sei es. Kehrt in Euer Versteck zurück. Wartet dort meinetwegen auf meinen Sohn. Aber ich glaube kaum, dass er Euch folgen wird. Er wird hierbleiben. Bei mir.«

Die beiden maßen sich mit Blicken, während die Erben das stumme Duell zwischen Mutter und Sohn beobachteten. Dann öffnete Grigán die Tür und trat in den Flur, sichtlich erleichtert, dem drohenden Unheil entfliehen zu können. Bowbaq schickte sich an, ihm zu folgen, als die Königin die Erben mit einigen Worten zurückhielt, die sich hauptsächlich an Lana richteten: »Ich bin Euch nichts mehr schuldig. Sollten wir uns wiederbegegnen, dann als Feindinnen. Und sollte Sombre Keb bestrafen, weil er mit Euch gemeinsame Sache gemacht hat, dann werde ich Euch finden und töten. Jeden einzelnen von Euch.«

Léti, Reyan und Niss bauten sich mit finsteren Blicken vor ihr auf, aber die anderen schoben sie zur Tür hinaus, bevor eine unbedachte Antwort sie ins Verderben stürzte. Eryne und Amanón verließen das Empfangszimmer als Letzte, während sich Keb und Chebree weiterhin reglos anstarrten. Er hatte nicht einmal den Kopf gewandt, als seine Freunde im Hinausgehen einige zaghafte Abschiedsworte gemurmelt hatten.

Eryne schien es besonders zu treffen, dass sich Keb mit keinem Wort von ihnen verabschiedet hatte. Amanón wiederum hatte das unbehagliche Gefühl, Keb zu verraten und einem ungewissen Schicksal zu überlassen. Er fühlte sich kaum besser, als Eryne ihre Hand in seine schob. Warum zitterte sie nur so sehr?

Vermutlich kämpfte sie wieder einmal mit widersprüchlichen Gefühlen.

Keb wartete, bis die Schritte der Erben verklungen waren, bevor er sich rührte. Er bezweifelte zwar keine Dezille, dass seine Mutter zu ihrem Wort stand und seine Weggefährten unbehelligt ziehen lassen würde, aber er wollte nicht, dass seine Freunde ihr Gespräch mit anhörten, vor allem nicht, falls es zu einem Streit kam. Chebree irrte sich gründlich, wenn sie glaubte, ihn zum Bleiben bewegen zu können. Er würde so rasch wie möglich zu den anderen zurückkehren!

Allerdings hatte er das gerade eben erst beschlossen. In dem Moment, als er den Palast betreten hatte, in dem er aufgewachsen war, hatte sich Keb nämlich geschworen, nie wieder aus Wallatt fortzugehen. Sein Volk brauchte ihn, und es war an der Zeit, sich seiner Verantwortung zu stellen. Außerdem hatte er geglaubt, nichts mehr mit Eryne, Amanón und den anderen zu schaffen zu haben, seit die Undinen in seine Gedanken eingedrungen waren und dort ihr schleichendes Gift hinterlassen hatten. Der Kampf der Erben war nicht der seine, auch wenn er ihnen den Sieg wünschte.

Doch nachdem seine Mutter ihnen berichtet hatte, was Sombre im Schilde führte, waren all diese Gewissheiten dahin. Er musste der Wahrheit ins Auge sehen: Wallatt konnte nicht gerettet werden, selbst wenn Tausende von Aufständischen dafür ihr Leben ließen. Die B'ree würden ihren Thron und die Freiheit erst wiedererlangen, wenn der Dämon tot war. Für Keb kam es nicht in Frage, vor Sombre das Knie zu beugen, ihm den Weg zu ebnen und sich seiner Schreckensherrschaft zu unterwerfen. Das widersprach ganz einfach seinem Naturell. Lieber ging er in den Tod!

»Du kannst mich nicht zurückhalten«, sagte er ohne Umschweife. »Ich werde fortgehen, und ich werde dich von Sombres Joch befreien, ob du nun willst oder nicht.«

»Du hast mir nicht zugehört«, erwiderte Chebree ungeduldig. »Diese Fremden und ihre törichten Prophezeiungen haben dir den Kopf verdreht. Oder diese Lorelierin«, fügte sie mit schmalen Augen hinzu.

Keb verzog keine Miene. Für den Bruchteil einer Dezille war er versucht, seiner Mutter die Wahrheit zu sagen, doch dann besann er sich eines Besseren. Wenn er dieses Geheimnis mir ihr teilte, würde sie es nur zu ihrem Nutzen verwenden. »Meine Freunde sind zu Großem fähig. Das sagte ich dir bereits in Goran, und es ist wahr. Sie sind imstande, Sombre zu besiegen, und ich werde alles tun, um ihnen dabei zu helfen.«

Chebree warf ihm einen unergründlichen Blick zu, in dem Liebe, Verständnislosigkeit und Verzweiflung lagen.

»Offenbar steht es schlimmer um dich, als ich glaubte. Du hast dich verändert, mein Sohn. Und nicht zum Guten.«

»*Du* hast dich verändert«, brach es aus Keb heraus. »Du hast dich kampflos ergeben! Du machst gemeinsame Sache mit unseren schlimmsten Feinden!«

»Ich habe getan, was eine Königin tun muss! Du begreifst einfach nicht, dass es in wenigen Dekaden nur noch zwei Sorten Menschen auf der Welt geben wird: die Diener des Dämons und seine Opfer! Welches Schicksal wünschst du den Wallatten?«

Keb machte eine ungehaltene Geste. Sie würden sich niemals einig werden. Keiner der beiden B'ree würde den anderen davon überzeugen können, dass er im Unrecht war. *Es bringt nichts, hier weiter meine Zeit zu verschwen-*

den, dachte er. »Du sagtest, du würdest mir das Schwert übergeben, wenn ich dich anhöre. Das habe ich getan. Also, wo ist es?«

»Das war noch nicht alles, mein Sohn. Warte hier.«

Sie verließ das Zimmer durch die Geheimtür in der Wand, durch die Keb als Kind häufig geschlüpft war. Diese Zeit erschien ihm nun so fern, als gehörte sie zu einem anderen Leben. Verärgert ließ er sich auf ein Sitzkissen fallen, rieb sich die Stirn und strich sein Haar zurück. Am liebsten wäre es ihm gewesen, wenn Sombre in diesem Moment zur Tür hereingekommen wäre – dann hätte er seine Wut an ihm auslassen und ihn mit seiner Lowa niedermetzeln können. Er hatte sich gefreut, seine Mutter wiederzusehen, aber jetzt konnte er es kaum erwarten, zu den anderen zurückzukehren, damit sie in den Kampf ziehen konnten. Ihm ging durch den Kopf, dass er sie am Viehmarkt womöglich nicht mehr antreffen würde, doch seine Zweifel verflüchtigten sich gleich wieder. Die anderen würden sich nicht ohne ihn auf den Weg machen, davon war er überzeugt.

Als die Königin einige Dezillen später die Geheimtür aufschob, hielt sie zu seiner Erleichterung eine Lederscheide in der Hand. Es konnte sich nur um das Schwert seines Vaters handeln. Schon streckte Keb die Hand danach aus, als Chebree in das Empfangszimmer trat. Sie war nicht allein. Hinter ihr stand noch jemand. Eine Frau.

Lyn'a!

Lähmende Angst überfiel Keb, eine Angst, die sich schon seit einer Weile in seinem Magen zusammengeballt hatte. Seit er wusste, dass Lyn'a im Palast lebte, war ihm mulmig zumute gewesen, und er hatte sich immer wieder gefragt, wie es wohl sein würde, ihr zu begegnen. Erst als Chebree ihn und seine Gefährten in den Salon hatte bringen lassen, war er etwas ruhiger geworden. Bis eben hatte er geglaubt, noch einmal davongekommen zu sein, doch nun riss seine eigene Mutter die alte Wunde wieder auf.

Er rührte sich nicht und wagte kaum zu atmen, während Chebree die Blinde zu den Sitzkissen führte. Drei Jahre waren vergangen, seit Keb sie zuletzt gesehen hatte. Sie war immer noch wunderschön, doch ihr verschleierter Blick, ihre für immer erloschenen Augen erinnerten ihn erbarmungslos an die größte Schuld seines Lebens.

»Was hat sie hier zu suchen?«, herrschte er seine Mutter an. »Ich habe sie verstoßen! Du hast nicht das Recht, sie zu mir zu bringen!«

»Ke... Kebree?«, fragte Lyn'a ungläubig.

Ihre offenkundige Erschütterung brachte Keb noch mehr aus der Fassung. Er wollte seine einstige Geliebte umarmen, auf die Knie fallen und sie um Verzeihung bitten. Aber zugleich konnte er nicht vergessen, was er ihr angetan hatte, und die Vorstellung, von ihr zurückgewiesen zu werden, war unerträglich. Lyn'as Unglück rief ihm in Erinnerung, dass er der Sohn eines grausamen Hexers war, und dieses Schicksal bestimmte ihn dazu, alle Menschen, die er liebte, zu zerstören.

»Kebree, hör mich an«, stammelte Lyn'a den Tränen nah. »Ich bitte dich um nichts, mein Prinz. All die Zeit habe ich geglaubt, du würdest mich verachten. Aber die Königin hat mir gesagt, dass du zurückgekehrt bist, um ...«

»Kein Wort mehr!«, fuhr Keb ihr über den Mund.

Er sprang auf, um ihren Händen auszuweichen, und brach in Tränen aus, als die Blinde über ein Kissen stolperte. Er wollte nicht über die Vergangenheit sprechen. Er konnte seinen Fehler nicht ungeschehen machen, und wenn er sein Leben dafür gab. Doch den Tod schienen die Götter ihm ohnehin nicht zu vergönnen: In den letzten Jahren hatte er keine Schlacht ausgelassen und sich Hals über Kopf in jeden Kampf gestürzt, ohne jemals ernsthaft in Gefahr geraten zu sein.

»Ich bitte dich um nichts«, wiederholte Lyn'a eindringlich. »Ich möchte nur, dass du weißt … Ich empfinde keinerlei Zorn, mein Prinz. Dich trifft keine Schuld. Du bist damals so überstürzt fortgegangen … Ich dachte, du hättest mich verstoßen, weil ich mein Augenlicht verloren hatte. Dabei hätte ich es besser wissen müssen … Ich hätte begreifen müssen, dass du nur aus Reue und Scham geflohen bist …«

»Halt den Mund«, wimmerte er und wünschte, seine Stimme würde fester klingen.

Lyn'a kam näher, und diesmal wich er nicht zurück. Er war zu aufgewühlt, um sich ihr noch länger zu entziehen. Als die Hände seiner einstigen Geliebten sein Gesicht berührten, durchfuhr ihn ein Schauer. Wie zart ihre Haut war, wie gut sie roch! Nicht anders als damals …

All die Gefühle und Erinnerungen, die er tief in sich vergraben hatte, stürzten auf ihn ein. War das möglich? Konnte er sich so sehr geirrt haben? Lyn'a schien ihn nicht zu hassen, ja nicht einmal zu verachten. Aber hatte Chebree ihr vielleicht nur von seiner Scham und Reue erzählt, um ihn zum Bleiben zu zwingen?

Während Lyn'a behutsam sein Gesicht abtastete, kam Keb ein furchtbarer Verdacht. Vielleicht hatte die Königin die ganze Zeit über gewusst, dass Lyn'a ihn noch liebte. Als Keb die Blinde kurz nach dem Unglück verstieß, hatte ihm seine Mutter versichert, er tue das Richtige. Sie hatte ihm auch davon abgeraten, sich öffentlich zu seiner Schuld zu bekennen. Während er sich Lyn'as einfach nicht mehr würdig gefühlt hatte, glaubte seine Geliebte seit drei Jahren, er habe sie wegen ihrer Blindheit verstoßen.

So viel verlorene Zeit, nur weil er sich ihr nicht anvertraut hatte!

»Verzeih mir«, murmelte er und zog ihren schmalen Körper an sich. »Bitte verzeih mir …«

Während er und Lyn'a sich unter Tränen umarmten, kam ihm Eryne in den Sinn, und mit einem Mal ging ihm auf, welch unüberwindliche Kluft ihn von der Lorelierin trennte. Er bewunderte ihre Schönheit, ihre innere Stärke und ihren Mut, weil diese Eigenschaften genau das waren, was er an Lyn'a geliebt hatte. Und dann war da auch noch die unverhoffte Aussicht gewesen, Vater zu werden. Aber nun bewiesen die Götter, dass es tatsächlich so etwas wie Gerechtigkeit gab. Vielleicht hatten sie es ja doch verdient, gerettet zu werden.

»Verzeih mir, verzeih mir …«, stammelte er immer wieder. »Ich werde dich nie mehr verlassen. Nie mehr!«

Nach diesem Versprechen nahm er ihr Gesicht in die Hände und küsste sie mit aller Zärtlichkeit, deren er fähig war. Am liebsten hätte er sie nicht wieder losgelassen. Doch er spürte, wie die Geliebte zurückwich, und öffnete die Augen: Chebree zog Lyn'a von ihm fort. Sie hatte die junge Frau am Arm gepackt und hielt ihm mit der anderen Hand das Schwert hin.

»Entscheide dich«, sagte sie mit einem siegessicheren Grinsen. »Beide kannst du nicht haben! Willst du mit diesen Fremden in den Tod gehen oder im Kreise derjenigen, die dich lieben, ein glückliches Leben führen? Willst du als Geächteter durch die Welt irren oder auf der Seite der Sieger stehen und den Thron besteigen?«

Keb zögerte keinen Moment. Er trat zu Lyn'a, lehnte seine Stirn an ihre und küsste sie zärtlich auf die Lippen. Auf dem Gesicht der Königin zeichnete sich Triumph ab, doch ihre Züge erstarrten, als Keb einen Schritt zur Seite machte und das Schwert packte.

»Ich entscheide mich gegen ein Leben in Knechtschaft«, sagte er. »Verzeih mir, Mutter. Gib gut auf Lyn'a Acht und versuch, Sombres Heer so lange wie möglich hinzuhalten, um uns etwas Aufschub zu verschaffen. Wir kümmern uns um den Rest.«

Er küsste beide zum Abschied und schritt entschlossen zur Tür. »Jetzt habe ich noch einen weiteren Grund, für unsere Freiheit zu kämpfen«, rief er über die Schulter. »Ich werde mein Versprechen halten.«

Mit dem strahlenden Lächeln seiner Geliebten vor Augen lief er durch den Palast. Seine Mutter verfluchte seine Entscheidung, das wusste er, aber es kümmerte ihn nicht. Sie hatte ihn wieder mit Lyn'a zusammengebracht. Wenn Sombre erst besiegt war, würden sie sich schon wieder versöhnen.

Nachdem er das Tor in der äußersten Festungsmauer durchschritten hatte, rannte er los. Zum ersten Mal seit langem hatte er das Gefühl, erst dreiundzwanzig Jahre jung zu sein. Sein ganzes Leben lag vor ihm. Als er seine Freunde unter dem offenen Dach des Viehmarkts erblickte, wurde ihm warm ums Herz.

Ihre verrückte kleine Schar kam ihm mit einem Mal unbesiegbar vor. Was machte es schon, dass sie aus lauter Grünschnäbeln und alten Leuten bestand?

Als er den Erben mit einem breiten Grinsen entgegenlief, schwenkte er das Schwert über dem Kopf – jenes Schwert, mit dem sein Vater getötet worden war.

Während die Erben auf Kebs Rückkehr warteten, wurde Zejabel immer unruhiger. Immer wieder musste sie an das Gespräch am Ufer des Flüstersees im Jal'karu zurückdenken, bei dem Keb ihr anvertraut hatte, dass er ihre Suche für sinnlos hielt. Falls er beschloss, nicht zu den Erben zurückzukehren, würde Zejabel ihn vermissen – nicht nur, weil er ein geschickter Kämpfer war, sondern auch, weil sie dann die Einzige wäre, die nicht von den weisen Gesandten abstammte. Warum ihr diese Aussicht missfiel, wusste sie selbst nicht so recht.

Ihre Befürchtungen schmolzen dahin wie Schnee in der Sonne, als der Krieger mit dem Schwert in der Hand zurückkehrte. Kebs Augen waren gerötet, aber die anderen waren so taktvoll, ihn nicht darauf anzusprechen, zumal er von neuem Tatendrang erfüllt schien. Er sah aus, als gedachte er alle Dämonen der Welt mit bloßen Händen zu erwürgen.

Obwohl sie sich ebenso sehr über Kebs Rückkehr freuten wie die anderen, dankten Grigán, Amanón, Rey und Nolan dem Wallatten mit feierlicher Zurückhaltung für seine Treue. Niss und Bowbaq hingegen begrüßten ihn sehr viel überschwänglicher. Zwischen dem alten Arkarier und dem wallattischen Krieger hatte sich mit der Zeit eine tiefe Freundschaft entwickelt, und so zog Bowbaq ihn in eine seiner berüchtigten Umarmungen, die einem fast die Rippen brachen. Auch Yan, Cael, Léti, Corenn, Lana und Zejabel umringten Keb und redeten eifrig auf ihn ein. Nur Eryne blieb im Hintergrund. Nach einer Weile trat Keb zu ihr, reichte ihr das Schwert und verneigte sich mit einem Augenzwinkern.

»Freunde?«, fragte er bittend.

Eryne sah ihm nachdenklich in die Augen, bevor sie nickte und ihm ein wissendes Lächeln schenkte. Sie nahm die Waffe entgegen, schnitt eine Grimasse, als sie ihr Gewicht spürte, und reichte sie an ihren Vater weiter.

Reyan zog das Schwert halb aus der Lederscheide, um sich die Klinge anzusehen, und übergab es dann Zejabel, die es ebenfalls ausführlich untersuchte. Leicht enttäuscht stellte sie fest, dass es sich um ein gewöhnliches Schwert handelte. Es war zwar sorgsam gepflegt, geölt und die Klinge geschliffen, aber konnte diese Waffe tatsächlich einen Dämon töten?

»Es ist Saats Schwert«, bestätigte Léti. »Ich erinnere mich noch an jede Einzelheit unseres Kampfs gegen den Hexer. Hätte ich geahnt, wie mächtig diese Waffe ist, hätte ich sie damals nicht zurückgelassen.«

Sie reichte das Schwert an Yan weiter, und er schloss die Augen, um sich zu konzentrieren.

»Nur das Heft besteht aus Gwel«, sagte er schließlich. »Saat hat es mit magischen Kräften versehen, aber ohne sie auszuprobieren, kann ich nicht sagen, welche das sind. Vermutlich muss man nicht einmal Magier sein, um sie zu gebrauchen.«

»Darüber können wir uns später Gedanken machen«, sagte Grigán. »Wir sollten jetzt aufbrechen. Bald geht die Sonne unter, und vermutlich werden die Stadttore nachts geschlossen.«

Als Keb nickte, gingen alle zu den Pferden hinüber. Sie hatten bereits fünf Tiere ausgesucht, die sie zurücklassen wollten. Sicher würde sich der nächste zufällige Passant freuen, unverhofft fünf herrenlose Pferde zu finden.

»Wartet! Einer von euch muss das Schwert nehmen«, sagte Yan. »In meinen Händen ist es nutzlos.«

Amanón, Cael, Eryne, Niss und Nolan wechselten stumme Blicke. Wenn zutraf, was sie im Laufe ihrer Reise herausgefunden hatten, war einer von ihnen fünf der Erzfeind. Doch keiner fühlte sich dieser Aufgabe gewachsen.

»Erinnert ihr euch an Usuls Prophezeiung?«, meinte Nolan nachdenklich. »Vielleicht entscheidet sich so, wer der Erzfeind ist. Vielleicht ist es der Schwertträger.«

Die Erben erstarrten. Keiner wagte mehr, sich zu rühren, und selbst Yan blieb auf Abstand, um nicht versehentlich eine Entscheidung zu erzwingen.

»Ich würde viel dafür geben, der Erzfeind zu sein«, knurrte Grigán. »Ich zweifle nicht an eurem Mut, aber es würde mir nicht schlecht gefallen, Sombre eigenhändig den Kopf abzuschlagen.«

»Geht mir genauso«, pflichtete ihm Keb bei. »Ich würde ihn gern ein für alle Mal erledigen.«

Ihre Beteuerungen machten den fünf die Sache nicht leichter. Zejabel konnte sich gut vorstellen, welche Seelenqualen sie litten. Keiner wollte die schwere Bürde auf sich nehmen, zumal sie nicht sicher sein konnten, wer der wahre Erzfeind war.

Als sich das Schweigen in die Länge zog, trat Zejabel zu Yan und nahm ihm die Waffe ab. Sie konnte das Zögern ihrer Gefährten nicht länger mit ansehen und fürchtete außerdem, Nolan könnte sich bemüßigt fühlen, den Märtyrer zu spielen.

»Bis sich herausstellt, wer der Erzfeind ist, werde ich das Schwert tragen«, sagte sie bestimmt. »Noch weiß Sombre nicht, wo wir sind. Kein Sterblicher wird es mir abnehmen können, ohne mich zu töten. Und das werde ich zu verhindern wissen.«

Die älteren Erben warfen sich fragende Blicke zu, während ihre Kinder erleichtert aufseufzten. Da niemand einen besseren Vorschlag hatte, blieb es dabei, und nur wenige Dezillen später brachen sie auf. Sie ritten auf demselben Weg aus der Stadt, auf dem sie sich kaum einen Dekant zuvor dem Palast der B'ree genähert hatten.

Zejabel band das Schwert vor sich an den Sattel. Immer wieder wanderte ihr Blick zu ihm hin. *Für diese Waffe würde Zuïa ihre halbe Insel geben,* dachte sie jedes Mal. *Die Dämonin wäre überglücklich, sie Sombre zu überreichen und sich so seine Gunst zu sichern.* Nichts hätte Zejabel mehr anspornen können, die Waffe mit ihrem Leben zu verteidigen. Sie legte den stummen Schwur ab, das Schwert zu hüten, soweit es in ihrer Macht stand, bis es gebraucht würde und in die richtigen Hände gelangte. Wann auch immer dieser Moment kommen mochte.

Keb führte sie zu einer kleinen Höhle an einem Berghang, kaum drei Dezimen zu Pferd von Wallos entfernt. Als sie den Fuß der Anhöhe erreichten, war die Sonne längst untergegangen, doch er kannte den Weg blind, und so kamen sie trotz der Dämmerung gut voran. Keb erzählte, dass er manchmal dort übernachtete, wenn er allein auf die Jagd ging. Seine Geschichten erinnerten Niss an ihren Vater Prad, und sie dachte wehmütig an ihre Eltern, ihre Großmutter und ihre Cousins. Sie ahnten nicht, dass bald ein Heer nahezu unbesiegbarer Dämonen die bekannte Welt heimsuchen würde. Die Lemuren würden wohl kaum an den Grenzen des Großen Kaiserreichs haltmachen. Niss befürchtete, dass zumindest einige bis nach Arkarien vordringen und dort großes Unheil anrichten würden.

Grigán ritt als Späher voraus und kehrte bald darauf zurück, um zu berichten, dass die Höhle verlassen war. Sie hätten nichts dagegen gehabt, auf ein paar wallattische Aufständische zu stoßen, aber in diesen unsicheren Zeiten trieb sich in den Bergen um Wallos allerlei anderes Gesindel herum: Söldner, Plünderer und Spitzel aus verschiedenen Königreichen. Zumindest was Sombres Ungeheuer anging, konnte Eryne die anderen beruhigen: Die künftige Göttin nahm in der näheren Umgebung keine unsterblichen Wesen wahr.

Niss fand es zwar ziemlich gefährlich, so nah der Hauptstadt zu lagern, aber wenn sie in der Dunkelheit weiterritten, konnten sie jederzeit in einen Hinterhalt ihrer Feinde geraten. Davon abgesehen brauchten die Pferde eine Rast, denn sie waren seit dem Morgengrauen unterwegs. Und nicht zuletzt mussten sich die Erben erst einmal einig werden, wohin es als Nächstes gehen sollte. Beim Absitzen dachte Niss, dass sie in der Höhle eine Entscheidung treffen würden, von der letztlich die Zukunft der Menschheit abhing. Und sie selbst würde ihren Teil dazu beitragen. In der Höhle war es kalt und zugig, leichter Modergeruch lag in der Luft. Nachdem sie sich durch einen schmalen Spalt gezwängt hatten, standen sie in einem natürlichen Saal, dessen Decke sich in der Finsternis verlor. Amanón entzündete eine Laterne und stapfte über den unebenen Boden, um die Grotte in Augenschein zu nehmen. Der Saal war gerade groß genug, um den vierzehn Gefährten Platz zu bieten.

Ihre Schritte hallten von den Wänden wider, und Niss trat lieber wieder hinaus ins sanfte Abendlicht und die abklingende Wärme des Tages. Reyan, Cael und Zejabel hatten vor dem Eingang gewartet, und Léti und Yan sattelten mit routinierten Handgriffen die Pferde ab. Dann ließen sie sie frei, damit sie in der Ebene grasen konnten. Auf den umliegenden Hügeln wuchs saftiges Gras, und nicht weit entfernt gab es einen kleinen Bachlauf, wo die Tiere ihren Durst stillen konnten.

Anschließend kümmerten sich die Erben um ihr eigenes leibliches Wohl. In der Höhle konnten sie kein Feuer entzünden, da es keinen Rauchabzug gab, und draußen wären die Flammen weithin zu sehen gewesen. So begnügten sie sich mit einem kalten Mahl unter dem funkelnden Sternenhimmel. Reyan und selbst Keb machten ein paar Scherze, aber sie waren die Einzigen, die genug Energie dafür aufbrachten. Die anderen waren todmüde und wurden von Ängsten geplagt. Schließlich kam Corenn auf das zu sprechen, was sie alle beschäftigte.

»Chebree zufolge wird Sombre seine Lemuren schon in einer Dekade gegen Goran führen«, sagte sie rundheraus. »Uns bleibt nicht viel Zeit, wenn wir versuchen wollen, ihn aufzuhalten.«

»Ich wüsste nicht, was wir tun könnten, Freundin Corenn«, murmelte Bowbaq. »Selbst tausend Krieger könnten es nicht mit einer ganzen Armee von Dämonen aus dem Karu aufnehmen.«

»Ganz einfach – wir müssen der Bestie den Kopf abschlagen«, warf Reyan ein. »Ohne Sombre kein Angriff auf Goran. Um die Lemuren kümmern wir uns später.«

»Du setzt einfach so voraus, dass wir Sombre besiegen können«, empörte sich Grigán. »Und welches unserer Kinder willst du dem Dämon opfern? Das ist viel zu gefährlich. Wir haben keine Ahnung, was uns erwartet, während Agénor ihren Schützling seit Monden, wenn nicht seit Jahren auf diesen Kampf vorbereitet. Wir können nicht einfach drauflosstürmen, ohne wenigstens ansatzweise einen Plan zu haben. Einen Hoffnungsschimmer, irgendetwas, woran wir uns klammern können.«

Niss gab sich einen Ruck. Cael saß neben ihr, und sie griff nach seiner Hand, um sich zu vergewissern, dass er immer noch einverstanden war. Der Junge zitterte am ganzen Leib, aber sie durften den anderen nicht länger vorenthalten, was sie sich zurechtgelegt hatten.

»Wir haben einen Plan«, sagte sie. »Na ja, eigentlich ist es mehr eine Idee.«

Das gespannte Schweigen der anderen machte ihr Mut. Niss wartete kurz, ob Cael oder seine Großtante Corenn übernehmen wollten, doch als sie schwiegen, sprach sie weiter. »Cael, Corenn und ich hatten im Jal ein langes

Gespräch, nachdem Eryne aufgewacht war. Vielleicht habt ihr ja auch schon darüber nachgedacht: Der Einzige, der stark genug ist, um Sombre zu besiegen, ist Caels innerer Dämon. Er hat schon einmal bewiesen, dass er einen Gott töten kann, schließlich ist Usul von seiner Hand gestorben. Und da Sombre ihn nach seinem Ebenbild geformt hat, verfügt Caels anderes Ich vermutlich über ähnliche Kräfte wie sein Schöpfer.«

Beim Sprechen ließ Niss Caels Hand nicht los. Der Junge zitterte immer noch, und seine Haut war von kaltem Schweiß bedeckt. Sie wusste, dass er schreckliche Angst hatte, und hätte ihm diese Tortur am liebsten erspart, aber vielleicht war das der einzige Weg, ihn zu heilen. Vielleicht konnten sie die Stimme in seinem Kopf für immer zum Schweigen bringen. Vielleicht würde Cael zum Helden werden, auch wenn er jetzt noch nicht daran glaubte. Und vielleicht würden sie dann endlich ohne Angst in die Zukunft blicken können.

»Das hat uns auf folgende Idee gebracht: Caels innerer Dämon fordert Sombre zum Kampf heraus«, fuhr sie fort. »Mit unserer Hilfe natürlich! Anschließend gebrauche ich meine Erjak-Kräfte, um den Dämon zurückzudrängen und Caels wahres Ich hervorzuholen. Das ist mir schon zweimal gelungen. Ich kann es wieder tun!«

Sie hatte zwar nicht mit begeistertem Applaus gerechnet, aber auch nicht mit eisigem Schweigen. Selbst Corenn, deren Idee das Ganze gewesen war, kam ihr nicht zu Hilfe, sondern saß nur reglos da.

»Das ist viel zu gefährlich«, sagte Amanón schließlich. »Ich zweifle nicht an euren Fähigkeiten, aber …«

»Ich bin froh, dass ich nicht die Einzige bin, die die

Idee völlig verrückt findet«, fiel Léti ihm ins Wort. »Tante Corenn, ist dir klar, was du da vorhast? Du willst meinen Sohn dem Dämon ausliefern?«

»Niemand wird hier zu irgendetwas gezwungen«, entgegnete Corenn. »Wir haben nur ein paar Möglichkeiten durchgespielt. Noch ist nichts beschlossen.«

Plötzlich spürte Niss, wie sich Cael versteifte. Er umklammerte ihre Hand wie ein Ertrinkender ein Stück Holz.

»Ich würde uns gern von dem Dämon befreien«, sagte er mit rauer Stimme. »Ich wäre froh, wenn es so einfach wäre, aber ich habe Angst vor dem, was danach kommt. Nach unserem Sieg über Sombre. Die Stimme in meinem Kopf könnte mich dazu anstacheln, schreckliche Dinge zu tun.«

»Zumal du in diesem Moment das Schwert in der Hand halten wirst«, warf Reyan ein. »Wenn es niemandem gelingt, dich zur Besinnung zu bringen ...«

Er ließ den Satz unvollendet, um Cael nicht noch mehr zuzusetzen. Niss konnte sich mühelos vorstellen, was in einem solchen Fall geschehen würde. Sie hatte die Anfälle des Jungen häufig genug miterlebt und kannte seine rasende Wut, seine Grausamkeit und den unstillbaren Drang, seine Überlegenheit zu beweisen. Falls es ihr nicht gelang, den Dämon wieder in sein geistiges Gefängnis zu verbannen, würden die Erben es im Grunde mit einem zweiten Sombre zu tun haben. Und aus Angst, Cael zu verletzen, würden sie nicht wagen, ihn anzugreifen.

Wieder einmal hatte Niss das Gefühl, dass ihr Schicksal und das von Cael auf unheilvolle Weise miteinander verbunden waren. Seit ihrem ersten Kampf im Hafen von Lorelia ließ sie dieser Gedanke nicht mehr los. Jetzt aber wusste sie, was sie zu tun hatte … Es war, als hätte sie die Vision der Undinen mit eigenen Augen gesehen, als hätten die Feuerschlangen auch ihr enthüllt, wie der Kampf gegen Sombre verlaufen würde.

»Cael kann nicht der Erzfeind sein«, beharrte Léti, blind vor Sorge um ihren Sohn. »Er ist … Er gehört nur zur Hälfte zu den Erben! Yan stammt nicht von den weisen Gesandten ab!«

Sie strich ihrem Mann entschuldigend übers Haar. Yan nahm ihre Hand und sah sie mitfühlend an. Er war nicht beleidigt, wusste aber ebenso gut wie alle anderen, dass Léti Unrecht hatte. Cael erfüllte die Bedingungen, die die Undinen in ihrer Prophezeiung genannt hatten, nicht weniger als Nolan, Eryne, Amanón oder Niss: »Für alle Zeiten wird ein *einziger* Sterblicher eine *einzige* Chance haben, Sombre zu besiegen. Es wird einer Euer Nachkommen sein, und er wird der Erzfeind genannt werden. Von seinem Sieg hängt der Anbruch des Zeitalters der Harmonie ab.«

»Aber es ist und bleibt zu gefährlich«, setzte Grigán der Diskussion ein Ende. »Vielleicht kommt Caels innerer Dämon im entscheidenden Moment gar nicht zum Vorschein. Das Risiko können wir nicht eingehen. Eure Idee ist nicht ausgereift.«

Niss nickte enttäuscht. Sie war fest überzeugt, dass ihr Plan gelingen könnte. An Mut fehlte es Cael jedenfalls nicht. Wenn er Angst hatte, dann nur um seine Gefährten, nicht um sich selbst. Sie beugte sich vor und küsste ihn auf die Wange, um ihm zu danken. Gleich darauf hörte er auf zu zittern, und für einen Augenblick durchströmte Niss ein warmes Gefühl.

»Aber was tun wir dann?«, fuhr Nolan fort. »Wir können nicht tatenlos zusehen, wie Sombre über Goran herfällt. Wir dürfen nicht einfach aufgeben.«

»Wir könnten uns alle gleichzeitig auf ihn stürzen«, schlug Keb vor. »Erzfeind hin oder her, einer von uns wird ihm schon einen tödlichen Schlag verpassen. Mir ist es völlig gleich, wem diese Ehre zukommt, und ich vermute, euch geht es nicht anders.«

»Er wird die meisten von uns töten, bevor wir auch nur in seine Nähe gelangen«, widersprach Yan. »Als ich ihn in seinem Mausoleum aufsuchte, hat er bewiesen, wie weit seine Kräfte reichen. Und Grigán und Bowbaq haben erlebt, wie wandlungsfähig er ist.«

Die beiden Männer nickten finster. Niss hatte in Corenns Tagebuch davon gelesen und erinnerte sich noch gut an die Geschichte. In Junin hatte ihr Großvater gegen einen Avatar des Dämons gekämpft, eine aus bloßen Gedanken erschaffene und doch unglaublich grauenvolle Kreatur, die sich nach Belieben Arme oder Krallen hatte wachsen lassen.

»Das war's dann also?«, rief Keb empört. »Und was ist mit dem Zeitalter von Ys und diesem ganzen Zeug? Was ist mit den Lemuren, die wenige Meilen von hier auf ihren Einsatz warten? Wir geben einfach auf?«

»Wenn du eine bessere Idee hast, heraus damit«, sagte Grigán zähneknirschend. »Wenn nicht, halt den Mund und denk nach.«

»Ich wüsste vielleicht etwas«, meinte Yan vorsichtig.

Mehr musste er nicht sagen, um alle Blicke auf sich zu

ziehen. Niss spürte ein Kribbeln im Nacken. Caels Vater war bekannt für seine glänzenden Einfälle.

»Gegen ein ganzes Heer Lemuren können wir nichts ausrichten, aber wir könnten versuchen, ihren Vormarsch zu verzögern oder ihnen gar den Weg abzuschneiden. Dazu müssten wir den Tunnel unter dem Rideau zum Einsturz bringen, bevor sie ihn durchqueren.«

Er sah die anderen reihum fragend an und wartete auf Zustimmung, Ablehnung oder Gegenvorschläge. Nach kurzem Schweigen redeten alle aufgeregt durcheinander, und mit der Zeit wurde aus der Idee ein ausgeklügelter Plan.

Niss lauschte der Diskussion mit einem Lächeln, während sie immer noch Caels Hand hielt. Sie hatte sich in ihren Gefährten nicht getäuscht.

Auch wenn Eryne angst und bange wurde, musste sie zugeben, dass Yans Vorschlag der bislang beste war. Also bemühte sie sich um Zuversicht und versuchte, die Panik niederzukämpfen, die in ihr aufstieg. Wenn ihr Plan aufging, gewannen die Erben kostbare Zeit, um sich auf den Kampf gegen Sombre vorzubereiten. Und sie würden Tausenden Menschen das Leben retten, zumindest, bis die Lemuren einen anderen Weg nach Goran fanden.

Nach allem Zögern und Zaudern war es nun an der Zeit, zur Tat zu schreiten. Die Erben würden früh am nächsten Morgen aufbrechen und auf das Gebirge zureiten. Noch bevor sie Sombres Mausoleum erreichten, wollten sie die Pferde zurücklassen und zu Fuß Richtung Tunnel weitergehen. So würden sie hoffentlich rechtzeitig merken, wenn ihnen Lemuren oder andere Feinde auflauerten. Dann würden sie durch die Finsternis zur Heiligen Stadt marschieren und in regelmäßigen Abständen die Tunneldecke hinter sich zum Einsturz bringen.

Bei diesem Teil des Plans mussten die Erben besondere Vorsicht walten lassen, um nicht selbst unter den Geröllmassen begraben zu werden. Yan und Corenn hatten vor, ihren magischen Willen auf brüchige Stellen im Fels und auf die von Saats Sklaven errichteten Stützen zu richten, natürlich, ohne sich und die anderen zu gefährden. Obwohl die beiden Magier davon überzeugt waren, es schaffen zu können, kam Eryne nicht umhin, an die finsteren Gänge des Karu zu denken, die sich von selbst schlossen. Als künftige Göttin würde sie zwar nicht sterben, falls sie unter der Erde begraben würden, aber allein der Gedanke war so grauenvoll, dass sie ihn schnell beiseiteschob.

Aber vorher wollten sie die Aufständischen um Unterstützung bitten. Kebree bestand darauf, die Wallatten an ihrer Befreiung zu beteiligen. Er sah darin eine einmalige Gelegenheit, ihnen die Ehre zurückzugeben, die sie verloren hatten, als sie sich Saat unterwarfen. Grigán widersetzte sich der Idee zunächst heftig, da er lieber so unauffällig wie möglich vorgegangen wäre, aber schließlich ließ er sich von seiner Frau und seinem Sohn überzeugen. Eine Eskorte kampferprobter Krieger könnte ihnen das Leben retten, falls sie auf eine Schar Lemuren stießen, und außerdem konnten die Erben jede helfende Hand gebrauchen, wenn sie im Tunnel die Decke zum Einsturz brachten oder einen Durchgang freischaufeln mussten. Nachdem Grigán Keb den Schwur abgenommen hatte, dass seine Männer mutige Krieger waren, die ihm blind gehorchten, gab er widerwillig sein Einverständnis.

Keb schrieb einige dicht gedrängte Zeilen auf zwei Pergamentfetzen, befestigte diese an den Füßen ihrer Brieftauben und warf die Vögel in die Luft. Niemand wusste, ob die Tauben auch nachts flogen oder ob sie sich nicht irgendwo auf einem Ast niederlassen würden, um auf den Morgen zu warten, aber es kam auf jede Dezime an.

Eryne bewunderte Keb dafür, wie er sich für sein Volk einsetzte, auch wenn ihr immer deutlicher bewusst wurde, wie unterschiedlich sie waren. Nie würde sie vergessen, wie gut ihr seine Liebkosungen an jenem Abend getan hatten, als sie sich – beschwingt von ein paar Bechern Wein – ganz einfach menschlich und begehrenswert hatte fühlen wollen. Doch mittlerweile hatte Keb ihr zu verstehen gegeben, dass er Freundschaft und keine Liebe für sie empfand, und so konnte sie sich endlich ganz ihren Gefühlen für Amanón hingeben.

Sie musste nur die Augen schließen, um sich jene Augenblicke in Erinnerung zu rufen, in denen sie von Zärtlichkeit und Leidenschaft für ihn erfüllt gewesen war. Augenblicke, die in jener Nacht in der Scheune gegipfelt hatten, nachdem ein paar Kerle ihr beinahe Gewalt angetan hatten. Damals hatte sie eine ganz neue Seite an dem sonst so besonnenen Amanón entdeckt: In seinen Adern floss das Blut eines Ramgrith, der keinen Kampf scheute und keine Gnade walten ließ, wenn es darum ging, die Seinen zu beschützen. Nie würde Eryne vergessen, wie erbarmungslos Amanón ihre Angreifer niedergemetzelt hatte. Und sie hatte gewollt, dass er die Rohlinge tötete. Als sie später in seinem Bett erwacht war, in das Amanón sie fürsorglich und nun wieder voller höflicher Zurückhaltung gebettet hatte, war ihr Begehren entflammt.

Offenkundig erwiderte er ihre Gefühle, und sie vermutete, dass er auch ihre Zweifel teilte. Er musste sich ebenfalls fragen, wer der Vater ihres Kindes war und was aus ihr und dem Säugling würde, wenn ihre Entwicklung zur Göttin vollendet war. Vielleicht würde sie diesen Tag ohnehin nicht mehr erleben … Womöglich waren die Erben schon in der nächsten Dekade tot. Schließlich hatte Nolan im Karu diese grauenvolle Vision gehabt! Was brachte es da noch, Zukunftspläne zu schmieden? Durfte sie Amanón im Angesicht des Todes ihre Liebe gestehen?

Eryne beschloss, ihre Gefühle zu verschweigen, um es ihm nicht noch schwerer zu machen. Sie versuchte sich einzureden, dass alles gutgehen würde, dass die Erben Sombre besiegen würden, dass sie weiterhin ein Mensch bleiben würde und ihre Eltern und Freunde mit dem Leben davonkämen. Doch vorerst wollte sie Amanón keinen zusätzlichen Kummer bereiten.

Als Kebree zu ihr trat und sagte, er müsse mit ihr reden, stieß sie einen tiefen Seufzer aus.

Offenbar hatte er gewartet, bis sich die meisten zum Schlafen in die Höhle zurückgezogen hatten. Eryne hätte ihm die Bitte am liebsten abgeschlagen. Sie fürchtete, Keb würde ihr doch seine Liebe gestehen, obwohl er ihr in Wallos die Freundschaft angetragen hatte. Aber da ihr keine Ausrede einfiel, nickte sie widerstrebend.

Keb reichte ihr die Hand, half ihr hoch und zog sie mit sich. Zu ihrem Erstaunen ging er auf Amanón zu.

Der Kaulaner hatte die Szene aufmerksam verfolgt. Er bedachte Keb mit einem derart finsteren Blick, dass Eryne schon Angst bekam, die beiden Männer würden aufeinander losgehen. Beunruhigende Gedanken schossen ihr durch den Kopf. Wollte Keb ein für alle Mal Klarheit schaffen? Würde er sie zwingen, sich zwischen ihnen zu entscheiden? Wollte er Amanón vielleicht gar zum Duell herausfordern? Man musste nicht aus einem Kriegervolk stammen, um auf eine solche Idee zu verfallen. Selbst in Lorelia kam das häufig vor!

Doch Keb wirkte alles andere als kämpferisch. Er bat Amanón lediglich mitzukommen, und dieser folgte ihm mit gerunzelter Stirn. Auch er fragte sich gewiss, was Keb von ihnen wollte, nicht anders als die Erben, die noch wach waren und den dreien neugierig nachsahen.

Weit gingen sie nicht. Nach kaum zehn Schritten blieb Keb stehen und wandte sich zu seinen Gefährten um. Zu ihrer Beruhigung erkannte Eryne, dass er eher verlegen als grimmig dreinblickte. Er schien nicht vorzuhaben, ihr eine Szene zu machen oder Amanón zu beleidigen.

»Im Palast meiner Mutter bin ich jemandem begegnet. Einer Frau. Sie heißt Lyn'a'min und ist eine entfernte Verwandte von Gors dem Zimperlichen, dem einstigen König der wallattischen Klans.«

»Hat sie dich gesehen?«, fragte Amanón besorgt. »Kann man ihr vertrauen?«

»Dafür bürge ich mit meinem Leben. Wir waren zwei Jahre lang verlobt. Eigentlich sollte ich längst verheiratet sein«, fügte er grinsend hinzu.

Erleichterung überkam Eryne. Sie ahnte, was der Prinz ihnen anvertrauen wollte, und um ihn zu ermutigen, schenkte sie ihm ein strahlendes Lächeln – ein rein freundschaftliches Lächeln.

»Sie ist blind«, fuhr Keb fort. »Und zwar durch mein Verschulden. Eines Tages gingen wir in der Nähe der Grenze spazieren und stießen auf eine Bande Tuzeener. Sie hatten uns noch nicht gesehen, und ich wollte sie unbedingt in die Flucht schlagen, obwohl Lyn'a mich anflehte, Verstärkung zu holen. Doch ich hörte nicht auf sie, sondern marschierte geradewegs auf die Tuzeener zu und brüllte sie an, dass sie verschwinden sollten. Sie waren zu viert und stürzten sich ohne Vorwarnung auf uns. Ich konnte sie zur Strecke bringen, aber Lyn'a wurde am Kopf getroffen und verlor die Besinnung. Als sie am nächsten Tag in ihrem Dorf erwachte, war sie blind, und ich stahl mich wie ein Feigling davon, weil ich glaubte, sie würde mir niemals verzeihen.«

Erynes Lächeln gefror. Nun verstand sie, warum er sich oft so rüpelhaft aufführte – er trug eine große Schuld mit sich herum. Sie hatte die ganze Zeit geglaubt, er leide darunter, Saats Sohn zu sein. Doch das Unglück seiner Verlobten musste noch viel schwerer auf seinem Gewissen lasten, hatte doch sein eigenes Tun zu der Tragödie geführt.

»Ich habe mir drei Jahre des Glücks entgehen lassen«, sagte Keb kopfschüttelnd. »Lyn'a liebt mich offenbar immer noch, das hat sie mir heute deutlich gemacht. Ihretwegen habe ich beschlossen, bis zum bitteren Ende an eurer Seite zu kämpfen. Sollte sie ihr Augenlicht eines Tages zurückgewinnen, möchte ich nicht, dass sie eine Welt erblickt, die von einem Dämon beherrscht wird!«

Bei diesen Worten sah er Eryne in die Augen, und sie erwiderte seinen Blick voller Zuneigung.

»Ich freue mich aufrichtig für dich, Kebree. Und ich wünsche euch beiden, dass ihr bald wieder vereint seid.«

Sie wagte nicht, Amanón anzusehen. Wie nahm er die Neuigkeit auf, dass Keb und er nun keine Nebenbuhler mehr waren?

»Das ist noch nicht alles«, murmelte Keb. »Ich muss euch noch etwas sagen. Ihr werdet sicher wütend sein, weil ich es so lange verschwiegen habe, aber ich musste erst in Ruhe darüber nachdenken und mich mit der Sache abfinden. Lyn'a wiederzusehen, hat mir sehr geholfen.«

Eryne erstarrte, und auch Amanón stand stocksteif da. Kam jetzt die schlechte Nachricht, nachdem Keb ihnen von seinem wiedergefundenen Glück berichtet hatte? Welches Geheimnis hütete er?

»Wisst ihr noch, als wir uns im Karu fragten, ob der Biss der Undinen gefährlich sei? Ich bin kurz vor Nolan ans Ufer des Flüstersees getreten, und auch ich hatte eine Vision.«

»Was für eine Vision?«, fragte Amanón nervös. »Noch ein Unglück? Eine weitere Katastrophe?«

Ein leises Lächeln erschien auf Kebs Lippen und weitete sich zu einem breiten Grinsen aus. »Das müsst ihr selbst entscheiden«, sagte er mit einem Augenzwinkern. »Jedenfalls haben mir die Undinen offenbart, dass ich nicht der Vater eines gewissen Kindes bin. Was ihr damit anfangt, überlasse ich euch.«

Er wandte sich ab und stapfte zurück zur Höhle, doch Eryne bemerkte es schon nicht mehr. Tränen verschleierten ihr die Sicht, und ihr wurde ganz schwindelig. Als Amanón nach einer Weile wagte, sie behutsam mit den Fingerspitzen zu berühren, durchzuckte es sie wie ein Blitz. Im nächsten Moment fiel sie Amanón um den

Hals, und als sie einander zärtlich und schüchtern zu küssen begannen, schmeckten sie das Salz ihrer Tränen, die sich auf ihren Lippen vermischten.

Die ganze Nacht konnten sie nicht voneinander lassen. Sie legten keinen Treueschwur ab, offenbarten einander nicht ihre Liebe und sprachen nicht von der Zukunft. Da es in der Höhle keinen Winkel gab, an dem sie allein sein konnten, hielten sie einander einfach nur im Arm und waren froh und dankbar, dem Schicksal, das es nicht immer gut mit ihnen meinte, ein paar kostbare Augenblicke des Glücks abzuringen.

Während sie in der zugigen Höhle in einem fremden Land auf der nackten Erde lag, dachte Eryne, dass sie sich noch nie so wohlgefühlt hatte. Die einstige lorelische Hofdame hätte allen Schmuck, alle Kleider, alle Paläste der Welt und auch ihre göttliche Unsterblichkeit dafür gegeben, jede Nacht in den Armen ihres Geliebten einschlafen zu dürfen.

Mit einem wilden Triumphgeheul, das noch in den hintersten Winkeln des Palasts zu hören war, erwachte er aus seinem Dämmerschlaf. Doch keine Wachen und keine Diener eilten herbei, um nach ihm zu sehen. Die Palastbewohner hatten sich längst an die Schreie des Dämons gewöhnt, die bisweilen durch die Flure hallten. Niemand wagte es, die Königin darauf anzusprechen, vor allem nicht, seit sie Sombre zu ihrem engsten Vertrauten gemacht hatte. Es ging das Gerücht, dass sie ihm den Thron übergeben wolle, und die wenigen Anwärter auf die lorelische Krone, die sich öffentlich darüber empörten, waren samt und sonders eines grausamen Todes gestorben. So vermieden es die Diener und Palastwachen, sich Sombre zu nähern oder sich über seine Umtriebe das Maul zu zerreißen. Die meisten hätten den Palast am liebsten verlassen, doch sie fürchteten, dadurch Agnénors Zorn auf sich zu ziehen und in einem ihrer Kerker zu vermodern.

Sombre gefiel es, den Palastbewohnern Angst einzujagen. In dieser Nacht aber erfreute er sich an einem noch viel grandioseren Streich. Einiges hatte er schon vollbracht: Er hatte sich die Sprösslinge des Karu unterworfen und ein Heer von Dämonen um sich geschart, die ihm in Grausamkeit an nichts nachstanden. Die mächtigste, die prunkvollste je erbaute Pforte ins Jal war vollendet. Und nun hatte er den nächsten Schritt getan: Er hatte den letzten Ewigen Wächter getötet. Dieser Teil des Plans hatte ihm am meisten Vergnügen bereitet.

Er erhob sich aus dem Sessel, von dem aus er seinen Avatar gelenkt hatte, und sein Blick wanderte zu dem steinernen Bogen, dessen alleiniger Herrscher er war. Jetzt hieß es warten. Das Unabwendbare würde geschehen. Selbst er musste sich dem Schicksal beugen. Er konnte nicht länger die Augen davor verschließen: Alles, was seine Verbündeten getan hatten, um ihn vor dem Kampf mit dem Erzfeind zu bewahren, war vergebens gewesen. Er war unvermeidlich. Die Prophezeiung würde sich erfüllen. Ob die Begegnung nun morgen stattfand, in zehn Jahren oder in einem halben Jahrhundert – er konnte ihr nicht entkommen.

Deshalb hatte er beschlossen, dass der Kampf auf seinem Gebiet stattfinden würde. Und nach seinen Regeln.

DRITTES BUCH

DAS ZEITALTER VON YS

Die Erben verbrachten die nächsten beiden Tage auf dem Rücken ihrer Pferde. Während dieser langen Dekanten wurde Nolan immer unruhiger. Sie ritten am Rideau-Gebirge entlang gen Süden, und die Landschaft wurde immer karger, von Menschen wie von Göttern verlassen. Selbst die Söldner, die vom Sandmeer nach Norden zogen, hatten in den letzten Jahren einen großen Bogen um diese Gegend gemacht, erzählte Kebree, und auch er selbst hatte sich stets geweigert, die Ruinen zu besuchen, die von der wenig ruhmreichen Vergangenheit der Wallatten zeugten. Es war das einzige Gebiet seiner Heimat, das er kaum kannte.

So erhöhten die Erben ihre Wachsamkeit, auch wenn sie auf diese Weise nur langsam vorankamen. Grigán, Amanón und Reyan ritten abwechselnd als Späher voraus, während Eryne immer wieder in sich hineinhorchte, um festzustellen, ob sich Dämonen in der Nähe befanden. Alle hielten ihre Waffen griffbereit, und auch in der Nacht, die sie im Schutz eines großen Felsens verbrachten, hatte jeder ein Schwert oder Messer in Reichweite.

Als sie nur noch wenige Meilen von ihrem Ziel entfernt waren, wurde die Anspannung für Nolan schier unerträglich. Schon in den letzten beiden Tagen hatten die Erben kaum ein Wort gewechselt, und nun sprach niemand mehr. Ihre Pferde schritten ruhig aus, doch das Echo ihrer Hufe hallte für sein Empfinden viel zu laut von den Berghängen wider.

Angestrengt suchte er den Horizont ab. Jeden Moment mussten Sombres Mausoleum, Saats Palast und die Sklavenunterkünfte in Sicht kommen. Da sie aus Steinen erbaut waren, die aus dem Gebirge geschlagen worden waren, übersäten seinem Vater zufolge gewaltige, weithin zu erkennende Geröllhaufen die Ebene. Lange konnte es nicht mehr dauern: Sie hatten eine unsichtbare, wenn auch deutlich spürbare Grenze überschritten. In dem Gebiet, das sie nun durchquerten, herrschte Totenstille. Nicht einmal das leiseste Vogelzwitschern war zu hören.

Plötzlich zügelte Grigán sein Pferd und starrte zu einem nahe gelegenen Wäldchen hinüber. Lagen dort etwa Feinde auf der Lauer? Würden sie wieder kämpfen müssen? Die anderen hielten ebenfalls an und griffen zu den Waffen. Die Zeit schien stillzustehen, und Nolan sah aus den Augenwinkeln zu Zejabel. Seine Geliebte antwortete mit einem flüchtigen Lächeln. Auch sie hatte die Augen zusammengekniffen und starrte in das Unterholz; eine Hand ruhte schützend auf Saats Schwert. Wer versuchte, ihr die Waffe abzunehmen, würde es mit der einstigen Kahati zu tun bekommen!

Nach etwa einer Dezille zog Grigán sein Schwert, und die anderen taten es ihm gleich. Mit erhobener Waffe ritt der alte Krieger bis auf zehn Schritte an das Wäldchen heran und rief mit donnernder Stimme, die den gefährlichsten Räuber eingeschüchtert hätte: »Zeigt euch!« Gleich darauf traten zwei mit Lowas bewaffnete Wallatten hinter den Bäumen hervor. Die beiden jungen Männer wirkten verärgert, weil sie entdeckt worden waren, doch als sie Kebree erkannten, hellten sich ihre Mienen auf.

»Verzeih, Herr! Mit dem Mantel hielten wir dich für einen Arkarier«, sagte der Ältere entschuldigend. »Wir haben deine Nachricht erhalten und dich erwartet.«

Keb grüßte die beiden Aufständischen, und die Erben senkten erleichtert ihre Waffen. Die Brieftauben hatten ihre Aufgabe erfüllt.

»Seid ihr nur zu zweit?«, fragte Léti enttäuscht.

Ihre Worte entlockten den Kriegern ein breites Grinsen. Statt einer Antwort bedeuteten sie den Gefährten, ihnen zu folgen. Nachdem sie sich mit stummen Blicken verständigt hatten, saßen die Erben ab und führten ihre Pferde in das Wäldchen. Eine gute Meile schlugen sie sich durch dichtes Unterholz mit niedrigen Ästen und umgestürzten Bäumen, bis sie auf eine Lichtung stießen.

Bei dem Anblick, der sich ihm bot, schöpfte Nolan neue Hoffnung. Nicht fünf, zehn oder fünfzehn Krieger waren Kebs Ruf gefolgt, nein, über hundert Wallatten lagerten auf der Lichtung. Die meisten hatten sich im Gras ausgestreckt oder auf ihre Bündel gesetzt, um sich von dem anstrengenden Fußmarsch oder Ritt zu erholen, der sie hierhergeführt hatte. Andere pflegten ihre Waffen und ihre Ausrüstung oder unterhielten sich mit ihren Nachbarn. Ein paar Männer scharten sich um eine flache Grube und ein erlegtes Wildschwein, das sie offenbar am Spieß braten wollten. Für Barbaren wirkten all diese Männer unterschiedlichen Alters und Aussehens jedenfalls recht zivilisiert. Als Keb und seine Gefährten näher kamen, jubelten sie laut auf.

Die Wallatten stürmten herbei, um ihren Prinzen zu begrüßen, und so waren die Erben samt ihren Pferden innerhalb einer Dezille von einer aufgeregten Menschenmenge umringt. Keb antwortete auf einige der Zurufe, bevor er eine beschwichtigende Handbewegung machte, um die Männer zum Schweigen zu bringen. Dafür war ihm Nolan unendlich dankbar, denn bei dem Freudengebrüll der Wallatten war ihm der kalte Schweiß ausgebrochen. Schließlich waren die unterirdischen Gänge, die zum Karu führten und in denen Sombres Dämonen ihr Unwesen trieben, nur wenige Meilen entfernt.

Als sich die Krieger etwas beruhigt hatten, gelang es einem ihrer Anführer, sich einen Weg zu Kebree zu bahnen. Nolan erkannte Bra'n wieder, der ihnen die Brieftauben anvertraut hatte. Vermutlich hatte er Kebs Nachricht als Erster erhalten.

»Ich grüße dich, Herr! Wir sind deinem Ruf gefolgt! Wir kamen, so schnell wir konnten. Noch sind nicht alle Krieger eingetroffen«, rief er, und seine Augen funkelten stolz.

»Es sind mehr als genug Männer«, sagte Grigán. »Wir können nicht länger warten. Es wäre zu gefährlich, hierzubleiben.«

Bra'n blinzelte überrascht. »Mein Prinz, vielleicht kannst du uns erklären, was hier vorgeht. Meine Männer wüssten gern, wohin du uns führen willst. Und warum ist dieser Treffpunkt so weit von Wallos entfernt? Gegen wen ziehen wir in den Kampf?«

Keb wechselte einen Blick mit Corenn, deren Weisheit er in den letzten Tagen zu schätzen gelernt hatte. Die beiden hatten sich lange darüber unterhalten, wie viel sie den Aufständischen verraten sollten.

»Ruf die Anführer zusammen«, sagte Keb. »Jedes Dorf soll einen Vertreter schicken. Dann weihe ich euch in unseren Plan ein.«

Amanón versuchte, Corenns Worten zu folgen, doch da Eryne ihm direkt gegenübersaß, konnte er sich kaum konzentrieren. Jedes Mal, wenn sich ihre Blicke begegneten, schweiften seine Gedanken ab, und er verlor sich in Träumen, die nicht viel mit Saats Tunnel oder ihrem Kampf gegen den Dämon zu tun hatten. Zwei Tage nach Kebrees Geständnis und der zärtlichen Nacht mit seiner Geliebten schwebte er immer noch wie auf Wolken. Er konnte sich nicht entsinnen, jemals so glücklich gewesen zu sein. Wenn er ehrlich war, hatte er bisher nicht mal geahnt, dass man überhaupt so große Leidenschaft empfinden konnte.

Natürlich wusste er, dass ihre Aussichten, den Kampf gegen Sombre zu überleben, gering waren. Ein dunkler Schatten lag über der Welt, und sie waren nahezu machtlos – es war wahrlich nicht der Moment, sich eine glückliche Zukunft auszumalen. Aber Amanón konnte einfach nicht anders. Jedes Mal, wenn sich Eryne eine Hand auf den Bauch legte, strahlte er vor Freude. Schon bald würden die ersten Anzeichen ihrer Schwangerschaft sichtbar sein.

Während er seinen Gedanken nachhing, drangen Corenns Worte wie aus weiter Ferne an sein Ohr, ganz so, als hätten sie nichts mit seinem eigenen Schicksal zu tun. Die Wallatten hingegen lauschten gebannt, und je länger die Ratsfrau sprach, desto finsterer wurden ihre Mienen. Die Erben hatten beschlossen, ihnen nicht zu verschweigen, wie gefährlich das Unterfangen war. Sie hatten ein Recht zu erfahren, dass sich nur wenige Meilen von ihrem Lager ein Heer von Dämonen zusammenrottete. Keiner der sieben Dorfvorsteher zweifelte am Wahrheitsgehalt ihrer Worte, sei es aus Treue zu ihrem Prinzen, sei es, weil sie die Gerüchte über diesen Landstrich kannten. So hatte sich auch keiner der Aufständischen weiter nach Süden vorgewagt, obwohl Keb keinen genauen Treffpunkt genannt hatte.

Als Corenn geendet hatte, erinnerte Keb seine Männer daran, dass ihr Feldzug sie in die Heilige Stadt Ith führen würde, fernab ihrer Heimatdörfer. Durch den Tunnel würden sie dann nicht mehr zurückkönnen. Angesichts der Entbehrungen und Gefahren, die sie erwarteten, sollten sich die Aufständischen nicht verpflichtet fühlen, mit ihm in den Kampf zu ziehen. Deshalb bat er die Dorfvorsteher, ihren Männern Bericht zu erstatten und jedem einzelnen die freie Wahl zu lassen. Auf keinen Fall wollte er, dass seine wallattischen Brüder einander Feigheit vorwarfen. Er brauchte die Unterstützung von entschlossenen Kriegern, die ihm nicht nur deshalb folgten, weil ihre Kameraden sie sonst verhöhnten.

Während sich die Aufständischen berieten, gönnten sich die Erben eine Pause. Sie waren übereingekommen, noch am selben Abend in den Tunnel vorzudringen, um keine Zeit zu verlieren. Schließlich wussten sie nicht, was Sombre in der Zwischenzeit trieb. Wenn alles gutging, würden sie die Katakomben der Heiligen Stadt in den ersten Dekanten des nächsten Tages erreichen, und um den nächtlichen Marsch durch die finsteren Gänge zu überstehen, legten sie sich für einige Dezimen schlafen. Amanón tat jedoch kein Auge zu. Immer wieder drehte er sich zu Eryne um, gab ihr einen Kuss, strich ihr über die Wange oder nahm ihre Hand in seine. Am liebsten hätte er sie auf der Stelle an einen versteckten

Ort geführt, um ihr seine Liebe noch auf ganz andere Art zu zeigen.

Doch auch die Erben, denen es gelang, etwas Schlaf zu finden, wurden bald wieder geweckt. Bra'n war der Erste, der zu ihnen kam, um stolz zu vermelden, dass all seine Männer dem Helden folgen würden, der ihr Dorf befreit hatte. Nach und nach machten auch die anderen Anführer Mitteilung. Die meisten Wallatten wollten an der Seite ihres Prinzen in den Kampf ziehen, nur manche schreckten vor der Gefahr zurück. Vor allem diejenigen, die einst unter Saat gegen die Arkarier gekämpft hatten, wollten den Tunnel nicht noch einmal betreten, weil sie in den finsteren Gängen zu entsetzliche Dinge erlebt hatten. Vielleicht war der eine oder andere auch zu abergläubisch, um den Dämonen offen entgegenzutreten.

Wieder andere wollten ihre Familien nicht verlassen und zogen es vor, auf heimischem Boden zu kämpfen. Keb stand zu seinem Wort und hielt keinen der Männer zurück, als sie sich für den Heimweg bereit machten. Den Ältesten gab er die Pferde mit, die die Erben nun nicht mehr brauchten. Jetzt, da sie wussten, dass sich ganz in der Nähe Lemuren zusammenrotteten, wollten die Wallatten das Wäldchen so schnell wie möglich verlassen. Auch die verbliebenen Aufständischen und die Erben beschlossen, gleich aufzubrechen.

So hatten die Erben fast einen Dekant nach ihrer Ankunft im Lager der Aufständischen eine treue Anhängerschaft von knapp hundert Kriegern um sich versammelt.

Zwei Dezimen später zog eine lange Kolonne an den Felshängen des Rideau entlang, auf jenen Ort zu, wo die älteren Erben vor dreiundzwanzig Jahren den Untaten des Hexers ein Ende gesetzt hatten.

Während sie schweigend voranmarschierten, mit gezogenen Schwertern und immer auf der Hut, dachte Amanón über die Ausweglosigkeit ihrer Lage nach. Seine Gedanken kreisten auch weiterhin um Eryne und ihr gemeinsames Kind, doch nun wichen die schönen Traumbilder Schreckensvisionen, bei denen sich ihm der Magen zusammenkrampfte.

Cael war es, als hätten sich seine Ängste zu einer verpesteten Wolke zusammengeballt, die ihn umhüllte und ihm auf Schritt und Tritt folgte. Seine Hände waren klamm, die Glieder schwer, und sein Herz pochte heftig. Er war so sehr darauf bedacht, geräuschlos aufzutreten, dass er manchmal unwillkürlich die Luft anhielt. Wenn er dann wieder Atem holte, verzog er angewidert das Gesicht: In dieser Ödnis stank es fast ebenso sehr wie im Karu.

Seine Eltern wandten sich regelmäßig zu ihm um und lächelten ihm aufmunternd zu, aber er kannte sie gut genug, um zu sehen, dass auch ihnen beklommen zumute war. Bestimmt war es kein Zufall, dass sie direkt vor ihm gingen, denn hinter jedem Felsen konnten Gefahren lauern. Dennoch war Cael nicht ganz wohl dabei, sie so nah zu wissen. Sollte sein innerer Dämon wieder stärker werden, wären Yan und Léti die Ersten, auf die er sich stürzen würde. Doch er versuchte vergebens, den Abstand zu ihnen zu vergrößern. Nachdem sie so lange von ihrem einzigen Sohn getrennt gewesen waren, wichen sie ihm nicht mehr von der Seite.

So marschierte Cael im Kreise der Erben voran, gefolgt von der Schar Aufständischer. Keb hatte recht daran getan, auf den Mut seiner Männer zu zählen. Auch ihre Erfahrungen als Widerstandskämpfer erwiesen sich als hilfreich: Sie hatten gelernt, lautlos durch die Wildnis zu schleichen, und waren bestens ausgerüstet. Alle Wallatten trugen dunkle, unauffällige Kleidung, und viele hatten zusätzlich ein schwarzes Tuch um ihre Klingen gewickelt, damit sich kein Licht darin spiegelte. Keiner der Aufständischen sprach ein Wort, als hätten sie ein feierliches Schweigegelübde abgelegt. Das einzige Geräusch, das hin und wieder an Caels Ohren drang, war ein leises Klackern, wenn einer der Männer einen Stein lostrat.

Niss und Bowbaq liefen dicht hinter Cael. Der Junge war in Niss' Gegenwart immer noch etwas verlegen, obwohl nun schon zwei Tage vergangen waren, seit sie den anderen von ihrem Plan berichtet hatte. Niemand hatte mehr ein Wort darüber verloren, aber vermutlich hatte keiner seiner Gefährten ihr Vorhaben vergessen. Mittlerweile bereute er, nichts zu ihrer Verteidigung gesagt zu haben. Andererseits glaubte er fest daran, dass seine Zurückhaltung richtig gewesen war. Auch wenn Niss davon überzeugt war, dass es ihr noch einmal gelingen würde, die Stimme zurückzudrängen, wusste er, dass sich sein innerer Dämon beim nächsten Mal nicht so einfach wieder in sein geistiges Gefängnis verbannen ließe – vor allem nicht, falls er Sombre tatsächlich besiegte. Cael bezweifelte ohnehin, dass er Sombre töten könnte, aber wenn es wie durch ein Wunder doch dazu käme, würde seine finstere Seite die Oberhand gewinnen – und zwar für immer. Hatte Usul nicht prophezeit, dass er sich eines Tages endgültig seiner Stimme unterwerfen würde? Diese düstere Weissagung wollte ihm einfach nicht aus dem Kopf gehen.

Während er derlei schwarzen Gedanken nachhing, verging die Zeit wie im Flug. Er hätte den Moment, in dem sie Saats Tunnel erreichten, gern noch etwas aufgeschoben. Als die ersten Steinhaufen in Sicht kamen, so hoch und breit wie das Große Haus von Kaul, hätte er am liebsten auf der Stelle kehrtgemacht. Nun drangen sie in ein Areal vor, von dem aus Saat einst über das Schicksal der bekannten Welt entschieden hatte, auch wenn es kaum größer war als ein Städtchen wie Semilia. Nur wenige Dezillen später entdeckte Cael in der Ferne eine Pyramide: Sombres Mausoleum.

Grigán hob eine Hand und bedeutete ihnen anzuhalten. Einen Moment lang standen sie reglos da und starrten wachsam zu dem Bauwerk hinüber. Würden unzählige Affendämonen auf den obersten Stufen des Mausoleums auftauchen, sich die Treppe hinunterstürzen und die Menschen angreifen? Zum Glück geschah nichts dergleichen. Der Ort lag so still und verlassen da wie ein Friedhof. Hatte Chebree sie angelogen? Oder waren die Lemuren schon auf dem Weg zur Heiligen Stadt? Vielleicht rotteten sie sich auch in der Nähe von Saats einstigem Palast zusammen oder verbargen sich tatsächlich im Innern des Mausoleums, kamen aber nur bei Nacht heraus.

Natürlich hatten sie gehofft, dass die Wesen aus der Unterwelt das Tageslicht scheuten. Nach kurzer Rast gab Grigán das Zeichen zum Aufbruch und schärfte allen ein, sich dicht am Berghang zu halten, wo sie bald auf den Tunneleingang stoßen mussten. So marschierte die über hundert Köpfe zählende Schar in den letzten Sonnenstrahlen des Tages lautlos weiter. Nachdem sie zwei der riesigen Steinhaufen passiert hatten, blieb Eryne plötzlich wie angewurzelt stehen.

Ihre Panik übertrug sich sofort auf die anderen, und auch Cael war wie gelähmt. Obwohl Eryne kein Wort sprach, war klar, worum es ging. Mit zitternden Händen bedeutete sie ihnen, dass sie ganz in der Nähe zwei Lemuren wahrgenommen hatte.

Dann ging alles so schnell, dass Cael das Gefühl hatte, in einen Wirbelsturm geraten zu sein. Seine Mutter zog ihr Rapier, während sein Vater ihn bei den Schultern packte. Bowbaq schob Niss hinter sich und umklammerte seine Kaute. Auch Amanón, Keb und Grigán erhoben ihre Waffen, und Zejabel zückte einen langen Dolch. Mit Saats Schwert, das sie sich zwischen die Schulterblätter gebunden hatte, war sie eine ehrfurchtgebietende Erscheinung.

Nach kaum fünf Herzschlägen drangen das kratzende Geräusch von Krallen auf Stein und das heisere Brüllen der Dämonen an ihre Ohren. Gleich darauf stürzten zwei Lemuren hinter einem Steinhaufen hervor. Mit Schaum vorm Maul galoppierten sie auf allen vieren auf die Erben zu, und bei ihrem Anblick stellten sich Cael die Nackenhaare auf.

Die Lemuren fielen wahllos über die Menschen her. Den Erben gelang es gerade noch rechtzeitig, beiseitezuspringen, und einige hieben mit ihren Waffen auf den Rücken der Ungeheuer ein. Die Affendämonen brüllten auf, setzten ihren Angriff jedoch unbeirrt fort und rannten die vordersten Aufständischen um. Lowas sausten auf die Bestien nieder, doch zu spät: Die beiden Lemuren rissen mehrere Männer mit ihren scharfen Krallen in Stücke, schlitzten ihnen den Bauch auf oder durchbohrten ihnen die Kehle. Die Wallatten pressten sich die Hände auf die Wunden, aus denen Blut sprudelte oder Eingeweide hervorquollen, während sich die Lemuren schon auf die nächsten Opfer stürzten, die vor Grauen und Verzweiflung aufschrien.

Keb, Grigán und alle anderen Erben, die eine Waffe trugen, eilten den Männern zu Hilfe. Bowbaq ließ seine Kaute mit ungeheurer Wucht auf den Rücken eines Lemuren krachen und setzte ihn für einige Augenblicke außer Gefecht. Reyan und Zejabel hatten nur auf eine solche Gelegenheit gewartet: Sie durchbohrten die ledrige Haut des Affendämons mit unzähligen Dolchstößen. Der Lemur wehrte sich noch eine ganze Weile, doch allmählich wurden seine Bewegungen langsamer und unbeholfener, und sein schwarzes Blut breitete sich auf dem Boden aus. Irgendwann blieb er mit einem letzten hasserfüllten Röcheln reglos liegen. Mit einem kräftigen Kautenschlag gab Bowbaq ihm den Rest.

Den zweiten Gegner besiegten sie mit vereinten Kräften in sehr viel kürzerer Zeit, auch wenn der Lemur einige Wallatten, die ihrem Prinzen und seinen Gefährten zu Hilfe geeilt waren, mit in den Tod riss. Als sie den Dämon endlich niedergestreckt hatten, zählte Cael sechs tote Aufständische und eine unerwartet hohe Zahl schwer Verletzter. Rachedurstig hieben die Wallatten auf den Kadaver des zweiten Lemuren ein. Erst als nichts mehr von ihm übrig war als ein Haufen blutiges Fleisch, senkten sie keuchend ihre Lowas. Angeekelt wandte Cael den Blick ab.

»Es ist alles meine Schuld«, sagte Eryne tonlos. »Warum bin ich nicht eher darauf gekommen? Wenn ich ihre Anwesenheit spüren kann, können sie auch meine spüren. Ich hätte nicht mitkommen dürfen. Ich bringe euch alle in Gefahr!«

»Wir müssen zusammenbleiben«, rief ihr Amanón in Erinnerung. »Um jeden Preis!«

Jetzt redeten auch die Wallatten aufgeregt durcheinander. Das Kampfgetümmel war ohnehin so laut gewesen, dass es sinnlos war, nun die Stimmen zu dämpfen. Natürlich unterhielten sie sich auf Wallattisch, aber Cael brauchte ihnen nur ins Gesicht zu sehen, um zu erraten, worum sich die Gespräche drehten. Zweifelsohne war den Kriegern erst jetzt richtig klargeworden, wie gefährlich die Lemuren waren, und so manchen hatte offenbar der Mut verlassen. Während die Männer notdürftig ihre Wunden verbanden oder weinend von einem toten Verwandten oder Freund Abschied nahmen, ging Keb von einer Gruppe zur nächsten und sprach tröstende oder aufmunternde Worte.

Grigán rief die Männer bald wieder zur Disziplin. Mit einem Pfiff und einer weit ausholenden Geste gab er das Signal zum Aufbruch und mahnte sie gleichzeitig zur Ruhe. Die Wallatten zögerten, bis ihr Prinz an die Seite des ramgrithischen Kriegers trat. In weniger als einer Dezille bildeten die Männer eine geordnete Kolonne und setzten sich wieder in Marsch. Ihre toten Kameraden mussten sie ohne Begräbnis zurücklassen.

Erst jetzt fiel Cael auf, dass die Stimme in seinem Kopf stumm geblieben war – nur schwach nahm er ihre Gegenwart wahr. Dabei war sein Leben in Gefahr gewesen, und er hatte schreckliche Angst vor den Lemuren gehabt. Bisher war sein innerer Dämon in solchen Fällen jedes Mal aus seinem geistigen Gefängnis ausgebrochen. Hatte sich das Kräfteverhältnis zwischen seinen beiden Ichs durch den Aufenthalt im Dara verschoben? Das konnte er sich nicht vorstellen …

Beim Kampf gegen Sombre konnte es den Tod bedeuten, wenn sein innerer Dämon nicht zum Vorschein kam. Wenn er ehrlich war, fand Cael die Vorstellung, seine Stimme könnte für immer verstummen, ebenso erschreckend wie die Aussicht, für alle Zeiten von ihr beherrscht zu werden.

Niss war noch nie im Königreich Wallatt gewesen, geschweige denn in Saats einstigem Heerlager, und doch kam ihr die Umgebung seltsam vertraut vor. Ihr war, als hätte sie die gewaltige Pyramide, um die die Erben einen großen Bogen machten, schon einmal gesehen. Und auch der zerfallene Palast des Hexers, den sie bisweilen in der Ferne erblickten, während sie zwischen weiteren Steinhaufen hindurchmarschierten, kam ihr irgendwie bekannt vor. Vermutlich hatten ihr Großvater und die älteren Erben so viel davon erzählt, dass sich Niss den Schauplatz ausgemalt hatte. Aber es gab noch eine andere Erklärung: Vielleicht war Niss' Geist über das Gebiet hinweggeschwebt, als sie im Tiefen Traum versunken war. Schließlich lag das Jal, oder zumindest der irdische

Übergang dorthin, irgendwo inmitten der Gipfel des Rideau, die vor ihnen aufragten. Die Seelen der Toten gelangten offenbar auf unterschiedlichen Wegen dorthin, und Saats Heerlager befand sich auf einem dieser Wege.

Doch diese Überlegungen lenkten Niss nicht von ihrer Angst vor einem weiteren Zusammenstoß mit den Lemuren ab. Die Erben waren ständig auf der Hut, um beim kleinsten Zeichen von Eryne zum Kampf bereit zu sein. Die Lorelierin setzte in tiefer Konzentration einen Fuß vor den anderen, wodurch sich der Vormarsch der Truppe verlangsamte. So kam der Tunneleingang erst nach einer Dezime, in der sie immer wieder haltmachten, in Sicht.

Eigentlich waren es sogar mehrere Eingänge. Einer hob sich deutlich von den anderen ab: eine riesige, zehn Schritte breite Öffnung, abgestützt mit gewaltigen Baumstämmen. Daneben klafften vier weitere Löcher in der Felswand, und auch diese waren groß genug, um Lemuren durchzulassen.

Grigán bedeutete den Aufständischen, hinter dem letzten Steinhaufen zu warten. Hier waren sie wenigstens nicht auf den ersten Blick zu entdecken. Niss spürte die Verwirrung der älteren Erben und bekam es noch mehr mit der Angst zu tun, als sie einige ratlose Worte wechselten.

»Das kann nicht sein«, flüsterte Grigán. »Damals gab es nur einen Eingang.«

»Ich glaube, es waren schon immer mehrere«, widersprach Rey. »Obwohl, ganz sicher bin ich mir nicht …«

»Das alles liegt über zwanzig Jahre zurück«, sagte Yan. »Und es war Nacht. Unsere Erinnerung kann uns trügen.«

»Wie auch immer, es können schließlich nicht fünf

Tunnel sein«, meinte Léti. »Das ändert nichts an unserem Plan.«

»Aber womöglich umgehen die Lemuren unsere Barrieren, indem sie auf Nebengänge ausweichen«, entgegnete Corenn. »Dann wäre alles vergeblich. Schlimmer noch – wir könnten geradewegs in eine Falle laufen.«

Bei dieser Aussicht geriet Niss kurzzeitig in Panik, aber sie mussten sich alle Gefahren vor Augen halten, um keine leichtfertige Entscheidung zu treffen. Als die anderen unschlüssig schwiegen, fürchtete Niss schon, sie würden den Plan aufgeben.

»Wir können nicht alle fünf Gänge in ihrer ganzen Länge ablaufen«, sagte Amanón nachdenklich. »Am besten bringen wir die Decke im Haupttunnel an so vielen Stellen wie möglich zum Einsturz, und zwar erst, wenn wir ein gutes Stück vom Eingang entfernt sind. Sollte es tatsächlich Nebengänge geben, müssten sie irgendwann alle in den Haupttunnel münden.«

Grigán nickte, zögerte aber immer noch. Wieder legte sich Schweigen über die kleine Schar. Bra'n trat unruhig von einem Fuß auf den anderen, und irgendwann murmelte Lana: »Bald wird es dunkel.«

Alle sahen zum Abendhimmel hoch und dann zum Mausoleum, dessen Spitze den Steinhaufen überragte. In wenigen Dezimen würde es hier vermutlich vor Dämonen nur so wimmeln.

»Gehen wir«, sagte Grigán seufzend.

Schon im nächsten Moment schien er seine Worte zu bereuen, und als sie sich in Bewegung setzten, fragte sich auch Niss, ob sie nicht geradewegs in ihr Verderben liefen.

Eryne hatte gedacht, dass die hundert Schritte bis zum Tunneleingang, die sie von ihrem Versteck hinter dem Steinhaufen über freies Gelände zurücklegen mussten, die schwersten sein würden. Doch sie hatte sich geirrt. Als sie in den Berg vordrangen, wuchs ihre Angst von Dezille zu Dezille. Nach gerade einmal fünfzehn Schritten in der Finsternis hatte sie das beklemmende Gefühl, keine Luft mehr zu bekommen. Die Erinnerung an ihren Marsch durch die Katakomben der Heiligen Stadt, die Höhlen der Etheker und die Gänge des Jal'karu ließ sie nicht los. Nie wieder wollte sie so etwas erleben!

Sie machte kehrt, um noch ein letztes Mal draußen vor dem Tunnel frische Luft zu atmen, doch die nachströmenden Wallatten versperrten ihr den Weg. Das verstärkte ihre Panik noch.

Als sie gerade losschreien wollte, drückte Amanón ihr eine Laterne in die Hand, und sie beruhigte sich etwas. Sie war so außer sich gewesen, dass sie nicht bemerkt hatte, wie er die Lampe entzündet hatte. Aus Angst, mögliche Feinde vor dem Tunnel auf ihre Anwesenheit aufmerksam zu machen, hatte er den Docht heruntergedreht, doch selbst die kleine Flamme, die nur einen blassen Schein auf die Felsen warf, machte Eryne neuen Mut. Sie dankte ihrem Geliebten mit einem kleinen Lächeln und nahm sich fest vor, sich wieder ganz auf die Lemuren zu konzentrieren. Glücklicherweise hatte sie seit dem letzten Kampf keine Dämonen mehr wahrgenommen, zumindest nicht außerhalb des Tunnels. Aber vielleicht trieben sich ja welche in den Gängen herum …

Sombre konnte sie als Wächter abgestellt haben, oder es waren einige schon auf eigene Faust Richtung Ith losgestürmt. Eryne musste sie unbedingt wahrnehmen, bevor sie sich mit spitzen Krallen und gefletschten Zähnen auf die Erben stürzten, denn die engen Gänge verschafften den Lemuren einen großen Vorteil: Hier unten würde ihre Zähigheit und Stärke entscheidend sein, nicht die Überzahl der Menschen.

Bevor die Erben weiter in den Tunnel vordrangen, mussten sie sich vergewissern, dass sie bei der Überquerung des freien Geländes vor dem Berg nicht entdeckt worden waren. Deshalb standen sie eine ganze Weile in der Nähe des Eingangs, lauschten auf Geräusche und spähten nach draußen. Als alles ruhig blieb und keine Feinde auftauchten, machten sie sich mit neuer Zuversicht auf den Weg. Sie entzündeten ein paar zusätzliche Laternen und schirmten sie ab, bis der Eingang außer Sicht war. Zehn Schritte weiter gebot Grigán erneut Halt: Er hatte in der Felswand einen Durchgang entdeckt, der in eine große Höhle führte, und da keine unmittelbare Gefahr drohte, gestattete er ihnen, eine kurze Rast einzulegen, um die Verwundeten zu versorgen.

Eryne machte sich gleich daran, ihre Leiden zu lindern. Fast unwillkürlich schickte sie ihre heilende Kraft zu all jenen, die von den Lemuren angegriffen worden waren. Die Verletzten selbst bemerkten zunächst kaum etwas davon – sie sahen nur, wie Erynes Blick flüchtig über sie hinwegglitt, während sie an ihnen vorbeiging. Doch gleich darauf hoben einige von ihnen den Kopf und sahen ihr verwundert und voller Ehrfurcht nach.

Sie bemühte sich, dem nicht allzu viel Bedeutung beizumessen, spürte aber, dass sie eine weitere Veränderung durchmachte. Bald würde jeder Fremde, dem sie begegnete, intuitiv spüren, dass er eine Unsterbliche vor sich hatte. Vielleicht musste ihre Entwicklung zur Göttin dazu nicht einmal vollendet sein. Schützte ihr Gwelom sie überhaupt noch vor Sombre? Und wenn ja, wie viele Tage blieben ihr noch?

Abermals stieg Panik in ihr auf, und sie versuchte, die düsteren Gedanken zu verdrängen, indem sie an etwas Belangloses dachte – zum Beispiel an die Gasthäuser, die sie in der Heiligen Stadt erwarteten. Doch nach einer Weile fiel ihr nichts mehr ein, womit sie sich ablenken konnte, und so blieb ihr nichts anderes übrig, als abzuwarten, bis sie ihren Marsch fortsetzten.

Zum Glück machten sich alle schnell wieder zum Aufbruch bereit. Nachdem sämtliche Wunden verbunden waren und Zejabel ihre letzte Phiole verteilt hatte, mahnte Grigán zur Eile, denn sie hatten noch einen langen Weg vor sich. Natürlich hofften alle, dass sie von weiteren Zwischenfällen verschont bleiben würden. Kurz berieten die Erben, ob sie an dieser Stelle die Decke zum Einsturz bringen sollten, um eine erste Barriere zu errichten, doch die Idee wurde gleich wieder verworfen. So nah am Mausoleum würde das Gepolter nur die Lemuren aufscheuchen, zumal die Barriere nutzlos war, falls es tatsächlich mehrere Nebengänge gab.

Einige hundert Schritte weiter bestätigte sich diese Vermutung. Eryne hatte abermals die Führung übernommen, um rechtzeitig vor Lemuren warnen zu können, und so entdeckte sie den Seitengang als Erste. Nicht anders als der Haupttunnel wurde er von Holzpfeilern gestützt, und auch der Boden war geebnet worden, um ein rasches Fortkommen zu ermöglichen. Die Erben wechselten bange Blicke, aber jetzt war es zu spät, um noch kehrtzumachen. Nach kurzem Zögern gingen sie weiter und beschleunigten ihre Schritte.

Eryne dachte ehrfürchtig, an welch geschichtsträchtigem Ort sie sich befand, auch wenn sie Schwierigkeiten hatte, sich die damaligen Geschehnisse in Einzelheiten vorzustellen. Wenn sie sich das Abenteuer ihrer Eltern ausmalte, hatte sie nur Bilder des Grauens vor Augen. Zehntausende Sklaven hatten sich buchstäblich zu Tode geschuftet, um den Tunnel unter dem Rideau hindurchzugraben, und ebenso viele Krieger hatte der Hexer anschließend ausgeschickt, um Ith zu erobern. Doch die Arkarier, die gemeinsam mit den Ramgrith die Verteidigung der Heiligen Stadt übernommen hatten, drängten Saats Heer zurück in den Tunnel, woraufhin Panik ausbrach. Vermutlich hatten die Barbaren einander an den Wänden zu Tode gequetscht und sich gegenseitig niedergetrampelt. Viele waren wohl einfach erstickt. Jedenfalls war nur wenigen das Glück beschieden, noch einmal frische Luft zu atmen oder gar nach Wallatt zurückzukehren, denn ein Großteil der Krieger, die es aus dem Tunnel herausschafften, war anschließend von den befreiten Sklaven niedergemetzelt worden. Reyan und seine Gefährten waren in der Zwischenzeit Lana zu Hilfe geeilt, die von Saat gefangen genommen worden war.

Obwohl all dies tatsächlich geschehen war, kam Eryne die Geschichte unwirklich vor. Sie bewunderte den Mut und die Selbstlosigkeit ihrer Eltern, die in späteren Jahren versucht hatten, ihre Kinder nicht mit diesem schweren Erbe zu belasten. Damals hatten sie nicht geahnt, dass das Schicksal es anders wollte und sie eines Tages in den verfluchten Tunnel zurückkehren würden, um den Eroberungsfeldzug von Saats Schützling zu verhindern.

Die Ironie des Ganzen ließ Eryne erschauern: Vor dreiundzwanzig Jahren hatten die Erben diesen Tunnel in entgegengesetzter Richtung durchquert, um gegen die Wallatten zu kämpfen, die die Heilige Stadt überfallen hatten. Heute zogen sie in Begleitung einer Schar wallattischer Krieger durch den Tunnel, um die Goroner vor einem Dämonenheer zu bewahren, das bald über das Kaiserreich herfallen würde. Waren sie nur ein Spielball des Schicksals? Würde diese Geschichte jemals ein Ende nehmen? Und wenn ja, wie würde sie ausgehen?

Diesmal jedoch würde der Tunnel ihren Durchzug nicht unbeschadet überstehen. Diesen Gedanken fand Eryne irgendwie tröstlich. So viele Menschen hatten hier den Tod gefunden. Eigentlich war es verwunderlich, dass sie nirgendwo auf Skelette oder mumifizierte Leichen stießen. Aber wenn die Lemuren den Tunnel benutzt hatten, um zu Sombres Mausoleum zu gelangen, hatten sie sich vermutlich über alle sterblichen Überreste hergemacht.

Eryne wünschte, Corenn und Yan würden endlich die erste Barriere errichten. Das Echo ihrer Schritte hallte laut von den Wänden wider und musste in beide Richtungen weithin zu hören sein. Außerdem rechnete sie jeden Moment damit, die Anwesenheit von Lemuren zu erspüren. Ihr wäre wesentlich wohler dabei, mehrere Tonnen Gestein zwischen sich und den Dämonen zu wissen.

Eine knappe Dezime später und nachdem sie zum dritten Mal eine Abzweigung zu einem Seitengang passiert hatten, war es so weit. Yan und Corenn musterten eine morsche Deckenstütze und das Gestein darüber genau und sahen den Moment gekommen, ihre magischen Kräfte anzuwenden.

Nolan war sich der Gefahr bewusst, aber er wollte unbedingt zusehen, wie Corenn und Yan die Decke zum Einsturz brachten. Seine Neugier war einfach stärker als die Angst. Schon mehrmals hatte er miterlebt, wie Magier ihre Kräfte gebrauchten, und eigentlich hätte ihn das Kunststück nicht großartig beeindrucken dürfen. Aber es war auch nicht so sehr der Vorgang selbst, der ihn faszinierte, sondern die Zerstörung des Tunnels. Sollte es ihnen tatsächlich gelingen, den Vormarsch der Lemuren aufzuhalten, wären sie Sombre damit zum ersten Mal einen Schritt voraus. Bislang war das einzige Verdienst der Erben, dem Dämon immer wieder entwischt zu sein.

So trat Nolan neben Corenn und Yan, während sich seine Freunde und die Aufständischen ein ganzes Stück entfernten. Corenn versuchte ihn dazu zu bewegen, ebenfalls auf Abstand zu gehen, doch er behauptete, den beiden Magiern leuchten zu wollen, wenn sie sich in Sicherheit brachten. Falls die Decke an mehreren Stellen einstürzte, konnte ihnen seine Laterne das Leben retten. Nach einigem Hin und Her kam Corenn zu dem Schluss, dass sie ihn nicht umstimmen konnte.

Die beiden Magier konzentrierten sich. Unter der morschen Deckenstütze hatten sie eine Kerze aufgestellt und waren dann einige Schritte zurückgetreten. Das Ziel, auf das sie ihren magischen Willen richteten, musste mit den Sinnen wahrnehmbar sein, erklärte Yan. Sie mussten es hören, sehen oder besser noch berühren können, was in diesem Fall natürlich nicht in Frage kam.

Nolan schwieg ehrfürchtig, während sich seine Freunde sammelten. Da er nicht wusste, wie lange es dauerte, bis ihre Kräfte wirkten, ließ er den Balken nicht aus den Augen. Als dieser ein schwaches Knarzen von sich gab, glaubte er zunächst an einen Zufall, schließlich hatten die beiden Magier gerade erst begonnen. Doch dann knackte und knarrte das Holz immer lauter, und nach wenigen Augenblicken zerbarst der Balken. Die herabstürzenden Felsbrocken rissen ihn mit sich zu Boden.

Die Kerze wurde unter einem Haufen Geröll begraben, und der von den Wänden widerhallende Donner verriet, wie groß das Ausmaß der Zerstörung war. Aus Angst, der gesamte Tunnel könnte einstürzen, sprang Nolan ein Stück zurück, doch nach einer Weile krachten keine weiteren Steine herunter. Stille trat ein.

Vorsichtig näherten sich die drei der Barriere und beleuchteten sie mit ihrer Lampe. Obwohl der Gang von einer Staubwolke verhüllt war, konnten sie erkennen, dass er von einem mehrere Schritt langen Geröllhaufen versperrt war. Es würde sehr lange dauern, die Felsbrocken fortzuräumen, zumal man zugleich neue Stützen würde anbringen müssen, um zu verhindern, dass die Decke an weiteren Stellen einstürzte. Es war ein Erfolg auf der ganzen Linie!

Nolan und die beiden Magier bahnten sich einen Weg durch die jubelnden und Beifall klatschenden Wallatten, um erneut ihren Platz an der Spitze des Zugs einzunehmen. Zunächst wunderte sich Nolan, dass sich die Aufständischen so sehr darüber freuten, Goran zu verteidigen, bevor ihm aufging, dass die Barriere auch das Vordringen weiterer Lemuren nach Wallatt verhinderte.

Mit neuer Zuversicht setzten die Erben und ihre Verbündeten den Marsch durch die Finsternis fort. Ihre Hochstimmung hielt etwa zwei Dezimen an, bis sie an eine weitere Abzweigung kamen. Im flackernden Schein der Lampen waren allseits mürrische Gesichter zu sehen.

»Nichts beweist, dass dieser Gang nach draußen führt«, versuchte Corenn ihnen Mut zu machen. »Er sieht mir eher nach einem natürlichen Stollen aus.«

»Dieser verfluchte Berg ist löchrig wie ein Käse«, knurrte Keb. »Saat musste die bereits vorhandenen Höhlen und Gänge nur noch miteinander verbinden.«

Keb hatte Recht. Wie weitläufig und verzweigt das Tunnelsystem war, hatte Nolan bereits bei ihrer Suche nach der vergessenen Pforte der Etheker erlebt. Vermutlich führte sogar einer der Gänge, die in Saats Tunnel mündeten, zu der Pforte auf der Hochebene – schließlich stammten die im Mausoleum versammelten Lemuren aus dem Jal'karu.

»Wir dürfen jetzt nicht aufgeben«, sagte Corenn mit fester Stimme. »Wir werden einfach so viele Barrieren wie möglich errichten.«

Alle nickten, und so gebrauchten Yan und Corenn eine halbe Meile weiter abermals ihre magischen Kräfte. Diesmal konzentrierten sie sich auf einen Riss in der Tunneldecke. Sie waren ähnlich erfolgreich wie beim ersten Versuch, doch das Ergebnis löste keine große Begeisterung mehr aus. Alle waren einfach nur heilfroh, keinen Felsbrocken auf den Kopf bekommen zu haben.

Kurz darauf veränderte sich die Umgebung. Nun bestätigte sich Kebs Vermutung, dass zumindest einige Teile von Saats Tunnel durch natürliche Gänge führten. Die Decke war in diesem Abschnitt viel höher, und es gab auch keine Holzbalken, die als Stützen dienten. Offenbar war das Gestein auch so stabil genug. Den Tunnel an dieser Stelle zum Einsturz zu bringen, würde äußerst schwierig sein.

Nach einer Weile stießen die Erben auf eine Kreuzung, von der sechs natürliche Gänge in verschiedene Richtungen führten.

Amanón dachte fieberhaft nach, aber da er nicht erkennen konnte, wohin die Gänge im weiteren Verlauf führten, gelang es ihm nicht, sich für einen zu entscheiden. Yan, Léti, Bowbaq und Grigán, die Saats Tunnel schon einmal durchquert hatten, erinnerten sich auch nicht an diese Kreuzung, und keiner der Aufständischen hatte damals an dem Überfall der Wallatten auf Ith teilgenommen.

»Wir stürmten mit mehreren tausend Arkariern durch den Tunnel«, sagte Léti, als müsste sie sich rechtfertigen. »Immer wieder kam es zu Gefechten. Niemand hatte Zeit, Seitengänge zu zählen und sich den Weg einzuprägen.«

»So viele Abzweigungen dürfte es nicht geben«, meinte Yan nachdenklich. »Wir hatten damals keine Schwierigkeiten, den Weg zu finden. Also muss es zwangsläufig einen Haupttunnel geben. Je tiefer wir in den Berg vordringen, desto größer ist die Wahrscheinlichkeit, dass wir den einzigen Durchgang versperren, wenn wir die Decke zum Einsturz bringen.«

Niemand widersprach. Trotzdem saßen sie in der Klemme. Die Erben waren davon ausgegangen, den Tunnel unpassierbar machen zu können, indem sie ihn an drei oder vier Stellen zum Einsturz brachten, doch nun glaubte niemand mehr so recht an ihren Erfolg. Amanón hasste die Ungewissheit. Und dabei hatte er die Durchquerung von Saats verlassenem Heerlager für den gefährlichsten Teil ihres Plans gehalten!

»Hier herumzustehen, bringt uns jedenfalls nicht weiter«, warf Keb ein. »Meine Männer werden nervös, wenn wir immer wieder haltmachen.«

»Und bis Ith ist es noch weit«, drängte Bowbaq.

Dem gab es nichts hinzuzufügen, und so setzten sie sich wieder in Bewegung und traten in den gegenüberliegenden Gang. Mutlos stapften sie voran, und Amanón warf noch einmal einen Blick über die Schulter. Wenn es den Lemuren gelang, die ersten beiden Barrieren zu umgehen, und wenn all diese Gänge tatsächlich zu einem weitverzweigten Netz unter dem Gebirge gehörten, würden die Dämonen mühelos bis hierher vordringen.

Sie lebten seit ewigen Zeiten in den finsteren Gängen des Karu und hatten sicher keine Schwierigkeiten, sich in dem Labyrinth zurechtzufinden.

Zwar spannte Amanón vor Wachsamkeit jeden Muskel an, aber allmählich kroch ihm die Kälte in die Glieder. Die rund zwanzig Lampen und Fackeln, die über die Kolonne verteilt waren, gaben kaum Wärme ab, und obwohl sie dicht gedrängt voranmarschierten, schien er nicht der Einzige zu sein, der fror. Amanón sah sich nach seiner Mutter um und warf dann Eryne einen besorgten

Blick zu. Sie hatte ihre Wolljacke fest um sich gezogen und ließ den Kopf hängen.

»Alles in Ordnung?«, fragte er und rieb ihr die Schultern.

»Ja«, antwortete sie und zwang sich zu einem Lächeln. »Es ist nur … Ich fühle mich irgendwie benommen. Als würde ein ohrenbetäubendes Dröhnen mich daran hindern, einen klaren Gedanken zu fassen. Es geht bestimmt bald vorbei. Vermutlich hat es etwas mit dem Zustand der Entsinnung zu tun.«

Amanón nickte, ließ seine Geliebte von nun an jedoch nicht mehr aus den Augen. Ihr schien es von Dezille zu Dezille schlechter zu gehen. Schließlich presste sie sich beim Gehen sogar eine Hand auf die Stirn. Auch wenn ihr Leiden kein körperliches war, quälte es sie sichtlich, und Amanón verfluchte seine Ohnmacht. Am liebsten hätte er ihr den Schmerz abgenommen. Welche Ironie des Schicksals: Seine Geliebte war die Einzige, die hätte helfen können. Eryne die Heilende. Die künftige Göttin.

So konnte Amanón nur hoffen, dass ihre Kopfschmerzen bald wieder verschwinden würden. Vielleicht hingen sie ja auch mit ihrer Schwangerschaft zusammen. Eine Weile klammerte er sich an diesen Gedanken, doch als Eryne wie angewurzelt stehen blieb, konnte er sich nichts mehr vormachen.

Entsetzen zeichnete sich auf ihrem Gesicht ab, und sie öffnete den Mund zu einem stummen Schrei. Mehr brauchte es nicht, um die Erben in höchste Alarmbereitschaft zu versetzen. Alle zogen ihre Waffen und starrten angespannt in die Finsternis vor ihnen.

Als Eryne die Sprache wiedergefunden hatte, wies sie

jedoch in die Richtung der wallattischen Krieger, die dicht gedrängt hinter ihnen standen. »Sie kommen!«, stieß sie hervor. »Hunderte!«

Die Zahl traf Amanón wie ein Peitschenhieb. Wirre Gedanken schossen ihm durch den Kopf. *Hunderte!*

Chebree hatte also nicht gelogen. Hatte der Sturm auf Goran begonnen? Machten die Bestien Jagd auf die Erben? Oder zogen sie sich ganz einfach bei Einbruch der Dunkelheit in die unterirdischen Gänge zurück? Ganz gleich, warum sie kamen, sie würden sie zu Tode trampeln, wenn sie den Weg nicht freigaben. Und auch wenn Eryne das nicht mit Gewissheit sagen konnte, schien es den Lemuren gelungen zu sein, die erste Barriere zu umgehen – vielleicht auch schon die zweite.

Die Nachricht verbreitete sich wie ein Lauffeuer unter den Aufständischen, und Panik brach aus. Die Nachhut begann von hinten zu schieben, was das allgemeine Durcheinander noch verstärkte. Angstschreie und die wütende Aufforderung, endlich weiterzulaufen, hallten von den Wänden wider, während Fackeln und Laternen hektische Schatten an die Decke warfen. Die Erben wechselten bestürzte Blicke, bevor sich Grigán ein Herz fasste, lostrabte und seine Frau mit sich zog. Auch Amanón fiel in Laufschritt, achtete aber darauf, dass die Erben in dem Durcheinander zusammenblieben. Er sah nicht mehr als drei Schritte weit, und auf dem unebenen Boden konnte jederzeit einer von ihnen stolpern und von den nachströmenden Wallatten niedergetrampelt werden.

Als ihm gleich darauf die schrillen Schreie der Dämonen an die Ohren drangen, überlief es Amanón eiskalt. Ihr Gebrüll war so laut, dass es sogar die dröhnenden

Schritte der flüchtenden Wallatten übertönte. Amanón warf Eryne einen Blick zu und konnte an nichts anderes denken, als dass sie sterben würden. Wider besseres Wissen hoffte er, dass das Echo die Schreie verstärkte und die Lemuren noch nicht so nah waren, wie es sich anhörte. Eryne hingegen wusste genau, wie groß der Abstand war, und ihr Gesicht war bleich wie ein Leichentuch.

Nachdem sie einige Dezillen lang kopflos durch den Tunnel gerannt waren, gelangten sie in eine Höhle, und Amanóns Eltern blieben neben dem Durchgang stehen. Der Tunnel, aus dem sie kamen, war von Menschenhand geschaffen. Amanón begriff sogleich, was sie vorhatten. Er stellte sich auf die andere Seite und schrie den Aufständischen zu, den Gang so schnell wie möglich freizugeben.

Die Schreie der Lemuren hallten ohrenbetäubend laut von den Wänden wider. Während die letzten Wallatten an ihm vorbeistürzten, rechnete Amanón fast damit, die Dämonen in der Dunkelheit auftauchen zu sehen. Sein Vater zog ihn tiefer in die Höhle, aber Amanón ließ die Stützbalken, auf die Yan und Corenn nun ihre Konzentration richteten, nicht aus den Augen. Als das Holz mit einem lauten Krachen barst, sah er dahinter die smaragdgrünen Augen der ersten Lemuren aufleuchten. Es waren mindestens zehn!

Im nächsten Moment donnerten mehrere Tonnen Gestein zu Boden und versperrten ihm die Sicht. Amanón und seine Gefährten starrten besorgt zur Höhlendecke empor. Den beiden Magiern war diesmal keine Zeit geblieben, die Gefahr abzuwägen. Etliche Felsbrocken fielen von der Decke, und die Höhlenwände bebten leicht, aber nach kurzer Zeit kehrte wieder Ruhe ein. Nachdem er sich vergewissert hatte, dass niemand verletzt war, trat Amanón näher und sah sich die dritte Barriere an.

Zum Glück war sie ebenso massiv wie die beiden ersten. Zwischen den Felsbrocken klaffte kein Spalt, durch den die Lemuren hätten schlüpfen können. Ihr Kreischen klang jetzt dumpf und wie aus weiter Ferne, während sie sich offenbar immer wieder in rasender Wut gegen den Geröllhaufen warfen.

Als plötzlich eine Pranke mit dichtem Fell und scharfen Krallen durch die Felsbrocken stieß und unter wilden Zuckungen nach ihm zu greifen schien, fuhr Amanón zusammen. Entweder rang der unter den Steinen begrabene Lemur mit dem Tod, oder er war unglaublich zäh. Amanón überlegte, ob er die Pranke mit einem kräftigen Hieb seines Krummschwerts abhacken sollte, aber allein der Gedanke verursachte ihm solche Übelkeit, dass er sich abwandte und rasch zu den anderen zurückging, die sich zum Aufbruch bereitmachten.

»Sie entfernen sich«, murmelte Eryne plötzlich mit abwesendem Blick. »Ich … Ich nehme an, sie suchen nach einem anderen Weg.«

Das war das Signal zum Aufbruch: Erben und Aufständische rannten wieder los.

Zejabel konnte sich des Gedankens nicht erwehren, dass sie allein viel größere Überlebenschancen gehabt hätte. Doch es wäre ihr im Traum nicht eingefallen, die anderen zu verlassen, obwohl die Flucht durch die finsteren Gänge sie schmerzlich an die Prüfungen erinnerte, die sie als junges Mädchen in den Sümpfen des Lus'an hatte bestehen müssen. Damals war sie mitten in der Wildnis ausgesetzt worden, und ihre Rivalinnen hatten eine Hetzjagd auf sie veranstaltet. Vielleicht durchlitt auf der Insel Zuïa in diesem Moment ein anderes Mädchen ähnliche Qualen. Diese Vorstellung verlieh der einstigen Kahati den Mut, sich gegen das Schicksal aufzulehnen.

Die Erben würden nicht in diesem unheilvollen Labyrinth sterben, zerfleischt von Bestien, die nur ihren dämonischen Instinkten folgten. Nein, sie waren dazu bestimmt, die Tyrannei der Dämonen zu beenden, und Zejabel hatte geschworen, ihnen dabei zu helfen.

Um ihre Freunde – und vor allem Nolan – besser beschützen zu können, hatte sie sich an die Spitze des Zugs gesetzt. Sie zweifelte nicht am Mut ihres Geliebten, doch anders als sie hatte er nicht seine Kindheit und Jugend damit zugebracht, seinen Körper zu einem Kampfwerkzeug zu formen. Zwar hatten die Judikatoren sie hauptsächlich im Umgang mit dem Hati unterwiesen, aber mittlerweile hatte sie sich daran gewöhnt, mit einem gewöhnlichen Dolch zu kämpfen.

Während sie durch die schier endlosen Gänge sprintete, erwog Zejabel sogar, beim nächsten Kampf Saats Schwert zu gebrauchen. Schließlich hatte ihr niemand ausdrücklich davon abgeraten, und angesichts der Zähigkeit der Lemuren und ihrer langen Arme war es bestimmt nicht das Schlechteste, sich hinter einer vier Fuß langen Klinge zu verschanzen. Da das Schwert jedoch dem Erzfeind bestimmt war, kam es ihr wie Frevel vor, es in die Hand zu nehmen. Außerdem hatte Yan bestätigt, dass die Waffe magische Kräfte hatte. Was, wenn diese Kräfte nicht zweimal wirkten? Vielleicht machte sie das Schwert für den Erzfeind unbrauchbar, wenn sie damit kämpfte. Das durfte sie auf keinen Fall riskieren.

Trotzdem ließ der Gedanke sie nicht los. Da gellte das Gekreisch der Lemuren von neuem durch die unterirdischen Gänge.

»Jetzt … Jetzt sind sie unter uns«, stammelte Eryne. »Und sie kommen näher!«

Zejabel rannte noch schneller und hoffte, dass die anderen ihr folgen könnten. Doch schon nach dreißig Schritten musste sie langsamer werden, weil der Abstand zu ihren Freunden zu groß wurde. Dabei hatten sie keine Zeit zu verlieren! Seit der letzten Höhle waren sie an keiner Abzweigung mehr vorbeigekommen. Offenbar befanden sich die Lemuren in einem parallel verlaufenden Gang, der vermutlich irgendwann in ihren münden würde – anderenfalls wäre ihr Kreischen nicht so laut. Die entscheidende Frage war also, ob Lemuren oder Menschen es als Erste zur nächsten Gabelung schafften.

Die Erben rannten um ihr Leben; nur ein Wunder konnte sie jetzt noch retten. Die Schreie der Dämonen kamen immer näher. Jeden Moment konnten ihre hasserfüllten grünen Augen in der Dunkelheit vor ihnen aufblitzen.

Zejabel packte ihren Dolch und den Griff ihrer Laterne fester und klammerte sich an die Hoffnung, dass sich die Erben den Weg freikämpfen konnten, bevor zu viele Lemuren in den Gang einfielen.

Gleich darauf blieb sie wie angewurzelt stehen, und Nolan, Grigán und die anderen taten es ihr gleich. Zejabel hatte eine Abzweigung entdeckt. Einen Gang, der nach oben führte. Einen Gang, der sie von den Dämonen fortführte!

»Wir dürfen den Haupttunnel nicht verlassen«, sagte Corenn atemlos.

Als das Kreischen ihrer Verfolger aus nächster Nähe von den Wänden widerhallte, gab es kein Zögern mehr. Die Erben zwängten sich in den schmalen Seitengang. An der Abzweigung herrschte ein heilloses Geschiebe und Gedränge, und so rannten viele Wallatten in ihrer Panik geradeaus weiter, was ihnen zum Verhängnis wurde. Als die ersten Entsetzensschreie und Kampfgeräusche ertönten, machten sie kehrt und folgten ihren Kameraden in den Seitengang, wo sie die anderen bald einholten. Zejabel erkannte am Echo der Schritte und Stimmen, was passiert war, blieb aber nicht stehen, um sich einen Überblick zu verschaffen. Immer weiter hastete sie den steil nach oben führenden Gang hinauf. Er war so eng, dass nicht mehr als zwei Menschen nebeneinander Platz hatten. Zejabel betete zu allen Göttern des Dara, dass sie nicht in eine Sackgasse geraten waren.

Zu ihrer Erleichterung mündete der Gang gleich darauf in eine Höhle, von der drei weitere Tunnel abgingen. Einige Wallatten wollten nicht warten, bis sie sich für einen entschieden, und liefen blindlings weiter, obwohl Keb und Grigán ihnen nachriefen, sie müssten zusammenbleiben. Mit pochenden Schläfen und schweißbedeckter Stirn trat Zejabel gerade in einen der Gänge, als das Getöse herunterkrachender Felsbrocken sie herumwirbeln ließ. Yan und Corenn hatten unverzüglich gehandelt.

Im nächsten Moment krampfte sich ihr der Magen zusammen: Zwei Lemuren hatten es in die Höhle geschafft, bevor der Geröllhagel niederging. Einer stürzte sich auf die Aufständischen, die sich in der Mitte zusammengedrängt hatten. Der andere fixierte Zejabel mit einem Blick, den sie nur zu gut kannte. Dann spannte die Bestie die Hinterbeine an und sprang auf sie zu.

Zejabel vertraute auf ihre Reflexe, die so gut wie eh und je waren. Niemand anders als Zuïas einstige Kahati hätte dem Lemuren wohl noch rechtzeitig ausweichen können. Als sich der Dämon mit Schaum vorm Maul und gebleckten Zähnen auf sie stürzte, rief ihr eine innere Stimme zu, dass ihr Leben nicht minder wertvoll war als das der Erben, und vielleicht war es auch dieser Gedanke, der sie mit solch atemberaubender Schnelligkeit reagieren ließ. Gleichsam wie im Traum sah sie sich selbst dabei zu, wie sie dem Lemuren in einem weiten Bogen ihren Arm entgegenschleuderte und die Laterne losließ. Dann warf sie sich zur Seite, rollte ab und sprang sofort wieder auf die Füße.

Der Dämon heulte auf, als sich das brennende Öl über sein Gesicht ergoss. Er schlug wild um sich, traf Zejabel am Arm und warf sie um, bevor er ebenfalls stürzte und sich kreischend auf der Erde wälzte. Als Zejabel wieder zu sich kam, blutete sie aus einer tiefen Wunde am Unterarm und hatte ihren Dolch verloren. Der Lemur musste ihr die Waffe aus der Hand geschlagen haben, jedenfalls konnte Zejabel sie in dem ringsum herrschenden Chaos nirgends entdecken.

Mit einer geschmeidigen Bewegung kam sie wieder auf die Füße. Ohne zu zögern, packte sie Saats Schwert, das sie immer noch auf dem Rücken trug. Als sie den Griff berührte, geschah nichts Außergewöhnliches. Warum auch? Schließlich war es wie alle Schwerter dazu erschaffen, Wunden zuzufügen und Feinde niederzustrecken. Zejabel ging in Stellung, während der Dämon vier Aufständische abschüttelte, die versucht hatten, ihn zu Boden zu drücken. Als er sich mit gesträubtem Nackenfell wieder auf sie stürzte, war sie bereit. Sie würde ihn töten. Ihr ganzes Denken war auf diesen Entschluss gerichtet!

Mitten im Sprung verkrampfte sich der Lemur plötzlich, bevor er mit zuckenden Gliedern und verzerrtem Gesicht auf den Boden aufschlug.

Zejabel hielt das Ganze zunächst für eine Finte und wich vorsichtig einen Schritt zurück, doch das Ungeheuer schien tatsächlich außer Gefecht gesetzt zu sein. Hilflos lag es auf der Seite, zerkratzte sich die Brust und sperrte das Maul weit auf, als bekäme es keine Luft oder kämpfte gegen ein rätselhaftes Leiden. Ihr war unklar, ob es sich im Todeskampf wand oder nicht. Gleich darauf gaben ihm Kebree und eine Handvoll Wallatten mit einigen kräftigen Lowahieben den Rest.

Zejabel starrte auf Saats magisches Schwert, das nicht anders aussah als eine gewöhnliche Waffe. Dann wandte sie sich dem zweiten Lemuren zu, den Erben und Aufständische mittlerweile in eine Ecke gedrängt hatten. Sie wünschte sich, er möge sterben, so wie man sich beim Anblick einer Sternschnuppe etwas wünscht. Im nächsten Moment sank der Affendämon tot zu Boden.

Nachdem Cael eine halbe Ewigkeit durch finstere Gänge gehastet war, die Angst im Nacken und das Kreischen der Lemuren in den Ohren, zitterte er am ganzen Körper.

Es kostete ihn schier übermenschliche Anstrengung, der Stimme in seinem Kopf zu widerstehen.

So laut war sie nicht mehr gewesen, seit er das Karu verlassen hatte, aber er hatte sich auch schon lange nicht mehr so bedroht gefühlt. Das Gebrüll der Wallatten und das Kreischen der Lemuren, der flackernde Fackelschein, das Gedränge in den engen Gängen und die überstürzte Flucht … Cael durchlebte einen wahren Alptraum, während der Dämon in seinem Inneren triumphierte. Er schickte dem Jungen immer neue Bilder des Hasses und der Rache, verstärkte seine Ängste, schürte seinen Zorn und stachelte ihn dazu an, sich dem Einzigen hinzugeben, was ihn vor dem Tod bewahren würde: der rohen Gewalt.

Bisher war es Cael gelungen, die Stimme zurückzudrängen, doch er spürte, wie sie immer mächtiger wurde. Mehr denn je verfluchte er die Fürsorglichkeit seiner Eltern, die ihm nicht von der Seite wichen. Im allgemeinen Durcheinander grenzte es geradezu an ein Wunder, dass sie ihn nicht aus den Augen verloren, aber einer von beiden blieb immer bei ihm, um über ihn zu wachen.

Obwohl sie die Höhle, in der sie gegen die zwei Lemuren gekämpft hatten, bereits vor mehreren Dezillen verlassen hatten, klang ihm das Kreischen der Dämonen immer noch in den Ohren. Manchmal hörte er sogar, wie ihre Krallen über den Fels schabten, und hin und wieder gellte in der Ferne der Schrei eines Menschen. Jedes Mal wurde Cael ganz schlecht vor Angst. Mittlerweile folgte ihnen nur noch gut die Hälfte der Aufständischen – die anderen waren tot oder hatten sich in dem unterirdischen Labyrinth verirrt.

Grigán und Zejabel, die immer noch vorwegrannten, waren offenbar stillschweigend übereingekommen, an jeder Abzweigung den Gang zu wählen, der aufwärts führte. So hofften sie wohl, die Lemuren abzuhängen, die sich eher zum Schlund der Erde hingezogen fühlten als zu luftigen Höhen. Das von den Wänden hallende Echo erschwerte es ihnen jedoch, die Richtung zu bestimmen, aus der die Dämonen heranstürmten, und so mussten sie häufig Eryne um Rat fragen. Immer wenn die künftige Göttin eine zitternde Hand ausstreckte, beeilte sich die kleine Schar, bei nächster Gelegenheit die entgegengesetzte Richtung einzuschlagen. Aber mit der Zeit wurde es auch für Eryne immer schwieriger, die Lemuren zu orten. Die Affendämonen hatten sich offenbar in kleinere Banden aufgeteilt, und so wuchs die Gefahr eines weiteren Zusammenstoßes.

Irgendwann gelang es den Erben zum Glück, sich so weit von den Lemuren zu entfernen, dass sie langsamer zu laufen wagten. Nachdem sie fast eine Dezime lang ununterbrochen gerannt waren, konnten sie nun endlich ein wenig durchatmen. Allerdings hatten sie keine Ahnung, wo sie sich befanden. Wie tief waren sie mittlerweile in das Gebirge vorgedrungen?

Nach einer Weile spürte Eryne keine Dämonen mehr in der Nähe, horchte aber weiter in sich hinein, um jederzeit Alarm schlagen zu können: Ihr Blick verlor sich in der Dunkelheit, ihre Unterlippe bebte leicht. Nach einigen Dezillen gelangten die Erben in eine weitere Höhle, aus der nur ein einziger Gang herausführte – eine hervorragende Stelle für eine Barriere.

Corenn und Yan gingen sogleich ans Werk, und Bra'n

nutzte die kurze Rast für ein vertrauliches Gespräch mit Kebree.

»Wir haben dir Treue geschworen, Herr, und wir stehen zu unserem Wort. Aber wohin führst du uns? Gibt es noch Hoffnung, oder müssen wir uns darauf gefasst machen, hier unten den Tod zu finden?«

»Ich will euch nicht belügen, und deshalb habe ich keine Antwort auf deine Frage, mein Freund. Aber sag deinen Männern, sie sollen meinen Gefährten weiterhin folgen. Wenn überhaupt, so können nur sie uns von den Bestien fortführen!«

Bra'n nickte ernst und wandte sich ab, um die Botschaft weiterzugeben. Kurz darauf krachten große Felsbrocken von der Decke und versperrten den Gang, aus dem sie gekommen waren.

Erst als Corenn und Yan zu den anderen Erben zurückkehrten, trat in der Höhle wieder Stille ein, und sie konnten ihr Gespräch fortsetzen.

»Bra'n hat Recht«, meinte Rey. »Wenn wir einfach immer weiterlaufen, sitzen wir irgendwann in der Falle.«

»Ich wüsste nicht, was uns anderes übrig bleibt«, brummte Grigán. »Nach Wallatt können wir nicht zurück, also müssen wir versuchen, Ith zu erreichen.«

Zejabel wollte gerade etwas sagen, da kam Cael ihr zuvor. Es war nicht gerade höflich, ihr derart ins Wort zu fallen, aber er konnte die Idee, die ihm soeben gekommen war, nicht für sich behalten. Der Drang, den anderen davon zu erzählen, war stärker als alles andere. »Wir könnten ins Jal zurückkehren«, rief er.

Im gleichen Moment wurde ihm klar, dass er immer noch unter dem Einfluss seiner Stimme stand. Welche seiner beiden Persönlichkeiten hatte diese Idee gehabt? Handelte es sich vielleicht um einen hinterhältigen Versuch seines inneren Dämons, sie ins Karu zurückzulocken? Die verständnislosen Blicke, die ihm seine Eltern und Niss zuwarfen, schmerzten ihn. War sein Gesicht etwa wieder zu einer hasserfüllten Fratze verzerrt? Falls ja, hatte er es nicht bemerkt …

»Ins Jal? Wozu?«, fragte Lana verwundert. »Wenn wir zurückkehren, müssen wir vielleicht für immer dort bleiben!«

»Aber immerhin kämen wir so aus diesem verfluchten Labyrinth heraus«, überlegte Amanón laut. »Einer von uns könnte Nol aufsuchen und ihn fragen, ob er uns nicht an einen anderen Ort schicken kann.«

»Das kommt mir ebenso gefährlich vor wie weiterzulaufen. Vielleicht schaffen wir es ja doch bis Ith«, murmelte Bowbaq.

»Außerdem wissen wir nicht, ob der Ewige Wächter der ethekischen Pforte noch lebt«, gab Nolan zu bedenken. »Ohne ihn können wir den Durchgang zum Jal nicht öffnen.«

»Und selbst wenn er lebt – wie bringen wir ihn dazu, uns zu helfen?«, meinte Léti. »Wir können die Inschrift der Pforte nicht lesen und wissen nicht, wie man den Wächter ruft.«

»Alle Unsterblichen können die Wächter rufen«, entgegnete Amanón. »So viel wissen wir mittlerweile. Und die Pforte befindet sich an einem der Ausgänge des Labyrinths. Wenn es uns gelingt, sie zu finden, und der Wächter noch lebt, wäre das unsere Rettung! Vielleicht ist es sogar möglich, durch die Pforte direkt nach Goran zu gelangen. Dann könnten wir den Kaiser vor dem Angriff der Lemuren warnen.«

Alle sahen Eryne an, die ratlos mit den Schultern zuckte. Cael hatte das Gefühl, einen Fehler gemacht zu haben. Seine Idee schien auf keine große Begeisterung zu stoßen, außer vielleicht bei seinem Cousin. Unschlüssiges Schweigen trat ein, und Cael fand sich schon damit ab, dass sie weiterfliehen würden, ohne eine Entscheidung getroffen zu haben.

»Da ist noch etwas«, sagte Zejabel in die Stille hinein. »Ich habe entdeckt, welche magischen Kräfte das Schwert besitzt.«

Auch wenn sie versuchte, ihre Worte beiläufig klingen zu lassen, war ihr die Aufmerksamkeit ihrer Gefährten sicher. Cael bemerkte, dass der Blick der Zü nachdenklich auf dem Griff ruhte. Sie hielt das Schwert so, als wollte sie es dem Ersten überreichen, der sie darum bat. Plötzlich verspürte er den übermächtigen Drang, die Waffe zu packen.

Die Worte »magische Kräfte« hatten etwas Unheilvolles in ihm geweckt.

»Ich glaube, man muss das Schwert nicht einmal aus der Scheide ziehen, um es zu gebrauchen«, fuhr Zejabel fort. »Bei unserem letzten Kampf habe ich mir ganz einfach den Tod der Lemuren gewünscht, und im nächsten Moment wanden sie sich am Boden.«

»Aber sie lebten noch«, entgegnete Keb. »Zumindest einem musste ich den Todesstoß versetzen.«

»Sie sind ungewöhnlich zäh«, meinte Yan. »Damals vor dreiundzwanzig Jahren hat sich Saat damit gebrüstet, uns töten zu können, indem er es sich von seinem Schwert wünschte. Das Einzige, was ihn daran hinderte, waren unsere Dara-Steine.«

»Jetzt fällt es mir auch wieder ein«, pflichtete Léti ihm bei. »Das würde zu ihm passen. Saat war wahnsinnig genug, um sich einen derart bösen Zauber auszudenken.«

Die Erben überlegten schweigend, während die Aufständischen allmählich unruhig wurden. Cael bohrte sich die Fingernägel in die Handfläche, um dem Drang zu widerstehen, Zejabel die Waffe aus der Hand zu reißen. Nur ein Eroberer war eines solchen Schwerts würdig, und die Stimme in seinem Kopf flüsterte ihm zu, dass niemand ein größerer Eroberer sei als er selbst. In Kürze würde er die Gedanken des Dämons und seine eigenen nicht mehr auseinanderhalten können. Und dann würde etwas Grauenhaftes geschehen.

»Wir können Sombre bestimmt nicht töten, indem wir das Schwert gegen ihn richten«, wandte Reyan ein. »Das wäre viel zu einfach.«

Niemand widersprach oder stimmte ihm zu. Auch wagte offenbar keiner der Erben, die Hand nach dem magischen Schwert auszustrecken. Cael konnte kaum noch an sich halten. Das Schwert war so nah, und niemand schien es zu wollen! Wenn Eryne nicht plötzlich eine Hand zur Stirn geführt hätte, eine Geste, die ihnen mittlerweile wohlbekannt war und die sie in hellen Aufruhr versetzte, hätte Cael diesem Drang gewiss nachgegeben. Hastig liefen sie weiter. Die Lemuren waren ihnen wieder auf den Fersen.

Cael war versucht, die allgemeine Verwirrung zu nutzen, um Zejabel von hinten anzuspringen und ihr die Waffe zu entreißen. Einzig mit ungeheurer Willensanstrengung gelang es ihm, sich zu beherrschen – die Frage war nur, wie lange noch.

Auf Eryne lastete eine solche Verantwortung, dass sie kaum bemerkte, wie erschöpft sie war. Dabei hätte sie von der kopflosen Flucht durch die Finsternis eigentlich völlig zerschlagen sein müssen. Sobald ihnen die Lemuren zu nahe kamen, rannten sie durch die Gänge, so schnell sie konnten, und davor hatten sie zwei volle Tage auf dem Rücken ihrer Pferde verbracht. Auch die ständige Konzentration war ungemein kraftraubend, aber ihre göttliche Natur half ihr offenbar, all diese Anstrengungen zu vergessen. Jedenfalls kam sie nicht dazu, auf ihre müden Glieder zu achten. Bei der wilden Hatz durch die Gänge zählte jeder Augenblick, und wenn sie nur für den Bruchteil einer Dezille unaufmerksam war, konnte das ihrer aller Tod bedeuten.

Sie wusste, dass ihre Warnungen für die Gefährten und die Aufständischen überlebenswichtig waren. Andererseits war sie die Einzige, deren Anwesenheit die Lemuren spüren konnten. Die Dämonen mochten ein besonders scharfes Gehör oder einen ausgeprägten Geruchssinn haben, aber wahrscheinlich folgten sie den Menschen einfach, indem sie Erynes Geist orteten.

Hin und wieder erwog sie, die anderen zu verlassen, um die Dämonen auf eine falsche Fährte zu locken, doch sie konnte sich nie dazu durchringen. Die Kreaturen stammten aus dem Karu und waren womöglich imstande, ihren unsterblichen Lebensfunken zu löschen, während ihr menschliche Gegner nicht mehr gefährlich werden konnten. Auf keinen Fall wollte sie auf so grausame Weise sterben – nicht jetzt, wo ein Kind in ihrem Leib heranwuchs. Nicht jetzt, wo sie und Amanón endlich zueinander gefunden hatten.

Also hastete sie immer weiter durch die Gänge und zeigte den anderen an jeder Abzweigung, aus welcher Richtung sich die Dämonen näherten. Daraufhin entschieden Grigán und Zejabel, welchen Weg sie als Nächstes einschlugen.

So entfernten sich die Erben immer weiter von Saats Tunnel. Nach wie vor wählten sie bei jeder Gelegenheit Gänge, die nach oben führten. Sie passierten unzählige Höhlen und Gabelungen, und Eryne verstand nun besser, wie Saat es geschafft hatte, sich zur anderen Seite des Rideau vorzuarbeiten. Offenbar erstreckte sich das endlose Netz aus Höhlen und Gängen durch das gesamte Gebirge. Allein der Gedanke ließ Eryne schwindeln. Er schien abwegig, aber nicht abwegiger als alles andere, was sie bisher erlebt hatten. Hatte der Glaube der Etheker vielleicht sogar das Antlitz der bekannten Welt verändert?

Eryne verscheuchte die trüben Gedanken und konzentrierte sich wieder auf die Aufgabe, die ihr niemand abnehmen konnte. Dank ihrer Wachsamkeit waren sie keinen Lemuren mehr begegnet, auch wenn sie hin und wieder ihr Kreischen durch die Gänge hallen hörten. So wagten die Erben und Aufständischen wieder zaghaft zu hoffen, ihre unterirdische Wanderung heil zu überstehen.

Eryne hatte jedes Zeitgefühl verloren, aber seit dem letzten Zusammenstoß mit den Affendämonen mussten mindestens anderthalb Dekanten verstrichen sein. Draußen war wohl längst die Sonne untergegangen. In Lorelia gingen die Bürger vielleicht gerade ins Theater, statteten einander Besuche ab oder waren auf dem Weg ins Bett. Diese Alltäglichkeiten und auch ihr altes Leben als Hofdame kamen ihr völlig unwirklich vor. Aber vielleicht gehörte ein solches Leben, wie sie es sich ausmalte, ohnehin längst der Vergangenheit an? Was mochte in diesem Moment in Lorelia, Goran und Kaul geschehen? Herrschte Krieg in den Städten? Hatten die Dunkle Bruderschaft und die Graue Legion längst die Macht an sich gerissen? Stand Sombre bereits im Begriff, die Welt zu unterwerfen und sich zum alleinigen Herrscher aufzuschwingen? Wenn es den Erben nicht bald gelang, einen Weg aus diesem verfluchten Labyrinth zu finden, würde ihn nichts und niemand mehr davon abhalten können.

Am meisten fürchtete sich Eryne davor, in eine Sackgasse zu geraten. Bei dieser Vorstellung beschlich sie Beklemmung, zumal sie seit einer Weile den Eindruck hatte, dass die Lemuren zielgerichtet vorgingen.

»Es kommt mir vor, als wollten sie uns in eine bestimmte Richtung treiben«, sagte sie schließlich.

»Den Verdacht habe ich auch«, antwortete Grigán. »Wir haben sie zu lange nicht mehr zu Gesicht bekommen.«

»Ich halte es für unwahrscheinlich, dass sie planvoll vorgehen«, widersprach Léti.

»Von sich aus wohl nicht«, meinte Amanón. »Aber ein mächtiger Dämon könnte ihnen selbst vom anderen Ende der Welt aus Befehle erteilen. Wer Goran angreifen will, muss sie schließlich lenken können.«

Sombres Namen sprach er nicht aus, aber natürlich wussten alle, von wem er sprach.

»Das ergibt keinen Sinn«, beharrte Léti. »Warum hetzt er sie uns dann nicht einfach auf den Hals?«

»Vielleicht will er uns in die Enge treiben«, warf Bowbaq ein.

»Oder die Lemuren fürchten das Schwert«, überlegte Niss.

Eryne sah unwillkürlich zu Zejabel hinüber, doch Grigán erstickte ihre Hoffnung im Keim.

»Das würde mich wundern. Sie machen mir nicht den Eindruck, als fürchteten sie sich vor irgendetwas, und wenn sie uns im Pulk angreifen, nützt uns das Schwert gar nichts. Uns bliebe nicht genug Zeit, sie einen nach dem anderen niederzustrecken.«

»Aber was führen sie dann im Schilde?«, rief Cael jähzornig.

Die hasserfüllte Stimme des Jungen jagte Eryne einen Schauer über den Rücken. Sie kannte ihn mittlerweile gut genug, um die ersten Anzeichen eines bevorstehenden Wutanfalls zu erkennen. Auch die anderen bemerkten die Veränderung: Seine Eltern rückten näher an ihn heran, und Niss wich ihm nicht mehr von der Seite.

»Vielleicht nichts«, antwortete Grigán seufzend. »Vielleicht haben wir sie tatsächlich abgehängt. Das werden wir erst wissen, wenn wir das Ende des Tunnels erreichen.«

Seit sie damit rechneten, in eine Sackgasse getrieben zu werden, liefen die Erben und ihre wallattischen Verbündeten unwillkürlich langsamer. Dabei mussten sie doch auf die andere Seite des Gebirges gelangen! Niss wäre am liebsten losgerannt, und sei es nur, um die finsteren Gänge endlich hinter sich zu lassen.

Außerdem schien die Umgebung Cael alles andere als gutzutun. Er atmete stoßweise, und sein Blick huschte rastlos umher. Eigentlich hätte sich Niss davor fürchten müssen, dass sein innerer Dämon erneut zum Vorschein kam, aber sie vertraute dem Jungen, der in den letzten Tagen so zärtlich zu ihr gewesen war. Sie ahnte, wie viel Kraft es ihn kostete, gegen die Stimme in seinem Kopf anzukämpfen. Sein verzerrtes Gesicht, über das immer wieder ein Schatten der Verzweiflung huschte, zeugte davon, dass er sich nicht so einfach geschlagen geben würde. Cael schien seinem inneren Dämon mittlerweile besser widerstehen zu können, vielleicht, weil er sich eine Weile in den Gärten des Dara aufgehalten hatte. Oder weil er seine Eltern wiedergefunden hatte.

Insgeheim hoffte Niss jedoch, selbst nicht ganz unschuldig an dieser Veränderung zu sein. Jedes Mal, wenn sich ihre Blicke begegneten, schenkte sie Cael ein strahlendes Lächeln – auch dann noch, als in seinen Augen bereits unbezähmbare Wut zu lodern schien.

Aber warum hatte es diesmal so lange gedauert, bis sich seine Stimme erhob? Seit über zwei Dekanten marschierten sie nun schon durch die Finsternis, und Cael hatte den ersten Teil ihrer Wanderung gut überstanden. Nichts hatte ihn aus der Fassung gebracht: weder das Kreischen der Lemuren noch der Tod der Wallatten noch die wilde Flucht durch die Gänge. Doch jetzt wirkte er völlig verstört. Vielleicht war die Aussicht, von den Lemuren in die Enge getrieben zu werden, der Tropfen, der das Fass zum Überlaufen brachte. Jedenfalls schien Cael in den letzten Dezimen sein inneres Gleichgewicht verloren zu haben.

Als Eryne plötzlich erstarrte und eine Hand zur Schläfe führte, versteifte sich Cael. Sollten die Erben noch einmal auf Lemuren stoßen, würde sein innerer Dämon aus seinem geistigen Gefängnis ausbrechen, so viel war sicher. Niss wollte ihm eine Hand auf die Schulter legen, da geschah etwas völlig Unerwartetes.

»Ich habe die Pforte gefunden«, rief Eryne. »Ich sehe den Weg dorthin deutlich vor mir.«

Also führte dieser Teil des Labyrinths tatsächlich zur Pforte der Etheker. Als die Erben auf der Suche nach der ältesten Pforte ins Jal durch die Katakomben der Heiligen Stadt geirrt waren, hatte Eryne auch ganz plötzlich gespürt, welcher Weg der richtige war.

Aber konnte das überhaupt sein? Waren sie schon so nah an Ith?

»Und es ist tatsächlich dieselbe Pforte?«, vergewisserte sich Nolan.

Eryne nickte, und die Erben musterten einander unschlüssig. Niss hatte ihre Entscheidung längst getroffen. Sie hatte nichts dagegen, noch einmal ins Dara zu flüchten, wenn sie dafür endlich aus den finsteren Gängen herauskam, in denen es vor Dämonen nur so wimmelte. Vielleicht konnten sie von dort sogar ins Weiße Land gehen, zu ihren Eltern!

»Und kannst du auf dem Weg dorthin Lemuren ausmachen?«, fragte Corenn.

Eryne konzentrierte sich kurz und schüttelte dann den Kopf.

»Das gefällt mir nicht«, brummte Grigán. »Obwohl wir

unzählige Male die Richtung gewechselt haben, hat es uns zufällig in die Nähe der Pforte verschlagen?«

»Nicht der Zufall hat uns hierhergeführt«, entgegnete Rey, »sondern die Dämonen.«

»Das verstehe ich nicht«, sagte Bowbaq. »Warum sollten sie uns auf einen Ausgang aus dem Labyrinth zutreiben?«

»Vielleicht hoffen sie, dass wir ins Jal fliehen und dort gefangen bleiben«, überlegte Nolan. »Sie wissen wahrscheinlich viel mehr als wir. Zum Beispiel, welche Ewigen Wächter noch leben.«

Dieser Gedanke verwirrte Niss. Das konnte tatsächlich sein! In Sombres Augen gab es wohl kein besseres Gefängnis für seine Gegner als die Gärten des Dara. Wenn er den Erzfeind dort einsperrte, konnte er für alle Zeiten ungestört über die bekannte Welt herrschen.

»Wenn alle Wächter tot sind, lässt sich die Pforte ohnehin nicht mehr öffnen«, meinte Amanón schulterzuckend. »Ich glaube nicht, dass es sich um eine Falle handelt.«

»Es sei denn, Sombre hat vor, den Wächter dieser Pforte erst zu töten, wenn wir im Jal sind«, entgegnete Rey.

»Die Gefahr besteht durchaus«, gab Amanón zu. Ich könnte die Pforte allein durchschreiten und Nol danach fragen. Sollte der Riesenadler tatsächlich der letzte lebende Wächter sein, komme ich zu euch zurück. Sombre wird nichts unternehmen, bis wir nicht alle auf der anderen Seite sind.«

»Vielleicht weiß der Dämon ja auch gar nicht, was hier unten geschieht«, sagte Lana hoffnungsvoll. »Unsere Gwelome schützen uns, also kann Sombre uns nur über den Umweg seiner Lemuren aufspüren. Und nichts beweist, dass er in diesem Moment in ihren Gedanken liest.«

Wie als Antwort auf diese Bemerkung überlief Eryne ein Schauer. Diesmal schlug sie tatsächlich Alarm, und die Erben rannten los. Während sie sich beraten hatten, waren sie langsamer gegangen und hatten so kostbare Zeit verloren. Die Richtung, in die sie flohen, konnten sie sich ohnehin nicht aussuchen, denn von dem schnurgeraden Gang, in dem sie sich befanden, zweigten keine Seitengänge ab.

Nach mehreren Dezillen drang von fern das Kreischen der Lemuren an ihre Ohren. Immer noch klangen sie völlig entfesselt, dabei hätten sie eigentlich erschöpft sein müssen: Schließlich hatten sie die verschütteten Tunnelabschnitte umgangen und eine sehr viel längere Strecke zurückgelegt als die Erben. Offenbar spornte die Hetzjagd sie so sehr an, dass sie nicht ermüdeten. So gesehen war es Niss fast lieber, wenn die Lemuren sie in eine Falle trieben, denn andernfalls würden sie die Erben wohl bald in Stücke reißen.

Während sie noch etwas schneller rannte, ließ Niss Cael nicht aus den Augen. In ihm schien ein erbitterter Kampf zu toben: Er presste die Kiefer aufeinander und ballte immer wieder die Fäuste. Hätten sie doch nur eine kurze Rast einlegen und für einen Augenblick alle Sorgen vergessen können! Stattdessen liefen sie schneller und schneller, denn das Kreischen der Lemuren wurde immer lauter. Bald war klar, dass sie sich in derselben bedrängten Lage befanden wie zu Beginn ihrer Flucht: Sie mussten es unbedingt vor den Lemuren bis zur nächsten Gabelung schaffen, oder sie saßen in der Falle.

Zum Glück stießen sie nach einigen hundert Schritten endlich auf eine Höhle, aus der mehrere Gänge herausführten, und Eryne winkte ihre Freunde eilig in einen steil ansteigenden Tunnel. Er unterschied sich nicht sonderlich von denen, durch die sie in den letzten Dezillen gehastet waren, und doch kam er Niss irgendwie vertraut vor. An der nächsten Kreuzung wurde aus dem Verdacht Gewissheit: Sie erkannte die Felswände wieder. An dieser Stelle waren sie damals auch vorbeigekommen.

Beim letzten Mal hatten am Ende des Tunnels sieben Lemuren und eine Handvoll Anhänger der Dunklen Bruderschaft auf sie gewartet. Heute war ihnen ein ganzes Dämonenheer auf den Fersen.

Als ihr einfiel, dass die Pforte auf ein Felsplateau hinausführte, umgeben von einem steilen Abgrund, wurde Niss angst und bange. Wenn es ihnen nicht gelang, den Durchgang zum Jal zu öffnen, konnten sie nur in die Tiefe springen oder elendig verhungern und verdursten, falls Corenn und Yan es schafften, den Tunneleingang zu blockieren. Vielleicht war das die Falle, in die die Lemuren sie treiben wollten. Vielleicht war die Hochebene in dem abgelegenen Tal die einzige Sackgasse des unterirdischen Labyrinths.

Aber sie hatten keine Wahl. Die Lemuren kamen mit jeder Dezille näher, und ihnen blieb nichts übrig, als immer weiterzurennen. Auch die anderen schienen den Weg jetzt wiederzuerkennen. Einige Tausend Schritte hinter den Aufständischen galoppierte eine hasserfüllte Horde Dämonen durch die Finsternis, und Niss stellte sich vor, wie die Lemuren mit gebleckten Zähnen und ausgefahrenen Krallen um die vordersten Plätze kämpften.

Niss glaubte schon, die Dämonen hätten sie eingeholt, als die Erben endlich den Gang erreichten, an dessen Ende sich die Pforte befand. Voller Panik stellte sie fest, dass die Tunneldecke zum Ausgang hin immer höher wurde – Yan und Corenn würden es schwer haben, sie zum Einsturz zu bringen. Es wäre klüger gewesen, den Tunnel am unteren Ende zu blockieren, aber das hatten sie natürlich nicht wissen können. Jetzt umzukehren und sich einen Weg durch die heranstürmenden Wallatten zu bahnen, war nicht nur lebensmüde, sondern schlichtweg unmöglich.

Mit wachsender Verzweiflung folgte Niss den anderen aus dem Tunnel hinaus. Keuchend, schweißgebadet und mit rasendem Puls sog sie begierig die kalte Nachtluft ein. Ith lag irgendwo unterhalb des Felsplateaus, in über tausend Schritten Tiefe – und damit gewissermaßen am anderen Ende der Welt. Aber Niss hatte ohnehin keine Zeit, einen Blick in den Abgrund zu wagen. Das wütende Kreischen der Lemuren drang an ihr Ohr, während die letzten Wallatten aus dem Tunnel gestürzt kamen. Die Dämonen würden jeden Augenblick da sein. Corenn und Yan stellten sich bereits vor der Pforte auf, um ihnen den Weg zu versperren. Ihre sorgenvollen Mienen verhießen nichts Gutes.

Niss wandte sich zu Eryne um, die von ihren Gefährten umringt wurde. Sie hatte den Blick zu den Sternen erhoben und beschwor offenbar den Ewigen Wächter der Pforte. Dabei wirkte sie so mutlos, dass Niss alle Hoffnung verlor. Niemand würde ihnen zu Hilfe kommen.

In diesem Moment rief Zejabel vom anderen Ende des Felsplateaus zu ihnen herüber. Die Zü schwenkte ihre

Fackel und wies auf etwas, das sie in der Dunkelheit entdeckt hatte.

Am Boden lag ein gigantischer Raubvogel. Der Ewige Wächter der ethekischen Pforte war tot, und seine magischen Kräfte waren für immer erloschen.

In diesem Augenblick zerbrach etwas in Cael. Diesmal gewann die Stimme nicht einfach für eine gewisse Zeit die Oberhand, diesmal ging es viel weiter. Die aussichtslose Lage, in die sie geraten waren, stürzte ihn in eine so abgrundtiefe Verzweiflung, wie er sie noch nie empfunden hatte. Sein letzter klarer Gedanke war, dass sich nun herausstellen würde, ob Usuls Prophezeiung zutraf oder nicht: Würde er sich tatsächlich endgültig seiner Stimme unterwerfen? Im nächsten Moment übernahm der Dämon die Kontrolle über seinen Körper.

Die dunkle Macht des Karu durchströmte seine Glieder, Zorn loderte in seinen Adern wie ein ewiges Feuer. Er spürte, wie er stärker und stärker wurde, und wusste, dass er seine Kräfte noch weiter steigern könnte, wenn er wollte. Seine Sinne wurden schärfer, und seine Wahrnehmung erreichte ein Ausmaß, das die menschliche Vorstellungskraft überstieg. Er roch den Angstschweiß auf der Haut der Sterblichen, hörte ihre Atemzüge und sah das kleinste Zucken eines Augenlids. Aber die verfluchten Dara-Steine hinderten ihn daran, ihre Gedanken zu lesen. Mit einem wütenden Knurren riss er sich seinen Anhänger vom Hals. Dieser Tand war jetzt nutzlos. Die ganze Welt würde von seiner Existenz erfahren, und er selbst kannte nun die wahre Größe des Universums. Am liebsten hätte er laut über die Unwissenheit der Sterblichen gelacht. Was sie entdeckt zu haben meinten, war nur ein Bruchteil der Wahrheit.

Die Seelen seiner unsterblichen Brüder und Schwestern, die über die Welt verstreut waren, schimmerten in seinem Geist wie Sterne am nächtlichen Himmel. Er konnte jeden von ihnen mit bloßer Gedankenkraft aufspüren. Einige befanden sich ganz in der Nähe; jene niederen Kreaturen, die Sombre aus dem Karu befreit hatte. Aber da war auch noch jemand anders, eine Göttin, deren Entwicklung noch nicht vollendet war. Er hatte bereits versucht, sie zu bekämpfen, besser gesagt, sie zu töten. Doch mittlerweile hatte er nur noch Verachtung für Eryne die Heilende übrig. Sie ahnte kaum etwas von dem, was er soeben erkannt hatte, und er bezweifelte, dass sie je Gelegenheit haben würde, dieses Wissen zu erlangen.

Cael, der Dämon, hatte Wichtigeres im Sinn.

Sein Schöpfer rief ihn mit all seiner unsterblichen Kraft zu sich. Er erwartete ihn in dem Palast, in dem er Hof hielt. Eigentlich forderte Sombre sogar alle Lebewesen, die sich in diesem Moment auf der Hochebene befanden, zum Kampf heraus.

Der Dämon im Körper des Jungen brannte darauf, ihm gegenüberzutreten. Abgrundtiefer Hass auf Sombre den Bezwinger pulsierte in jeder Faser seines Körpers, und dieser Hass würde niemals erlöschen, nicht einmal im Tod. Die Rivalität zwischen ihnen hatte nichts Freundschaftliches an sich. Sombre hatte ein Wesen nach seinem Ebenbild erschaffen wollen, und das war ihm nur zu gut gelungen: Cael konnte nicht ertragen, dass ein anderer von sich behauptete, der grausamste Dämon aller Zeiten zu sein, der größte Eroberer und mächtigste Herrscher. Denn all das war er selbst! Er, der schon so lange im Körper eines Sterblichen gefangen war, war der eigentliche Bezwinger. Außer ihm durfte niemand Anspruch auf diesen Namen erheben.

Einige der Sterblichen in seiner Nähe erdreisteten sich, ihn anzusprechen oder ihn sogar zu berühren, doch er stieß sie weg, wie man eine lästige Fliege verscheucht. Berauscht von seinem Zorn und dem neu erlangten Wissen über die Welt marschierte er auf die Pforte zu und betrachtete die Inschrift. In dem Gang näherte sich das Heer der Lemuren, um über die Sterblichen herzufallen. Cael schenkte ihnen keine Beachtung, denn er hatte nichts zu befürchten. Nicht einmal fünfzig Lemuren würde es gelingen, sein dämonisches Lebenslicht auszulöschen. Während Sombres Hohn in seinem Kopf widerhallte und ihm schier den Verstand raubte, hob er gebieterisch den Arm in Richtung Pforte.

Sie öffnete sich.

Als die Sterblichen ihn fassungslos anstarrten, konnte sich der Dämon im Körper des Jungen ein verächtliches Grinsen nicht verkneifen. Sie hatten nicht bedacht, dass es die Pforten schon gegeben hatte, bevor die Etheker die Ewigen Wächter ersannen. Die Wächter hatten nur verhindern sollen, dass die Menschen nach Gutdünken im Jal ein- und ausgingen. Wer fortan ins Dara oder Karu gelangen wollte, musste den Wächter bezähmen und konnte die Pforte nur durchschreiten, wenn er von einem Unsterblichen begleitet wurde oder eine göttliche Berührung erhalten hatte. Indem er sämtliche Ewigen Wächter tötete, hatte Sombre dafür gesorgt, dass man das Jal nur noch durch eine einzige Pforte betreten konnte: die in seinem Palast.

Doch das hatte keinerlei Auswirkungen auf die Tatsache, dass die Pforten miteinander verbunden waren, und diese vergessene Magie machte sich Cael nun zunutze, um einen Durchgang nach Lorelia zu öffnen. Unter dem Bogen flimmerte der prunkvolle Saal eines königlichen Palasts auf, in dem die jüngste Pforte errichtet worden war. Es sah aus, als wäre der Saal geradewegs in den Berg hineingegraben. Er schien verlassen, aber der Junge wusste, dass sein Feind ihn erwartete. Sombre wusste von seiner Ankunft.

Schon lange sehnte sein Schöpfer diesen Augenblick herbei. Er musste geahnt haben, dass Cael oder Eryne irgendwann das allumfassende Wissen erlangen und damit auch sämtliche Geheimnisse der Pforten entdecken würden. Und er musste vorhergesehen haben, dass sie gleich darauf zu ihm kommen würden, um ihn herauszufordern. Deshalb hatte Sombre seinen Palast nur noch in Gestalt von Avataren verlassen. Er wollte, dass dieser Kampf auf seinem Territorium stattfand.

Jetzt musste Cael nur noch herausfinden, mit welchen heimtückischen Finten Sombre ihn hereinzulegen gedachte.

Aber im Grunde kümmerte ihn all das wenig. Cael war bereit, jedes Hindernis zu überwinden. Nichts und niemand konnte ihn mehr aufhalten. Er war der Bezwinger, und das würde er der Welt kundtun.

Er sah sich nach der Sterblichen im roten Gewand um und streckte herrisch eine Hand aus. Ohne zu zögern, trat sie vor und überreichte ihm Saats Schwert. Seine Macht hatte sie offenbar eingeschüchtert.

Mehr brauchte er nicht. Mit wachsender Erregung legte er die fünf Schritte zurück, die ihn noch von der Pforte trennten, und trat hindurch.

Ein paar Sterbliche folgten ihm, wie viele, konnte er nicht sagen. Vielleicht waren es sogar alle. Er zählte nicht nach, als er den Durchgang verschloss.

Mit einem Mal wusste Amanón nicht mehr, ob er träumte oder wachte. Erst waren sie auf das Felsplateau gestoßen, dann entdeckten sie die Leiche des Ewigen Wächters. Während ihre letzte Hoffnung schwand, kam das Kreischen der Lemuren immer näher. Und plötzlich öffnete Cael, der sich seit geraumer Zeit seltsam verhielt, die Pforte – und der Ort, der dahinter erschien, war nicht das Jal!

Amanón begriff nicht richtig, was um ihn herum geschah. Als er sah, wohin der Durchgang führte, packte ihn kaltes Entsetzen. Dann überreichte Zejabel Cael das Schwert des Hexers, und er geriet regelrecht in Panik. Aber vielleicht hatte sie ja auch richtig gehandelt. Vielleicht hätte der besessene Junge die Waffe sonst mit Gewalt an sich genommen. Und vielleicht war besser, ihm das Schwert mitzugeben, falls es tatsächlich die einzige Waffe war, mit der Sombre getötet werden konnte. Damit setzten sie alles auf eine Karte … Aber waren Zweifel im Kampf nicht minder gefährlich als überstürzte Entscheidungen?

Als Cael die Pforte durchschritt und ihm gleich darauf

seine Eltern, Niss und Bowbaq folgten, zögerte Amanón. Sollten sie sich allen Ernstes in die Höhle des Löwen wagen? Waren sie bereit, ihrem ärgsten Feind gegenüberzutreten? Er bezweifelte es …

Die anderen verließen einer nach dem anderen das Felsplateau und traten in den lorelischen Königspalast hinüber, und auch die Wallatten, die vor Schreck und Staunen über die magische Erscheinung zunächst wie versteinert gewesen waren, folgten ihrem Prinzen. Wenigstens konnten sie sich so vor den Lemuren retten. Erst als Eryne von ihren Eltern auf die andere Seite gezogen wurde, gab sich Amanón einen Ruck, denn er wollte um jeden Preis bei ihr bleiben. Im nächsten Moment stand er in dem Saal, den er bisher nur vom Hörensagen kannte – und aus seinen Alpträumen.

Hinter ihm schloss sich der Durchgang. Entsetzt fuhr er herum, weil er den Eindruck hatte, dass einige von ihnen auf dem Felsplateau zurückgeblieben waren. Fieberhaft versuchte er, unter den gut fünfzig Wallatten seine Freunde auszumachen, doch noch bevor er alle entdeckt hatte, erhoben sich laute Schreie: Mitten unter den Menschen kauerten zehn Lemuren.

Gleich darauf waren sie in einen erbitterten Kampf verwickelt. Dass einige Lemuren ihnen durch die Pforte gefolgt waren, war zwar eine böse Überraschung, aber es hätte viel schlimmer kommen können. Hätte Cael den Durchgang nur etwas länger offen gelassen, wären wohl Hunderte in den Palast eingefallen.

Doch zehn dieser Bestien reichten schon, um ein wahres Blutbad anzurichten. Nach der ersten Verwirrung über die neue Umgebung stürzten sich die Lemuren auf die Wallatten, unter denen Panik ausbrach. Amanón wich einem Ungeheuer aus und wollte ihm mit dem Krummschwert einen Hieb versetzen, aber der Lemur hatte schon den nächsten Menschen ins Visier genommen. Atemlos versuchte Amanón, sich einen Überblick zu verschaffen. Manche Kämpfer gingen gemeinsam vor: Sie trieben einen Dämon von den anderen fort, umzingelten ihn und schlugen auf ihn ein. So gelang es Reyan, Bowbaq und Keb mit vereinten Kräften, einen Lemuren niederzumetzeln. Andere hatten weniger Erfolg: Bald ertönten von überallher Schmerzensschreie und das Röcheln der Sterbenden. Amanón entdeckte seinen Vater, der einem am Boden liegenden Wallatten zu Hilfe kam. Grigán holte Schwung und zielte mit dem Schwert auf den Hals des Lemuren, der sich mit aufgerissenen Lefzen über sein Opfer beugte. Leider gelang es ihm nicht, ihm den Kopf abzuschlagen, aber immerhin konnte sich der Aufständische aufrappeln und seine Waffe aufheben. Grigán hechtete bereits weiter, mit einer für sein Alter erstaunlichen Kraft und Schnelligkeit.

Erleichtert stellte Amanón fest, dass sich Eryne, Corenn, Lana und Niss in Sicherheit gebracht hatten. Er rannte zu Zejabel und Nolan hinüber, die gemeinsam mit einer Handvoll Wallatten einen Schutzwall vor den vier Frauen bildeten. Ein Lemur folgte ihm und wurde sogleich von den Kämpfern umzingelt. Mehrere Klingen sausten auf den Affendämon nieder und brachten ihn zur Strecke.

Doch das Gefecht dauerte länger, als Amanón gehofft hatte. Als er endlich wieder den Blick heben und sich umsehen konnte, bot sich ihm ein grauenvolles Bild.

Der Marmorboden des prunkvollen Saals war mit Leichen übersät, und auch sieben oder acht Lemuren lagen tot am Boden. Zum Glück waren die Erben bisher verschont geblieben.

Drei seiner Gefährten schienen besonders viele Lemuren erschlagen zu haben, und Cael führte das Trio an. Mit triumphierender Miene marschierte er von einer Bestie zur nächsten und metzelte sie mit Saats Schwert nieder. Ob er wohl gleichzeitig die wundersamen Kräfte der Waffe gebrauchte? Andererseits war der Junge unter dem Einfluss seines inneren Dämons so stark, dass er keine Magie benötigte.

Direkt hinter ihm versuchten Yan und Léti tapfer, ihrem Sohn den Rücken frei zu halten. Im Grunde war das völlig überflüssig, doch die beiden wollten Cael offenbar um jeden Preis schützen.

Bald war nur noch ein einziger Lemur am Leben. Keb, Bowbaq und Rey traten zurück und überließen es Cael, ihn den Garaus zu machen. Endlich konnte Amanón durchatmen, sich in Ruhe im Saal umsehen und die Pforte betrachten, die fast bis zur Decke reichte. Ringsum waren brennende Fackeln an den Wänden befestigt, ganz so, als hätte man ihre Ankunft erwartet. Bei diesem Gedanken brach ihm der kalte Schweiß aus. Doch das war nichts im Vergleich zu dem Grauen, das ihn packte, als Cael den Arm ausstreckte und auf eine Empore hoch über ihren Köpfen zeigte.

Vier Zuschauer sahen zu ihnen herab.

Ein Greis mit irrem Blick trug das schwarze Stirnband der K'lurier. Er musste der Anführer der Dunklen Bruderschaft sein.

Neben ihm stand eine lorelische Adelige, in der Amanón sogleich Königin Agénor erkannte. Ihre Lippen verzogen sich zu einem grausamen, triumphierenden Lächeln, bei dem sich ihm die Nackenhaare aufstellten.

Der großen, breitschultrigen Zü waren die Erben bereits auf der Insel Zuïa begegnet. Sie war die neue Kahati, die Zejabels Platz eingenommen hatte. Oder vielmehr war sie es gewesen, bevor Zuïa von ihrem Körper Besitz ergriffen hatte.

Und dann war da noch ein junger Mann von makelloser Schönheit, dessen Augen ebenso schwarz waren wie sein Gewand. Amanón gelang es nicht, seinem Blick länger als eine Dezille standzuhalten. Ihm kamen die Erzählungen seiner Eltern in den Sinn. Die Beschreibung passte genau: Es war Sombre.

Plötzlich stieß Cael einen gellenden Schrei aus, und seine Freunde und die Wallatten wichen vor Schreck einen Schritt zurück. Amanón rechnete fast damit, dass sein Cousin mit einem gewaltigen Satz auf die Empore springen würde, aber trotz seiner dämonischen Kräfte konnte er eine solche Höhe nicht überwinden. Plötzlich hielt der Junge inne und wirbelte zu der Flügeltür am Kopfende des Saals herum.

Das Tor wurde aufgeschoben, etwa fünfzig Männer strömten herein. Die meisten waren Anhänger der Dunklen Bruderschaft, erkennbar an den Abzeichen ihrer Sekten, aber einige sahen aus wie kampferprobte Krieger. Sie mussten der Grauen Legion angehören.

Die Männer waren mit Bogen oder Armbrust bewaffnet. Ohne Vorwarnung begannen sie zu schießen.

Nolan warf sich zu Boden, als die ersten Pfeile durch die Luft sausten. Auch sein Vater, Keb und Bowbaq reagierten blitzschnell und ließen sich auf den Bauch fallen. Mehrere Wallatten wurden jedoch von der ersten Salve erwischt, und der Anblick der tödlich getroffenen Männer, die sich nicht einmal hatten verteidigen können, erschütterte Nolan bis ins Mark.

Er hatte das Gefühl, gleich den Verstand zu verlieren. Nachdem sie die Hochebene verlassen hatten und durch die Pforte in den Saal getreten waren, fand er sich am Schauplatz seiner Vision wieder. An diesem Ort drohte den Erben großes Unheil. Er verfluchte die Undinen, die ihm verheimlicht hatten, dass er den Saal kannte. Früher hatte er hier an prachtvollen Empfängen teilgenommen. Jetzt türmten sich Leichen auf dem Marmorboden, und dieses Bild des Schreckens war ihm wohlbekannt.

Nolan konnte kaum einen klaren Gedanken fassen. Wer von seinen Freunden war von einem Pfeil verwundet oder gar getötet worden? Vorsichtig hob er den Kopf und erblickte ein paar Schritte weiter Amanón und Grigán. Beide schienen unverletzt. Doch während die Erben und Aufständischen in Deckung gegangen waren, zumeist hinter der Leiche eines Wallatten, stand Cael seltsamerweise immer noch mitten im Saal.

Es war nicht zu übersehen, dass der Junge wieder von seinem Dämon besessen war. Zunächst hatte Nolan seinen Augen nicht getraut, als Cael den Durchgang zu Agénors Palast geöffnet hatte. Dann hatte er erleichtert beobachtet, dass Cael Saats Schwert nur gegen ihre Feinde einsetzte. Und jetzt geschah ein weiteres Wunder: Der Junge marschierte hoch erhobenen Hauptes auf die

Schützen zu, und die Pfeile prallten von ihm ab wie von einer Felswand.

Währenddessen wies Cael immer wieder mit der Schwertspitze auf einen Dämonisten oder Grauen Legionär, woraufhin sich die Männer ans Herz fassten und zu Boden sackten. Caels Unverwundbarkeit und der unsichtbare Fluch, mit dem er seine Feinde niederstreckte, lösten unter den Schützen Panik aus. Manche ließen ihren Bogen oder ihre Armbrust fallen, doch als zwei der Abtrünnigen von ihrem Anführer mit einem Dolchstoß in den Rücken bestraft wurden, hoben die übrigen ihre Waffen rasch wieder auf. Fassungslos stellte Nolan fest, dass es sich bei dem Anführer um Prinz Alcide von Benelia handelte. Also stimmte es, dass auch er mit Sombre und Agénor im Bund stand und ihnen bei der Verwirklichung ihrer finsteren Pläne half. Nie hätte Nolan gedacht, dass der Prinz so niederträchtig sein könnte, Unschuldige mit Pfeilen durchlöchern zu lassen.

Vom Boden aus hatte Nolan die Empore nicht im Blick, aber da Cael die Bogenschützen ablenkte, konnte er den Kopf noch ein Stück höher heben und sich nach seinen Gefährten umsehen. Obwohl ihm die Angst die Kehle zuschnürte, sprach er ein leises Dankgebet an Eurydis. Bislang war keiner der Erben von einem Pfeil oder Armbrustbolzen getroffen worden.

Einige seiner Freunde gingen nun zum Gegenangriff über. Grigán und Amanón packten die Leichen von zwei Wallatten, gebrauchten sie als Schild, indem sie sich die Toten vor den Körper hielten, und marschierten hinter Cael auf ihre Feinde zu. Ein paar todesmutige Wallatten folgten ihrem Beispiel.

Gleich darauf rissen mit lautem Schnalzen die Sehnen mehrerer Bogen und Armbrüste und peitschten ihren Trägern ins Gesicht. Offenbar hatten Yan und Corenn begonnen, ihre magischen Kräfte zu gebrauchen. Nolan überlegte gerade fieberhaft, auf welche Weise er sich nützlich machen konnte, als Keb einen Pfiff ausstieß, um ihn auf sich aufmerksam zu machen.

»Du kennst dich doch hier aus, oder? Hier im Palast, meine ich«, raunte er ihm zu. »Weißt du, wie man da hochkommt?«

Er wies auf die Empore, auf der sich ihre ärgsten Feinde versammelt hatten. Nolan überlief es eiskalt. Wie sollten sie es mit Sombre und Zuïa gleichzeitig aufnehmen? Aber zumindest würde er so den Schauplatz seiner Schreckensvision verlassen.

»Aber da kommen wir nicht durch«, entgegnete er und zeigte zur Tür.

Keb grinste und kam geschmeidig auf die Füße. Als er seine Lowa mit einer ausholenden Bewegung über dem Kopf kreisen ließ, sprangen die Wallatten hoch, die immer noch auf dem Boden gekauert hatten. Ohne nachzudenken, schloss sich Nolan dem Prinzen und den rund dreißig verbliebenen Kriegern an und stürmte mit pochendem Herzen auf ihre Feinde zu. Vor seinem geistigen Auge sah er sich bereits in einer Blutlache liegen, einen Pfeil im Herzen.

Aber nichts dergleichen geschah. Überrumpelt von der Gegenwehr und verwirrt von den rätselhaften Angriffen auf ihre Waffen, blieb Alcides Männern keine Zeit mehr, neue Pfeile einzuspannen, bevor sich die Wallatten mit dem Mut der Verzweiflung auf sie stürzten und die

Männer in der vordersten Reihe niedermetzelten. Dann trieben Kebs Krieger die übrigen Schützen mit gewaltigen Lowahieben auseinander, und der eigentliche Kampf begann.

Nolan hielt sich dicht hinter Keb, der eine Schneise aus Blut und zerschmetterten Schädeln in das Getümmel schlug. Nichts und niemand schien den wallattischen Prinzen aufhalten zu können!

Abgeschirmt von Kebs breitem Rücken bemerkte Nolan irgendwann, dass sie die Reihen ihrer Feinde durchbrochen hatten. Nach ein paar weiteren Schritten standen sie im Flur.

»Wo lang?«, fragte Keb keuchend.

Nolan zeigte beklommen in eine Richtung, und Keb sprintete los. Wohl oder übel musste er ihm folgen.

Doch schon nach zwanzig Schritten bereute er seine Entscheidung. Er hätte bei Zejabel, seinen Eltern und seinen Freunden bleiben sollen. Wenn sie schon dem Untergang geweiht waren, sollten sie dem Tod wenigstens gemeinsam ins Auge sehen.

Jeder von ihnen kämpfte gegen zwei oder gar drei Gegner, aber die Erben und Aufständischen hatten den Mut der Verzweiflung auf ihrer Seite, diesen Lebenshunger, den man nur in den finstersten Augenblicken spürt und der bisweilen den Ausschlag geben kann. Amanón wagte noch nicht, sich zu freuen, aber es sah ganz so aus, als geschähe tatsächlich ein Wunder.

Seit dem unerwarteten Ansturm von Keb und seinen Kriegern herrschte wüstes Durcheinander. Inzwischen konnte Amanón die hochgewachsene Gestalt des wallattischen Prinzen nirgends mehr entdecken, doch seine Gegner ließen ihm auch keine Zeit, sich in Ruhe umzusehen. Die Grauen Legionäre und Dämonisten hatten ihre Überraschung schnell überwunden und zogen Schwerter und Dolche, um die Wallatten zurückzudrängen und zu töten. Angesichts der Überzahl ihrer Feinde wichen die Erben und ihre Verbündeten Schritt für Schritt zurück und entfernten sich so immer mehr von dem einzigen Ausgang aus dem Saal. Sie saßen in der Falle. Aber verloren war die Schlacht noch lange nicht.

Das lag natürlich vor allem an Cael. Sein Cousin mähte bisweilen zwei Gegner mit einem einzigen Schwertstreich nieder oder stach mit blutigen Fingern nach den Augen oder dem Hals seiner Feinde. Einige der Männer ergriffen die Flucht, erstarrten aber nach wenigen Schritten mitten in der Bewegung und sackten zu Boden wie Marionetten, denen man die Fäden durchgeschnitten hat. Der Dämon im Körper des Jungen hatte offenbar beschlossen, keinen von Sombres Dienern lebend entkommen zu lassen, und so war sein Weg durch den Saal schon bald von Leichen gesäumt.

Aber nicht nur Cael wurde seinen Gegnern gefährlich – auch Bowbaq, Reyan, Léti, Zejabel, Grigán und Amanón schlugen sich wacker. Nach den Lemuren kam ihnen der Kampf gegen gewöhnliche Menschen wie ein Kinderspiel vor.

Doch der Schein trog: Sombre und Agénor hatten ihnen ihre besten Kämpfer auf den Hals gehetzt, und obwohl sich die Erben gegenseitig Deckung gaben, trugen sie immer wieder Verletzungen davon. Amanón blutete bereits aus einem tiefen Schnitt an der Brust und verzog bei jeder abrupten Bewegung das Gesicht, doch im Kampfgetümmel sah er keine Möglichkeit, sich zu schonen.

Zum Glück konnten sich die Gefährten auf Yan und Corenn verlassen, sobald sie in Bedrängnis gerieten. Dem Einfallsreichtum der beiden Magier schienen keine Grenzen gesetzt zu sein. So ließ einer der Dämonisten urplötzlich sein Schwert fallen, weil der Griff vor Hitze rot aufglühte. Der Aufständische, der gegen ihn gekämpft hatte, nutzte die Gelegenheit und streckte ihn mit seiner Lowa nieder. Kurz darauf sackte ein Grauer Legionär zu Boden und versank in tiefem Schlaf. Sein wallattischer Gegner stupste ihn verwundert an und sorgte dann dafür, dass er nie wieder aufwachen würde.

Während einer kurzen Verschnaufpause sah Amanón rasch zu Eryne hinüber, um sich zu vergewissern, dass sie außer Gefahr war. Zu seiner Erleichterung hielt sie sich weiter aus dem Kampfgeschehen heraus, ebenso wie Niss, Lana, Corenn und Yan. Die beiden Magier hatten den Schutz der drei Frauen übernommen: Wer es wagte, sich ihnen zu nähern, dem versagten die Muskeln oder schwanden die Sinne. Da er seine Geliebte in Sicherheit wusste, konzentrierte sich Amanón wieder ganz auf den Kampf und streckte Gegner um Gegner mit einer Leichtigkeit nieder, die ihn selbst verblüffte.

Die Dämonisten und Grauen Legionäre schien allmählich der Mut zu verlassen. Statt anzugreifen, versuchten sie mittlerweile nur noch, ihre Haut zu retten. Als den Erben und Wallatten irgendwann nur noch zwanzig Mann gegenüberstanden, sie also eindeutig in der Überzahl waren, erlaubte sich Amanón endlich, an einen Sieg zu glauben. Ihre Feinde ahnten wohl, dass sie verloren waren, und flüchteten zur Tür, aber Saats magisches Schwert raffte sie dahin, bevor sie die Schwelle erreichten. So blieb Sombres Dienern nichts übrig, als um ihr Leben zu kämpfen und zu hoffen, dass ihr Gebieter ihnen bald Verstärkung schickte.

Doch dazu sollte es nicht kommen. Plötzlich stand Amanón dem Anführer gegenüber, Prinz Alcide, den er einst bei einer Reise nach Benelia kennengelernt hatte. Dem Adligen war die Todesangst ins Gesicht geschrieben, und er sah immer wieder flehend zur Empore hoch.

Amanón war klug genug, sich davon nicht ablenken zu lassen. Er griff Alcide mit voller Wucht an und drängte ihn ein paar Schritte zurück. Der Prinz parierte die Schläge unerwartet geschickt und ging sogar zum Gegenangriff über, aber Amanón war nur noch von einem Gedanken beherrscht: Dieser Mann hatte gewollt, dass die Erben in einem Pfeilhagel starben, ohne sich verteidigen zu können. Also würde auch Amanón keine Gnade walten lassen.

Nach einem erbitterten Schlagabtausch entdeckte er eine Schwachstelle in Alcides Verteidigung. Ohne zu zögern, ließ er den Arm vorschnellen und stieß mit seinem Krummschwert zu. Als ihm die Klinge zwischen die Rippen fuhr, stöhnte Alcide auf. Er spuckte Blut und ging mit einem letzten verständnislosen Blick in Richtung seiner Verbündeten zu Boden.

Die drei letzten Grauen Legionäre folgten ihrem Anführer gleich darauf in den Tod. Keuchend sah sich Amanón in dem Saal um, in dem nun über hundert Leichen lagen. Die meisten Erben waren im Kampf verwundet worden. Keb und Nolan konnte er nirgends entdecken. Aber er kam nicht dazu, sich die Toten näher anzusehen oder die fünfzehn überlebenden Wallatten nach dem Verbleib der beiden zu fragen. Von der Empore erklang kalter Applaus, und die Erben hoben den Blick.

»Ihr werdet Eurem Ruf gerecht, das muss man sagen«, bemerkte Agénor säuerlich. »Von nun an werdet Ihr kein so leichtes Spiel mehr haben.«

Unvermittelt sauste etwas metallisch Blitzendes an Amanóns Ohr vorbei: Rey hatte einen Dolch in Agénors Richtung geschleudert.

Amanón blinzelte verwirrt und traute seinen Augen nicht, als Sombre plötzlich nicht mehr drei Schritte neben Agénor, sondern direkt vor ihr stand und die Waffe abfing. Die Königin erbleichte.

»Eine solche Niedertracht passt zu Euch, von Kercyan«, fauchte sie.

Sie schien weitersprechen zu wollen, aber ein lautes Knirschen im Stein unter ihr schnitt ihr das Wort ab. Sie und ihre Verbündeten konnten gerade noch zurückspringen, bevor die Empore Risse bekam und einstürzte. Staub wirbelte auf, als der Schutt mit einem ohrenbetäubenden Donnern zu Boden krachte. Amanón warf Yan einen raschen Blick zu. Der Kaulaner runzelte unzufrieden die Stirn. Fast hätte er mit seinen magischen Kräften ein Wunder vollbracht, doch zu seinem Leidwesen hatten sich ihre Feinde rechtzeitig in Sicherheit bringen können. Sie standen nun auf einem schmalen Sims, dem Überrest der Empore.

»Worauf wartest du? Stell dich dem Kampf!«, brüllte Cael zu Sombre hinauf.

Der Junge, oder besser gesagt, der Dämon, der seinen Körper beherrschte, schien am Ende seiner Geduld. Die Pfeile und Schwerthiebe, die auf ihn eingeprasselt waren, hatten auf seiner Haut nur oberflächliche Kratzer hinterlassen, die sich von selbst wieder schlossen. Sein Gesicht war zu einer hasserfüllten Fratze verzerrt. Amanón erkannte seinen Cousin kaum wieder. Sollten die Erben wie durch ein Wunder lebend aus dem Palast herauskommen, würde es Niss dann gelingen, Cael wieder zur Vernunft zu bringen? Er konnte es sich kaum vorstellen …

Sombre ging nicht auf die Provokation ein – zumindest reagierte er nicht, wie Cael es sich erhofft hatte. Stattdessen schloss der Dämon für einen kurzen Moment die Augen, hob dann die Hand und wies auf die Saalmitte.

Gleich darauf nahm eine grauenvolle Kreatur vor den Erben Gestalt an. Ihr folgten eine zweite und eine dritte, bis schließlich fünf Ungeheuer, eins furchterregender als das andere, Erben und Wallatten den Weg zur Tür versperrten. Die Dämonen, die mit Sombre im Bund standen!

Amanón warf einen letzten hilflosen Blick hoch zu dem Mauervorsprung. Sombre der Bezwinger war verschwunden, und auch Zuïa hatte offenbar beschlossen, sich in das Geschehen einzumischen, denn sie machte einen geschmeidigen Satz hinunter in den Saal, der mehr denn je an ein Schlachthaus erinnerte. Oder an einen von Leichenschändern heimgesuchten Friedhof.

Die Kampfgeräusche hatten Keb und Nolan noch eine ganze Weile verfolgt, aber irgendwann hörten sie nichts mehr. Entweder waren sie mittlerweile zu weit vom Saal entfernt, oder die Erben hatten die Schlacht endgültig verloren. Nolan kam sich feige vor. Warum hatte er sich nur bereit erklärt, Keb zu Agénor, Sombre und Zuïa zu führen, während seine Geliebte, seine Familie und seine Freunde in Lebensgefahr schwebten?

Anfangs hatte er geglaubt, zurück in den Saal eilen zu können, sobald er Keb den Weg gezeigt hatte. Doch dieser Teil des Palasts erwies sich als so verwinkelt, dass sie viel länger unterwegs waren, als er erwartet hatte. Vermutlich hatte Agénor einen Teil der Korridore zumauern lassen, damit niemand durch Zufall alle Wachen umging und auf die Pforte stieß. Auch wenn Nolan nicht daran zweifelte, in welcher Richtung die Empore lag, wusste er manchmal nicht genau, für welche Tür er sich entscheiden sollte. Ein paarmal hatten sie schon umkehren müssen, weil er sich geirrt hatte. Keb sagte nichts dazu, aber sein ungeduldiges Knurren sprach für sich.

Wenigstens begegneten sie keiner einzigen Wache, während sie verschiedene Gemächer und Säle durchquerten. Offenbar hatte Agénor ihre königliche Wache durch Graue Legionäre und Dämonisten ersetzt und den Erben alle verfügbaren Männer auf den Hals gehetzt. Das war nur ein kleiner Vorgeschmack auf Sombres Herrschaft: Die Menschen würden von grausamen Mördern und Wahnsinnigen regiert werden, und die Welt würde im Chaos versinken.

So schwankte Nolan zwischen Reue, Panik und Verzweiflung, als er plötzlich unschlüssig vor einer riesigen holzgetäfelten Wand stehen blieb. Sie kamen nun schon zum dritten Mal daran vorbei, weil er den Zugang zur

Empore ganz in der Nähe vermutete. Fieberhaft begann er, die Wand mit seinem Stockdegen abzuklopfen, wenn auch ohne große Hoffnung.

Mit einem Mal ertönte von der anderen Seite ein ohrenbetäubendes Krachen, und er schreckte zurück. Auch Keb versteifte sich und spannte alle Muskeln an, aber es waren keine weiteren rätselhaften Geräusche zu hören.

Die beiden Männer wechselten einen raschen Blick und traten zu der Stelle, hinter der es am lautesten gekracht hatte. Als Nolan dagegen klopfte, klang sie tatsächlich hohl. Er machte sich auf die Suche nach einem Hebel, einem verborgenen Knopf oder etwas anderem, womit man den geheimen Durchgang öffnen konnte. Keb schien das alles zu lange zu dauern, denn er hob kurzerhand die Lowa und hieb ohne Vorwarnung auf die Wand ein.

Nolan zuckte zusammen und warf immer wieder ängstliche Blicke über die Schulter, während Keb seine Lowa mehrmals gegen das Holz krachen ließ. Nun würde sich zeigen, ob tatsächlich keine Wachen durch die Säle patrouillierten. Wenigstens war das brachiale Vorgehen erfolgreich, denn hinter der Holztäfelung, die Keb zu Kleinholz verarbeitet hatte, kam ein schmaler Gang zum Vorschein. Dem Wallatten klebte mittlerweile das schweißnasse Haar auf der Stirn. Endlich war die Öffnung groß genug, um sich hindurchzuzwängen. Als Kebs Hemd an einer der zersplitterten Leisten hängen blieb, stieß er einen Fluch aus. Verärgert riss er an dem Stoff und zog sich das zerfetzte Hemd dann kurzerhand vom Leib, während Nolan ihm durch die Öffnung folgte.

Nolans Herz klopfte zum Zerspringen. Ihre Feinde mussten sie längst gehört haben – wahrscheinlich erwarteten sie sie gar mit gezogenen Waffen. Und was tat er? Er stolperte hinter dem wallattischen Prinzen, der einfach drauflosstürmte, durch die Dunkelheit. Nolan wäre es lieber gewesen, wenn sie sich langsam vorangetastet und ihre Feinde erst einmal ausgespäht hätten. Außerdem hätten sie eine der Laternen aus den Fluren des Palasts mitnehmen sollen, statt sich ohne Licht in den stockfinsteren Gang zu wagen. Vielleicht tappten sie geradewegs in eine Falle, eine Grube voller spitzer Pfähle oder eine andere Überraschung, die Agénor für ungebetene Gäste bereithielt …

Als die Hand, mit der er sich an der Wand abgestützt hatte, ins Nichts griff, fuhr Nolan zusammen. Er unterdrückte einen Schrei und atmete erleichtert auf, als er feststellte, dass es sich nur um eine Abzweigung handelte. Also gab es hier nicht nur einen Geheimgang. Vielleicht war der Palast sogar von einem ganzen Netz durchzogen.

Allerdings würde das auch bedeuten, dass ihre Feinde auf anderem Weg fliehen konnten. Dann fiel ihm ein, wie stechend Sombres Blick und wie muskulös Zuïas neuer Körper waren, und er wünschte sich beinahe, sie nicht mehr auf der Empore anzutreffen.

Nachdem sie eine ganz Weile durch die Finsternis gestolpert und an zwei weiteren Seitengängen vorbeigekommen waren, bedeutete ihm Keb, stehen zu bleiben. Wieder hielt Nolan den Atem an. Welche neue Gefahr lauerte in der Dunkelheit auf sie?

Während er reglos dastand, drangen aus der Ferne gedämpfte Schreie an sein Ohr. Nolan beschloss, das als gutes Zeichen aufzufassen. Der Kampf war also noch nicht vorbei, seine Freunde lebten noch!

Keb ging leicht in die Knie. Sie schlichen nun auf einen schmalen Lichtstreifen zu. Nolan war sicher, dass es sich um die Tür zur Empore handelte, die einen Spalt offen stand. Dort am Ende des Gangs erwarteten sie ihre Todfeinde.

Und Kebree stieß die Tür einfach so auf!

Mit einem wallattischen Kriegsschrei stürzte er in eine Art Vorzimmer. Geblendet von der plötzlichen Helligkeit konnte Nolan nicht genau erkennen, was sich in dem Raum abspielte. Er meinte zu sehen, wie eine Gestalt Keb von hinten ansprang. Blitzschnell zog er seinen Degen und hechtete vor. Seine Klinge bohrte sich in den Leib des Angreifers, und in diesem Moment erkannte Nolan den Mann: Es war der Alte, der neben Agénor auf der Empore gestanden hatte. Der Anführer der Dunklen Bruderschaft sackte mit verzerrtem Gesicht auf die Knie. Keb hob den Dolch auf, mit dem der Greis ihn hatte erstechen wollen, und rammte ihm die Klinge bis zum Heft in den Hals.

Mit einem letzten Zucken fiel der Mann vornüber, und auf dem Boden des mit Samt und Seide verkleideten Gemachs breitete sich eine Blutlache aus.

Nolan überwand seinen Ekel und zog den Stockdegen aus der Leiche, bevor er Keb hinaus auf die Empore folgte. Der Sieg über den Dämonisten war ihm eine große Genugtuung, auch wenn er sich für das Gefühl schämte. So nahmen die Erben wenigstens einen ihrer Feinde mit in den Tod.

Zu seiner Verblüffung sah er weder Sombre noch Zuïa,

als er auf den Mauervorsprung trat. Offenbar war ein Großteil der Empore abgebrochen und in den Saal hinuntergekracht. Das also hatte den Lärm verursacht, den sie vor der Wand mit der Geheimtür gehört hatten. Allein Agénor stand noch auf dem schmalen Sims. Nolan erkannte die Schwester des einstigen Königs Bondrian kaum wieder. Er hatte sie als vornehme Witwe in Erinnerung, doch nun hatte er eine alte Hexe vor sich, behängt mit Schmuck, in den dämonische Symbole eingraviert waren. In einer Hand hielt sie die traditionelle Waffe des lorelischen Adels, ein schweres, unhandliches Schwert. Es sah aus, als könne sie es kaum anheben.

»Ihr werdet es nicht wagen, die lorelische Königin anzugreifen«, sagte sie verächtlich.

»Und ob«, blaffte Keb zurück.

Mit einer fast beiläufigen Bewegung schlug er Agénor das Schwert aus der Hand. Mit einem Mal wirkte die Königin verunsichert, und sie blickte den Barbaren mit dem finsteren Blick und den Schweißperlen auf der Stirn erschrocken an.

»Mein Sohn zahlt Euch alles heim, was Ihr mir antut!«, rief sie verzweifelt.

Sie wollte einfach nicht wahrhaben, dass ihr Spiel aus war. Erst als Kebs Lowa über ihr schwebte, las Nolan echte Angst in ihren Augen. Er wandte den Kopf ab, als die grob geschmiedete Klinge das mit Altersflecken übersäte Gesicht spaltete. Mit einem Ruck riss Keb die Lowa aus ihrem Schädel und ließ die Königin jämmerlich auf dem Boden verbluten.

»Das war für meine Mutter«, knurrte Keb und trat neben Nolan.

Nun beugten sich beide vor, um in den Saal hinunterzusehen – und die Erleichterung, die sie im ersten Augenblick empfanden, schlug in blankes Entsetzen um.

Ihre Gefährten lebten.

Allerdings würden sie ihren Angreifern nicht mehr lange standhalten können.

Nachdem sie einen raschen Blick gewechselt hatten, rissen sie einen Samtbehang von der Wand und knoteten ihn am Überrest des Geländers fest. Er reichte bis auf drei Schritte zum Boden hinunter.

Ohne zu zögern, ließen sie sich in den Saal hinunter, um ihren Freunden beim Kampf gegen die mächtigsten Dämonen der bekannten Welt beizustehen.

Zejabel war von der wilden Flucht durch die unterirdischen Gänge und die unzählige Kämpfe, die sie in den letzten Dezimen bestritten hatte, zwar völlig erschöpft, aber als Zuïa von der Empore in den Saal herabsprang, sah sie rot. Der Rachedurst verlieh ihr ungeahnte Kräfte. Schon viel zu lange hatte Zuïa sie in ihren Alpträumen heimgesucht. Im Grunde, seit sie denken konnte! Dem würde sie ein für alle Mal ein Ende bereiten. Ohne sich um die fünf Dämonen zu scheren, die Sombre heraufbeschworen hatte, um die Erben zu vernichten, rannte sie auf ihre einstige Gebieterin zu.

Die Dämonin schien ihr nicht minder großen Hass entgegenzubringen. Sie starrte Zejabel aus blutunterlaufenen Augen an. Offenbar versuchte Zuïa, wie schon auf der Insel Ji, ihren Geist zu finden und zu zerstören. Doch da Zejabel immer noch das Gwelom trug, konnte ihr dieser Angriff nichts anhaben. Sie würden sich mit Waffen messen.

Als sie nur noch wenige Schritte voneinander entfernt waren, rieb Zejabel die Klingen ihrer beiden Dolche an ihren Oberschenkeln blank und stellte sich innerlich auf den Angriff ein, den sie gleich würde parieren müssen. Sie hatte sich nicht getäuscht. Zuïa zuckte vor und stieß mit der Lanze nach ihr, die sie am äußersten Ende des Schafts gepackt hatte.

Jeder andere wäre unweigerlich durchbohrt worden, aber Zejabel kannte sämtliche Manöver ihrer einstigen Herrin in- und auswendig. Geschmeidig wie eine Raubkatze duckte sie sich und wich der tödlichen Spitze aus. Dann richtete sie sich blitzschnell wieder auf und versuchte, den Schaft der Lanze zu packen. Doch Zuïa hatte den Arm schon wieder zurückgezogen und wirbelte ihre Waffe einmal im Kreis, um ihre Gegnerin zu provozieren. Zejabel konzentrierte sich auf das Gesicht der Dämonin, das sich zu einem höhnischen Grinsen verzog. Noch vor einigen Monden hatte dieser Körper einer Frau namens Zhira gehört. Einst war sie ihre schärfste Rivalin gewesen und hatte im Kampf mehr Ausdauer und Geschick bewiesen. Zejabel hatte den Titel der Kahati, der ihr damals alles bedeutet hatte, nur errungen, weil es ihr leichter gefallen war, sich in den Zustand der Entsinnung zu versetzen. Jetzt musste sie sich selbst übertreffen.

»Du kannst mich nicht töten«, stieß Zejabel gepresst hervor. »Ich kenne deine Tricks und Finten mindestens so gut wie du selbst.«

»Aber du bist keine Göttin«, entgegnete Zuïa. »Du bist mir in allem unterlegen.«

»Deine Macht ist begrenzt. Du bist nur eine Dämonin im Körper einer Sterblichen. Auch du kannst bluten!«

Sie begleitete ihre Drohung mit einem Ausfall, den Zuïa parierte, auch wenn sie etwas überrumpelt wirkte. Nun standen sich die beiden Frauen von Angesicht zu Angesicht gegenüber und umkreisten einander, die Köpfe wie Schlangen in die Höhe gereckt. Beide lauerten auf das geringste Anzeichen von Schwäche oder eine ungeschickt ausgeführte Attacke. Beide kannten die empfindlichen Stellen des menschlichen Körpers. Sie wussten, wo und wie sie zustoßen mussten, um ihre Gegnerin zu töten. In diesem Kampf würde niemand kleinere Verletzungen davontragen. Die erste, die einen Fehler beging, würde dafür mit dem Leben bezahlen.

Zuïas Lanze konnte ihr entweder den entscheidenden Vorteil verschaffen oder ihr zum Verhängnis werden, falls es Zejabel gelang, sie ihr zu entreißen. So hielt sich die Dämonin zunächst mit Angriffen zurück und beschränkte sich darauf, die Vorstöße ihrer ehemaligen Schülerin zu parieren. Trotzdem musste sich Zejabel davor in Acht nehmen, aufgespießt zu werden. Jetzt bereute sie zum ersten Mal, Cael Saats Schwert ausgehändigt zu haben. Auf dem Felsplateau hatte sie geglaubt, das einzig Richtige zu tun – und ob er nun von einem Dämon besessen war oder nicht, Cael hatte sie vor den Lemuren gerettet. Außerdem hatte er als Einziger nach der Waffe verlangt. Aber nun vermisste Zejabel sie schmerzlich. Zwar war ungewiss, ob ihre magischen Kräfte gegen Zuïa gewirkt hätten, aber Zejabel hätte viel dafür gegeben, es auszuprobieren.

Da ihr nichts Besseres einfiel, vollführte sie ein paar

harmlose Attacken, mit denen sie sich nicht in Gefahr brachte. So leicht ließ sich die Dämonin jedoch nicht aus der Reserve locken. Ihre Reflexe waren hervorragend, und sie schien immer genau zu wissen, in welche Richtung sie ausweichen musste. Doch Zejabel gab nicht auf. Während sie noch nach einer Schwachstelle suchte, wurde Zuïas Grinsen plötzlich breiter, und Zejabel überlief es eiskalt.

»Sieh mal einer an«, sagte die Dämonin mit einem arglistigen Funkeln in den Augen. »Du kannst noch nichts davon wissen, dazu ist es noch zu schwach, zu klein. Ich sehe ein zweites Leben in dir.«

Im ersten Moment verstand Zejabel nicht, was sie meinte, bis sie sah, dass Zuïas Blick auf ihren Bauch gerichtet war. Ein Sturm der Gefühle brach über sie herein, und sie bemühte sich krampfhaft, nicht die Fassung zu verlieren. Darauf legte es Zuïa doch nur an. Die Dämonin konnte ja nicht wissen, dass sie und Nolan …

Der stechende Blick, mit dem Zuïa die Strafende ihren Bauch anstierte, machte ihr Angst, zumal das Grinsen der Dämonin immer höhnischer, immer triumphierender wurde. Falls tatsächlich ein Kind in ihrem Leib heranwuchs, würde Zejabel nicht zulassen, dass die Dämonin ihm schadete oder es gar tötete.

Bei diesem Gedanken durchströmte neue Kraft ihre Glieder und verlieh ihr eine nie dagewesene Stärke. Sie kämpfte jetzt nicht mehr nur für sich selbst. Der Anblick der Dämonin, die versuchte, ihr ungeborenes Kind mit der ganzen Macht ihres unsterblichen Geists zu zerstören, erfüllte sie mit grenzenloser Abscheu, und der Hass, der in ihr aufloderte, ließ sie über sich hinauswachsen.

Sie stieß sich nur leicht mit den Zehen ab und schnellte auf die Dämonin zu wie eine Raubkatze auf ihre Beute. Wie im Traum sah sie die Lanze auf sich zukommen, erst auf ihren Hals, dann auf ihr Gesicht, genauer gesagt, auf ihr Auge. Sie wich der Spitze aus; die Klinge streifte ihre Wange und hinterließ einen tiefen Schnitt. Zejabel verwandelte den Schmerz in geballte Kraft und stieß zu.

Im nächsten Moment war es vorbei.

Zuïa lag unter ihrem Knie, einen Dolch im Hals, einen zweiten zwischen den Rippen. Vielleicht wurde die Dämonin in ebendiesem Augenblick auf ihrer Insel im Körper der nächsten Kahati wiedergeboren. Vielleicht war es diesmal aber auch endgültig aus mit ihr: Zejabel wusste von keiner weiteren jungen Frau, die ihre Ausbildung beendet und Anspruch auf den Titel erhoben hatte.

Kurz legte sie sich eine Hand auf den Bauch, dann nahm sie die Lanze und blickte sich im Saal um. Fast hätte sie vor Freude gejubelt, als sie sah, wie sich Nolan und Keb von der Empore abseilten. Sie hatte beobachtet, wie die beiden den Saal verlassen hatten, und war sicher gewesen, dass sie ein Wunder vollbringen würden.

Nun mussten die Erben ihren letzten verbliebenen Feinden gegenübertreten. Der Brut des Karu.

Während ringsherum die Schlacht tobte, versuchte Eryne, das Leid ihrer Gefährten und der Wallatten mit ihrer göttlichen Kraft zu mildern, denn die Qualen der Kämpfenden wuchsen mit jeder Dezille. Zunächst konzentrierte sie sich auf die Schwerverletzten in unmittelbarer Nähe und linderte allein durch ihr Mitgefühl ihre Schmerzen. Doch bald wusste sie nicht mehr, wem sie als Erstes helfen sollte: Immer häufiger sah sie Kebs Männer sterben, ohne dass sie Zeit gehabt hätte, ihnen im Todeskampf beizustehen.

Irgendwann war das Grauen so groß, dass Eryne ihrer Vollendung ein weiteres Stück näher kam.

Es geschah innerhalb weniger Augenblicke. Gerade noch betrauerte sie die Wallatten, die für die Erben in den Tod gingen, und verzweifelte daran, ihnen das Sterben nicht erleichtern zu können, als sie plötzlich spürte, wie sich ihr Bewusstsein ausdehnte. Wieder ließ sie etwas von ihrer Menschlichkeit zurück und näherte sich der Unsterblichkeit. Auch ihre göttliche Macht wuchs. Nun konnte sie ihre heilenden Kräfte sämtlichen Sterblichen zuteil werden lassen, die auf der Seite der Erben kämpften. Dank der wohltuenden Energie, die sie ihnen sandte, überwanden die Krieger die Erschöpfung und spürten ihre Verletzungen nicht mehr so stark. Und jene, die tödlich getroffen waren, starben mit dem Gefühl, ihr Leben für etwas Sinnvolles hingegeben zu haben.

Mittlerweile gelang es Eryne kaum mehr, ihre Macht zu lenken. Sie wirkte ganz von selbst, wie ein unsichtbarer Lichtkranz, dessen Mittelpunkt sie war. Nur mit Mühe und Not konnte sie ihre Feinde davon ausnehmen. Dennoch ließ sie unwillkürlich auch einigen Grauen Legionären, die im Sterben lagen, etwas Linderung zukommen. Wenn sie erst einmal vollendet wäre, würde sie sich nicht mehr aussuchen können, wem sie mit ihren heilenden Kräften beistand.

Als sie diese neue Stufe der Göttlichkeit erreichte, offenbarte sich ihr ein unermessliches Wissen, obschon sie keine Zeit hatte, darüber nachzudenken. Dabei blitzten Dinge in ihrem Geist auf, die die Erben bisher nur vermutet hatten. Zum Beispiel verstand sie jetzt, warum Cael den Durchgang zum Palast hatte öffnen können – und das war nur ein Bruchteil ihres neuen Verständnisses von der Welt. Im nächsten Moment verflüchtigte es sich wieder. Zurück blieb nur die Gewissheit, dass es irgendwann endgültig zurückkehren würde, falls sie diesen Alptraum überlebte.

Während ihre Gefährten und die Wallatten Agénors letzte Handlanger niederstreckten, glaubte sie kurz, sie könnten es tatsächlich schaffen. Sombre, der immer noch von der Empore auf sie herabblickte, schien zwar unbezwingbar, aber sie hatte auch erlebt, wie stark der Dämon war, der Caels Körper beherrschte. Mittlerweile war sie überzeugt, dass nur Cael der Erzfeind sein konnte, der sie alle retten würde.

Doch all ihre Hoffnungen waren mit einem Schlag zunichte, als die fünf Dämonen mitten im Saal Gestalt annahmen.

Ihre göttliche Wahrnehmung sagte Eryne, dass es sich nur um Avatare der eigentlichen Dämonen handelte, aber das machte sie nicht minder gefährlich. Während sich die fünf nacheinander vor ihren Augen materialisierten und die verbliebenen Wallatten vor Entsetzen aufschrien, blitzten ihre Namen in Erynes Geist auf: K'lur, Yoss, Soltan, Phrias und Valipond, Kinder des Karu, die Sombre zu seinen Vasallen gemacht hatte.

Sombre selbst hatte die Empore inzwischen verlassen. Eryne spürte seine Anwesenheit irgendwo in den angrenzenden Fluren. Und Zuïa lieferte sich einen erbitterten Kampf mit Zejabel.

Eryne erstarrte vor Grauen. Das Zusammentreffen so vieler mächtiger Dämonen an einem einzigen Ort war ein erster Vorgeschmack auf die neue Weltordnung, die Sombre errichten wollte. Dies waren die Götter, die die Dunkle Bruderschaft den Menschen aufzwingen würde. Was konnten die Erben schon gegen Valipond ausrichten, die Riesenspinne mit den stachelbewehrten Beinen, oder gegen K'lur, der ganz aus Feuer zu bestehen schien? Wie sollten sie Yoss besiegen, den Steinkoloss, oder Soltan, den Vampir mit den Albinoaugen? Und wie sollten sie Phrias entkommen, dem riesigen Satyr mit den Hörnern und Scherenhänden?

Auch ihre Gefährten hatten offenbar alle Hoffnung verloren. Amanón, Bowbaq und Grigán wichen immer weiter zurück und bemühten sich krampfhaft, eine Verteidigungslinie aufrecht zu halten. Nur Cael rührte sich nicht vom Fleck. Er blieb herausfordernd mitten im Saal stehen und zeigte mit Saats Schwert auf Soltan. Doch die schwarze Magie war wirkungslos: Der Vampir mit den stechenden Augen zuckte nicht einmal zusammen. Gegen die Kinder des Karu konnte Saats Zauber nichts ausrichten.

Wie auf Kommando gingen die Dämonen zum Angriff über. Soltan stürzte sich auf Cael, und die beiden begannen einander zu umkreisen. Als die scharfen Krallen des Vampirs auf die Schwertklinge trafen, sprühten Funken. Die anderen Dämonen machten Jagd auf die Wallatten, die schreiend die Flucht ergriffen und dabei über die Leichen ihrer gefallenen Kameraden stolperten. Binnen weniger Dezillen hallten Schmerzensschreie und Hilferufe durch den Saal. Amanón wollte einem Wallatten beispringen, doch sein Vater hielt ihn zurück. Wenn er nicht der Erzfeind war, konnte Amanón nichts gegen die Dämonen ausrichten.

So starben die letzten Aufständischen unter den hilflosen Blicken der Erben einen grausamen Tod. Eryne wunderte sich, warum die Dämonen die Erben verschonten. Als die Riesenspinne Valipond einem wallattischen Krieger, der sich tot gestellt hatte, den Kopf abbiss, wandte sie den Blick ab, und als sich der tapfere Bra'n sein eigenes Schwert in die Brust rammte, um nicht zwischen Yoss' Steinhänden zermalmt zu werden, konnte sie zum ersten Mal in dieser blutigen Nacht die Tränen nicht zurückhalten.

Selbst Caels Sieg über Soltan schenkte Eryne keinen neuen Mut. Der Junge hatte den Vampir enthauptet, doch außer den vier verbliebenen Dämonen rückten ihnen jetzt auch noch Zuïa und Sombre zu Leibe. Eryne spürte, wie der Bezwinger dem Saal immer näher kam. Als Nächstes wandte sich Cael K'lur zu, aber Eryne wagte nicht zu hoffen, dass er sämtliche Dämonen niederstrecken konnte, bevor sie alle den Tod fanden.

Dennoch überraschte sie das Verhalten der Sprösslinge des Karu. Seit dem Tod des letzten Wallatten wirkten sie unschlüssig und streiften ziellos im Saal umher, bis Phrias plötzlich direkt auf sie zumarschiert kam. Sie begann vor Angst zu zittern, bis ihr aufging, was hier geschah. Da die Dämonen nur ein geistiges Abbild ihrer selbst geschickt hatten, konnten sie die Sterblichen nicht sehen und auch ihre Gedanken nicht wahrnehmen, weil alle außer ihr und Cael von Gwelomen beschützt wurden.

Zögernd wich sie ein Stück zurück, um auf Abstand

zu ihren Gefährten zu gehen, aber ihre Eltern und Amanón folgten ihr sogleich, und auch die anderen scharten sich um sie.

»Sie können euch nicht sehen!«, flüsterte sie eindringlich.

»Ich weiß«, wisperte Amanón zurück.

Ihr Geliebter würde nicht zulassen, dass sie sich opferte – dabei gab es keinen anderen Ausweg. Sie musste sich von ihren Freunden entfernen und versuchen, den Dämonen möglichst lange standzuhalten, damit Cael sie einen nach dem anderen angreifen konnte. Vielleicht würden die Erben sogar aus dem Saal fliehen können, bevor Sombre hier eintraf. Aber jedes Mal, wenn Eryne einen Schritt machte, folgte ihr die kleine Schar wie ein Schatten.

Yoss, Phrias und Valipond schienen es nicht eilig zu haben, ihre Schwester, deren Entwicklung ja nicht einmal vollendet war, zu vernichten. Eryne sah den Tod in Gestalt der drei Ungeheuer immer näher kommen. Als ein Raunen durch die Reihen ihrer Gefährten ging, wandte sie den Kopf und sah, dass Zejabel Zuïa erstochen hatte.

Triumphgefühle wallten in ihr auf, und als sich gleich darauf Nolan und Kebree von der Empore in den Saal hinunterließen, hätte sie vor Freude weinen können. Eryne hatte beobachtet, wie sich die beiden zur Tür gekämpft hatten und hinausgeschlüpft waren, aber sie hatte sich verboten, an ihr Schicksal zu denken, nachdem Sombre die Empore verlassen hatte.

Plötzlich empfand Eryne eine gewisse Gereiztheit, die sie schon lange nicht mehr gespürt hatte. Früher, als launische junge Dame bei Hof, war ihr dieses Gefühl vertraut gewesen. Und auch wenn es ihr bestimmt war, Eryne die Heilende zu sein, war sie noch keine vollendete Göttin, sondern dachte und fühlte weiterhin wie ein Mensch: Sie würde nicht hinnehmen, dass ihre Freunde, die so heldenhaft und tapfer gekämpft hatten, von Dämonen abgeschlachtet wurden.

Zorn kochte in ihr hoch, und zum ersten Mal schenkte sie den Stimmen des Karu Gehör, die sich während ihres kurzen Aufenthalts in der Unterwelt in ihrem Kopf festgesetzt hatten. Sie war Eryne die Heilende? Dann war es ja wohl ihre Aufgabe, das Böse zu bekämpfen. Und sie hatte gleich mehrere Verkörperungen des Bösen vor sich: grausame Dämonen, die nur Leid über die Menschen brachten.

Plötzlich ging ihr auf, dass ihre lindernden Kräfte auch eine sehr viel kämpferischere Form annehmen konnten. Ohne zu zögern, ballte sie alle Abscheu, die ihr die Dämonen einflößten, zu einer ungeheuren geistigen Kraft zusammen, und diese grimmige Energie entlud sich in einem Beben, das ihren ganzen Körper erfasste.

Als sie auf diesen unerwarteten Widerstand stießen, erstarrten die Dämonen. Nun entbrannte der ewige Kampf zwischen Dara und Karu, zwischen Liebe und Herrschsucht. Erynes einzige Waffe war die Macht ihres Geistes. Als sie das Zögern der Dämonen sah, trat sie einen Schritt vor und streckte die Hand aus. Die Erben rührten sich nicht, denn auch wenn sie nichts von dem geistigen Ringen zwischen Eryne und den Dämonen wussten, spürten sie doch, dass ihr Schicksal in den Händen ihrer Freundin lag.

Valipond, Phrias und Yoss wichen vor ihrer strahlenden Aura zurück, die größer und größer wurde und ihre nichtswürdige Existenz auszulöschen drohte. Eryne ahnte, dass sie gegen echte Dämonen machtlos gewesen wäre, aber die Avatare waren bedeutend schwächer. Warum bloß hatte sie diesen Schritt zur Unsterblichkeit nicht schon viel früher vollzogen? Vielleicht hätte sie die Lemuren zurückdrängen und den Lauf der Ereignisse verändern können.

Im nächsten Moment besiegte Cael K'lur im Zweikampf, und die verbliebenen drei Dämonen lösten sich nacheinander in Luft auf. Vielleicht waren sie der Meinung, Sombre genug gedient zu haben, oder die beiden Erben, die sie wahrnehmen konnten, flößten ihnen mittlerweile mehr Furcht ein als ihr Gebieter.

Sombre schien mit so etwas gerechnet zu haben, denn als Eryne ihre Aura zurückzog, erschöpft von der tiefen Konzentration, in die sie versunken gewesen war, spürte sie ihn ganz in ihrer Nähe.

Einen Herzschlag später stand Sombre den vierzehn Überlebenden dieser mörderischen Nacht gegenüber.

Cael spürte das Frohlocken des Dämons, der ihn beherrschte, oder vielmehr schien er selbst dieses Gefühl zu empfinden. Es kam ihm vor, als wäre der sterbliche Teil seines Ichs in seinem eigenen Körper zum Gefangenen geworden und würde nun allmählich mit dem Dämon verschmelzen, sich gar in ihm auflösen. Aber war das nicht seine Bestimmung, die Erfüllung des Fluchs, der seit seiner Geburt auf ihm lastete? Sombre hatte versucht, ihn nach seinem Ebenbild zu formen, aber er hatte seinen finsteren Plan nicht zu Ende führen können. So lebte Cael nun mit zwei Persönlichkeiten, die ständig um die Vorherrschaft über seinen Körper rangen. Doch jetzt schien der Augenblick der Entscheidung gekommen. Bald würde der Junge nichts Menschliches mehr an sich haben.

Damit hatte sich Cael bereits abgefunden. In dem Moment, in dem er auf Befehl seines inneren Dämons Saats Schwert in die Hand genommen hatte, war ihm klar gewesen, dass es kein Zurück gab. Niss hatte ihn zwar schon zweimal gerettet, aber noch einmal würde ihr dieses Wunder nicht gelingen. Dafür war es nun zu spät.

Cael blieb nichts anderes übrig, als das Geschehen durch Augen zu beobachten, die er nicht mehr aus eigenem Willen bewegen konnte. Kampflos überließ er der stärkeren seiner beiden Persönlichkeiten das Feld. Vielleicht war dies die einzige Chance, die die Erben hatten.

Und so hatte er sich erst die Lemuren besiegen sehen, dann die Anhänger der Dunklen Bruderschaft und schließlich die Grauen Legionäre. Schuldgefühle empfand er nicht; er bedauerte höchstens, seinen Eltern nicht ein letztes Mal sagen zu können, wie sehr er sie liebte. Er fügte sich in die Rolle des Zuschauers, zu der er verdammt war. Innerlich stellte er sich darauf ein, bald überhaupt nicht mehr zu existieren, und paradoxerweise führte gerade diese Resignation dazu, dass er doch wieder Hoffnung schöpfte.

Denn irgendwann fiel dem Jungen auf, wie zielgerichtet sein innerer Dämon vorging. Er metzelte Agénors Gefolgsleute nieder, verletzte jedoch keinen einzigen Erben oder Wallatten. Zunächst nahm er an, sein dunkles Ich wolle zuerst die Anhänger seiner unsterblichen Rivalen vernichten, doch dann kam ihm ein anderer Gedanke. Die Verschmelzung seines eigenen Ichs mit seiner inneren Stimme ging völlig ohne Widerstreit von sich. Das konnte nur bedeuten, dass er einige seiner Charakterzüge an den Dämon weitergab. Indem er sich ihr endgültig unterwarf, konnte er die Kreatur, die ihn zu vernichten drohte, beeinflussen!

Nach dieser Entdeckung hörte Cael auf, in Gedanken seinen Hass auf Sombre zu schüren, und konzentrierte sich stattdessen auf die Liebe und Freundschaft, die er seinen Gefährten entgegenbrachte. Er glaubte nicht, dass sein innerer Dämon so etwas wie Mitleid für die Sterblichen empfinden konnte, aber vielleicht würde er zumindest ihr Leben verschonen. Während sich Cael alle Tugenden und Werte in Erinnerung rief, die er für bedeutsam hielt, stieß er plötzlich auf das, was Yan und seine Tante Corenn den magischen Willen nannten. Er spürte, wie mächtig diese innere Kraft war, und setzte sie sogleich ein, um den Geist des Dämons mit Bildern von Freundschaft und Zuneigung zu überschütten, nicht anders, als die Stimme in seinem Kopf ihn bei seinen Anfällen zu Hass und Gewalt aufgestachelt hatte.

Er hatte gar nicht vor, die Kontrolle über seinen Körper zurückzugewinnen, denn dafür war es zu spät. Stattdessen konzentrierte er sich darauf, aus dem Dämon ein Wesen zu machen, das eine Spur Nachsicht empfinden konnte und nicht ganz so sehr aufs Töten versessen war. So hoffte er vor allem, noch irgendwie zu verhindern, dass sich ein zweiter Sombre zum Herrn über die Welt aufschwang.

Sein Plan schien aufzugehen. Als K'lur, Yoss und die anderen Sprösslinge des Karu mitten in dem von Leichen übersäten Saal Gestalt annahmen, spürte Cael, wie der Dämon zögerte. Statt einfach an ihnen vorbeizulaufen und Sombre dem Bezwinger gegenüberzutreten, blieb er stehen und ließ sich in einen Kampf verwickeln, ohne so recht zu wissen, warum. Cael wollte glauben, dass sich sein innerer Dämon um das Schicksal der Sterblichen sorgte, und er betete inständig, dass die Bestie, in die er sich verwandelt hatte, sämtliche Kreaturen vernichten würde, die seine Freunde bedrohten. Er selbst konzentrierte sich weiter auf alle lebensbejahenden Gedanken, die ihm in den Sinn kamen, um dem Dämon noch etwas Menschlichkeit mitzugeben, bevor er sich gänzlich in ihm auflöste.

Doch dann geschah etwas, das er noch nie erlebt hatte, wenn der Dämon ihn beherrschte.

Es kam ihm vor, als wäre es sein *eigener* Arm, der vorschnellte und K'lurs von Flammen umzüngelten Oberkörper mit dem Schwert traf. Im nächsten Moment hatte er das Gefühl, er *selbst* weiche den scharfen Krallen aus, mit denen der Dämon ihm das Gesicht zerkratzen wollte.

Verwirrt stolperte er einen Schritt zurück und hob das Knie, nur um sich zu vergewissern, dass er dazu imstande war. Sein innerer Dämon widersetzte sich der Bewegung und stürzte sich wieder auf seinen Gegner. Doch der Beweis war erbracht: Kurz bevor er endgültig mit dem Dämon verschmolz, erlangte Cael, zumindest teilweise, die Kontrolle über seinen Körper wieder.

Er wusste nicht, wie lange dieser Zustand anhalten würde, aber er war entschlossen, die Gelegenheit zu nutzen.

Er wartete noch einige Dezillen ab, ohne einzugreifen, dann lenkte er selbst die nächste Attacke auf den Flammendämon. Die Kraft seiner Muskeln und die Schnelligkeit seiner Bewegungen verblüfften ihn. Zwar hatte er schon häufiger ungeahnte Kräfte entwickelt, doch dabei war er noch nie bei so klarem Verstand gewesen wie jetzt.

Sein innerer Dämon wehrte sich erbittert gegen Caels Einmischung in den Kampf, doch er konnte die Verschmelzung ihrer beiden Persönlichkeiten nicht mehr verhindern. Er würde abwarten müssen, bis er der alleinige Herrscher über Caels Körper war.

So führte der Junge das Experiment fort, indem er mal seinen eigenen Willen vorschickte, mal seinem Dämon die Kontrolle überließ. Bald fand er zu einem gewissen Gleichgewicht, bis er fast das Gefühl hatte, die Dinge in der Hand zu haben. Aber vielleicht lag es auch nur daran, dass er dabei war, den letzten Funken seines Bewusstseins zu verlieren: Jeden Augenblick konnte das, was noch von ihm übrig war, verschwinden.

Zumindest den Sieg über K'lur erlebte er noch mit. Der Avatar löste sich ganz einfach in Nichts auf, so wie es schon Soltan getan hatte. Gleich darauf machten sich zu Caels Erleichterung auch Yoss, Valipond und Phrias davon.

Doch als Sombre in den Saal geschlendert kam und zwischen den Leichen seiner Diener und der Wallatten hindurch auf ihn zukam, empfand Cael nur noch blinden Hass.

Auf dem Gesicht des Dämons lagen Hochmut und Gleichgültigkeit. Er trug ein fließendes Gewand aus schwarzer Seide und scherte sich nicht darum, ob er einem abgetrennten Arm oder einer Blutlache auswich. Im Vorbeigehen griff er beiläufig nach einem Schwert, das in der Brust eines toten Wallatten steckte. Gierig schnupperte er an dem Blut, das von der Klinge rann, bevor er sie an den Kleidern eines anderen Gefallenen abwischte.

Cael hörte Schritte hinter sich und gebot den herbeieilenden Erben mit einer schroffen Geste Einhalt. Sie schienen seiner Aufforderung zu folgen, denn das Fußgetrappel brach abrupt ab. Der Dämon, der seinen Körper beherrschte, raste vor Zorn, weil sich Caels ursprüngliches Ich, so nichtig es mittlerweile auch war, nach wie vor ans Leben klammerte. Und tatsächlich schöpfte Cael Kraft aus der ungeahnten Stärke seines Willens und schwebte an der Schwelle zwischen Unterwerfung und völliger Auflösung. Er wusste, dass er jeden Moment aufhören würde zu existieren, aber er wollte noch miterleben, wie Sombres unsterbliches Leben erlosch, bevor er selbst im Nichts verschwand.

Sombre war jetzt nur noch fünfzehn Schritte von ihm entfernt. Er stand am Rand einer kreisrunden Fläche, die einigermaßen frei von Leichen war, und betrachtete das Ausmaß der Niederlage seiner Diener.

Cael machte ein paar Schritte nach vorn und trat ihm gegenüber, auf die andere Seite des imaginären Kreises, der von toten Wallatten, Anhängern der Dunklen Bruderschaft und Grauen Legionären gesäumt wurde. Bald würde einer von ihnen beiden ebenfalls tot am Boden liegen.

»Bist du der Erzfeind?«

Die Stimme des Dämons erschütterte ihn bis ins Mark, obwohl ihm sein Körper nicht mehr gehörte. Es war die

Stimme, die er von klein auf in seinem Kopf gehört hatte, triefend vor eiskaltem Hass, Arroganz und Verachtung.

»Ja, das bin ich«, sagte er.

Natürlich konnte er das nicht mit Gewissheit sagen, aber in seiner Lage erschien ihm diese Antwort die beste. Vielleicht würde Sombre die Erben verschonen, wenn er glaubte, den Erzfeind getötet zu haben. Doch diese Hoffnung schwand, als der Dämon die Augen zusammenkniff und das Schwert in die Höhe riss.

»Ich bin der Bezwinger!«, verkündete er mit donnernder Stimme.

»Nein, ich bin der Bezwinger!«, brüllte Cael zurück.

Er wusste nicht, welche seiner beiden Persönlichkeiten gesprochen hatte, aber es war ihm auch egal.

Blind vor Hass und Zorn stürzte er sich auf den Dämon, der sich ihm im selben Moment entgegenwarf. Als sich ihre Klingen kreuzten, stoben Funken. Dann folgten Vorstöße und Paraden in so rasantem Wechsel, dass man die beiden Schwerter mit bloßem Auge kaum mehr erkennen konnte. Zwischen Cael und Sombre tobte ein wahrer Wirbelsturm aus blitzendem Stahl, der wohl jeden in der Luft zerfetzt hätte, der ihnen zu nahe kam. Die beiden Kämpfer erwiesen sich jedoch als ebenbürtig, und so legten sie nach einer Weile eine kurze Verschnaufpause ein und belauerten einander über ein paar Leichen hinweg, die ihnen im Weg lagen.

Cael spürte nicht die geringste Erschöpfung, er war nicht einmal außer Atem. Natürlich führte nicht er selbst die rasend schnellen Attacken aus, die Sombre beharrlich parierte, aber seine Wut und Entschlossenheit, Yan, Léti und die anderen Erben zu retten und mit ihnen die ganze Welt, verliehen seinem inneren Dämon zusätzliche Kraft und Schnelligkeit. Jetzt, wo Cael kurz davorstand, für immer zu verschwinden, war sein Wille stärker als der Hass seines inneren Dämons auf Sombre – vielleicht sogar stärker als Yans magischer Wille, und dabei war sein Vater einer der mächtigsten Magier der Welt.

Plötzlich verzog sich Sombres Gesicht zu einer Grimasse, und Cael machte sich auf das nächste Gefecht gefasst. Im nächsten Moment wirbelten die Klingen wieder durch die Luft, so schnell, dass die Waffen zu schweben schienen. Doch die Schwerter trafen auch diesmal nicht. Das ausgeglichene Kräfteverhältnis brachte Sombre derart in Rage, dass seine dämonische Seite immer stärker zum Vorschein kam: Er rollte mit den Augen, stieß animalische Schreie aus und schlug bisweilen wie ein Bär oder Löwe mit der freien Hand nach seinem Gegner. Trotz des erbitterten Widerstands des Jungen schien er überzeugt, dass er selbst den Sieg davontragen würde. Es machte ihn offenbar nur wütend, dass sich der Kampf in die Länge zog.

»Ich bin der Bezwinger! *Ich bin der Bezwinger!*«, rief er immer wieder mit donnernder Stimme, um Cael einzuschüchtern.

Doch da dem Jungen diese Stimme seit langer Zeit vertraut war, fürchtete er sie nicht mehr. Bald würde er in dieser Stimme aufgehen. Es war nur noch eine Frage weniger Dezillen.

»Ich bin der Bezwinger«, kreischte Sombre, als wäre er sich dessen plötzlich nicht mehr so sicher.

Er machte einen Satz zurück und riss sich mit einer Mischung aus Wahnsinn und Verzweiflung das Hemd vom

Leib. Für einen flüchtigen Moment sah Cael sogar Tränen in seinen Augen glitzern, aber das war schnell vergessen, als der Dämon seine menschliche Gestalt aufgab und sich in eine abscheuliche Kreatur verwandelte.

Binnen weniger Augenblicke wuchs Sombre auf doppelte Größe an. Dann warf er den Kopf in den Nacken, und als er wieder nach vorne sah, ragten spitze Eckzähne aus einem breiten Maul. Seine Arme und Beine schwollen an, und gleich darauf stand ein wahrer Koloss mit blutunterlaufenen Augen und riesigen Pranken vor Cael. Als sich Sombre auf ihn stürzte, war der Junge immer noch wie versteinert angesichts dieser Verwandlung. Trotz seines gewaltigen Körperumfangs war Sombre so flink wie zuvor und erwischte Cael mit einer Pranke so heftig an der Schulter, dass der Knochen brach und er sechs Schritte weit durch die Luft katapultiert wurde.

Cael sprang augenblicklich wieder auf die Füße, um den nächsten Schlag abzuwehren, aber Sombre hatte innegehalten, um sich an seinem Erfolg zu weiden. Wie tausend Blitze schoss der Schmerz durch Caels Körper und brachte seinen inneren Dämon zur Raserei. Zwar waren die Pfeile und Klingen der Sterblichen an ihm abgeprallt wie an einem Felsen, aber ein Unsterblicher konnte ihn sehr wohl verwunden oder gar töten. Vielleicht war Sombre tatsächlich unbezwingbar. Er besaß genug Macht und Entschlossenheit, um alle Götter und Dämonen zu unterwerfen oder zu töten.

Aber Cael war nicht bereit, so schnell aufzugeben. Er würde ohnehin nicht mehr lange leben.

Er warf sich dem Koloss entgegen und überrumpelte ihn damit offenbar. Es gelang ihm, unter einem Arm durchzuschlüpfen und den Dämon seitlich am Bauch zu treffen. Ein Schwall schwarzen Bluts ergoss sich aus der Wunde, während Sombre einen markerschütternden Schrei ausstieß.

Cael hatte gerade noch Zeit, zurückzuweichen, bevor das Ungeheuer zum Gegenangriff überging. Es hatte seine Pranken zu gewaltigen Fäusten geballt und schwenkte sie wie Keulen durch die Luft. Cael stolperte immer weiter zurück und schielte dabei zu den Erben hinüber, um Sombre nicht versehentlich in ihre Richtung zu lenken. Seine Freunde sahen seinem Kampf verzweifelt zu, aber es half ihm nichts, wenn sie sich für ihn opferten.

Gleich darauf wechselte Sombre abermals die Gestalt: Nun fand sich Cael einem Monstrum mit vier Armen und dem Hinterleib eines Skorpions gegenüber. Wieder und wieder schlug der Dämon mit dem Stachel nach Cael, dem es jedes Mal gelang, im letzten Moment zur Seite zu springen. Von da an konzentrierte er sich nur noch darauf, Sombres Angriffen auszuweichen. Wäre sein innerer Dämon nicht so unglaublich schnell gewesen, hätte er den Kampf längst verloren. Sombre hatte einem Menschenkind aus der kaulanischen Provinz seine Macht übertragen wollen. Heute rächte sich dieser Plan.

Aber Cael wollte nicht einfach nur seine Niederlage hinauszögern. Er musste etwas tun, vor allem, wenn er den Ausgang des Kampfes noch erleben wollte, bevor er sich auflöste. Leider sah es nicht so aus, als könnte sein innerer Dämon Sombre besiegen. War alle Hoffnung verloren? War das Ende der Erben gekommen, und damit auch das Ende der bekannten Welt?

Er riskierte einen hastigen Blick zu den anderen, und

die Angst auf ihren Gesichtern stachelte ihn dazu an, sich ein letztes Mal gegen sein Schicksal aufzulehnen. Nein, er würde es nicht einfach so hinnehmen! In einem beispiellosen Kraftakt tat er das Letzte, wozu er noch imstande war: Er senkte seine Waffe.

»Du hast gewonnen«, rief er Sombre zu. »Du bist wahrhaftig der Bezwinger.«

Sein innerer Dämon tobte. Es würde nicht mehr lange dauern, bis er die Kontrolle wieder an sich riss. Cael musste ihm unbedingt noch ein paar Augenblicke lang standhalten.

Sombre schob sein grauenhaftes Maul näher, streckte vier Arme nach dem Jungen aus und reckte drohend seinen Stachel in die Höhe.

»Ich unterwerfe mich dir«, fuhr Cael fort. »Sieh selbst: Ich öffne dir meinen Geist.«

Kaum hatte er die Worte ausgesprochen, da riss der Dämon auch schon alle Barrieren in seinem Kopf ein, um in Caels Gedanken zu lesen und sich von seinem Sieg zu überzeugen. Der schwierigste Moment des Kampfes war gekommen. Cael konzentrierte sich mit der ganzen Kraft seines Willens auf sein Leben, sein wahres Leben, das Leben auf dem Gestüt seiner Eltern und in den Schulzimmern des Großen Hauses von Kaul. Er log nicht, als er sich als gewöhnlichen Sterblichen zeigte, der bisweilen feige oder selbstsüchtig handelte, als ein Junge, der schreckliche Angst vor Sombre hatte und wusste, dass er im Vergleich zu ihm ein Niemand war. Jede dieser Wahrheiten über seine nichtswürdige Existenz versetzte Sombre in Ekstase. Nachdem er sich aus Caels Geist zurückgezogen hatte, fuhr er triumphierend seinen Stachel aus.

Er würde diesem elenden Wurm, der sich als der Erzfeind ausgegeben hatte, töten.

In diesem Moment gab Cael seine wahre Persönlichkeit freiwillig auf und überließ seinem anderen Ich das Feld.

Sein innerer Dämon reagierte genau so, wie er gehofft hatte.

Er nutzte die Tatsache, dass Sombre in Vorfreude auf seinen Triumph ganz mit sich selbst beschäftigt war, und stieß ihm das Schwert ins Auge.

Und Cael versank im Nichts.

Als Sombre zusammenbrach, stöhnten die Erben vor Verblüffung auf.

Im nächsten Moment entfuhr ihnen ein Entsetzensschrei, weil Sombre Cael im Todeskampf einen letzten Schlag versetzte, der ihn zu Boden schleuderte.

Dann liefen sie alle gleichzeitig los, um zu Cael zu gelangen, der ihnen vielleicht das Leben gerettet hatte. Léti erreichte ihn als Erste und zog ihn außer Reichweite seines am Boden liegenden Gegners. Yan wollte ihr schon folgen, blieb dann aber wie erstarrt stehen und beobachtete die Veränderung, die der Dämon durchmachte.

Im Tod schien Sombre wieder seine ursprüngliche Gestalt anzunehmen. Sein Körper schrumpfte auf seine vorherige Größe, und die zusätzlichen Gliedmaßen bildeten sich zurück, bis der Dämon wieder wie ein Mensch aussah. Gleich darauf lag ein nackter junger Mann zusammengekrümmt wie ein Embryo vor ihnen. Aus seiner durchstoßenen Augenhöhle strömte schwarzes Blut.

Saats Schwert war während Sombres Rückverwandlung auf den Marmorboden gerutscht. Vorsichtshalber schob Yan es mit dem Fuß beiseite und versetzte ihm einen Tritt. Die Waffe glitt über den Stein, prallte von Amanóns Stiefel ab und blieb vor Nolan liegen. Nach kurzem Zögern bückte er sich und hob sie voller Abscheu auf.

Kebree wiederum trat zu Sombre und hieb mit seiner Lowa auf dessen Schädel ein, ohne damit mehr zu erreichen, als ihm das Haar zu zerzausen. Der Wallatte ließ sich davon jedoch nicht entmutigen und schlug noch drei- oder viermal zu, bevor er aufgab. Offenbar konnte man Sombre selbst im Tod nichts anhaben. Schließlich gesellte er sich zu den anderen, die Niss und Cael ehrfürchtig schweigend umringten.

Das Mädchen war neben Cael auf die Knie gesunken. Seit Beginn des Kampfes hatte sie sich auf diesen Augenblick vorbereitet, hatte ihre Kräfte eigens aufgespart, um die Stimme, die ihren Freund beherrschte, zurückzudrängen und ihn in die Welt der Sterblichen zurückzuholen.

Als Sombre Cael bei seinen letzten Zuckungen noch einmal am Kopf erwischt hatte, wäre Niss fast verzweifelt. Doch als sie neben ihm niederkniete, sah sie zu ihrer Erleichterung, wie sich die Brust des Jungen hob und senkte. Ohne den anderen zu sagen, was sie vorhatte, drang sie in den Geist ihres Freundes ein, wild entschlossen, ein Wunder zu vollbringen.

Der erste Kontakt mit Caels zwei Persönlichkeiten, die fast vollständig zu einer Einheit verschmolzen waren, setzte ihr einen Dämpfer auf. Einen solchen Fall hatte sie noch nie erlebt. In dem Wirrwarr aus widersprüchlichen Gedanken schien kaum noch etwas von Cael übrig zu sein, und zunächst wusste sie nicht, worauf sie ihre Erjak-Kräfte überhaupt richten sollte.

Als sie endlich einen Ansatzpunkt fand, entfesselte sie die ganze Kraft ihres Willens, und die schwarze Seele, die Caels Körper beherrschte, wehrte sich auch diesmal erbittert gegen den Druck, den sie ausübte. Wäre er nicht ohnmächtig gewesen, hätte Caels innerer Dämon vermutlich wieder versucht, Niss zu erwürgen oder ihr das Genick zu brechen. Stattdessen verwandte er all seine Geisteskraft darauf, sie zurückzustoßen, und da seine Macht seit dem letzten Mal noch gewachsen war, kamen Niss Zweifel, ob sie überhaupt etwas gegen ihn ausrichten konnte. Schließlich kämpfte sie gegen ein unsterbliches Wesen. Ein Wesen, das Sombre bezwungen hatte.

Sie schob und schob, um den dämonischen Geist zu vertreiben, aber ohne Caels Hilfe schien es aussichtslos. Und dass der Junge noch einmal genug Willenskraft aufbringen würde, um gemeinsam mit ihr gegen seine innere Stimme anzukämpfen, war unwahrscheinlich. Der Dämon hatte Caels Geist fast vollständig verdrängt. Von ihrem Freund waren nur noch einige wenige Gedankenfetzen übrig, die sich immer wieder mit denen des Dämons vereinigten.

Das erklärte auch, warum Cael beim Kampf gegen Sombre seinen Körper zwischenzeitlich wieder hatte lenken können. Doch mehr noch als seine Geschicklichkeit im Umgang mit Saats Schwert hatte Niss seine strategische List beeindruckt. Die Idee, sich Sombre zum Schein zu unterwerfen, konnte nur von Cael stammen. Sein innerer Dämon wehrte sich so erbittert gegen ihr geistiges Eindringen, er würde vor niemandem freiwillig kapitulieren.

Niss wusste nicht, wie lange sie sich schon auf Caels Geist konzentrierte. Sie hatte jedes Zeitgefühl verloren und nahm kaum wahr, was um sie herum geschah, während sie mit geschlossenen Augen neben dem Jungen kniete. Verbissen wühlte sie sich durch das Gedankenchaos im Kopf ihres Freundes und versuchte, es zu entwirren. Allmählich ließen ihre Kräfte nach, dabei war sie noch keinen Deut vorangekommen. Aber sie durfte jetzt nicht aufgeben. Wenn es ihr nicht gelang, Cael in den nächsten Augenblicken zurückzuholen, würde sie ihn für immer verlieren.

Obwohl der Kampf, den sie führte, für ihre Freunde unsichtbar war, hatte Niss das Gefühl, dass alle Hoffnungen auf ihr ruhten. Alle hatten etwas zu ihrem Sieg beigetragen, und nun war sie an der Reihe. Auch bei ihrem Kampf ging es um Leben und Tod, doch Dezille um Dezille verstrich, ohne dass sie etwas erreichte.

Schließlich überkam Niss tiefe Verzweiflung. Das alles war so schrecklich ungerecht. Warum musste Cael für Saats Untaten büßen? Woher hatte sich Sombre das Recht genommen, in seinen Geist einzudringen und einen Dämon in ihm zu erschaffen? Wer gab ihm das Recht, ihn mit einem solchen Fluch zu belegen?

Jetzt, da Sombre endlich besiegt war und die Erben alle Kämpfe überlebt hatten, hätten sie sich eigentlich jubelnd in die Arme fallen, ihre Wunden verbinden und Zukunftspläne schmieden sollen. Stattdessen beugten sie sich über den reglosen Körper des Jungen, dem sie ihr Leben verdankten, und mussten zugleich fürchten, dass er sich voller Hass auf sie stürzte, sobald er aufwachte – und die Einzige, die vielleicht etwas dagegen tun konnte, war am Ende ihrer Kräfte. Niss spürte, wie Übelkeit in ihr aufstieg: der bittere Geschmack der Niederlage.

Als sie erkannte, wie schwach und hilflos sie war und wie vergeblich sie sich abmühte, ließ ihre Konzentration nach. Mittlerweile machte Niss nur noch aus Prinzip weiter, ohne jede Hoffnung, etwas an Caels Schicksal ändern zu können. Wenn sie an seine trauernden Eltern dachte, hatte sie das Gefühl, schwere Schuld auf sich geladen zu haben, weil sich Cael für die Erben geopfert hatte. Niemals hätte sie behaupten dürfen, Cael retten zu können. Warum war sie auf diesen verrückten Plan verfallen, bei dem Cael sein Leben aufs Spiel setzte? Sein Los war schlimmer als der Tod: Sein Geist verschmolz mit dem des Dämons und würde niemals im Dara ewigen Frieden finden.

Bei dieser Vorstellung steigerte sich die Übelkeit, die sie empfand, zu einem regelrechten Brechreiz. Doch der Gedanke an ihre eigenen Erfahrungen mit dem Tod hatte sie auf eine Idee gebracht. Trotz ihrer Verzweiflung glomm ein schwacher Funke der Hoffnung in ihr auf, der ihr einen möglichen Ausweg wies.

Ihr war wieder eingefallen, dass sich der Geist eines Gottes oder Dämons aus den Seelen der Sterblichen zusammensetzte, die sich mit ihm vereinigt hatten – wie ein Stoff, der aus unzähligen Fäden gewoben ist. Und offenbar war Caels Seele gerade dabei, sich in das komplexe Gewebe einzufügen, aus dem der Geist des Dämons bestand.

Noch einmal nahm Niss alle Kraft zusammen und konzentrierte sich auf einen winzigen Punkt im Geist des Dämons, einen Punkt, der eigentlich zu klein war, um den Ausschlag zu geben. Plötzlich machte sie in dem Persönlichkeitsgeflecht einen einzelnen Faden aus. Sie richtete ihren Willen darauf und schaffte es, ihn aus dem Gewebe herauszulösen.

Ermutigt von diesem ersten Erfolg zupfte sie an einem zweiten und dritten Faden, bevor sie wie im Fieber wahllos alle Fäden herausriss, derer sie habhaft werden konnte. Bald entfernte sie ganze Stränge, ohne dabei auf nennenswerten Widerstand zu stoßen. So löste sie den Geist des Dämons Stück für Stück auf, und er war machtlos dagegen, weil er nicht jede einzelne Faser zugleich verteidigen konnte. Zwar schlug ihr immer wieder seine blanke Wut entgegen, aber Niss würde weitermachen, bis die Erschöpfung sie überwältigte.

Bald wehrte sich der Dämon so heftig, dass er jeden Moment aufzuwachen drohte. In fieberhafter Eile setzte Niss ihr Zerstörungswerk fort. Wenn er die Augen zu früh aufschlug, würde er keine Gnade kennen und sie töten. Sie begann, ganze Flächen seines Bewusstseins aufzulösen, und nahm sich immer größere Teile vor, bis sie irgendwann den Geist in seiner Gesamtheit ins Visier nahm. Mittlerweile war er auf die Hälfte seiner ursprünglichen Größe geschrumpft. In einem letzten verzweifelten Kraftakt verbannte sie den Dämon in den hintersten Winkel von Caels Kopf und ließ die Persönlichkeit des Jungen ihren ursprünglichen Platz einnehmen.

Als sie sicher war, dass sich das Kräfteverhältnis nicht wieder ändern würde, zog sich Niss behutsam zurück und schlug die Augen auf. Erst jetzt bemerkte sie, dass ihr Tränen über die Wangen strömten.

Kurz darauf öffnete auch Cael die Augen und sah sie

erschöpft, aber unendlich dankbar an. Dann hob Niss den Blick zu den anderen. Sie erwartete, Freude und Erleichterung in ihren Gesichtern zu lesen, doch ihre Mienen waren wie versteinert.

»Sombre ist nicht tot«, sagte Eryne tonlos. »Ich spüre seinen Geist noch immer.«

Noch nie hatte sich Amanón so hilflos gefühlt. Die erste Freude über den Tod des Dämons war von der Ungewissheit über Caels Zustand überschattet worden, und gleich nachdem Niss neben dem Jungen auf die Knie gefallen war, hatte Eryne die schlechte Nachricht verkündet. Sombres Lebenslicht war nicht erloschen – im Gegenteil, es loderte heller denn je.

Der Schock war so gewaltig, dass Amanón keinen klaren Gedanken fassen konnte. Cael war nicht der Erzfeind. Oder er war der Erzfeind und hatte eine Niederlage erlitten. Oder die Erben hatten ganz einfach den richtigen Zeitpunkt verpasst und damit die einzige Chance auf den Sieg, die ihnen prophezeit worden war.

Aber was hatten all diese Fragen überhaupt noch für einen Sinn? Die Erben waren gescheitert. Der Dämon würde sich jeden Moment wieder erheben, und dann wären sie endgültig dem Untergang geweiht.

Er sah zu, wie Kebree, Grigán, Zejabel und Rey vergebens versuchten, den Körper ihres Feindes zu zerstückeln. Ihre Waffen konnten der Leiche nichts anhaben, nicht einmal einen Kratzer vermochten die scharfen Klingen in die Haut zu ritzen. Schließlich probierte Nolan es sogar mit Saats Schwert, doch ebenso gut hätte er mit einem trockenen Zweig zuschlagen können. Sombre war unverwundbar, und den Erben fiel einfach nicht mehr ein, was sie noch versuchen sollten, um ihn zu vernichten.

Selbst Eryne konnte nichts gegen den Dämon ausrichten. Zwar war es ihr gelungen, drei Avatare zurückzudrängen, aber ihre Kraft reichte nicht aus, um Sombres schwarzen Lebensfunken zu löschen. Irgendwann drückte Nolan ihr Saats Schwert in die Hand, und sie ließ sich dazu überreden, ebenfalls auf die reglose Gestalt einzuschlagen, ohne damit mehr zu erreichen als ihre Gefährten. Vermutlich hinderte der Einfluss des Dara die künftige Göttin daran, einen ihrer Brüder oder Schwestern zu töten, oder sie hatte ganz einfach noch nicht die Macht dazu.

Enttäuscht gab Eryne ihrem Bruder das Schwert zurück und vergrub das Gesicht in den Händen. Amanón spürte ihren Schmerz, als bohrte sich eine Klinge in seinen Leib. Wieder einmal war er trotz seines scharfen Verstands nicht in der Lage, die Frau, die er liebte, vor drohendem Unheil zu schützen.

Als sie von Sombre abließen und sich um Cael scharten, erwachte Niss aus ihrer Trance, und kurz darauf schlug auch der Junge die Augen auf. Am Blick seines Cousins erkannte Amanón, dass Niss ihn tatsächlich zurückgeholt hatte. Freude wallte in ihm auf, auch wenn damit seine letzte Hoffnung zunichte war: Nur der Dämon, der im Körper des Jungen hauste, hatte es zweimal geschafft, Sombre zu verwunden. Ohne seine Hilfe hatten die Erben keine Chance, und es blieb ihnen nichts übrig, als zu fliehen und zu versuchen, der Rache des Bezwingers so lange wie möglich zu entkommen.

Yan, Léti und Cael, der immer noch völlig entkräftet war, fielen einander in die Arme, und der Anblick ihrer glückstrahlenden und zugleich unendlich traurigen Gesichter rührte Amanón zutiefst. Auch Lana schien von ihren Gefühlen überwältigt zu werden, denn sie wandte sich ab und ging zu Amanóns Überraschung zu der Pforte, die Agénor mitten im Saal hatte errichten lassen. Sie kniete vor dem Steinbogen nieder und begann zu beten. Gleich darauf folgte ihr Nolan, und auch die anderen Erben schlossen sich ihr an. Zwar konnte Amanón es kaum erwarten, so schnell wie möglich aus dem Palast zu fliehen, aber natürlich gebot es der Anstand, den wallattischen Kriegern die letzte Ehre zu erweisen, auch wenn ihr Opfer vergebens gewesen war. So setzte auch er ein Knie auf den Boden und neigte das Haupt vor der letzten verbliebenen Pforte ins Jal, wie seine frommen Freunde es taten.

»Eurydis, erhört mich!«

Lanas Stimme hallte durch den Saal, und die anderen blickten verdutzt auf. Dann streifte die Emaz ihren Anhänger über den Kopf und legte ihn auf den Marmorboden. Ohne das Gwelom konnte ihr Gebet endlich zu der Göttin vordringen.

»Eurydis, erhört mich!«, wiederholte Lana voller Inbrunst. »Wir haben alles versucht, um den Dämon zu besiegen, aber angesichts seiner Stärke sind wir machtlos. Weiseste aller Weisen, wir brauchen Eure Hilfe.«

Niemand wagte es, sie zu unterbrechen. Amanón empfand eine gewisse Beklemmung, und auch sein Vater warf immer wieder nervöse Blicke zur Tür und zu Sombre hinüber. Jeden Moment konnte der Dämon erwachen.

»Führt uns, Eurydis!«, rief die Priesterin mit bebender Stimme. »Lasst nicht zu, dass der Tod Eurer Schwester Aliandra vergeblich war!«

Sie sprach weiter, aber ihre Stimme war bald nur noch ein Flüstern, und schließlich schlug sie die Hand vor den Mund, um einen Schluchzer zu unterdrücken. Ihr Mann half ihr auf und bedeutete den anderen, ihre Andacht zu beenden. Die Erben gingen auf die Tür zu. Diesmal würde sie keine Schar Dämonisten daran hindern, den Palast zu verlassen.

Da blitzte unter dem Bogen ein helles Licht auf und erfüllte die gesamte Fläche unter der Pforte.

Die Gefährten wirbelten herum und kniffen die Augen zusammen. Amanón rechnete damit, das Jal oder irgendeine ferne Landschaft zu erblicken, doch als das Licht erlosch, war alles wie vorher. Es hatte sich kein Durchgang zu einem anderen Ort geöffnet. Stattdessen stand ein junges Mädchen unter dem Bogen. Sie war kaum älter als Niss, hatte blondes Haar und war von atemberaubender Schönheit, obwohl sie ganz gewöhnlich aussah. Im ersten Augenblick wunderte sich Amanón über diesen Widerspruch, und erst als Lana, Nolan und einige andere ein Knie auf den Boden setzten, dämmerte ihm, dass er Eurydis höchstpersönlich gegenüberstand.

Die Göttin lächelte freundlich, doch als ihr Blick durch den von Leichen übersäten Saal schweifte, huschte ein dunkler Schatten über ihr Gesicht. Vielleicht hatte sie auch Sombre reglos am Boden liegen sehen. Amanón ertrug die Ungewissheit kaum noch. Eurydis war nicht die erste Gottheit, der sie begegneten, aber sie war diejenige, in die sie die größten Hoffnungen setzten.

»Ihr … Ihr erscheint den Sterblichen zum dritten Mal«, sagte Lana aufgewühlt. »Heißt das, Ihr … werdet den Beginn des Zeitalters von Ys verkünden?«

Die Unsterbliche nickte langsam und gab den Erben mit dieser schlichten Geste all ihre Zuversicht und ihren Glauben zurück. Das Zeitalter von Ys, auch das Zeitalter der Harmonie genannt, die Verheißung eines besseren Lebens für die Menschheit – hatte ihr Kampf gegen Sombre doch etwas bewirkt? Zwar hatten die Erben den Dämon nicht vernichten können, aber vielleicht hatten sie trotzdem den Lauf der Welt beeinflusst!

»Ich bin gekommen, um euch zu helfen, den letzten Schritt zu tun«, sagte Eurydis mit heller Stimme. »So, wie es vorausgesagt ist.«

Niemand wagte zu sprechen oder sich auch nur zu rühren, aus Angst, den Zauber dieses Augenblicks zu zerstören. Nach einer Weile, die ihnen wie eine Ewigkeit vorkam, ergriff die Göttin wieder das Wort. Die Erben lauschten gebannt.

»Ihr wisst nun, dass Sombre nicht besiegt werden kann. Er ist der Bezwinger, so haben es die Menschen gewollt. Keine Waffe und kein Lebewesen kann seine unsterbliche Lebensflamme zum Erlöschen bringen. Der Dämon wird alle Kämpfe überleben, ganz gleich, wie lange sie andauern. Am Ende wird er stets als Sieger daraus hervorgehen.«

Amanón warf einen Blick über die Schulter. Ihre Worte stürzten ihn in abgrundtiefe Verzweiflung, doch zugleich empfand er auch leisen Groll auf die Göttin, die den Beinamen »die Weise« trug. Warum hatte sie den Erben nicht schon früher verraten, dass ihre Niederlage unvermeidlich war?

»Keine Waffe kann ihn niederstrecken«, fuhr Eurydis fort, »aber wie alle Unsterblichen hat er eine Schwachstelle. Er existiert nur dank der Seelen, aus denen er im Jal Kraft geschöpft hat. Sollte es euch gelingen, seine Verbindung zum Karu zu durchbrechen, würde er sich in Nichts auflösen.«

Die Erben wechselten verständnislose Blicke. Sie wussten nicht so recht, was sie von dieser Nachricht halten sollten. Yan wagte es als Erster, um eine Erklärung zu bitten. »Die Verbindung durchbrechen? Wie soll das gehen?«

»Indem ihr euch weigert, an das Jal zu glauben. Indem ihr seine Existenz verleugnet«, sagte Eurydis ernst.

Als sie die fassungslosen, verstörten Gesichter ihrer Zuhörer sah, sprach sie weiter: »Ihr seid die einzigen Menschen auf dieser Welt, die beide Hälften des Jal besucht haben und sowohl vor den Hüter des Dara als auch vor den Ewigen Wächter des Karu getreten sind. Das verleiht euch uneingeschränkte Macht über die Existenz dieses Orts. Wenn ihr nicht mehr an ihn glaubt, hört er einfach auf zu sein, und zwar für alle Ewigkeit.«

Ihre Worte waren so unerhört, so folgenschwer, dass Amanón ganz schwindelig wurde. Doch so schien es nicht allen zu gehen.

»Nehmen wir einmal an, das würde funktionieren«, sagte Corenn. »Dann wäre Sombre nicht der Einzige, der verschwindet. Dieses Schicksal würde alle Unsterblichen treffen.«

Eurydis nickte mit einem traurigen Lächeln, und Eryne erbleichte. Amanón schwanden die Sinne. Das konnte nicht sein – das durfte nicht sein. Ein solches Opfer konnte niemand von ihnen verlangen.

»Das ist das Zeitalter von Ys«, fuhr Eurydis fort. »Eine Welt ohne höhere Wesen, die über die Menschen wachen oder ihre Geschicke lenken. Eigentlich dürfte es uns Götter und Dämonen gar nicht geben. Wir sind nichts als der Ausdruck eurer Ängste, Sehnsüchte, Schwächen und Fehler. Ohne dass ihr es ahnt, halten wir euch und eure Gedanken gefangen, zu Lebzeiten und nach dem Tod. Dabei sollten eure Seelen eigentlich aus sich selbst heraus Kraft schöpfen, aus der Zeit und aus dem Universum. Ihr glaubt, Gebete machten euch zu besseren Menschen? Der Wert eines Menschen bemisst sich nicht danach, ob er ein höheres Wesen verehrt oder nicht. Niemals habe ich von den Sterblichen verlangt, dass sie mir Tempel bauen, Lobgesänge auf mich anstimmen oder mich in welcher Gestalt auch immer anbeten. Ich wünsche mir nur, dass die drei großen Tugenden Einzug in die Welt halten: Wissen, Toleranz und Frieden.«

Ihre Worte schienen die Erben nachdenklich zu stimmen. Amanón hatte nur Eryne im Sinn. War das etwa die Belohnung für all die Opfer, die sie erbracht hatte – von ihren eigenen Gefährten in den Tod geschickt zu werden? Begriffen die anderen denn nicht, dass seine Geliebte zusammen mit ihren unsterblichen Brüdern und Schwestern verschwinden würde, wenn sie dieses aberwitzige Vorhaben in die Tat umsetzten?

»Eins verstehe ich nicht«, warf Léti ein. »Hätte sich das Jal dann nicht schon auflösen müssen, als die letzten Etheker starben?«

»Das wäre nur passiert, wenn sie seine Existenz verleugnet hätten«, erklärte Eurydis. »Als sich ihre Kultur weiterentwickelte, vergaßen die Etheker zwar ihre alten Riten, sagten sich aber nie bewusst von ihnen los. So nahmen die Gärten des Dara und die Unterwelt des Karu nach wie vor die Seelen der Verstorbenen auf und brachten neue Götter und Dämonen hervor. Deshalb führt Nol alle zehn Generationen eine Abordnung von Menschen ins Jal, jene weisen Gesandten, von denen auch ihr abstammt. Er selbst kennt den Grund für diese Mission nicht, aber sie macht ihn zum wichtigsten Wegbereiter des Zeitalters von Ys. Hätte Nol der Lehrende den Sterblichen nicht immer wieder die Wiege der Götter gezeigt, wären wir jetzt nicht hier. Niemand außer euch weiß von den beiden Hälften des Jal, ihr seid nun alle zur selben Zeit am selben Ort versammelt. Der Beginn des Zeitalters der Harmonie hängt von eurer Entscheidung ab.«

»Warum habt Ihr uns das alles nicht schon früher offenbart?«, fragte Grigán. »Das hätte uns viel Unglück und Leid erspart!«

»Das war mir nicht möglich«, erklärte Eurydis. »Ich habe nicht die Macht, in die Zukunft zu sehen. Alles, was ich weiß, verkündeten mir die Undinen bei meinem einzigen Besuch im Karu. Sie prophezeiten, eines Tages werde eine Kette schicksalsträchtiger Ereignisse dazu führen, dass ich zum dritten Mal in die Welt der Sterblichen gerufen würde – zum dritten und letzten Mal. Wäre ich zu früh erschienen, hätte ich damit den Beginn des Zeitalters von Ys für immer verhindern können.«

Die Göttin wirkte aufrichtig, und die Erben blickten verlegen zu Boden. Für Amanón hingegen war Eurydis nichts als eine Unglücksbotin. Eryne, die neben ihm stand, zitterte am ganzen Körper. Sie hatte sofort begriffen, welche Folgen eine Verleugnung des Jal haben würde.

In Amanón wallten Trotz und Empörung auf, und er musste die Zähne zusammenbeißen, um Eurydis, die offensichtlich nur so tat, als wollte sie ihnen helfen, nicht wüst zu beschimpfen. Sombre, Eurydis, Mishra und Konsorten konnten sich gern in Luft auflösen, ihr Schicksal war ihm gleich! Aber nicht Eryne, nicht seine geliebte Eryne, und auch nicht das Kind, das in ihr heranwuchs.

»Was würde denn geschehen, wenn wir das Jal verleugnen?«, fragte Corenn. »Würdet Ihr leiden?«

Für einen flüchtigen Augenblick huschte Furcht über das Gesicht der Göttin. »Ich glaube nicht«, sagte sie dann. »Wenn ihr das Jal verleugnet, müssten sich sämtliche Pforten ein letztes Mal öffnen, um die Seelen freizugeben, die noch im Jal gefangen sind. Und auch die Seelen, aus denen sich mein Geist zusammensetzt, werden in die Freiheit entschwinden. Das Gleiche gilt für meine Brüder und Schwestern. Eigentlich müsste es sehr schnell gehen. Wir lösen uns ganz einfach in Nichts auf, und dann gehört die Welt wieder den Sterblichen.«

An dieser Stelle war es um Lanas Selbstbeherrschung geschehen; sie schluchzte laut auf. Verzweifelt wandte sie sich ihrer Tochter zu, zog sie in ihre Arme und ließ ihrem Kummer freien Lauf. Reyan, Nolan, Niss und Zejabel begannen ebenfalls zu weinen. Amanón ging auf, dass er nicht der Einzige war, der sich um Eryne sorgte, und fasste neuen Mut. Mittlerweile liefen fast allen Erben Tränen über die Wangen, nur Grigán und Keb starrten mit ausdrucksloser Miene zu Boden. Der Preis für den endgültigen Sieg über Sombre war hoch. Zu hoch, wie Amanón fand.

Trotz seines Schmerzes kam ihm das uralte Gedicht

von Romerij in den Sinn, das ihre Eltern in der Bibliothek von Romin gefunden hatten. Endlich verstand er die letzte Strophe, in der es hieß: »Die Pforten geöffnet, die Wächter in Ketten, das Unrecht verbannt, die Tugend gekrönt – wenn die Höchsten endlich ihre Fesseln sprengen.« Mit den Höchsten mussten die Götter gemeint sein. Und Eurydis schien die Gebete der Menschen als Fessel zu empfinden. Aber Amanón würde nicht zulassen, dass sie sich einfach so davonmachte.

»Die Entscheidung liegt bei euch«, schloss Eurydis, ihre Stimme wurde bereits schwächer. »Aber beeilt euch. Ich spüre, dass der Dämon bald erwachen wird.«

Ohne ein Wort des Abschieds verschwand sie, und die Erben, auf deren Schultern nun das Gewicht der ganzen Welt lastete, blieben allein zurück.

Die Vision. Nolan hatte die Vision der Undinen vor Augen, aber diesmal war sie grausame Wirklichkeit. Alles war da: Der prunkvolle Saal, der mit Leichen übersäte Marmorboden, das Blut und seine verwundeten, zutiefst erschöpften Gefährten, denen das Grauen ins Gesicht geschrieben stand. Und auch auf das beklemmende Gefühl der Ohnmacht, das sich ihm wie eine Messerklinge ins Herz bohrte, hatte er bei seiner Begegnung mit dem Ewigen Wächter des Karu einen Vorgeschmack bekommen.

Seit Eurydis die Erben verlassen hatte, war ihre Verzweiflung ins Unermessliche gewachsen. Jetzt mussten sie der bitteren Wahrheit ins Auge sehen: Sie würden entweder gemeinsam sterben oder mussten eine der Ihren in den Tod schicken. Alle wussten, welches die richtige Entscheidung war, aber noch weigerten sie sich, es auszusprechen oder auch nur zu lange darüber nachzudenken. Jeder haderte auf seine Weise mit dem Schicksal, schwor Rache oder schimpfte leise vor sich hin. Auch wenn niemand es wagte, Eryne in die Augen zu sehen, trat immer wieder einer zu ihr und umarmte sie fest. Sie erwiderte die zärtliche Geste jedes Mal mit einem traurigen Lächeln und Tränen in den Augen.

Nolan hatte seine Schwester nie schöner, selbstloser und mutiger gefunden als in diesem Moment. Sie hatte nichts mehr von der hochnäsigen jungen Dame, die noch vor wenigen Monden am lorelischen Hof ein und aus gegangen war. Er wusste, dass sie nicht zögern würde, sich für sie alle zu opfern, und hoffte doch insgeheim, sie würde wieder die selbstverliebte, verwöhnte Herzogstochter herauskehren. Aber nein. Nachdem Eryne ihre Eltern, ihren Bruder, ihre Freunde und ihren Geliebten umarmt hatte, trat sie ein paar Schritte zurück und schluchzte ein letztes Mal auf. Dann hob sie das tränennasse Gesicht und sprach mit bemüht fester Stimme jene Worte, mit denen sie sich selbst zum Tod verurteilte: »Ich verleugne das Jal. Dieser Ort existiert für mich nicht.«

Ein Raunen lief durch die Reihen der Erben. Mehrere Dezillen lang brachte niemand ein Wort heraus.

Eryne stand etwas abseits von den anderen, während ihr unaufhaltsam Tränen über die Wangen strömten. Amanón war mit dem Wimmern eines verwundeten Tiers auf die Knie gesunken und krümmte sich zusammen.

»Lasst mich nicht noch länger leiden«, flehte Eryne ihre Freunde an. »Manó! Kebree! Mutter, Vater!«

»Ich verleugne das Jal«, stieß Keb mit verzerrtem Gesicht und roten Augen hervor.

Eryne zuckte zusammen wie von einem Peitschenhieb getroffen, zwang sich aber, Keb zum Dank für seinen Mut zuzulächeln. Nolan sah die anderen nacheinander an und fühlte sich dem Wahnsinn nah, ja er wünschte sich fast, den Verstand zu verlieren, denn nichts anderes konnte ihn von dieser Qual erlösen.

»Amanón!«, rief Eryne, und ihr Geliebter stöhnte auf. »Vater! Bitte, Papa«, schluchzte sie. »Ihr müsst Mutter, Nolan und die anderen retten!«

»Ich verleugne das Jal«, würgte Reyan hervor. »Und ich verfluche alle Etheker, Götter und Dämonen!«, brüllte er mit sich überschlagender Stimme. »Möge das Nichts euch für immer verschlingen!«

Nach diesen Worten schien er um zehn oder fünfzehn Jahre gealtert. Nolan hatte seinen Vater noch nie so außer sich erlebt.

»Ich verleugne das Jal«, murmelte nun auch Zejabel.

Nolan sah zu der Zü hinüber, die mit leerem Blick vor sich hinstarrte. Eigentlich wunderte es ihn nicht, dass sie als eine der Ersten die unseligen Worte aussprach. Sie war eine Kriegerin, die von klein auf gelernt hatte, keine Gefühle zu zeigen – ganz gleich, wie sehr sie litt.

»Ich verleugne das Jal«, sagte Grigán.

Corenn, Léti, Yan und Bowbaq folgten seinem Beispiel. Jetzt, da Eryne ihr Schicksal angenommen und sogar ihr eigener Vater eingesehen hatte, dass ihr Opfer unvermeidlich war, lösten sich die Zungen nach und nach. Alle, die das Wort ergriffen, kostete dieser Satz die größte Mühe.

Dann war Cael an der Reihe, und ihm war anzusehen, wie sehr es ihn schmerzte, den Dämon nicht besiegt und ihnen dieses Leid erspart zu haben. Nach ihm trat Niss vor und flüsterte die entscheidenden Worte, bevor sie sich ihrer Freundin in die Arme warf. Ihre Tränen hinterließen nasse Flecken auf Erynes Gewand.

Schließlich fehlten nur noch Amanón, der immer noch am Boden kauerte, Lana, die jedes Mal zu taumeln schien, wenn einer von ihnen das Jal verleugnete, und Nolan selbst. Plötzlich ging ihm auf, wie furchtbar es wäre, als Letzter übrig zu bleiben. Er war versucht, es hinter sich zu bringen, wollte seiner Mutter aber nicht zumuten, zuletzt sprechen zu müssen. Mehrere Dezillen verstrichen, ohne dass einer der drei sich regte. Plötzlich zerriss ein lautes Stöhnen die Stille.

Als Nolan den Kopf wandte, sah er gerade noch, wie sich Sombre auf den Rücken rollte.

Danach rührte sich der Dämon nicht mehr, nur seine Glieder zuckten in unregelmäßigen Abständen. Keb wollte auf die am Boden liegende Gestalt zugehen, aber Grigán packte ihn am Arm, um ihn zurückzuhalten. Es war sinnlos, ihr Leben jetzt noch leichtfertig aufs Spiel zu setzen. Die Erben hatten ja selbst gesehen, dass sämtliche Waffen, die ihnen zur Verfügung standen, dem Dämon nichts anhaben konnten. In Kürze würde Sombre wieder zu seiner alten Macht zurückfinden. Es blieb ihnen nichts anderes übrig, als zu Ende zu bringen, was sie begonnen hatten.

»Mutter! Bitte, Mutter!«, flehte Eryne unter Tränen. »Warte nicht länger. Wenn du mich liebst, dann tu es, damit ihr alle weiterleben könnt.«

Sombre röchelte wieder, doch diesmal war es eher ein wütendes Knurren als ein Schmerzenslaut. Lana presste sich die Hände auf die Ohren, um das Geräusch nicht hören zu müssen, und murmelte hastig die schicksalsträchtigen Worte, als würden sie ihr die Zunge verbrennen. Dann flüchtete sie sich in die Arme ihres Mannes. Nolan zerriss die Trauer seiner Eltern das Herz, aber es war noch nicht vorbei.

»Amanón?«, fragte er vorsichtig. »Willst du der Letzte sein?«

»Nein«, sagte Amanón gedämpft, den Kopf in den Armen vergraben.

Dann richtete er sich auf. Sein vor Leid und Hass verzerrtes Gesicht war kaum wiederzuerkennen. Etwas in seinen Augen machte Nolan Angst.

»NEIN!«, brüllte Amanón mit irrem Blick. »Ich will nicht der Letzte sein. Ich will weder der Letzte noch der Vorletzte sein! Ich werde nicht zulassen, dass wir uns den Undinen beugen. Wir dürfen Eryne nicht in den Tod schicken. Ich glaube an das Jal!«, rief er, während ihm Tränen über die Wangen strömten. »Die Götter existieren! Ich will Eryne nicht verlieren! Ich glaube an das Jal!«, wiederholte er mit sich überschlagender Stimme.

Ein lautes Stöhnen antwortete ihm. Mittlerweile hatte es der Dämon geschafft, sich auf einen Arm aufzustützen, und starrte sie mit einem stechenden Blick an, der geradewegs aus dem Karu zu stammen schien. Nolan überlief es eiskalt, aber Amanón schien immer noch nicht zur Besinnung zu kommen. Zur allgemeinen Überraschung hob er sein Krummschwert auf und marschierte zur Tür.

»Wir können immer noch fliehen«, rief er ihnen eindringlich zu. »Noch ist der Dämon zu schwach, um uns daran zu hindern. Wir tragen die Steine aus dem Dara. Er wird uns nicht finden.«

»Eryne steht nicht länger unter dem Schutz ihres Gweloms«, entgegnete Corenn. »Und wir werden Sombre niemals besiegen können, das hast du selbst gesagt. Es gibt keinen anderen Weg, mein Sohn.«

Amanón rieb sich mit beiden Händen den Kopf, als wollte er diese lästigen Gedanken verscheuchen. Er wirkte wie ein Wahnsinniger, auch wenn alle wussten, dass er nur aus Liebe handelte. Er war bereit, die Zukunft der ganzen Welt aufs Spiel zu setzen, um seine Geliebte zu retten.

»Wir werden schon eine Lösung finden«, beharrte er. »Das haben wir bisher immer! Kommt mit! Eryne, komm!«

Niemand rührte sich.

Amanóns Plan klang umso verrückter, als Sombre soeben versuchte, sich zu erheben. Nicht mehr lange, dann würde er aufrecht stehen. Als Nolan Sombres unversehrtes Auge sah, wo eigentlich eine tiefe Wunde hätte klaffen müssen, fiel ihm ein, dass er immer noch Saats Schwert in der Hand hielt.

Amanón schien nicht zu begreifen, warum die anderen ihm nicht folgten. Um ihn nicht ansehen zu müssen, hatte Eryne die Hände vors Gesicht geschlagen. Amanón starrte sie fassungslos an.

»Ich will dich nicht verlieren«, flüsterte er verzweifelt. »Das Jal existiert …«

»Du bist der Verräter, von dem Usul gesprochen hat!«, brach es aus Nolan heraus. Die Erkenntnis war ihm ganz plötzlich gekommen, und er hatte sie ausgesprochen, ohne nachzudenken.

Amanón wirkte wie vor den Kopf geschlagen, doch dann ging ihm offenbar auf, dass Nolan Recht hatte.

»Auch ich will Sombre besiegen. Aber nicht zu diesem Preis! Es muss einen anderen Weg geben!«, rechtfertigte er sich.

»Welchen denn?«, fragte Nolan und trat einen Schritt vor, das Schwert in der Hand. »Du siehst doch, dass sich der Dämon bereits wieder erhebt. Wenn wir aus dem Palast fliehen, wird er uns innerhalb weniger Dezillen einholen.«

»Cael könnte uns einen Durchgang ins Jal öffnen«, stammelte Amanón hilflos. »Oder vielleicht finden wir Pferde. Oder ...«

»Und wozu? Um wieder auf der Flucht zu sein und vielleicht einige Monde mit Müh und Not zu überleben?«

Nolan wunderte sich über seine eigene Hartnäckigkeit, und den anderen erging es offenbar nicht anders, denn niemand mischte sich in das Gespräch ein.

Vielleicht vermittelte er den Eindruck, als hätte er die Dinge unter Kontrolle, auch wenn das nicht der Fall war. Als Sombre schwankend auf die Füße kam und einen ersten Schritt auf sie zutaumelte, sprang Nolan erschrocken zurück. Der Dämon machte abermals eine Verwandlung durch: Seine Beine schwollen an, bis sie so hoch und dick wie Marmorsäulen waren. In diesem Moment fiel Amanóns Blick auf das Schwert, das Nolan unwillkürlich erhoben hatte. Amanón wich zurück und kam dabei dem Dämon näher. Er hatte eine finstere Miene aufgesetzt, wie man sie sonst nur von seinem Vater kannte.

»Du kannst mich nicht töten«, rief er, und seine Augen verengten sich zu Schlitzen. »Ich trage ein Gwelom, das Schwert kann mir nichts anhaben. Nenn mich ruhig einen Verräter, aber ich versuche nur, uns zu retten. Und zwar alle.«

»Ich hatte nicht vor, dich anzugreifen«, beteuerte Nolan.

Amanóns Liebe zu Eryne schien wirklich außergewöhnlich stark zu sein. Warum hatten sie das nicht schon früher bemerkt? Nun, vermutlich hätten sie sich einfach für ihn gefreut, denn wer hätte ahnen können, dass ihnen diese Liebe eines Tages zum Verhängnis werden würde?

Als Sombre immer näher kam und mit jedem Schritt größer und hässlicher wurde, geriet Nolan in Panik. Er musste Amanón unbedingt zur Einsicht bringen, ganz gleich, wie schmerzhaft es war! Blind vor Tränen marschierte Nolan auf seine Schwester zu und riss ihr den Anhänger vom Hals. Eryne schrie vor Schreck auf, doch als ihr Bruder die Schwertspitze auf ihren Bauch richtete, versteinerte ihr Gesicht.

»Nimm deine Worte zurück, oder ich töte euer Kind!«, rief Nolan.

Die Erben, die voller Angst die Auferstehung des Dämons beobachtet hatten, fuhren entsetzt herum. Amanón stand wie vom Donner gerührt da.

»Das tust du nicht«, sagte er tonlos.

»Und warum nicht? Wir werden ohnehin alle sterben, und zwar deinetwegen! Hör gut zu, mein Freund. Komm endlich wieder zu Verstand! Halte dir vor Augen, dass ich Priester bin. Und als Priester flehe ich dich an, die Existenz der Götter zu verleugnen und sie damit verschwinden zu lassen! Stell dir vor, wie schwer das für mich sein muss. Und bedenke, dass es um meine eigene Schwester geht! Glaubst du im Ernst, ich würde nicht einen anderen Weg wählen, wenn es ihn gäbe?«

Amanón bewegte die Lippen, ohne ein Wort zu sagen, bevor er in haltloses Schluchzen ausbrach. Dann sah er Eryne mit tränenüberströmtem Gesicht an und schüttelte den Kopf. »Verzeih mir«, sagte er verzweifelt. »Verzeih mir … *Ich verleugne das Jal!*«

Plötzlich wurde Nolan von einer sonderbaren Kraft erfüllt, als wäre er in einen Kreis aus Licht getreten. Erst überraschte ihn das Gefühl, doch als er den Grund erkannte, durchzuckte ihn Angst. Ohne es zu wollen, hatte er die Rolle des Erzfeinds übernommen!

Die Reihenfolge, in der die Erben Eryne zum Tod verurteilt hatten, war offenbar das Ereignis gewesen, das zwischen ihnen allen entschied. Nolan war der Letzte, der die Schicksalsworte sprechen würde, jene Worte, welche die Pforten des Jal öffnen und die dort gefangenen Seelen befreien würden. Allein durch die Macht seiner Worte würde er die Götter vernichten und den Beginn eines neuen Zeitalters einläuten. Er war der Auserwählte, den die Undinen angekündigt hatten, derjenige, der für alle Zeiten eine einzige Chance haben würde, Sombre zu besiegen. Und dafür musste er nichts weiter tun, als vier kleine Worte auszusprechen.

Oder sie nicht auszusprechen.

Nolan stand vor der schwersten Entscheidung seines Lebens und wurde von heftigen Zweifeln geplagt. Was, wenn Amanón Recht hatte? Was, wenn den Erben tatsächlich die Flucht gelang und sie Eryne gar nicht opfern mussten? Amanón hatte stets einen scharfen Verstand und Weitsicht bewiesen. Er konnte sich doch nicht so sehr irren! Vielleicht war Nolan zugleich der Erzfeind und der Verräter aus Usuls Prophezeiung. Wie konnte er wissen, was falsch und was richtig war?

Er ertrug den liebevollen Blick seiner Schwester kaum noch. Sie schien nur darauf zu warten, dass er den Mund öffnete, um ihr Leiden zu beenden und sie dem Nichts zu übergeben. Doch Nolan konnte sich nicht dazu durchringen. Die Bürde, die auf ihm lastete, drohte ihn zu erdrücken. Vielleicht war der richtige Moment noch nicht gekommen! Vielleicht konnten sie immer noch fliehen! Vielleicht …

Doch als sich der Dämon auf Niss und Zejabel stürzte, sprach er jene vier Wörter aus, die das Universum zum Erzittern brachten.

Es war, als würde ihr bei lebendigem Leib die Haut abgezogen. Dann drang der Schmerz in ihre Muskeln, Organe und Knochen vor, aber das Ganze währte so kurz, dass sie kaum Zeit hatte, es richtig zu spüren. Gleich darauf begann die Reise.

Inmitten von unzähligen Lichtstrahlen sauste Eryne durch eine sternenklare Nacht. Es war ihr aus eigenem Willen nicht möglich, nach rechts oder links zu schwenken, schneller oder langsamer zu werden, höher zu steigen oder tiefer zu sinken. Mit rasender Geschwindigkeit flog sie dahin, ohne etwas dagegen tun zu können und ohne zu wissen, welchem Ziel sie zustrebte.

Dann ging ihr auf, dass sie selbst einer dieser endlos langen Lichtstrahlen war, deren Schweif sich nur sehr langsam in der Dunkelheit verlor. Hätten die Menschen das Phänomen sehen können, hätten sie wohl geglaubt, mitten in der Nacht gehe die Sonne auf. Das Spektakel erstreckte sich über die gesamte Oberfläche der bekannten Welt. Gleich darauf spürte Eryne, dass sie sich dem Ziel ihrer Reise näherte. Die Lichtstrahlen verschmolzen jetzt zu immer breiteren, gleißenden Strängen. Bald kam ein Gebirge in Sicht, und manche der Lichtbündel schossen bereits auf die hohen Gipfel zu.

Im Bruchteil einer Dezille erreichte Eryne die Höhenzüge des Rideau, die für Sterbliche unerreichbar waren. Sie flog über eine geschlossene Schneedecke hinweg und stürzte in ein sonnenbeschienenes Tal, das seine letzten Augenblicke erlebte.

Jetzt spürte Eryne die Verwirrung der anderen Lichter um sie herum. Es gab hier keine Kinder mehr, in deren Geist sie sich auflösen konnten, keine Götter, die sie in sich aufnahmen. Panik breitete sich aus. Aus schierer Verzweiflung wandten sich einige der Seelen dem Karu zu, wo sie jedoch ebenfalls niemanden mehr vorfanden, der ihnen Halt gab. Andere zuckten hin und her wie ein Fisch im Netz oder sausten im Zickzack umher. Wieder andere strömten auf die schwach leuchtende Pforte zu, weil sie hofften, durch sie doch noch in eine bessere Welt zu gelangen.

Eryne hatte das Gefühl, einst etwas über diese Pforte gewusst zu haben, aber sie entsann sich nicht mehr, was das gewesen war. Dieses Wissen hatte zu einem anderen Teil ihres Selbst gehört, zu jenem unsterblichen Teil, der sich in dem Moment, als ihr Bruder das Jal verleugnet hatte, in Nichts aufgelöst hatte. Nun war nur noch der Mensch Eryne übrig. Die Heilende existierte nicht mehr. Eryne war heilfroh, sich so lange gegen ihre Vollendung gewehrt zu haben.

Als sich die Gärten des Dara vor ihren Augen auflösten, war sie endlich frei. Für kurze Zeit schloss sie sich dem größten Lichtbündel an. Sie stiegen auf, zu den Sternen und ihrem ewigen Leuchten. Da bemerkte sie einen sehr viel kürzeren, sehr viel schmaleren Lichtstrahl, der neben ihr durch die Dunkelheit schwebte. Plötzlich ging ihr auf, dass er ihr während der ganzen Reise nicht von der Seite gewichen war.

Ihre Zeit war noch nicht gekommen, weder für sie noch für ihren Sohn.

So machte sie kehrt und legte den Weg in umgekehrter Richtung zurück. Abermals sauste sie durch die Nacht, während die Seele ihres Sohnes dicht unter ihr schwebte. Sie ahnte, dass dies ihr letztes übersinnliches Erlebnis sein und sie sich nicht mehr an diese Reise erinnern würde, wenn sie in ihre sterbliche Hülle zurückkehrte und die Augen aufschlug. Und genauso kam es.

Als sie in Amanóns Armen erwachte, umgeben von ihren Eltern, ihrem Bruder und ihren Freunden, spürte sie dennoch ganz deutlich, dass sie soeben ein Wunder vollbracht hatten. Sie alle zusammen.

Epilog

Eine leichte Brise wehte bisweilen von Norden herbei und brachte willkommene Abkühlung. Die Dachterrasse des Palasts der B'ree in Wallos mutete mit seiner üppigen Bepflanzung wie ein kleiner Garten an. Sträucher und Büsche spendeten reichlich Schatten, doch die brütende Hitze der Jahreszeit des Feuers war trotzdem spürbar. Nach dem Essen zum Mit-Tag hatten Amanón und Keb beschlossen, sich auf die Terrasse zu setzen, während Nolan, Zejabel, Eryne und Lyn'a sich in ihren Zimmern ausruhten, in denen angenehme Kühle herrschte. Die beiden Männer sprachen kaum ein Wort, sondern saßen die meiste Zeit einfach mit geschlossenen Augen da und genossen die Ruhe dieses friedlichen Tages. So schweiften Amanóns Gedanken mal hierhin, mal dorthin.

In den letzten zehn Monden hatte sich das Angesicht der Welt von Grund auf verändert. Das Kaiserreich Goran und das Königreich Lorelien waren wie vor dem Krieg enge Verbündete. Nach Agénors Tod hatte es zunächst Streit um die Thronfolge gegeben, da weder sie noch Prinz Alcide, ihr nächster Verwandter, Nachkommen hinterließen. Doch dann hatte der neu gekrönte lorelische König Frieden mit dem mächtigen Nachbarn geschlossen, was dem goronischen Kaiser nur recht war, denn so konnte er seine Soldaten von der südlichen Grenze abziehen und stattdessen ins Tal der Krieger schicken.

Als Keb seiner Mutter die Nachricht von Sombres Tod überbrachte, löste Chebree sofort ihr Bündnis mit den anderen Ländern des Ostens und überließ es Thalitten, Solenen und Tuzeenern, sich Scharmützel mit dem goronischen Heer zu liefern. Nach mehreren schweren Niederlagen kapitulierten die Barbaren und zogen sich in ihre ursprünglichen Herrschaftsgebiete zurück. Chebree gab die wallattische Krone an ihren Sohn weiter, der mittlerweile in der Gunst der Wallatten höher stand als sie. Die über hundert Aufständischen, die im Kampf gegen die Dämonen ihr Leben gelassen hatten, wurden jetzt als Märtyrer und Helden verehrt, und ihre Familien erhielten zum Dank Ländereien und Adelstitel. So herrschte Keb nun als allseits geachteter und geliebter König über ein freies Wallatt.

Die Lemuren, die die Erben durch die Gänge unter dem Rideau gehetzt hatten, waren nicht wieder gesehen worden. Dem Vernehmen nach waren die Ungeheuer weder in die Katakomben der Heiligen Stadt vorgedrungen noch zu Sombres Mausoleum zurückgekehrt. Vermutlich hatten auch sie sich aufgelöst, nicht anders als alle Geschöpfe des Karu und Dara in jener grauenvollen Nacht, in der ein neues Zeitalter eingeläutet worden war. Noch waren die Auswirkungen kaum spürbar. Die Menschen ahnten nicht, dass ihre Götter oder Dämonen nicht mehr existierten, und vermutlich würde es Generationen dauern, bis sie es begriffen. So hatten die Itharer damit begonnen, die wichtigsten Tempel in Ith wieder aufzubauen, um der Heiligen Stadt ihre einstige Schönheit zurückzugeben.

Die Dunkle Bruderschaft und die Graue Legion hingegen waren zerschlagen. Der neue König und seine Minister hatten unzählige Dokumente entdeckt, die bewiesen, wie eng Agénor mit den Dämonisten verbündet gewesen war. Daraufhin hatten die Lorelier im ganzen Königreich Jagd auf die Anhänger der Dunklen Bruderschaft gemacht und ihren Nachbarn alle brauchbaren Auskünfte übergeben, damit auch die anderen Länder der Oberen Königreiche die Dämonisten bekämpfen konnten. In Kaul nahmen Corenn und Grigán die Dinge selbst in die Hand und jagten alle Valiponden, die die kaulanische Regierung unterwandert hatten, aus dem Großen Haus. Viele ergriffen von selbst die Flucht, bevor Grigán ihnen einen Besuch abstattete.

Cael ging nun wieder im Großen Haus zur Schule, und er hatte eine neue Klassenkameradin: eine Arkarierin namens Niss. Das Mädchen hatte seine Eltern überzeugt, dass der Unterricht der Ratsfrauen der beste der bekannten Welt war, und so konnten die beiden nun jeden Tag zusammen sein. Seit die Stimme in seinem Kopf verstummt war, sprühte Cael vor Lebensfreude. Außerdem hatte er Amanón voller Begeisterung geschrieben, dass sein Vater ihn in Magie unterweisen wolle.

Bowbaq, Rey, Léti und Yan hatten ihr altes Leben wieder aufgenommen. Bowbaq lebte glücklich im Kreis seiner Familie und verwöhnte seine Enkel nach Strich und Faden. Die Kaulaner genossen ihre Liebe und den Alltag auf dem Gestüt, und Herzog Reyan dachte sich nach wie vor Theaterstücke aus, in denen er sich über die lorelischen Edelleute lustig machte. Lana und Nolan hingegen hatten ihre Priestergewänder abgelegt und widmeten sich nun dem Studium der Philosophie, einer Lehre, die am besten geeignet war, die drei eurydischen Tugenden Wissen, Toleranz und Frieden zu verbreiten.

Zejabel war nicht nach Zuïa zurückgekehrt, obwohl Seeleute immer wieder ermutigende Kunde von ihrer Heimatinsel brachten. Es hieß, die Einheimischen hätten sich gegen die Judikatoren aufgelehnt, und diesen sei es nicht gelungen, den Aufstand niederzuschlagen: Offenbar konnten sie ihre jahrtausendalte Gewaltherrschaft nicht länger aufrechterhalten. Niemand verstand so recht, woran es lag, nur die Erben wussten, dass Zuïa die Strafende von ihrem Palast im Lus'an aus kein Unheil mehr anrichten konnte. Sie war aus der Welt verschwunden, ebenso wie alle anderen Unsterblichen.

Vielleicht war es um einige von ihnen schade, vielleicht hätte der Gedanke an die Götterkinder in den Gärten des Dara sie mit Reue erfüllen sollen, doch Eryne widersprach solchen Überlegungen stets heftig. Sie hatte kaum noch Erinnerungen an ihre kurze Zeit als Göttin, wie auch Cael seinen inneren Dämon fast vergessen hatte, doch sie meinte, ein vages Gefühl der Befreiung empfunden zu haben, als sich der unsterbliche Teil ihrer Seele in Nichts auflöste.

In diesem Moment erklangen Schritte auf der Treppe, und Amanón wurde aus seinen Gedanken gerissen. Als Erster trat Nolan auf die Terrasse, gefolgt von Zejabel, Lyn'a und Eryne, alle drei mit einem Säugling auf dem Arm. Amanóns Sohn war der Älteste, auch wenn Zejabels Sohn nur wenige Dekaden und Kebrees Tochter wiederum einen Mond jünger waren. Als die vier an Amanón und Kebree vorbeigingen, legte Nolan einen Finger an die Lippen, damit sie die schlafenden Kinder nicht störten. Das Grüppchen entfernte sich und führte Lyn'a zu einer schattigeren Stelle.

Amanón sah ihnen freudestrahlend nach und erschauderte bei dem Gedanken, dass er dieses Glück in einem Anflug von blinder Liebe in Agénors Palast fast zerstört hätte. Das hätte er sich nie verziehen. Da fiel ihm auf einmal seine Übersetzung der Inschrift ein, die er von der Pforte im Dara abgeschrieben hatte, und seine Miene verfinsterte sich. Seit langem brannte ihm eine Frage auf der Zunge, und vielleicht würde sich nie wieder eine so gute Gelegenheit bieten, sie zu stellen.

»Keb«, sagte er ernst. »Als du uns von deiner Vision erzählt hast … Davon, dass die Undinen dir eröffnet hatten, ich sei der Vater von Erynes Kind. Hast du uns da tatsächlich alles gesagt?«

Der Wallatte schwieg eine ganze Weile, bevor er sein übliches schiefes Grinsen aufsetzte. »Glaub, was du willst«, antwortete er vergnügt. »Du bist ein freier Mann.«

Die Abenteuer um die geheimnisvolle Insel Ji
gehen weiter in:

AHNENTAFEL

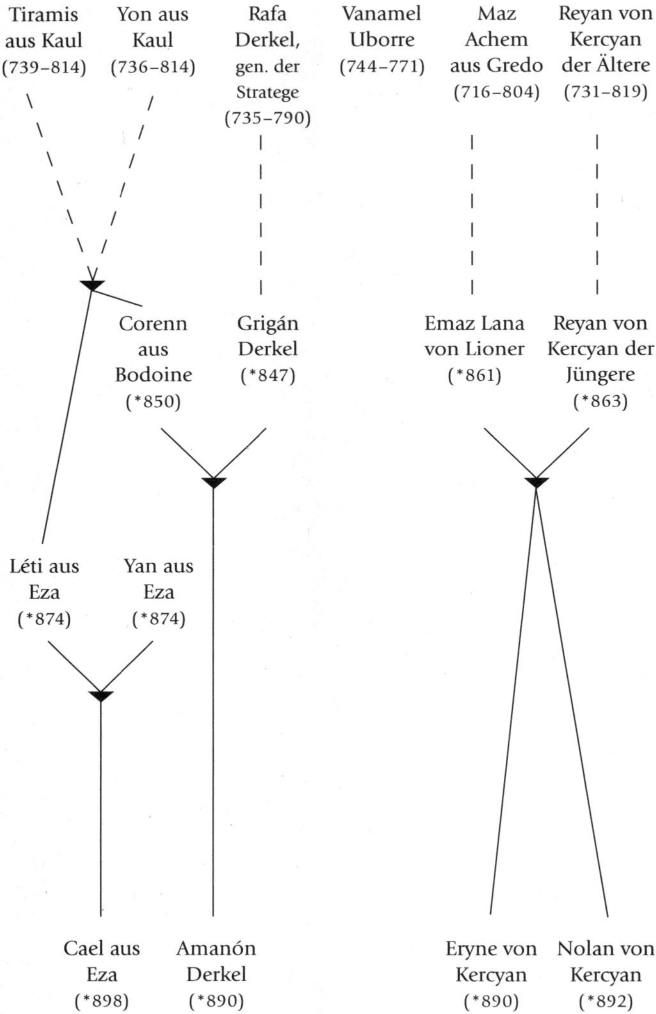
Tiramis aus Kaul (739–814)
Yon aus Kaul (736–814)
Rafa Derkel, gen. der Stratege (735–790)
Vanamel Uborre (744–771)
Maz Achem aus Gredo (716–804)
Reyan von Kercyan der Ältere (731–819)
Corenn aus Bodoine (*850)
Grigán Derkel (*847)
Emaz Lana von Lioner (*861)
Reyan von Kercyan der Jüngere (*863)
Léti aus Eza (*874)
Yan aus Eza (*874)
Cael aus Eza (*898)
Amanón Derkel (*890)
Eryne von Kercyan (*890)
Nolan von Kercyan (*892)

DIE WEISEN VON JI UND IHRE ERBEN

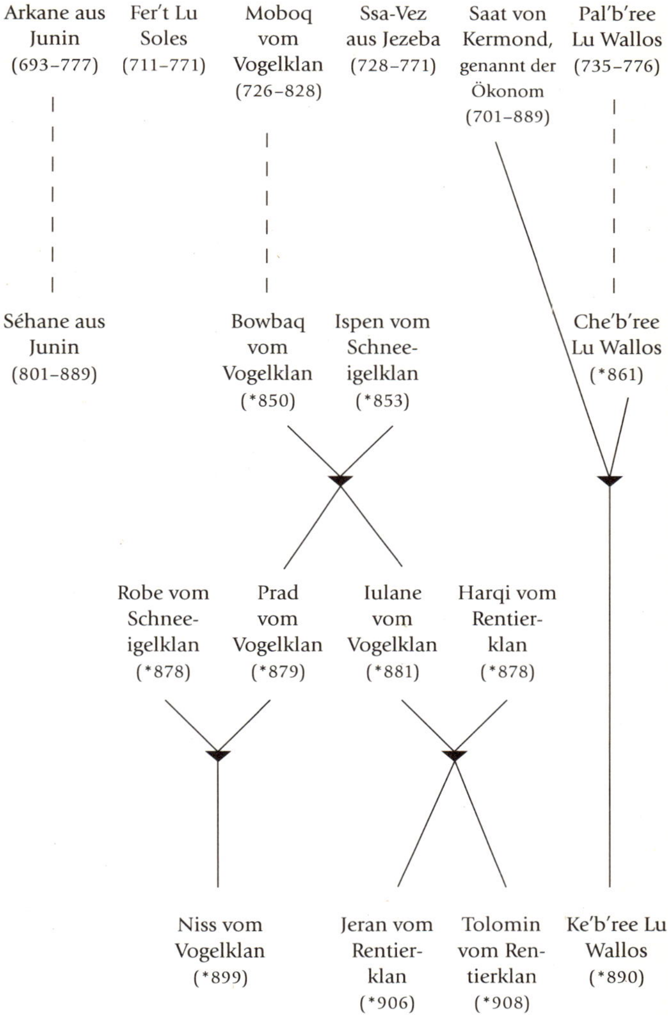

KLEINES LEXIKON DER BEKANNTEN WELT

ALIOSS

Der Anführer. Alioss ist der Gott der Familienväter, Klanchefs und Königsgeschlechter Gritehs. Nur Männer der oberen Stände dürfen ihm dienen: Krieger, Priester, Edelmänner und Handwerker. Frauen, Bettlern und Verbrechern ist es verboten, auch nur den Namen des Allmächtigen auszusprechen.
Die Göttin Aliara erfüllt eine ähnliche Rolle für die weiblichen Einwohner Gritehs, auch wenn sie kein so hohes Ansehen genießt. In den Unteren Königreichen muss der König jedem Tempelbau seinen Segen erteilen, und kein König würde je erlauben, dass sich Frauen in einem Tempel versammeln.

ALT

Der Alt ist der größte Fluss der bekannten Welt. Er entspringt in den höchsten Bergen des Rideau, fließt durch Itharien und Romin und mündet schließlich in den Spiegelozean.
Einer goronischen Legende zufolge werden die Toten eines Tages in riesigen Geisterschiffen den Fluss heruntergefahren kommen, um sich für alles Leid zu rächen, das ihnen zu Lebzeiten angetan wurde. Hin und wieder behauptet jemand, die Vorhut dieser Armee der Finsternis gesehen zu haben. Aus diesem Grund lassen manche Häfen nach Einbruch der Dunkelheit kein Schiff mehr einlaufen.

ALTES LAND

Anderer Name des Königreichs Romin.

ALUÉN

Man geht davon aus, dass Aluén gegen Ende des achten Äons kurz nach dem Untergang des Itharischen Reichs in Partacle herrschte.

Während sich die Itharier der Religion zuwandten, nachdem Eurydis ihnen zum zweiten Mal erschienen war, lieferten sich die befreiten Völker blutige Bürgerkriege um die Reichtümer, die die einstigen Eroberer zurückgelassen hatten. Es heißt, dass Aluén einen Schatz anhäufte, der sogar den des Kaisers von Goran übertraf.

Dieser Schatz ist jedoch spurlos verschwunden. Einer Legende zufolge soll ein Teil des Schatzes im Grab seines Besitzers versteckt sein, allerdings weiß heute niemand mehr, wo sich dieses Grab befindet. Sieben Grabstätten wurden bereits erfolglos durchsucht, aber die Schatzjäger geben die Hoffnung nicht auf.

AMARIZIER

Amarizische Priester führen ein gottesfürchtiges und frommes Leben. Die meisten bleiben bis zu ihrem Tod innerhalb der Mauern eines Gemeinschaftstempels und vollziehen die religiösen Riten. Für manche Amarizier ist es jedoch der höchste Beweis ihrer Liebe zu Gott, Ungläubige zu bekehren, und so ziehen sie durch die Lande, um »verlorene Seelen« zu retten.

Amarizier lehnen Theoretiker ab, da sie es für anmaßend halten, den göttlichen Willen auszulegen.

Es gibt viele Ausprägungen des amarizischen Glaubens –

vermutlich vielleicht ebenso viele wie Dörfer der bekannten Welt. In den Oberen Königreichen wird Odrel am häufigsten verehrt.

AÒN

Fluss in den Unteren Königreichen, der in den Jezebahöhen entspringt und bei Mythr ins Feuermeer mündet. Viele große Städte der Unteren Königreiche liegen am Ufer des Aòn: La Hacque natürlich, aber auch Quesraba, Tarul und Irzas.

Es hält sich hartnäckig das Gerücht, der Unrat der Menschen ziehe in der heißen Jahreszeit Raubfische aus dem Meer an. Sie schwämmen den Fluss bis La Hacque hoch und schreckten auch nicht davor zurück, Menschen anzugreifen und zu zerfleischen. Obwohl es in der Vergangenheit tatsächlich einige Attacken von Ipovanten gab und einmal sogar den Angriff eines Dornhais, sind solche Vorfälle äußerst selten.

ARGOS

Die Argosfelsen befinden sich in den Unteren Königreichen, ganz im Osten der Jezebahöhen. Berühmt sind sie vor allem für ihr Echo, das eindrucksvollste der bekannten Welt. Zahlreiche Legenden ranken sich um diese Felsen.

Es heißt, das Echo von Argos habe ein Gedächtnis, und wer nur stumm dastehe und geduldig abwarte, dem gäben die Felsen irgendwann die Geheimnisse preis, die ihnen im Laufe der Jahrhunderte anvertraut wurden.

ARKISCH

Wichtigste Sprache Arkariens.

AVATAR

Inkarnation oder Verkörperung einer Gottheit in einer anderen Gestalt als seiner eigentlichen.

BELLICA

Die Bellica ist eine Spinne, die im Norden der Fürstentümer heimisch ist. Ihr Biss ist für den Menschen nicht tödlich, und sie greift nur bei zwei Gelegenheiten an: wenn ihr Nest bedroht ist oder wenn sie einer Artgenossin begegnet.

Aufgrund dieser Eigenschaft eignet sich diese Spinnenart gut für Schaukämpfe. Bellica-Kämpfe sind in den Unteren Königreichen ein beliebter Zeitvertreib. Es werden regelrechte Turniere veranstaltet, und die Wetteinsätze erreichen schwindelerregende Höhen. Der Todeskampf zweier Bellica-Spinnen ist ein beeindruckendes Schauspiel. Wenn die beiden handtellergroßen Tiere aufeinander losgelassen werden, stellen sie sich zunächst auf ihre vier Hinterbeine und versuchen, die Gegnerin mit Drohgebärden einzuschüchtern: Sie bewegen ihre Kieferklauen, vollführen nervöse kleine Sprünge und klappern mit den Beißwerkzeugen.

Es ist jedoch äußerst ungewöhnlich, dass eine der Gegnerinnen zu diesem Zeitpunkt aufgibt. Als Nächstes folgt ein Kampf auf Leben und Tod, in dem sich die Spinnen ineinander verbeißen. Sie versuchen, ihre Widersacherin mit ihrem Gift zu lähmen oder sie in ein Netz einzuspinnen. Oft gewinnt die scheinbare Verliererin im letzten Moment die Oberhand. Manche Spinnen stellen sich tot, um ihre Gegnerin zu täuschen. Andere gewinnen den Kampf, obwohl sie mehrere Beine verloren haben.

Die Siegerin frisst immer den Kopf der Verliererin, und zwar nur den Kopf. Eine Spinne, die man daran hindert, verliert ihre Angriffslust und stirbt.

BROSDA

Ein Gott, der vor allem im Matriarchat von Kaul verehrt wird. Er ist der Sohn des Xéfalis und das Spiegelbild Echoras.
Brosda ist der Gott der Fischer. Sein Reich ist weder das Wasser noch das Land, sondern die Grenze zwischen beiden. Er ist ein neutraler Gott und wird je nach Ort und Epoche verehrt oder gefürchtet. In den Geschichten über Brosda kommen auch Seeungeheuer vor, was vor allem den Kindern gefällt.

BRUDER

Die Mitglieder der Großen Gilde bezeichnen sich gegenseitig als Brüder. Andere Verbrechergilden haben die Bezeichnung übernommen.
Manche geben ihren Mitgliedern bei Eintritt sogar einen neuen Namen und bilden regelrechte »Familien«.

CREVASSE

Hauptstadt Arkariens, die zum Klan des Falkens gehört. Eigentlich haben nur Bewohner des Weißen Landes Zutritt zur Stadt, Fremde sind nur in Ausnahmen erlaubt. Diejenigen, die das Glück hatten, Crevasse besuchen zu dürfen, vergleichen sie wegen ihrer Größe mit Lorelia und wegen der Schönheit ihrer Bauwerke mit Romin.
Der Legende zufolge wurde die Stadt an einem Ort errich-

tet, an dem sich drei Minen befinden: eine Eisen-, eine Kupfer- und eine Goldmine. Dies sei auch der Grund für den unermesslichen Reichtum des Falkenklans, aus dem zwei Drittel der arkischen Könige stammen und der somit die Geschicke des größten Lands der bekannten Welt lenkt.

DAÏ

Die Daï ist eine kleine Schlange, die in den Unteren Königreichen vor allem in den Ausläufern der Gebirge heimisch ist. Das ausgewachsene Tier ist zwei Fuß lang und wird bis zu drei Jahre alt. Seine Hautfarbe wechselt je nach Jahreszeit von Dunkel- zu Hellgelb.
Das Gift der Daï ist nicht tödlich – jedenfalls nicht in der üblichen Dosis –, erzeugt aber eine euphorische Trance mit Halluzinationen. Die Daï beißt ihre Beute in regelmäßigen Abständen, versetzt sie so in einen Tiefschlaf und hält sie über mehrere Dekaden am Leben, ähnlich wie Spinnen.
Das Gift ist eine beliebte Droge. Die Zucht von Daï-Schlangen hat in den Unteren Königreichen eine lange Tradition. Bei einigen Stämmen gilt es als Mutprobe, sich von einer Daï beißen zu lassen, da ihr Gift nicht wieder aus dem Körper gesaugt werden kann. Aber wie alle Drogen wird sie vielen zum Verhängnis: Man hört immer wieder von Menschen, die sich freiwillig in eine Schlangengrube stürzen und dort den Tod finden.

DARN-TAN

Darn-Tan war Graf von Uliterra, einer ehemaligen lorelischen Provinz zwischen dem Herzogtum Cyr-la-Haute und dem Herzogtum Kercyan. Einst führte Uliterra aus

Gründen, die in Vergessenheit geraten sind, Krieg gegen das benachbarte Fürstentum Elisere und dessen Herrscher Iryc von Verona.
Der Brauch wollte, dass der Sieger den unterlegenen Herrscher, seine Familie und sein Domizil verschonte. Doch Darn-Tan war bekannt dafür, diese Sitte zu missachten. Einige Jahre zuvor hatte er das Schloss von Orgerai angezündet und den Fürsten und dessen zwei Töchter an einen Balken knüpfen lassen. Darn-Tan hatte auch diesmal nicht die Absicht, seinen Feind mit dem Leben davonkommen zu lassen, und so ersann er eine komplizierte List. Er rechnete damit, dass Iryc von Verona ihm misstrauen und einen Hinterhalt wittern würde, und genau dann würde seine Falle zuschnappen.
Iryc von Verona, der keine Heimtücke kannte, entging dem Hinterhalt, indem er sich verhielt, wie Darn-Tan es nie erwartet hätte: arglos.

DEKADE
Zehn Tage. Zeiteinheit des eurydischen Kalenders.
Die Tage einer Dekade tragen Ordnungszahlen. Der erste Tag ist der Prim, der letzte der Zim. Die anderen Tage vom zweiten bis zum neunten heißen: Des, Terz, Quart, Quint, Sixt, Septim, Okt und Non.
Die Dekade der Erde und die des Feuers haben nur neun Tage. Der Okt wird übersprungen, auf den Septim folgt sogleich der Non. Die Maz haben hierfür eine religiöse Erklärung: Der Wegfall des Okten versinnbildlicht Eurydis' Sieg über die acht Drachen von Xétame.

DEKANT

Zeiteinheit goronischen Ursprungs. Ein Dekant entspricht dem Zehntel eines Tages, also ungefähr zwei Stunden und fünfundzwanzig Minuten unserer Zeit. Der erste Dekant beginnt mit Sonnenaufgang, wenn der zehnte Dekant des Vortages endet. Das Ende des dritten Dekants wird als Mit-Tag bezeichnet.

Das gemeine Volk gebraucht diese Zeiteinheit im Alltag eher grob, während die Gelehrten sehr viel präziser sind. Sie richten sich nicht nur nach der Sonnenuhr, sondern berechnen mit komplizierten Formeln den genauen Zeitpunkt des Sonnenaufgangs über der Stadt Goran. Diese Methode ist auch die einzige, die es ermöglicht, in der Nacht – also vom siebten bis zum zehnten Dekant – den Wechsel der Dekanten exakt zu bestimmen.

DEZILLE

Zeiteinheit goronischen Ursprungs. Eine Dezille entspricht dem Zehntel einer Dezime, also ungefähr einer Minute und sechsundzwanzig Sekunden unserer Zeit. Gemeinhin wird es nicht für nötig gehalten, die Zeit in noch kleinere Einheiten zu unterteilen. Offiziell existieren allerdings noch Divisionen und Schläge. Eine Division misst ungefähr acht Sekunden, ein Schlag weniger als eine Sekunde.

DEZIME

Zeiteinheit goronischen Ursprungs. Eine Dezime entspricht dem Zehntel eines Dekants, also ungefähr vierzehn Minuten unserer Zeit.

DONA

Die Göttin der Händler. Sie ist die Tochter Wugs und Ivies. Der Legende nach erschuf sie das Gold, um damit ihren Körper zu bedecken und so die Schönheit ihrer Cousine Isée zu übertreffen. Anschließend schenkte sie ihre Schöpfung den Menschen, damit diejenigen, die wie sie vom Schicksal benachteiligt wurden, mit ihrer Klugheit auftrumpfen können, die durch den Besitz des Edelmetalls versinnbildlicht wird.

Zu Donas Unglück entschied der junge Gott Hamsa, den sie zum Schiedsrichter erkoren hatte, sich jedoch abermals für Isée. Daraufhin beschloss Dona, nie mehr auf das Urteil eines Einzigen zu vertrauen. Sie nahm sich zahlreiche Liebhaber und gilt seither auch als Göttin der Sinnesfreuden.

In Lorelien gibt ein Händler, der ein gutes Geschäft abgeschlossen hat, üblicherweise einem fremden Mädchen, das in Armut lebt, ein Almosen. Dieses Geld wird »Donas Anteil« genannt. Leider gerät der Brauch immer mehr in Vergessenheit, da die meisten Anhänger Donas finden, die Opfergabe, die sie an den Tempel entrichten, sei ein ausreichender Beweis ihrer Hingabe.

Kein geschäftstüchtiger Händler würde je vergessen, Dona ein Opfer zu bringen, und sei es nur, um sich die Gunst derjenigen »Priesterinnen« zu sichern, die der Göttin der Sinnesfreuden besonders ergeben sind.

DORNHAI

Der Dornhai oder auch Kletterhai ist ein Raubfisch im Feuermeer, der häufig mit der Panzermuräne verwechselt wird. Die durchschnittliche Größe eines ausgewachsenen Dornhais liegt bei fünf bis sieben Schritten, aber

wenn man alten ramythischen Seemännern glaubt, existieren auch Exemplare mit einer Länge von zehn Schritten oder mehr.
In den Meeren tummeln sich jedoch weit imposantere Lebewesen, und der Dornhai wird nicht wegen seiner Größe gefürchtet. Er ist berüchtigt für seinen Blutdurst und vor allem für die zahlreichen ausfahrbaren Haken, die sich zwischen seinen Schuppen am Bauch befinden. Die Haken tragen ein Gift in sich, mit dem der Dornhai seine Beute lähmt. Außerdem benutzt der Dornhai diese Haken, um wie eine Raupe lautlos an der Außenwand von Schiffen hochzuklettern. Aus diesem Grund gilt er als der gefährlichste Raubfisch, und die Hochseefischer haben sich zahlreiche Schutzmaßnamen ausgedacht. Zum Beispiel weisen viele Schiffe einen »Glockenkranz« auf, ein schlauchförmiges, mit Alteisen gefülltes Netz, das rings um den Rumpf gehängt wird. Aus Aberglauben scheuen sich Seeleute, den Namen eines Mannes auszusprechen, der einem Dornhai zum Opfer gefallen ist, bevor sie das Festland erreicht haben.

EIHER

Arkisch. Fabeltier des Weißen Landes. Der Eiher wird entweder als riesiger Reiher mit Hörnern entlang der Wirbelsäule beschrieben oder als Schildkröte, deren Speichel in der Luft zu einem Pfeil gefriert, wenn sie ihr Opfer anspuckt. Obwohl diese beiden Beschreibungen unvereinbar sind, behauptet so mancher alteingesessene Arkarier, den Eiher in einer mondlosen Nacht bei der Jagd beobachtet zu haben. Aus Höflichkeit glauben die Arkarier beide Versionen.

EMAZ

Hohepriester des Großen Tempels der Eurydis und geistliche Oberhäupter aller Gläubigen. Es gibt vierunddreißig Emaz. Der Titel wird jeweils von einem Emaz auf einen Maz übertragen.

ERJAK

Arkisch. Jemand, der die Fähigkeit besitzt, die Gedanken der Tiere zu lesen und ihnen seine eigenen zu übermitteln.

EURYDIS

Hauptgöttin der Oberen Königreiche. Itharische Moralpriester brachten die Eurydisverehrung an die entlegensten Orte der bekannten Welt.
Die Geschichte der Göttin ist seit je mit der Heiligen Stadt verbunden. Im sechsten Äon waren die Itharier – die damals noch nicht so hießen – nichts als ein loser Zusammenschluss ehemaliger Nomadenstämme. Sie lebten am Fuß des Blumenbergs, einem der ältesten Berge des Rideau. Dieser Bund soll das Werk eines einzigen Mannes gewesen sein. Es heißt, König Li'ut von Ith wollte ein neues, mächtiges Königreich gründen und scharte alle unabhängigen Klans westlich des Alt um sich.
Er widmete sein ganzes Leben der Erfüllung dieses Traums, doch der Bau der Stadt Ith – der Heiligen Stadt, wie sie heute genannt wird – nahm mehr Zeit in Anspruch, als ihm zur Verfügung stand. Nach seinem Tod brachen die alten Rivalitäten zwischen den Klans erneut aus. Ohne Li'uts diplomatisches Geschick war der schöne Traum zum Scheitern verurteilt.

Daraufhin soll die Göttin Eurydis dem jüngsten Sohn Li'uts erschienen sein und ihm befohlen haben, das Werk seines Vaters fortzuführen. Comelk – so war sein Name – dankte der Göttin für ihr Vertrauen, äußerte jedoch die Befürchtung, nichts gegen die Zwietracht der Stämme ausrichten zu können. Eurydis bat ihn daraufhin, alle Klanführer zusammenzurufen, und Comelk kam ihrem Wunsch nach.

Eurydis sprach zu jedem von ihnen und befahl ihnen, dem Pfad der Weisheit zu folgen. Die Klanführer lauschten ihren Worten andächtig, denn so barbarisch und großmäulig sie auch waren, ließen Aberglaube und Tradition sie die Macht der Göttin fürchten.

Als sich Eurydis zurückgezogen hatte, beratschlagten die Anführer lange und befragten die Stammesältesten und Seher. Schließlich wurden alle Streitpunkte beigelegt. Die Klanführer schworen einander ewigen Frieden und schlossen den Itharischen Bund.

Die Jahre vergingen, und Ith entwickelte sich von einer ansehnlichen zu einer wahrhaft eindrucksvollen Stadt. Zu jener Zeit konnte nur noch Romin mit der Hauptstadt des jungen Königreichs wetteifern. Die Stämme vermischten sich, und der alte Zwist geriet mehr und mehr in Vergessenheit. Itharien war auf dem besten Weg, ein Leuchtfeuer der bekannten Welt zu werden. Und so kam es auch, allerdings nicht im guten Sinne.

Trunken von der neuen Macht, die ihnen mehr oder weniger in den Schoß gefallen war, begannen die Nachfahren der alten Stämme von ihrer Überlegenheit über den Rest der bekannten Welt zu sprechen, bis es einigen in den Sinn kam, dies auch beweisen zu wollen. Zunächst beschränkten sich die Itharier auf kleinere Überfälle, doch schon bald folgten Scharmützel an den Grenzen und schließlich regelrechte Eroberungsfeldzüge, die immer blutiger wurden.

Gegen Ende des achten Äons herrschte Itharien über das gesamte Gebiet zwischen dem Rideau im Osten, der Velanese im Westen, dem Mittenmeer im Süden und der Stadt Crek im Norden. Die Itharier waren grausame Eroberer: Sie plünderten, brandschatzten, verwüsteten ganze Landstriche und metzelten Tausende dahin.

Eines Tages, als die Heerführer wieder einmal zusammenkamen, um eine Invasion Thalitts zu planen, erschien Eurydis zum zweiten Mal.

Es heißt, sie habe die Gestalt eines zwölfjährigen Mädchens angenommen, und so wird sie auch heute meist dargestellt. Dennoch glaubten einige der gestandenen Feldherren vor Angst zu sterben, so groß war der Zorn der Göttin.

Sie sprach kein Wort, sondern begnügte sich damit, jedem Heerführer des itharischen Reichs – denn so nannte man es inzwischen – in die Augen zu sehen.

Der Blick war ihnen Warnung genug. Sie gaben alle Angriffspläne auf und befahlen ihren Kriegern, die Waffen niederzulegen und sich aus den eroberten Gebieten zurückzuziehen. Die Heerführer nahmen es auf sich, das itharische Denken und Handeln tiefgreifend zu verändern. Eine Generation später hatte sich das gesamte itharische Volk der Religion zugewandt. In der nächsten Zeit erfuhren sie großes Unglück, da sich die von ihnen unterjochten Völker – wie das junge goronische Volk – nun ihrerseits als Henker aufführten. Das itharische Reich musste

immer mehr Gebiete abtreten, bis es nur noch sein ursprüngliches Territorium umfasste: die Umgebung der Stadt Ith und den Hafen von Maz Nen.
Im Laufe der Jahre begannen die Itharier mit einer anderen Art der Eroberung, die eher dem Willen der Göttin entsprach: Die Maz zogen durch die bekannte Welt und bis an die entlegensten Orte, um Eurydis' Moral zu verkünden. Dies nützte auch den weniger entwickelten Völkern, denn die Itharer brachten ihnen nicht nur die Religion, sondern auch Errungenschaften wie Kalender, Schrift, Kunst und Technik, die sie sich bei ihren Eroberungszügen angeeignet hatten.
Manche Theoretiker prophezeien, dass die Göttin bald ein drittes Mal erscheinen wird. Natürlich wird sie das irgendwann tun, da sie ja bereits zweimal erschienen ist. Die wichtigste Frage, die die Itharier sich stellen, lautet: Welchen Weg werden wir als Nächstes einschlagen?

EZOMINE

Ezomine sind Steine, die Licht ausstrahlen. Sie sehen aus wie gemeine Quarze, und ihre Kraft wird erst im Dunkeln sichtbar.
Die Stärke des Lichts ist unterschiedlich. Manche behaupten, Steine gesehen zu haben, deren Licht fünfzig Schritte weit reiche. Doch die meisten Ezomine leuchten nicht einmal so hell wie eine gewöhnliche Kerze.
Wenn der Stein auseinanderbricht, verliert er seine Kraft.
Seit Äonen studieren die Gelehrten das Geheimnis der Ezomine, aber keine der Theorien, die sie über den Ursprung der rätselhaften Kraft entwickelt haben, konnte bislang bewiesen werden.

Unter Sammlern, Abenteurern und Schatzjägern sind die Steine sehr begehrt.

FRUGIS

Das Frugis ist ein Seil mit drei Enden, dessen Name auf den legendären König und Magier zurückgeht, der drei Äonen, bevor das Friedensabkommen der Fürstentümer geschlossen wurde, in Lineh herrschte. Das Seil ist auf verschiedene Arten beschrieben worden. Die gängigste lautet wie folgt: Man habe drei Seile genommen, jedes von ihnen zu einem V gelegt und die Spitzen aneinandergelegt. Dann habe man die Hälften zusammengeflochten und so ein kräftiges Tau mit drei gleich langen Enden erhalten. Die Angaben zur Länge der Enden schwanken zwischen sechs und neunundneunzig Schritten. Das Frugis-Seil soll die geheimnisvolle Macht besitzen, denjenigen, der eines seiner Enden hochklettert, an jeden Ort zu bringen, an dem eins der anderen Enden hängt. Sollte es dieses Seil jedoch tatsächlich geben, wüsste heute niemand mehr, wie man es gebraucht.

GESCHWÄTZIGE MUSCHEL

Zu Zeiten der Zwei Reiche verbreiteten romische Seeleute die Geschichte dieses kuriosen Gegenstands. Heutzutage hört man eher Spaßvögel von ihr sprechen als echte Schatzjäger. Angeblich handelt es sich um eine Gironenmuschel, in die einst ein Dämon die Stimme einer Frau einsperrte, die allzu schwatzhaft war. Doch selbst dieser Fluch brachte die Arme nicht zum Verstummen, und man sagt, dass jeder, der die Muschel in die Hände bekommt, sie so schnell wie möglich wieder loswerden will, da das unaufhörliche Geschwätz unerträglich ist.

GISLE

Grenzfluss zwischen dem Matriarchat von Kaul und dem Königreich Lorelien.

GILDE DER DREI SCHRITTE

Zusammenschluss der Prostituierten Lorelias.
Früher durften die Freudenmädchen ihrem »Geschäft« nur in der sogenannten Unterstadt nachgehen. Allerdings gab es so viele von ihnen, dass es häufig zu Streit und sogar Handgreiflichkeiten kam. Deshalb gingen die Zuhälter irgendwann dazu über, jeder Frau ein Stück Straße zuzuweisen, das genau drei Schritte maß.
Manche Zuhälter haben diesen Brauch beibehalten, obwohl die meisten Prostituierten heutzutage im Hafenviertel zu finden sind, das sehr viel größer ist.

GROSSE GILDE

Zusammenschluss der meisten Verbrecherbanden der Oberen Königreiche. Die Große Gilde hat keine feste Ordnung oder Hierarchie, sondern ist im Grunde eine Übereinkunft der Banden, einander keine Gebiete und Betätigungsfelder streitig zu machen, derart, wie sie auch die Gilden eines Königreichs oder einer Stadt schließen. Trotz häufiger Streitigkeiten gelingt es den Banden manchmal, gemeinsame Operationen durchzuführen, vor allem beim grenzüberschreitenden Schmuggel.
Offiziell lässt die Gilde die Finger von Meuchelmorden.

Ihre Spezialität sind Erpressung, Entführung, Betrug, Schmuggel und natürlich sämtliche Formen von Raub und Diebstahl. Trotzdem fällt auf, dass den Mitgliedern neuer Banden, die sich nicht an die Übereinkunft halten, ein recht kurzes Leben beschieden ist …

GROSSES HAUS
Sitz der Regierung des Matriarchats von Kaul. Hier halten die Mütter ihre Ratsversammlungen ab, und hier haben sie ihre privaten Gemächer und Studierzimmer. Alle Einwohner Kauls können in das Große Haus kommen und ihre Beschwerden vortragen. Fünfzehn Personen halten sich von morgens bis abends bereit, um sie zu empfangen. Mehrmals im Jahr stehen die Arbeits- und Versammlungssäle des Großen Hauses allen Neugierigen offen.

GROSSTERRA
Hauptstadt und größte Insel des Schönen Landes, einer Inselgruppe im romischen Meer.

HATI
Heiliger Dolch der Züu. Der vollständige Name, wie man ihn in alten Schriften findet, lautet »Zuïaorn'hati«, wörtlich übersetzt »eine Wimper Zuïas«.
Den Hati bekommt ein Novize von einem Judikator überreicht, nachdem er seine erste Mission erfüllt hat, üblicherweise mit bloßen Händen. Dadurch wird er in den Kreis der Boten Zuïas aufgenommen und erhält das

Recht, über Leben und Tod seiner weniger glücklichen Landsleute zu richten.

HELANIEN
Eine der fünf Provinzen des Königreichs Romin. Ihre Hauptstadt ist Manive, ihr Wappenbild die Rose von Manive.

HEILIGE STADT
Anderer Name Iths, der Hauptstadt des Königreichs Itharien. Häufig bezeichnet der Name auch nur das religiöse Viertel, eine Enklave mit einer eigenen Festungsmauer, eigenen Gesetzen und eigenen Bürgern – eine Stadt in der Stadt.

ITHARISCHE WÜRFELSPIELE
Diese Spiele sind in der gesamten bekannten Welt verbreitet. Ihr Ursprung ist ungewiss. Sicher ist allerdings, dass sie sich im siebten und achten Äon mit den Eroberungsfeldzügen der itharischen Armee ausbreiteten und rasch von allen besiegten Völkern übernommen wurden. Der itharische Würfel hat sechs Seiten. Auf vieren ist je ein Element abgebildet: Wasser, Feuer, Erde und Wind. Jeweils eins dieser Elemente erscheint auch auf der fünften und sechsten Seite. Folglich gibt es vier Sorten von Würfeln: einen weißen für den Wind, einen roten für das Feuer, einen grünen für die Erde und einen blauen für das Wasser.
Wie viele Würfel für ein Spiel benutzt werden, hängt von den Regeln ab und wird zwischen den Spielern ausgehandelt. Im Normalfall reichen vier Würfel aus – ein Soldat –, doch es gibt auch Spiele, die mit zwanzig oder mehr Würfeln gespielt werden.

Stern, Prophet, Kaiser, Zwei Brüder und Gejac sind die bekanntesten, wenn auch längst nicht alle itharischen Würfelspiele.

JAHRMARKT (LORELISCHER)

Der Jahrmarkt ist eine der ältesten lorelischen Traditionen. Vom Tag des Händlers bis zum Tag des Kupferstechers in der zehnten Dekade entfallen jegliche Steuern auf die Ein- und Ausfuhr von Waren – solange ihr Handel nicht gegen die Gesetze des Königreichs verstößt. Die meisten Gelegenheitsverkäufer, Handwerker, Fremde und Kuriositätenhändler bieten ihre Waren zu dieser Zeit feil. Der Jahrmarkt zieht eine Menge Menschen an, von denen ein Drittel gar nichts kaufen will, sondern nur der zahlreichen Attraktionen wegen kommt: Straßentheater, Spiele, Bankette und vieles andere. Manche dieser Vergnügungen werden vom König spendiert, der damit sein Ansehen verbessern will.

Für die königliche Schatzkammer ist der Jahrmarkt dennoch einträglich, da jeder, der einen Stand eröffnen will, einen Obolus entrichten muss. Die Kontrollen sind streng, und Verstöße werden mit der sofortigen Beschlagnahmung sämtlicher Waren geahndet.

Der Jahrmarkt findet auch in anderen großen Städten Loreliens statt: Benelia, Lermian und Le Pont. Er hat dort eine gewisse lokale Bedeutung, ist aber nicht mit dem der Hauptstadt vergleichbar.

JAHRZEHNT

Zehn Jahre.

JELENIS

Lorelisch. Die Jelenis sind Soldaten der ältesten Leibwache Loreliens. Sie sind vor allem berühmt dafür, König Kurdalene im sechsten Äon beschützt zu haben.
Die Jelenis sind auch die königlichen Hundeführer. Ihnen gehören über sechzig weiße Doggen, obwohl diese Rasse wegen ihrer Aggressivität nahezu ausgerottet ist. Jedes Tier ist mehr als vierhundert Terzen wert und der Stolz des jeweiligen Königs.
Es heißt, es brauche mindestens fünf erfahrene Krieger, um einen Jelenis und seinen Hund zu besiegen.

JERUSNIEN

Eine der fünf Provinzen des Königreichs Romin. Ihre Hauptstadt ist Jerus, ihr Wappenbild das Kreuz von Jerus.

JEZ

Einwohner des Sultanats von Jezeba.

JEZAC

Wichtigste Sprache des Sultanats von Jezeba.

JUDIKATOR

Religiöser Führer der Boten von Zuïa.

JUNEISCH

In Junin und den meisten anderen Fürstentümern gesprochene Sprache. Das Hochjuneische wird nur noch in offiziellen Schriften, im Handel und in der Literatur verwendet, während sich die Sprache der einfachen Leute, die einst eine Mundart war, im Laufe der Zeit von ihrem Ursprung entfernt hat und heute eine eigene Sprache darstellt.

KALENDER

In den Oberen Königreichen gilt der itharische Kalender. Er ist in 338 Tage, 34 Dekaden und 4 Jahreszeiten unterteilt. Das Jahr beginnt am Tag des Wassers, dem Frühlingsanfang. Zwei Dekaden bestehen nur aus neun statt aus zehn Tagen: Die Dekade vor dem Tag der Erde und die vor dem Tag des Feuers. Der Tag beginnt mit Sonnenaufgang.

Jeder Tag und jede Dekade trägt einen bestimmten Namen, der ursprünglich religiöser Herkunft war und mit der Verehrung der Göttin Eurydis zusammenhing, deren Botschaft von Moralpriestern bis in die entlegensten Winkel der bekannten Welt getragen wurde. Mit der Zeit bildeten sich an verschiedenen Orten regionale Besonderheiten heraus. So heißt der Tag des Hundes, der im Großen Kaiserreich Goran keine besondere Bedeutung hat, in der Umgebung von Tolenks Tag des Wolfes und ist einer der höchsten Feiertage. Die Dekade des Jahrmarkts, die mit dem Tag des Händlers beginnt, ist in Lorelien von größter Wichtigkeit, in Memissien aber belanglos.

Kaum jemand kennt sämtliche Tage des Kalenders auswendig oder weiß um ihre Bedeutung für die Eurydisverehrung – abgesehen von den Priestern natürlich. Für die Einwohner der Oberen Königreiche ist der Kalender so selbstverständlich wie Sonnenauf- und -untergang. Die meisten wissen nicht einmal, dass er religiösen Ursprungs ist. Es gibt noch andere Kalender in der bekannten Welt, die auf königlichen Erlässen, nicht-eurydischen

Religionen oder ganz einfach Stammestraditionen beruhen. Viele orientieren sich an den Mondphasen, wie zum Beispiel der alte romische Kalender, der aus 13 Zyklen zu je 26 Tagen besteht.

KAULANER
Bewohner des Matriarchats von Kaul.

KAULI
Wichtigste Sprache des Matriarchats von Kaul.

KLEINE KÖNIGREICHE
Anderer Name der Fürstentümer.

KONZIL
Versammlung der arkischen Klanchefs.

KURDALENE
Kurdalene war ein lorelischer König, der in die Geschichte einging, weil er gegen die Züu kämpfte. Damals übten die Anhänger der Rachegöttin mit Drohungen, Erpressungen und Morden einen solchen Einfluss auf die Edelleute und Bürger Loreliens aus, dass der König keine Entscheidung treffen konnte, ohne sie vorher von den Mördern im roten Gewand absegnen zu lassen.
Irgendwann riss Kurdalene der Geduldsfaden, und von jenem Tag an tat er alles, um die Religion auszurotten – zumindest in Lorelia. Er überlebte fast zwei Jahre, indem er sich mit einigen ihm treu ergebenen Wachen in einem Flügel seines Palastes verbarrikadierte. Schließlich gelang es den Züu, ihn zu ermorden.

LA HACQUE

Der Legende zufolge wurde die Handelsstadt der Unteren Königreiche von einem lorelischen Edelmann gegründet. Wahrscheinlicher ist jedoch, dass eine Gruppe reicher Reeder am Ufer des Aòn ein Kontor errichtete, wodurch sich ein bereits bestehendes Dorf entwickelte. Jedenfalls finden sich in der Stadt, die oft als die schönste der Unteren Königreiche bezeichnet wird, zahlreiche Gebäude mit lorelischer Architektur. Auch einige Straßen erinnern an die König-Kurdalene-Straße oder an die Bellouvire-Allee in Lorelia.

La Hacque war lange die einzige Stadt, die von den Stammeskriegen verschont blieb, die diesen Teil der Welt heimsuchten. Im Jahre 878 wurde sie von Yussa-Söldnern im Dienste Alebs des Einäugigen erobert, dem König von Griteh und Quesraba. Seither gibt es südlich der Louvelle keine freie Stadt mehr.

LEEM (DIE GLOCKEN VON)

In Leem kam es einst zu einem derartigen Anstieg der Verbrechen, dass man den Eindruck hatte, die Stadt sei in fester Hand von Dieben, Plünderern, Brandstiftern, Mördern und anderen finsteren Gesellen. Vergeblich verdoppelten und verdreifachten die Nachtwächter die Anzahl ihrer Runden; die Schurken waren einfach zu gut organisiert.

Daraufhin hatte der damalige Bürgermeister die Idee, an den Häusern der Honoratioren Glocken anbringen zu lassen. Wenn sich ein Würdenträger bedroht fühlte oder Zeuge eines Verbrechens wurde, läutete er die Glocke, um den Nachtwächter herbeizurufen. Meist war dieser jedoch nicht schnell genug, da die Übeltäter schon beim

ersten Glockenschlag die Flucht ergriffen. Dennoch besserte sich die Lage etwas.
Die gemeinen Bürger folgten dem Beispiel, und bald hatte jeder Handwerker und Händler eine Glocke an seiner Werkstatt oder seinem Laden angebracht. Nach einigen Jahren gab es in Leem so viele Glocken, dass kaum noch Verbrechen verübt wurden.
Allerdings nahmen die Schurken Rache, indem sie jedes Haus mit einer Glocke anzündeten.
Heutzutage hängen immer noch an über sechshundert Häusern Leems Glocken, die jedoch nur noch selten geläutet werden, hauptsächlich zu Festtagen.

LERMIAN (DIE KÖNIGE VON)

Vor fünf Jahrhunderten war Lermian die Hauptstadt eines blühenden Königreichs, das dem aufstrebenden Großen Kaiserreich Goran oder dem expandierenden Lorelien in nichts nachstand. Die königliche Familie saß seit elf Generationen auf dem Thron, und die Dynastie drohte nicht auszusterben, da König Oroselem und seine Frau Federis drei Söhne und zwei Töchter hatten.
Lermian hatte romische Invasionen, die itharische Herrschaft und goronische Expansionsgelüste ohne größeren Schaden überstanden. Auch allen Einflussversuchen Bledevons trotzte das Königreich tapfer. Der lorelische König wollte Lermian annektieren, da es wie eine Insel mitten in seinem Reich lag. Doch es war nicht Bledevons Art, die Stadt, die er als Bollwerk gegen Goran brauchte, von seiner Armee stürmen zu lassen. Oroselem wusste das nur zu gut und schmetterte belustigt alle Einschüchterungsversuche, Versprechen und Intrigen des lorelischen Königs ab.

Lermian hätte eine der einflussreichsten Städte der Oberen Königreiche werden können – mehr noch, als sie es heute ist –, wenn seine Herrscher nicht ein grausames Schicksal ereilt hätte. Oroselem starb an einer Lebensmittelvergiftung, nachdem er etwas Verdorbenes gegessen hatte. Sein ältester Sohn saß ganze sechs Tage auf dem Thron, bevor er von der Burgmauer stürzte und seinen Verletzungen erlag. Der mittlere Sohn regierte etwas mehr als acht Dekaden, bis er plötzlich spurlos verschwand. Da der jüngste Sohn noch zu jung war, um den Thron zu besteigen, wurde der Prinzgemahl als Regent eingesetzt, doch er musste nach einem Jahr abdanken, weil er infolge eines Reitunfalls den Verstand verloren hatte. Der Gatte der zweiten Prinzessin verzichtete auf die Ehre, die Geschicke des Königreichs zu lenken, und ging mit seiner Frau ins Exil. Königin Federis bat daraufhin ihre Ratgeber, einen Regenten aus ihrer Mitte zu bestimmen. Ein einziger Ratgeber stellte sich zur Wahl, doch er wurde wenige Tage später in der Stadt von einer Räuberbande niedergestochen.
Niemand wollte nun mehr die Regentschaft übernehmen. Die Königin, die sich selbst dazu nicht in der Lage sah, akzeptierte schließlich ein von Bledevon vorgeschlagenes Abkommen. Lermian wurde ein Herzogtum Loreliens, und das Königreich versprach der Stadt im Gegenzug Schutz durch seine Armee.
Der Fluch, der auf Oroselems Dynastie gelastet hatte, schien aufgehoben. Königin Frederis und ihr jüngster Sohn erreichten beide ein hohes Alter.
Böse Zungen munkelten etwas von einer Mordserie und verdächtigten sogar König Bledevon. Doch der lorelische

Hoftheoretiker zerstreute alle Zweifel, indem er bewies, dass es der Wille der Götter gewesen sei, beide Königreiche unter einer Krone zu vereinen.
Von diesen tragischen Geschehnissen rührt die volkstümliche Wendung her »so tot wie die Könige von Lermian sein«.

LOUVELLE
Grenzfluss zwischen den Fürstentümern und den Unteren Königreichen.

LUREEISCHER GESANG
Im Altitharischen bedeutete »Lur« Späher. Lurée ist aber auch ein beliebter Gott. Übersetzt heißt sein Name »der Wächter«. Lurée wacht vor allem über Neugeborene, aber auch über glückliche Familien. Auf diesen beiden Tatsachen beruht vermutlich der Brauch des lureeischen Gesangs.
Es heißt, solange der Gesang irgendwo auf der Welt erklinge, bringe er all jenen Glück, die irgendwann in ihrem Leben eine Strophe gesungen hätten. In Ith wird der Gesang nie unterbrochen: Zahlreiche Freiwillige stehen Tag und Nacht Schlange, um eine der fünf Stimmen im Chor zu übernehmen. Die wenigsten kommen aus Selbstlosigkeit, aber alle erfüllen ihre Aufgabe gewissenhaft, wenn sie an der Reihe sind.
Der Kult des Lurée ist wie die Eurydisverehrung eine Moralreligion, wie der Liedtext eindeutig zeigt. Im Verlauf der Jahrhunderte haben die lureeischen Maz mehr als dreißig Strophen zu den ursprünglichen siebzehn hinzugefügt. In ihnen werden Nächstenliebe, Freundlichkeit,

Treue, Bescheidenheit und andere Tugenden gepriesen. Dahinter verbirgt sich die Überzeugung, niemand könne einen Text laut aufsagen, ohne von ihm beeinflusst zu werden: Aus einem Samenkorn im Wind kann ein Baum wachsen …

LUS'AN

Zü. Mystischer Ort der Zuïa-Religion, an dem die Boten nach ihrem Tod von der Göttin empfangen werden. Sie finden dort ewiges Glück und gehen Zuïa bei ihrem Großen Werk zur Hand.
Lus'an ist auch der Name einer kleinen Provinz auf der Heimatinsel der Züu. Dort leben die Judikatoren und ihre Sklaven, Fremden ist der Zutritt verboten. Die wenigen Abenteurer, die es wagten, die Insel zu betreten, sind nie zurückgekehrt.
In den Mooren Lus'ans sind die Geister der untauglichen Boten gefangen und derjenigen, die die Göttin verraten haben. Sie irren dort für alle Ewigkeit in unermesslicher Schwermut umher.

LUSEND RAMA

Der hoch zu Pferd Sitzende. Gott der Reiter und Beschützer aller Nomaden und Boten. Er wird vor allem in den Unteren Königreichen verehrt. Außerdem ist er der Hüter der Stammesgesetze. Sein Urteil wird ebenso gefürchtet wie sein Ehrgefühl bewundert.
Künstler stellen ihn meist auf dem Rücken eines schwarzen Hengsts mit blinden Augen dar. So wird er in der Chronik des Pferdekönigs beim Kampf gegen die zwei Riesen von Irimis beschrieben. Manchmal wird er auch in

der Gestalt eines Zentauren gemalt. Dieses Bild stammt aus der Taspriá, der ältesten religiösen Schrift der Unteren Königreiche.

MAÏOK

Arkisch. Mutter.

MARGOLIN

Nagetier von mittlerer Größe. Ausgewachsen kann es bis zu zwei Fuß lang werden. Es gibt mehrere Unterarten: das Kupfermargolin, das Plärrmargolin, das Fressmargolin und andere.
Margoline sind vor allem im Süden und in der Mitte der Oberen Königreiche heimisch und leben in Wiesen, im Wald oder am Ufer von Flüssen. Wegen ihrer hohen Vermehrungsrate, ihrer Bösartigkeit und der Ungenießbarkeit ihres Fleischs gelten sie als Schädlinge. Ihr Fell, aus dem die Handwerker Pelze, Lederbeutel und Kleider herstellen, ist jedoch sehr begehrt.

MASKE

In Itharien ist es üblich, eine Maske zu tragen. Obwohl die Itharier aus religiösen Gründen ansonsten eher schlichte Kleidung bevorzugen, ist die Maske eine Art Statussymbol.
Die Maske ist keineswegs Pflicht, und von zehn Ithariern, denen man an einem Tag begegnet, tragen sie vielleicht nur vier. Dennoch gibt fast jeder Bewohner der Heiligen Stadt an, irgendwann in seinem Leben die Maske getragen zu haben oder sie im Alter tragen zu wollen.
Die Erklärung für diesen religiösen Brauch verliert sich

in den Tiefen der Vergangenheit. Schon die Ureinwohner der Gegend, die Vorfahren der heutigen Itharier, trugen zu gewissen Anlässen Masken.
Die eurydischen Priester übernahmen die Tradition, weil sie darin ein hervorragendes Mittel sahen, die dritte Tugend der Weisen Eurydis umzusetzen: Toleranz. Das Tragen der Maske ebnet alle Unterschiede ein und stellt die unter einem glücklichen Stern Geborenen mit den weniger Begünstigten auf eine Stufe. Obwohl dieser Gedanke umstritten ist, tragen die Itharier weiterhin ihre Masken.

MAZ
Ehrentitel vor allem in der Eurydisverehrung. Andere Religionen haben ihn übernommen.
Mit einer Ausnahme kann der Titel nur von einem Maz auf einen seiner Novizen übertragen werden, wenn dieser ihn sich durch seine Hingabe verdient. Der Große Tempel muss die Übertragung absegnen. Sie kann sofort in Kraft treten oder erst beim Tod des Maz, je nach Abmachung. Es ist einem Maz streng verboten, den Titel einem Mitglied seiner Familie zu vermachen.
Allerdings kann der Titel einem Novizen auch außer der Reihe verliehen werden, um ihm für ein besonderes Verdienst zu danken. Häufig wird der Titel posthum als Ausdruck der Dankbarkeit verliehen, wenn jemand sein ganzes Leben der Eurydisverehrung geweiht hat, und in diesem Fall kann er natürlich nicht weitergereicht werden. Eine solche Auszeichnung kann nur ein Emaz vergeben.
Die Rechte und Pflichten eines Maz sind nicht festgelegt und hängen von der persönlichen »Laufbahn« ab. Man-

che bekleiden wichtige Ämter in den Tempeln, andere unterrichten nur hin und wieder einige Novizen, und wieder andere treten nie einen Dienst an.
Niemand kennt die Anzahl der lebenden Maz, abgesehen von den Archivaren des Großen Tempels, die ihre Liste ständig auf dem neuesten Stand halten. Viele Priester außerhalb Ithariens nennen sich unrechtmäßig Maz, was die Schätzungen nicht gerade erleichtert. Der Legende zufolge gab es ursprünglich 338 Maz, so viele, wie ein Jahr Tage hat, und 34 Emaz, nach der Anzahl der Dekaden.

MÈCHE
Kleiner Fluss im Matriarchat von Kaul. Die Hauptstadt Kaul liegt an seinem Ufer. Zufluss der Gisle.

MEMISSIEN
Eine der fünf Provinzen des Königreichs Romin. Ihre Hauptstadt ist Jidée, ihr Wappenbild ein großer Platinschmetterling.

MERBAL
Merbal war einst der Anführer einer legendären Räuberbande, die für ihre Grausamkeit und Barbarei berüchtigt war. Heute fällt es schwer, bei den Schauergeschichten, die über ihn kursieren, zwischen Wahrheit und Lüge zu unterscheiden. Es gilt jedoch als sicher, dass Merbal die grausame Angewohnheit hatte, von jedem seiner Opfer einen Becher Blut zu trinken.
Der Glaube einer Sekte namens »die Vampire von Jidée« beruht auf dieser Legende.

MISHRA

Die Verehrung Mishras ist mindestens so alt wie der Große Sohonische Bogen. Mishra war die Hauptgöttin der Goroner, bevor die itharische Armee im achten Äon die Stadt Goran einnahm. Nach der Befreiung, als die Itharier die Waffen niederlegten und sich der Religion zuwandten, wurde die Verehrung Mishras wieder populär. Aus der Stadt Goran ging erst das Königreich Goran und schließlich das Große Kaiserreich Goran hervor, und die Religion breitete sich im Land aus.

Mishra ist die Göttin der Gerechtigkeit und der Freiheit. Ein jeder hat das Recht, sie anzurufen. So kam es vor, dass Völker, die vom Großen Kaiserreich Goron besiegt worden waren, die Göttin ihrer Eroberer um Hilfe anflehten. Sie ist mit keiner bekannten Gottheit verwandt. Manche Theoretiker behaupten, sie sei die Schwester Hamsas. Zu Mishras Ehren wurden nur wenige Tempel gebaut – eine Ausnahme ist der prachtvolle Palast der Freiheit in Goran. Viele Gläubige verehren Miniaturen der Göttin oder eines Bären, ihres Sinnbilds.

MIT-TAG

Höchststand der Sonne, in unserer Welt 12 Uhr. Allgemein wird das Ende des dritten Dekants als Mit-Tag bezeichnet.

MOÄL

Der Moäl ist ein Baum, der nur in den Wäldern der Kleinen Königreiche wächst. Alle Versuche, ihn anderswo anzupflanzen, scheiterten, was die fähigsten Botaniker vor ein Rätsel stellt.

Der Moäl ähnelt der weit verbreiteten Grule sehr, und es fällt häufig schwer, sie auseinanderzuhalten. Der Unterschied ist eigentlich nur zu Beginn der Jahreszeit des Wassers sichtbar, wenn die Zweige des Moäls mehrere Tage lang blassgrüne Blüten austreiben.
Es heißt, wenn man beim Vollmond eine Goldmünze unter einen Moäl legt und nur lange genug zum Nachtgestirn hinaufsieht, erscheint der Kobold, der in dem Baum haust. Wenn ihm der Glanz der Münze gefällt, tauscht er sie gegen einen Wunsch ein.
Selbst diejenigen, die das für einen Aberglauben halten, sind überzeugt, dass es Unglück bringt, den Zweig eines Moäls abzubrechen.

MONARCH
Goldmünze im Königreich Romin.

MONDKÖNIGIN
Kleine Muschel mit glatter Oberfläche und nahezu runder Form, die wegen ihrer Seltenheit äußerst kostbar ist. Es gibt drei Sorten von Mondköniginnen: eine weiße, die am häufigsten vorkommt, eine blaue, die schon weniger gängig ist, und schließlich eine gefleckte, die äußerst selten ist. Eine Zeit lang dienten die blauen und gefleckten Mondmuscheln in einigen entlegenen Orten des Matriarchats von Kaul als Währung, und bei manchen alten Leuten kann man noch heute mit ihnen bezahlen. Die Muschel ist auf alle Münzen geprägt, die von der Schatzkammer des Matriarchats ausgegeben werden. Nach ihr ist auch die offizielle Währung benannt: die Königin. Es gibt Münzen zu einer, drei, zehn, dreißig und

hundert Königinnen. Die Hundert-Königinnen-Münzen sind etwa so groß wie eine Hand und dienen nicht als Zahlungsmittel. Sie fungieren lediglich als Garantie bei Transaktionen zwischen dem Matriarchat und seinen Nachbarn.

MORALIST

Die Moralpriester stützen sich auf religiöse Schriften und Überlieferungen, um die moralischen Werte zu verbreiten, die gemeinhin als die wichtigsten gelten: Mitgefühl, Toleranz, Wissen, Aufrichtigkeit, Achtung, Gerechtigkeit usw.

Häufig sind Moralpriester Lehrer oder Philosophen, die sich aus Bescheidenheit darauf beschränken, eine kleine Gruppe von Schülern zu unterrichten. Die wichtigste Moralreligion ist die Eurydisverehrung.

MORGENLAND

Bezeichnung für die Länder östlich des Rideau.

NAMEN

Die Bedeutung der Namen hängt natürlich vom Geburtsland ab. In Kaul, Romin oder Goran werden seit Jahrhunderten einfach immer dieselben Namen weitergegeben, und niemand macht sich großartig Gedanken über ihre Herkunft. Doch das gilt nicht für alle Völker der bekannten Welt.

In Itharien ist es üblich, ein Neugeborenes auf das erste Wort zu taufen, das es spricht. Da jedes Lallen als Wort gilt, das die Menschen zwar nicht verstehen, für die Götter aber von Bedeutung ist, sind die gängigsten itharischen

Namen Nen, Rol, Aga und ähnliche Ein- und Zweisilber. Die Interpretation bleibt den Eltern überlassen, und es ist auch möglich, mehrere Silben aneinanderzureihen. Itharische Namen sind meist kurz und leicht auszusprechen.
Arkische Namen werden nicht endgültig vergeben. Im Verlauf seines Lebens nimmt ein Arkarier verschiedene Namen an. So heißen die meisten Neugeborenen Gassan (Säugling) oder Gassinuë (Winzling). Arkische Eltern suchen sehr früh nach der Besonderheit ihres Kindes und benennen es entsprechend, bis ein Namenswechsel geboten ist. So bedeutet Prad »der Neugierige«, Iulane »das junge Mädchen«, Ispen »die Liebreizende«, Bowbaq »der Riese« usw. Jeder gibt sich Mühe, sich keinen Namen wie »der Grausame«, »der Geizhals«, »der Untreue« oder andere Beleidigungen einzuhandeln. Selbstverständlich verbietet es die Höflichkeit der Arkarier, jemanden nach einem körperlichen Makel zu benennen, doch bei Feindschaften wird dieser Grundsatz gern einmal vergessen.
Die Züu, die der Rachegöttin dienen, nehmen am Ende ihres Noviziats einen neuen Namen an. Als Zeichen ihrer Unterwerfung unter Zuïa wählen sie einen Namen mit dem Anfangsbuchstaben »Z«, der ihnen zugleich Macht über das gemeine Volk der Züu verleiht.

NIAB
Kauli. Der Niab ist ein Tiefseefisch, der nur nachts an die Oberfläche kommt. Die kaulanischen Fischer spannen ein großes dunkles Tuch kurz über der Wasseroberfläche zwischen mehrere Schiffe, um ihn zu täuschen. Dann

müssen sie die Fische nur noch einsammeln, weil sie in eine Art Dämmerzustand verfallen. Als »Niab« bezeichnet man auch jemanden, der allzu leichtgläubig und arglos ist.

OBERE KÖNIGREICHE

Streng genommen sind damit das Königreich Lorelien, das Große Kaiserreich Goran und das Königreich Itharien gemeint, manchmal auch noch das Königreich Romin. In den Unteren Königreichen zählt man jedoch alle Länder nördlich des Mittenmeers dazu, also auch das Matriarchat von Kaul und Arkarien.

ODREL

Odrel ist ein Gott, der vor allem in den Oberen Königreichen verehrt wird. Odrel soll der zweite Sohn Echoras und Olibars sein.

Ein fleißiger Priester sammelte einst mehr als fünfhundertfünfzig Geschichten über den traurigen Gott, wie Odrel manchmal genannt wird. Die bekannteste ist die Geschichte der tragischen Liebe Odrels zu einer Schäferin, die mit dem Tod der Menschenfrau und ihrer drei Kinder endet. Als Odrel seiner Geliebten in den Tod folgen will, muss er qualvoll erfahren, dass dies als Einziges auf der Welt nicht in seiner Macht steht.

Der Priester fasst die Ergebnisse seiner Forschungen wie folgt zusammen: »Niemand hat so viel Unglück erfahren wie Odrel. Aus diesem Grund wenden sich all jene an ihn, die ein Unheil oder einen Schicksalsschlag erlitten haben, die von Trauer, Reue oder bösen Erinnerungen gequält werden, die in Ungnade gefallen sind oder in Armut leben, die Ungerechtigkeiten, Verzweiflung oder andere Prüfungen des Lebens durchstehen müssen. Er ist der einzige Gott, der sie versteht und ihnen Trost spenden kann, da er selbst Mitleid erregt.«

PAÏOK
Arkisch. Vater.

PHRIAS
Der Verfolger. Phrias ist ein Gott, der durch böse Gedanken und finstere Gebete der Menschen beschworen wird. Er macht, dass ein Seil reißt, ein Hund zubeißt, das Feuer aus dem Kamin springt oder der Boden plötzlich rutschig wird. Dieser Dämon nährt sich vom Hass und erfüllt die schwärzesten Wünsche.

PRESDANIEN
Eine der fünf Provinzen des Königreichs Romin. Ihre Hauptstadt ist Mestebien, ihr Wappenbild ein Gyolendelfin.

RAMGRITH
Bewohner des Königreichs Griteh. Wichtigste Sprache dieses Königreichs.

RAT DER MÜTTER
Oberste Versammlung und Regierung des Matriarchats von Kaul.
Jedes Dorf hat einen solchen Rat, deren Vorsitz die Dorfmutter innehat, während die Dorfälteste als ihre Beraterin dient.

RIDEAU

Der Rideau ist ein Gebirge, das im Westen an das Große Kaiserreich Goran und das Königreich Itharien und im Osten an das Morgenland grenzt.

ROCHANE

Fluss, der in den Nebelbergen entspringt und in das romische Meer mündet. Er fließt durch die romischen Provinzen Helanien und Presdanien. An seinen Ufern liegen zwei der größten Städte des Alten Landes: Mestebien und Trois-Rives.

ROMERIJ

Legendäre Stadt, auf dessen Ruinen Romin gebaut ist.

ROMISCHES ALPHABET

Das romische Alphabet ist das komplizierteste Alphabet der bekannten Welt, das noch in Gebrauch ist. Es besteht aus einunddreißig Buchstaben, von denen siebzehn einen Akzent tragen können. Diese achtundvierzig möglichen Buchstaben geben jedoch noch keine Laute wieder. Erst aus der Kombination von zwei, drei oder vier Buchstaben entstehen Silben. Die Schreibweise jeder Silbe hängt wiederum davon ab, welche Silben ihr vorausgehen und auf sie folgen.
Selbst die Rominer benutzen im Alltag eine vereinfachte Version. Das ursprüngliche Alphabet wird nur noch für offizielle Schriften verwendet. Musiker nutzen es außerdem für Gesangspartituren, da seine Variationsmöglichkeiten es erlauben, jede noch so kleine Stimmmodulation zu notieren.

Gelehrte aus allen Königreichen studieren das romische Alphabet wegen seines streng mathematischen Aufbaus.

SCHIEBEN

Schieben ist ein Spiel mit großem Körpereinsatz, das vor allem im Alten Land und im Norden der Fürstentümer populär ist. Zwei Gegner stellen sich jeweils auf ein Bein, legen die Handflächen aneinander und verschränken die Finger. Derjenige, der als Erster das zweite Bein auf den Boden stellen muss, hat verloren. Die Hände müssen sich die ganze Zeit berühren. Wie der Name schon sagt, ist es die beste Taktik, mit aller Kraft zu schieben.

SEMILIA

Unabhängiges Fürstentum, das unter dem Schutz Loreliens steht.

TAL DER KRIEGER

Landstreifen zwischen den nördlichen Ausläufern des Rideau und dem Spiegelozean. Sowohl das Große Kaiserreich Goran als auch das Königreich Thalitt erheben Anspruch auf das Gebiet. Seit Jahrhunderten liefern sie sich im Tal der Krieger erbitterte Gefechte.

TERZ

Die Terz ist die offizielle Währung Loreliens. Es gibt Silberterzen – das gängigste Zahlungsmittel – und Goldterzen, auf die das Konterfei des Königs geprägt ist.
Die lorelischen Goldterzen sind berühmt für den hohen Goldgehalt ihrer Legierung.
Die Untereinheit der Terz ist der Tick. Eine Silberterz ist

zwölf Tick wert. Der Wert einer Goldterz hängt vom jeweiligen Geldwechsler ab, liegt aber bei mindestens fünfundzwanzig Silberterzen.

THEORETIKER
Priesterkaste, die sämtlichen Göttern dient, selten auch nur einigen oder gar einem einzigen Gott. Die Theoretiker versuchen, aus den göttlichen Zeichen den Willen der Allmächtigen herauszulesen. In den Tempeln genießen sie kein hohes Ansehen, aber an den Höfen der Könige und Fürsten sind sie sehr gefragt. Häufig sind sie auch Astrologen und Ratgeber.
Der bekannteste Theoretiker war Jéron der Zarte, der die Einwohner Romins vor dem Ertrinken rettete, obwohl der König seiner Prophezeiung keinen Glauben schenkte.

UBESE
Fluss, der in den Jezebahöhen entspringt und durch die Kleinen Königreiche fließt. Bis zum Abschluss des ersten Friedensabkommens kämpften die Fürstentümer lange Zeit um die Vorherrschaft über die Ubese.
Die Ubese ist ein breiter, gemächlich dahinfließender Strom und bildet in der Ebene von Junin einen See. Ein bewachtes Wehr am Südeingang des Sees schützt die Hauptstadt der Fürstentümer vor einem Angriff der Unteren Königreiche auf dem Wasserweg.

UNTERE KÖNIGREICHE
Bezeichnung für die Länder südlich der Louvelle. Oft werden jedoch auch die Fürstentümer hinzugezählt.

URAE

Fluss, der in den Brantacken entspringt und ins romische Meer mündet. Die romische Pronvinz Uranien ist nach ihm benannt. Romin, die Hauptstadt des Alten Landes, liegt an seinem Ufer.
Die Urae genießt den traurigen Ruf, der dreckigste Fluss der bekannten Welt zu sein. Man sagt, in seinem schlammigen Grund verberge sich ein größerer Schatz als der des Kaisers von Goran. Aber das ist sicher nur ein Bild, um das Ausmaß der Verschmutzung zu beschreiben. Dennoch hält sich das Gerücht hartnäckig, da immer wieder Flussschiffer zu plötzlichem Reichtum gelangen und über die Herkunft des Geldes schweigen.

URANIEN

Eine der fünf Provinzen des Königreichs Romin. Ihre Hauptstadt ist Romin, ihr Wappenbild der Kronenadler aus den Nebelbergen.

VELANESE

Lorelischer Fluss. An seiner Quelle liegt die Stadt Le Pont.

DIE WEISE

Die Göttin Eurydis wird auch »die Weise« genannt.

WEISSES LAND

Anderer Name für das Königreich Arkarien.

YÉRIM-INSELN

Die Inselgruppe Yérim besteht nur noch aus zwei Inseln: Yérim selbst und der Insel Nérim. Zwei kleinere Inseln sind beim Ausbruch des Yalma – des größten Vulkans der Inselgruppe – im Meer versunken. Eine fünfte Insel erhob sich aus den Fluten, verschmolz mit Yérim und gab der Hauptinsel ihre heutige Form. Der Vulkanausbruch geht auf das Jahr 552 zurück. Zwei Jahrhunderte zuvor hatte das Große Kaiserreich die Inselgruppe besiedeln lassen, ohne auf Widerstand zu stoßen, da kein anderes Königreich Anspruch auf diesen trostlosen Fleck Erde erhob. Kaiser Uborre, der die Besiedlung befohlen hatte, wollte von Yérim aus die Unteren Königreiche angreifen, verwarf die Idee aber wieder, als sich herausstellte, dass es zu kostspielig war, den Hafen und das Fort zu unterhalten, die eilig auf Yérim errichtet worden waren.

Zurück blieben nur eine kleine Garnison und eine Flotte von zehn Galeerenschiffen. Die unfähigsten Soldaten wurden nach Yérim versetzt und unter den Befehl von unfähigen Offizieren gestellt. Bald wurde das Fort zum Gefängnis umgebaut, und immer mehr Verurteilte wurden ohne Hoffnung auf Rückkehr nach Yérim verschifft. Die Ausgestoßenen der goronischen Gesellschaft – Gefangene wie Aufseher – sollen das Wappenbild Yérims entworfen haben: ein schwarzes Stirnband, das Symbol der Verschwörer und Feinde des Kaisers.

Als im Jahre 552 der Vulkan ausbrach, nutzten die dreitausend Gefangenen die Gelegenheit zur Revolte. Die Hälfte der auf Yérim stationierten Soldaten schloss sich ihnen an. Die Gefechte waren rasch beendet, doch bald brachen Kämpfe zwischen den verschiedenen Rädelsführern aus. Inmitten der Unruhen entdeckten die einstigen Gefangenen das reiche Kupfervorkommen der Insel, das

bei einem Vulkanausbruch an die Oberfläche gekommen war.
Anstatt von der Insel zu fliehen, beschlossen die Goroner, die Galeeren, die bei der Revolte verschont worden waren, zur Verschiffung des Erzes zu nutzen. So brachten sie Yérim endgültig in ihre Gewalt. Die Bewohner fürchteten einen Gegenangriff Gorans, doch bald stellte sich heraus, dass sich das Große Kaiserreich wenig um den Verlust scherte und nicht noch mehr Kriegsschiffe verlieren wollte.
Als die Kupferminen erschöpft waren, sattelten die Yérimer um und wurden Piraten, Söldner und Schmuggler. Drei Jahrhunderte später wird die Insel immer noch »Gorans Gefängnis« genannt und gilt nach wie vor als äußerst gefährlich.